U0069702

文學星圖

兩岸文學論集㈠

施淑　著

人間出版社

目錄

文協分裂與一九三〇年代初
臺灣文藝思想的分化

一

　　在臺灣新文學的發展歷程中，一般都認為一九三〇年是個重要的轉折年代，論者大都以「躍進」來形容這一年在文學運動及文學思想上的關鍵性變化，以「深化」、「本格化」、「本格的建設期」等辭彙來概括這之後到三〇年代中期的文學理論及創作的發展。這具有階段性意義的轉變，與臺灣文化協會的分裂及一些刊物之創立，有著密不可分的關係，曾參與當年文學活動的楊雲萍在一九四〇年指出，繼二〇年代的《臺灣民報》為新文學作品的主要發表園地之後：

　　　　臺灣新文學運動，方才得了些少的結果，告了小段落。而準備著後來五六年後的《伍人報》、《明日》、《洪水》、《大眾時報》、《現代生活》、《赤道》等鼎立躍進時代，或《南音》和其後的《先發部隊》、《臺灣文藝》、《臺灣新文學》等的轉向深化的時代。1

　　相同的看法又見於施學習回憶《福爾摩沙》的創刊經過，廖毓文、王詩琅回顧新文學運動的一些文章裡[2]。這些文章和上引楊雲萍一樣，所提到的雜誌，都是一九二七年文協分裂後陸續出現的異議性質的刊物。其中，《大眾時報》是分裂後由左翼領導的文協的機關報，發行於一九三○年的《伍人報》、《明日》、《洪水》、《赤道》，它們的組成份子全屬反資本主義、反殖民統治的共產主義、民族主義和無政府主義者[3]。這思想基調，延續到稍後創刊的《南音》、《先發部隊》、《臺灣文藝》、《臺灣新文學》等文藝雜誌，就是上面引文未提及的《臺灣戰線》、《臺灣文學》、《福爾摩沙》，也不例外。這一系列刊物的立場和思想取向，明白顯示著三○年代推動臺灣新文學的發展方向的是社會主義及其主導的政治、社會運動，因此有關這階段文學的「深化」、「本格化」的具體內涵，必須放在當代國際性的普羅文學運動的視野來討論。

　　一九二七年臺灣文化協會的改組，標誌著第一次世界大戰後受西方影響的臺灣新知識界的分裂和思想的分化，改組後由左翼知識份子領導的文協，在活動方針上由文協成立時的民族主義的文化啟蒙運動轉變為無產階級文化運動的形態。這思想上的分化，從一九二七年起《臺灣民報》就有所反映，《民報》的評論文字對左右兩派的知識份子有時泛稱之為理想派和現實派，有時分別稱之為民主主義和自由主義，一九二八年元旦的評論文章中，則區分為「主張階級鬥爭的馬克思主義者與取全民運動的民族主義者的思想對立」，文章中並指出這「二大潮流橫溢於臺灣島內」，兩種思想的論戰宣傳從一九二七年熾烈進行到一九二八年仍未止息[4]。根據《民報》的評論，屬於左派的馬克思主義者，大抵被視為「小兒病的空想妄動」，無視傳統、國情，只是「翻譯外來的思想為思想」，「採用外來的手段為手段」[5]。這些頗不以為然的看法，固然反映了本屬文協右派的《民報》的立場，但

由實際活動來看，改組後的文協確是翻譯和採用了不少外來的內容與形式。

在具體措施和活動方面，改組後的文協表現了與國際社會主義革命一致的步調，它的會旗是：「鐮刀和鐵鎚交叉在星章中浮現於紅底一端之圖案」[6]。紀念活動特別突出五一勞動節和三月十八日巴黎公社紀念日，集會遊行時除了高舉紅旗，喊革命口號，還散發充滿解放激情的檄文、傳單和抗議書[7]。從那些口號、傳單和檄文，還有數度修改的活動綱領、方針及相關提案，一方面可以了解一九二七年一月左右翼陣營分裂，到一九三一年六月日本殖民政府全面檢舉共產黨為止，逐漸成為台共外團組織的文協，在國際無產階級革命的大環境，特別是在中、日兩國共產黨運動的影響下，思想觀念上的發展。另一方面還可看到在歷經四次全島代表大會，領導幹部發生劇烈複雜的權力鬥爭和路線鬥爭之後，以「思想團體」自居的文協在理論和實踐間的探索。在所有問題中，對當時的文學運動造成深遠影響的，首先是有關大眾文化的建立的議題。

關於大眾文化，一九二七年文協改組時，即在新的綱領中規定：「以普及臺灣大眾之文化為主旨」，稍後，在第一次全島代表大會的宣言及機關刊物《大眾時報》發行時，則以「促進實現大眾文化」為宗旨。這綱領和宗旨，從表面上看可以說是原來的文化啟蒙意念的延伸，因為一九二一年文協創立時的〈趣意書〉、〈會則〉即明定：「謀求臺灣文化之提高」，「助長臺灣文化之發展為目的」。不過當改組後的文協把訴求範圍界定於「大眾」，把性質界定為「大眾文化」，則顯然帶有政治含義。從發生背景來看，這目標的設定，應該是透過中、日社會主義運動輾轉介紹過來的蘇聯「無產階級文化」觀念的影響。在蘇聯，這股思潮和它的組織「無產階級文化派（proletkult）」，是流行於十月革命之後的一個思想運動，目的在建立無產階級自己的文

化，發展與蘇聯無產階級專政相適應的文化和文學，它曾在蘇聯
思想界引起很大爭議，而且很快就蔓延和影響於二○年代的中國
及日本 8。從文協內部的相關討論來看，「大眾文化」除了按字
面意義，泛指一般工、農、市民的文化，還含有「無產階級文
化」的觀念成分。連溫卿在文協改組時的報告論文，曾針對如何
「促進實現」大眾文化的問題申論說：

　　　　以往文化運動，只限於精神方面，對於產業方面則有
　　忽視之感。因此，當它的運動愈益繼續，則其偏向形而上
　　的趨向愈大，……。我們的文化運動是以產業文化之促進
　　及實現為目標，固不待言。對於產業文化需要一路邁進。
　　然而，我們的方針和目標既已決定，那麼要用什麼方法來
　　教育、訓練民眾，養成意識上的鬥士，以補正現在的教育
　　缺陷，使一般民眾由無意識者轉變為意識者呢？然則，此
　　教育方法須要有組織性而且全體要有統一性，始可期望其
　　進展。9

　　這段引文所說的精神的、形而上的文化，指的是文協分裂前
發展的文化，而產業文化，指的是改組以後的努力目標，對於這
種文化的內涵，連溫卿並未說明，不過由他之強調意識的重要
性，認為一般民眾由無意識者變為有意識者是實現產業文化的途
徑，則不難看出他心目中的產業文化是著重意識形態的作用的。
根據連溫卿本人的思想信念及發表這篇文章的場合，能使民眾成
為「意識上的鬥士」和「有意識者」，自非無產階級的意識形態
莫屬。因此文章接下去開出一系列養成產業文化所需的教材，方
法論的部分即是唯物史觀和唯物哲學，教材內容則有臺灣產業發
達史、社會運動史、經濟學、政治學、民族問題、資本主義和殖
民地等項目。從這份書單，可以推見他要「促進實現」的大眾文

化或產業文化，絕非當時一般民眾既有的文化，而是以未來式存在和出現的臺灣的無產階級文化。如果這個推斷不錯，那麼文協急欲促進實現和普及的大眾文化，要扮演的將是殖民地臺灣解放事業中的文化先鋒隊的角色。在二○年代末的臺灣，這個藉意識形態的促進而可能實現的大眾文化，或許難逃列寧對蘇聯無產階級文化派「臆造新的無產階級文化」的批判[10]，不過在殖民地的特殊現實下，因促進而早熟的意識上的先覺者，卻對當代臺灣的思想和文學發展起著批判者的作用。

在派系鬥爭中，連溫卿雖在一九二九年底新文協第三次全島代表大會中，被加上「左翼社會民主主義者」的罪名而被除名。他的一派的主張被形容成「藉玩弄革命言辭想把勞農大眾束縛於他們的幻想上，使大眾隱蔽在他們的法衣下」[11]，這次大會修訂的新會則也將提倡大眾文化的宗旨從綱領中刪除，但有關大眾文化或無產階級文化的議題，並未從左翼知識界消失，只不過把戰場轉移到文學上，成為三○年代初的大眾文學和鄉土文學論爭。

從臺灣社會主義文化運動的發展歷程來看，連溫卿一派的失去領導權，緣自台共勢力的介入及日共山川均派與福本主義的理論鬥爭。在連溫卿被除名前的一九二七和一九二八年，文協大致採取山川均派較具合法性的活動方式，以巡迴演講、讀書會等方式加強思想影響和傳播，內容大概為對資本主義制度及帝國主義支配的攻擊，以及弱小民族、無產階級解放的問題。一九二八年十月第二次全島代表大會後，隨著台共影響的加深，「文化協會的本質」經決議後被定位為：「雖為思想團體，但關連經濟鬥爭及政治鬥爭。是代表無產階級的思想團體」[12]活動方式及相關言論從此朝向激烈非法的方式，而且革命組織的意識與統一戰線的觀念也逐漸形成。如一九二九年三月十八日紀念巴黎公社革命的檄文，分析巴黎公社和蘇聯十月革命，一個失敗，一個成功，關鍵性的因素之一是巴黎公社孤軍奮戰，蘇聯革命則有國際和國內

被壓迫階級的支持。此外，「巴黎的勞動階級只握有單一的革命
思想而沒有具備受過鋼鐵般訓練的參謀本部」，而「俄國之勞動
階級是受了──思想純化，具有鋼鐵般訓練的──普羅階級參謀
本部之布爾什維克的指導」[13]。同年六月十七日日本佔領臺灣的
始政紀念日，分發的反對文宣中，列出的口號除了反對資本主義
制度，反對帝國主義戰爭，「擁護中國工農革命」，「擁護蘇
聯」，還出現「打倒總督獨裁政治」，「要求即時釋放解放運動
犧牲者」[14]，這些口號常見於當時的台共文件及宣傳品，難怪編
撰《臺灣總督府警察沿革志》的日本警憲要說這已經是「明白的
表明臺灣共產黨的政策」了[15]。

　　以上重視革命戰線、組織領導和要求解放的言論，反映了一
九二九年十一月第三次全島代表大會前，台共主張及日本福本主
義的影響。據日本警憲的調查，第三次大會召開前，加入文協的
台共份子曾寄送一份文協的改革意見書，主張文協應「做為臺灣
無產階級解放運動之一翼」，並強調它應「做為一個強固的中央
集權組織而進行再建運動」。這些意見應起了必要的作用，因為
第三次大會通過的新會則及綱領中即除去前此的以思想團體自居
及促進大眾文化的宗旨，而逕直規定為：「我等糾合無產大眾，
參加大眾運動，以期獲得政治、經濟、社會的自由」[16]。此外，
從理論本身來看，這些意見是帶有濃厚的福本主義色彩的，我們
除了可以由此了解改變路線後的文協的活動情形，更可探索到
三○年代初臺灣文藝思潮發生質變的一些原因。

　　在日共發展史上，二○年代中期是福本主義與山川均派理論
鬥爭的年代。一九二二年日共建立初期，以山川均為代表的思想
路線在黨內佔領導地位，他採取的策略是以合法的經濟鬥爭，介
入勞工運動，廣泛結合大眾來推展社會運動。他認為當時日本建
立共產黨的時機尚未成熟，主張應該從組織上和思想上先徹底純
化，待「自然成長」後再組黨，於是在一九二四年自動解散日本

共產黨。這一年九月，留德返國的福本和夫立即發起對山川均的批判，通過論戰，福本主義在左翼激進知識份子間獲得熱烈支持，甚至影響到當時中國的左翼團體。他的理論大要是強調應由職業革命家組成精英份子的黨，展開理論鬥爭，清除意識不徹底、思想不純正的非馬克思主義者，經過這階段後再重建日本共產黨。他把這稱之為「結合前的分離」，對此，他提出說：

> 　　要創立有明確階級意識的無產者集團的組織和密切結合的雅各賓黨，而為了實現這種聯合──「必須在聯合之前，首先徹底地分裂」，這就是列寧的組織理論的核心。17

　　根據上述職業革命家、精英份子政黨、及分離－結合等理論，日共於一九二六年底重建被山川均解散的共產黨。如果把福本和夫的理論和日共的發展，對照前面提到的一九二九年文協內部鬥爭時，台共主張以強固的中央集權形式重建文協，新通過的綱領把目標由思想團體更改為無產階級的政治、經濟、社會運動，當不難看出其間的影響關係。因此，大會召開後，屬於山川均派的連溫卿以「攪亂戰線」的罪名被開除，自稱「前衛份子」、「精銳份子」的王敏川派奪得領導權，可說是意料中事，因為被當時人目為「上大閥」（即上海大學派）的王敏川，走的正是接受到中、日雙重影響的福本主義路線。

　　經過一九二九年的路線鬥爭，文協內部開始一場持續兩年的「文化協會解散」問題的討論，討論的焦點集中於文協的存在會阻礙臺灣的解放運動。理由是：一、臺灣的革命運動是由文協的民族資產階級的啟蒙運動，進展到馬克思主義運動，在這過程中，以知識份子為指導中心的文協，因不走大眾鬥爭路線，已蛻變成紙上談兵的團體，故應解散，改由無產階級領導。此即：「當殖民地內的革命運動，自啟蒙運動轉入實踐運動時，啟蒙運

動團體的合法性存在會被解消,而不得不由革命性無產階級的非法團體取代不可。」二、文協的構成份子複雜,把小資產階級、小市民、知識份子編組在一起從事鬥爭,在組織上根本是錯誤的,他們應按照所屬的階級加以整編成「文化團體」,或「各日常鬥爭的大眾團體」[18]。

通過反覆討論,文協雖暫時保留,但一九三一年初第四次全島代表大會,經決議後,它的性質被界定為:「無論在政治問題或經濟問題上,須在無產階級領導下從事鬥爭」[19]。在這前提下,前此曾在文協中起一定作用的資產階級自由主義、民族主義、及安那其思想皆在摒除之列,而一個旗幟鮮明、思想路線確定的無產階級文化團體終告形成。與此同時,有關組織上的中央集權制,會員訓練,按情勢需要而定的行動綱領,負責共產國際的情報指令交換的機關報,也都一一加以規劃[20]。雖然迎接這些計畫的是數月後,也就是一九三一年六月開始的大整肅,文協名存實亡,可是就實際的影響和作用而言,經過前後四年的思想鬥爭,它已經把日據時代那始於啟蒙要求的臺灣文化活動,從本質上改變為國際社會主義革命戰線的一翼了。

伴隨著無產階級革命意識的成長,社會主義理論在文協改組後的大眾生活中應得到相當程度的普及,如一九三〇年九月,台南赤嵌勞動青年會發行的一份反對普渡的宣傳小冊子,裡頭有一篇〈我們婦女對於普渡應取的態度〉,這篇署名「溫卿女士」的文章,極可能出自連溫卿的手筆。文中依次介紹「榨取」——也即剝削——是社會生活的基礎原則,宗教是鞏固資本主義社會的支柱等觀念,而後由私有財產制、階級差別的角度,分析性、宗教、經濟這三種剝削的內在關係,並論證只有無產階級革命才能鏟除一切剝削的根源,使婦女解脫「鍊屬地位」及迷信[21]。從文章的寫作目的及讀者對象的設定而論,這篇深入淺出的宣傳文字,或可見出當時的理論水平及其普及程度之一斑。

在文化界方面，也有著相似的反應，如一九二八年五月十三日《民報》第二〇八號的社論，即以〈集團生活的訓練是社會運動的基礎〉為標題，文中指出當日的社運已經「由抽象的運動進入具體的運動」，社會運動家莫不傾全力於實際運動，民眾也一律不喜歡文化啟蒙運動。面對這情況，社論作者提出訓練民眾「集團生活」的重要性，因為它是「治本」，是「基礎工事」，可以作為將來社會運動的準備。又如一九二九年一月二〇日《民報》第二四四號的社論〈臺灣的政治運動工作要深刻一點〉，文中批評由文協右翼組成的民眾黨，向日本總督提出促進地方自治的建議書，「是過於平穩又極為當然的要求」，與「以現狀維持為理想的當局」希望一致。社論作者以為在臺灣人對「政權獲得的渴望，殆有一日千秋之慨」的當時，民眾黨抽象的建議，已不符具體現實的要求，因此在文末呼籲：「皮相的、抽象的政治運動，已經不適合於臺灣的現況了，今後非深刻的、具體的從事於養成自力的工作是不行的」。所謂「自力的工作」，在這篇發表時被日本情治單位挖了許多天窗的社論裡，找不到進一步的解釋，但它之指向根本的變革，而非僅止於局部改良，則是明白可見的。

上述兩篇社論的看法，在文協分裂後的《民報》，時有所見，以《民報》基本上偏向文協右翼的立場來判斷，可以想見，要求打破現狀，而非體制內的改良，要求實踐，而非抽象議論，已是社會的共識了。而實踐的路向，在文學領域中，不論是堅持民族主義及啟蒙精神的文協右翼，或自稱「我們的解放運動已變成國際無產階級解放運動的一環」[22] 的左翼人士，一致朝向的是大眾文學的建立。

二

　　一九三○年，臺灣文化界相繼出現《伍人報》、《明日》、《洪水》、《赤道》、《臺灣戰線》等刊物，這些發行於文協改組後的第一批文藝刊物，是臺灣普羅文藝運動的先聲。在活動上，它們與一九二八年成立的「全日本無產者藝術聯盟」（簡稱「納普」NAP）及日本的社會主義運動組織都有聯繫 23。由於資料限制，這些刊物的詳細內容，無從確知。根據現存的《赤道》報第二期和第四期，刊載的除了本地作家的小說、詩歌創作，還有蘇聯及中國的新詩、普羅文藝理論簡介、革命家小傳、蘇聯概況、無產階級兩性問題討論等，由此約略可知其他刊物應該也是類似的綜合性雜誌，目的在推廣社會主義思想，文學僅是媒介工具。此即日本特務機構在調查《伍人報》中指出的，它的目的是：「計畫透過文藝雜誌的刊行，來進行宣傳煽動，以擴大（臺灣共產）黨的影響力」24。上述意圖可以在《臺灣戰線・發刊宣言》得到證明。

　　《臺灣戰線》的成員包括共產黨員王萬得、楊克培、謝雪紅，文化協會的王敏川、賴和、張信義等，創刊的動機是「在白色恐怖橫行下，要利用最小限度的合法性」從事活動 25。〈發刊宣言〉中一開始即指出它的目的是：「欲以普羅文藝來謀求廣大勞苦群眾的利益」，「欲使它成為臺灣解放運動上著先鞭的唯一的文戰機關及指南針」。接著提出了包括文學史觀、運動策略、文學的功能等一系列的觀點和主張：

　　　　從前的文藝是少數資產家、貴族階級所獨佔、欣賞的東西，但現在已失去存在價值……。當此時期我們不可躊躇，須下定決心一致努力，把文藝奪回普羅列塔利亞的手

中，使其成為大眾的所有物，以促進文藝革命。當此過渡時期，如果沒有正確的理論則沒有正確的行動，這是我們所熟知的事實。因此，須要讓勞苦大眾隨心所欲地，發表馬克思主義理論及普羅文藝，如此地使無產階級的革命理論跟無產階級的革命運動合流，使加速度的發展成為可能，藉以縮短歷史的過程。26

正如宣言的結束部分所說，《臺灣戰線》是要在白色恐怖的怒潮中，站在廣大群眾的旗幟下，「扮演英雄角色的地位」，從上引這一長段文字，不難看出它的紅色使徒的氣概，從文中有關文藝革命、正確理論、縮短歷史過程等意念，更不難看出它的革命激情和教條氣味。其中特別值得注意的是對正確理論的重視，以及把群眾視為體現正確理論的唯一憑據。這樣的看法，強調的無疑是無產階級的意識形態與大眾文學的實踐問題，這些問題在稍後成立的「臺灣文藝作家協會」有進一步的發展。

一九三一年成立的臺灣文藝作家協會是在日本「納普」影響下，由臺灣本地及日本在台的文學青年組成，它的成員如王詩琅、張維賢、周合源、平山勳、湯口政文等，都曾參加過無政府主義運動。或許有感於文協改組後，對連溫卿派及無政府主義者的排擊和宗派對立，以及台、日文藝工作者的民族矛盾，這組織在成立時即強調作家的團結，批判臺灣文藝運動的排他主義、主觀、自我陶醉 27。其次，由於成員多屬日人，對殖民問題的思考，及其與日本國內社會主義運動的密切關係，都使它的活動比《臺灣戰線》更具國際普羅文學運動的統一戰線色彩。

在活動方面，臺灣文藝作家協會一開始就表明對理論和行動的重視，成立前的〈主旨書〉中說：

　　行動需要理論，理論要求行動。……如果藝術理論沒

　　有浸淫到行動，或藝術運動沒有受理論的規定，而且此兩
者沒有產生辯證法的互相作用的話，其理論及其行動就失
去存在的理由。

　　接著，在成立大會上又以「邁向新文藝的確立」、「邁向文
藝的大眾化」兩個口號表明活動的目標，並在活動方針中，進一
步規定它的中心任務是：「新文藝的探究及其確定」，努力方向
是：「對題材的選擇方法，對事物的看法，對它的處理方法──
在作品內容和形式方面。」

　　以上這些主張雖不免浮泛，所謂「新文藝」也缺少具體界
說，但比較起《臺灣戰線》，它顯然較重視文學的藝術性問題，
也較明確地意識到作家的思想傾向或意識形態對題材選擇及處理
方法所起的作用。此外，對理論與行動的辯證觀點，也不像《臺
灣戰線》一味強調「正確理論」的片面和機械，而這一點正是
三○年代初大眾文化或大眾文學的觀念及實踐的根本問題。例
如，根據日本警憲的調查資料，謝雪紅在一九三一年整肅台共事
件被捕後，供詞中有一節「對黨的大眾化的觀念的認識」，對
此，她指出台共之遭受破壞，原因是黨員對大眾化認識錯誤，只
靠個人感情聚合吸收黨員。她解釋說：「共產黨員應由無產階級
中的尖銳份子構成，其爭取僅在革命運動的發展過程中始有可
能，也只有經由如此的過程黨始能獲致大眾化」[28]。由此可見，
臺灣文藝作家協會在朝向文藝大眾化時，著重提出理論與行動的
辯證關係的深意所在。不過儘管如此，在付諸實踐時，協會內部
成員的意見卻相當分歧。其中，有的與社運團體沒有任何聯繫，
只單純地朝向普羅文化的建設而努力；有的則與社運團體密切聯
絡，「利用臺灣文學作為組織組合的武器，並使其扮演同路人角
色，進而為了建設普羅列塔利亞文化，讓它成為階級鬥爭上的一
種武器」[29]。

　　由於前面提到的臺灣文藝作家協會與國際組織的關係，在它成立後，曾有一份寄自東京，署名「J. G. B. 書記局」的賀電，賀電中針對臺灣的情況及協會的主張，作了如下的指示和批判：

　　一、「正確的殖民地文學，必須是將殖民地本身的藝術團體所進行的強力鬥爭作為主體，把它結合於本國（按：指日本）內的藝術團體的共同鬥爭才可以。」

　　二、當日的臺灣社會物質生產力已充分發展到國際水準，且逐漸呈現複雜化的面相，因臺灣的「民族需要，已到了無法和勞動者階級的階級需要游離無關的地步」。在這情況下，「如果藝術要把民族的心理、思想、感情等，用國家主義的保守性或布爾喬亞性來加以體系化的話，其藝術不但會與勞動者階級的利益相對立，而且也會和民族全體的利益、民族鬥爭本身對立」。因此，跟日本帝國主義鬥爭的臺灣普羅文藝工作者，必須摒除在鬥爭過程中已經逐步被揚棄的保守主義的民族思想感情及布爾喬亞的階級性。

　　三、臺灣文藝作家協會把目標籠統定為「探究新文藝，並將其確立於臺灣」，這一規定「包含著許多反動危險性」，因為「新」可能意味著藝術至上主義，如此將把「新興階級的這一個意思完全從大眾面前被蒙蔽掉」。為克服這種機會主義心態，協會成員應參加臺灣所有的民族、階級運動，應該以前衛性的眼光獲取藝術內容，「在發展理論的同時，非推行作品的實踐不可。為推行作品的實踐，非成為鬥爭的一員以便在鬥爭的過程中取得正確的前瞻性的看法不可」。

　　四、文藝作家協會唯一的道路是：「在殖民地樹立革命文學」，不要抱持派閥主義，每個成員必須浸透組織裡，以便爭取「首創性及普羅列塔利亞的領導權」[30]。

　　從國際普羅文學理論的發展歷程來看，以上 J. G. B. 書記局的指示和批判，主要是根據一九三○年十一月在烏克蘭首都哈爾可

夫（Kharkov）國際革命作家第二次大會對日本藝術運動的決議，決議中指責日本「納普」對殖民地藝術的關心不足，因此賀電才會以殖民地革命文學的建立為中心，作出上述指示和批判。從這份文件中有關理論與創作實踐、階級鬥爭、前衛性眼光、領導權等問題的論述，不難看出國際普羅文藝運動的官方說法，因為該次大會的目的，正是在強調作家的思想鬥爭、無產階級革命的迫切性、文藝與政治的關係、作家的任務和工作等問題。此外，對三〇年代初的普羅文藝運動造成重大影響的「辯證唯物論的創作方法」，也是在這次大會上首度而且被當作理論標幟提出來[31]。

對J. G. B.書記局的指示和批判，臺灣文藝作家協會作出了慎重的回應。在一九三二年初被神戶警察截獲的三份資料中，一份題為〈我們的緊急諮詢〉的文件，請示協會是否能像日本的「納普」一樣，成為臺灣的無產階級作家同盟？另兩份由平山勳署名的文件，詳述協會的歷史和工作，其中值得注意的有：

一、關於臺灣文化及民族問題：

文件否定日本內地延長主義，也否定社會主義革命的公式化處理方式。指出臺灣異民族混合雜居的事實，以及因客觀條件形成的文化的獨特性。認為：「要解決臺灣有關的所有問題時，臺灣本身非扮演一個主體的角色不可」。「從無產階級的觀點來提起臺灣的文化問題時，雖說經常在日本的統治下，又承受著傳統性的大陸的影響，但不可忘卻在那特殊的環境中所產生的具有特異性的臺灣文化的建設才好」。

二、關於臺灣的文化運動：

文件指出臺灣文化協會的民族改良主義者所做的只不過是打破舊習慣，打破迷信而已。「從無產階級的立場，以建設臺灣獨特的文化為目的而進行文化啟蒙以及鬥爭的事蹟，在臺灣可以說幾乎沒有過」。臺灣文藝作家協會是第一個開端，但它是由馬克思主義者創立的，「並不是作為普羅列塔利亞作家協會而誕

生」。

三、關於「新文藝的探究及其確立」的問題：

文件解釋説，稱之為新文藝或新文化，「並沒有明確地規定為『普羅列塔利亞文化』或『普羅列塔利亞文藝』的地步」，原因是協會的幹部全部由馬克思主義者構成，「這些核心組織的人物，在文學上並没有成熟到可以稱得上是普羅列塔利亞作家的地步」。

四、關於臺灣文藝作家協會的未來：

文件強調，因為臺灣文化的獨特性，協會「不管暫時或永久，成為日本作同（即「納普」）的支部是錯誤的」。如果核心份子在行動上或思想水平上仍幼稚脆弱，可考慮接受「納普」的指導，但這「絕不可意味著否定臺灣獨特的文化鬥爭主體性的存在。其指導必須是為了養成並鞏固這獨特的主體為目標」。在這條件下，協會將發展成臺灣無產階級作家同盟[32]。

以上的主張，可以代表三○年代初臺灣社會主義文學思想中最激進尖端的觀點和態度。這一系列貫串著福本主義的「進軍號」精神的主張[33]，這文學中的革命語言，意欲建立的臺灣本位的無產階級作家同盟，雖然在一九三二年的白色恐怖裡胎死腹中。但它所提示的觀念，卻在一九三○年臺灣話文論戰的基礎上，發展成以大眾為訴求中心的有關臺灣文學的性質、路向的討論。

一九三二年元月創刊的《南音》，雖然被當時部分人士譏評為：「少爺階級的娛樂機關」，「腐心於風月花鳥的布爾喬亞文學」[34]，但它卻是三○年代第一個提倡大眾文學的純文學雜誌。它的主編葉榮鐘在〈發刊詞〉中表明，該雜誌的目的是：「做個思想知識的交換機關，盡一點微力於文藝的啟蒙運動」。它的使命是：「怎樣才能夠使思想、文藝普遍化」；「有什麼方法或是用什麼工具和形式來發表，才能夠使思想、文藝浸透於一般民眾

的心田」[35]。緊接著，在第一卷第二號的〈卷頭言〉，他就以
〈「大眾文藝」待望〉為標題，提倡他認為符合上述目的和使命
的大眾文藝的寫作。對於大眾文藝，他作了一些說明。

　　首先，在性質上葉榮鐘所謂的大眾文藝是像日本當時流行
的，「寫給一般文化的教養較低的大眾去鑑賞的通俗文藝」；其
次，在功能上它可以「接近大眾，供給大眾以娛樂和慰安」，
「藉以涵養大眾的趣味和品性，給他們的人生能夠藝術化」。因
為通俗化、娛樂、慰安的基本要求，連帶地決定了這大眾文藝的
題材和內容。對此，葉榮鐘指出，一方面臺灣原有的通俗公案俠
義小說，因為時代背景相去久遠，不易喚起大眾共鳴；另一方
面，新的小說又大都是無視讀者興味的「虛玄之作」，而且作者
大都是中國作家，「環境不同，心境離異」，同樣減殺讀者興
味。在這些情況下，「臺灣自身的大眾文藝」，必然是「以我們
臺灣的風土、人情、歷史、時代做背景的有趣而且有益的大眾文
藝」。

　　上述的大眾文藝的主張，與強調階級意識和社會實踐的「大
眾化」文藝，是有著觀念上的根本分歧的。這個不要革命鬥爭，
只求娛樂慰安；不談階級立場，只需風土人情；不要意識形態，
只求藝術化的人生的文學思想，就如葉榮鐘在《南音》發刊詞中
對啟蒙運動的肯定，可以說是在改組前的文協啟蒙精神洗禮下，
與封建思想決裂的臺灣市民意識的反映，也是本世紀臺灣知識份
子第一次思想分化的結果。因此它之被提出，是與台灣話文和鄉
土文學論戰，有著相同的社會意義的。也正因為如此，伴隨著鄉
土文學論戰的左右壁壘分明，伴隨著本身就是它的主要戰場的
《南音》，相繼發表莊遂性、周定山火藥味濃厚的批判左翼陣營
的文字[36]，葉榮鐘這以「通俗化」為先決條件的大眾文藝，也一
改殖民地半自由民的消極逃避，蛻變成反貴族文學，也反普羅文
藝的「第三文學」的捍衛者。

　　關於「第三文學」，葉榮鐘在《南音》第一卷第八號及第九、十號合刊的卷頭言，相繼以〈第三文學提倡〉、〈再論第三文學〉為題，論證這種文學才是臺灣文學的「進路」。理由是他懷疑當日臺灣有真的普羅文學，懷疑臺灣無產大眾真的能夠消化那些「由幾卷小冊子榨出來」，「排些列寧馬克斯的空架子，抄些經濟恐慌資本主義第三期的新名詞」的所謂普羅文學。於是他延續在〈大眾文藝待望〉一文的主張，認為臺灣文學應立腳於超越一切階級羈絆、同時又是「階級意識的先行條件」的臺灣共通特性，他將這稱之為「全集團的特性」並申論說：

　　　　一個社會的集團因其人種、歷史、風土、人情應會形成一種共通的特性，這樣的特性是超越階級以外的存在。所以臺灣人在做階級的份子以前應先具有一種做臺灣人應有的特性。第三文學是要立腳在這全集團的特性去描寫現在的臺灣人全體共通的生活、感情、要求和解放的。所以第三文學須是腳立臺灣的大地，頭頂臺灣的蒼空，不事模倣，不赴流行，非由臺灣人的血和肉創作出來不可。這樣的文學才有完全的自由，才有完全的平等，進一步也才可以寄與世界的文學界，所謂世界的文學一定不是像「味之素」去統一一切的味道的。

　　從文學史角度來看，葉榮鐘這對立於「普羅階級的金科玉律」的文學觀，比較起同時代一般局限於語言層次的鄉土文學論調，確可作為本文開頭引述的有關臺灣文學「深化」、「本格化」發展的觀念上的證明。因為這含有法國十九世紀實證主義文藝理論成分的「第三文學」觀念——也就是史蒂爾夫人（Madame de Stael）的社會制度，風俗習慣，以及泰納（H. Taine）之種族、時代、環境學說——雖不免於機械，但多少揚棄了鄉土文學論者

的情緒性語言，把思辨提昇到比較觀念化和理論性的層次，為右翼的大眾文學論述提供一個新的視野和幅度。此外，這不像一般啟蒙思想者之空談普遍人性，而代之以集團意識；要求自由平等，而不願喪失地域文化特性的文學主張，雖不曾標榜民族主義，在主客觀意義上卻含有弱小民族文學的政治訴求的[37]。也正因為如此，這以素樸面貌出現的「第三文學」觀念，根柢上仍堅持民族解放的理想，而不致像同一階段中國大陸的文藝自由論戰中，自稱「死抱住藝術不放」，高呼「一切政治勢力 Hand off Arts」的「第三種人」之走向藝術的獨立王國。同時還避開了民族主義論述的形上學泥淖[38]，不致把臺灣的特殊性神秘化和絕對化，而成為本土意識的文學烏托邦的「味之素」。

　　在葉榮鐘以「全集團的特性」描述臺灣文學的根本精神及發展方向後，一九三三年創刊的《福爾摩沙》，對相關問題有進一步的討論。這份創辦於東京，受「納普」之後的「日本普羅列塔利亞文化聯盟」（一九三一年成立，簡稱「可普」COP）影響的雜誌，在殖民地文化鬥爭的前提下，雖以重新創造真實的「臺灣人的文藝」為目標，但對於與之息息相關的民族文化和地域特性，卻有著截然不同的觀念和詮釋。雜誌發起人之一的吳坤煌在〈論臺灣鄉土文學〉的長篇論文中，對相關問題作了深入的探討。首先，他指出當日的鄉土文學論者，對鄉土的觀念如非懷舊、浪漫，就是籠統、不切合臺灣的現實，而且他們的主張都沒有一定的方向，因此像水泡一樣消失於無形。接著，他由普羅文學的立場批判一般所謂的鄉土文學。他指出所謂鄉土文學，事實上是經過布爾喬亞的觀點取捨選擇過了的封建時代的文學遺跡，它的內容游離於現實，它在形式上表現的民族特色，只不過是用來支配無產階級的麻醉藥。而在資本主義已經發展到帝國主義的階段，帶有濃厚封建思想內容的鄉土文學，更成了支配無產者的最有力的文化武器。根據這些觀點，他堅決指出，在當日的條件

下，如果要提倡臺灣鄉土文學，就必得考慮「民族的動向，地方的色彩」這兩個關鍵性要素。他接著對這問題加以如下的分析和論證。

透過日本普羅文藝理論家藏原惟人的著作，吳坤煌在論文的後半部提出一套完全建立在蘇聯經驗和列寧、史大林的指示之上的鄉土文學主張。在民族文化和地域特色問題上，他引用列寧所說的：無產階級必須批判地繼承文化遺產；無產階級文化是人類在資本主義社會、地主社會和官僚社會壓迫下創造出來的全部知識的合乎規律的發展等看法。然後指出臺灣的鄉土文學在面對傳統文化時，應該有吸收、有揚棄、有改造地繼承，應該像蘇聯一樣廢止民族差別的觀念，保存民族文化的特色，在自由競爭中，創造出社會主義的國際文化。在文學形式及語言方面，吳坤煌引述史大林說的：各民族的文化在將來會融合成一種有共同語言的共同文化，在這之前的過渡階段，應該像蘇聯各民族共和國之使用本族的語言，而不是恢復先前佔統治地位的大俄羅斯語言。據此，吳坤煌指出臺灣的鄉土文學必須以「內容是無產階級的，形式是民族的」大原則，為建立將來的共同語言的共同文化創造條件 39。

以上吳坤煌的鄉土文學主張，在觀念上與前面討論的《臺灣戰線》、「臺灣文藝作家協會」是一脈相承的。這股把蘇聯的革命經驗絕對化和神聖化的文藝思想，雖未能具體解決殖民地臺灣的文藝創作的根本難題，但它提出的思考方向，仍舊影響了一九三四年相繼成立的「臺灣文藝協會」和「臺灣文藝聯盟」。這兩個總結了臺灣普羅文藝運動的團體，前者以文藝戰線上的先鋒姿勢，首度運用社會主義文藝觀點，由階級分析和意識形態批評的角度，對臺灣新文學運動的創作成果，作了一個較全面和具體的檢討 40。後者則在「文藝大眾化」和反對「偽路線」、「偽指導者」的宗旨下 41，大致整合了文協改組到瓦解後分化矛盾的文藝

思想界，使社會主義文藝思想朝向理論化的方向發展，並且成為
日據時代臺灣苦悶的現實的一股批判的、建設的聲音。

（1995）

1   楊雲萍：〈臺灣小說選序〉，《日據下臺灣新文學·文獻資料選集》（台北：明
      潭出版社，1979），頁 214。按：本文原寫於 1940 年，為李獻璋編《臺灣小說
      選》之序文，後改題為《臺灣新文學的回顧運動》，發表於 1946 年《臺灣文化》
      創刊號。

2   施學習：〈臺灣藝術研究會成立與福爾摩沙（Formosa）創刊〉，同上引書，頁
      354。廖毓文：〈臺灣文藝協會的回憶〉，文中提到《南音》、《先發部隊》、
      「臺灣文藝聯盟」的成立，是臺灣新文學「深一層的活動時期，或本格的建設時
      期」，同上引書，頁362-3。王詩琅的相關論述見〈臺灣新文學運動史料〉、〈臺
      灣的新文學問題〉等多篇文章，皆收於《王詩琅全集》卷 9《臺灣文學重建的問
      題》（高雄：德馨室出版社，1979）。

3   林書揚等編譯：《臺灣社會運動史（1913-1936）》，（原《臺灣總督府警察沿
      革誌》第二篇），第一冊《文化運動》，（台北：創造出版社，1989），頁
      401-2。

4   以上說法依次見《民報》第 139 號（1926.1.9）（解放運動的進程）；第 138 號
      （1926.1.2）〈過去一年間的臺灣思想界〉；第 189 號（1928、元旦）〈過去一
      年間的回顧〉。

5   《民報》第 139 號，同上注：第 132 號（192611.21）〈左右傾辯〉。

6   同注 3，頁 318。

7   有關新文協示威活動的口號、檄文、傳單等可參見注 3 引書，頁 325-7，頁 394-
      400。集會遊行可參見《民報》第 207 號（1928.5.6）有關五一勞動節的報導，第
      213 號（1928.6.17）對新竹文協演講被日警檢束，起訴，台北地方法院審判情況
      的報導。

8   請參見《無產階級文化派資料選編》（北京：中國社會科學出版社，1983）中這
      一派的理論家波格丹諾夫、波梁斯基等的文章，列寧〈論無產階級文化〉的批判
      文字。又 E. J. Brown: The Proletarian Episode in Russian Literature 1928~1932, pp. 6~14
      N. Y., Columbia U., Press, 1953. R. A. Maguire: Red Virgin Soil, pp. 153~158, N. J., Princeton

U. Press, 1968。

9　　連温卿：〈一九二七年之臺灣〉，同注 3，頁 276-7。

10　　列寧：〈關於無產階級文化的決議的草稿〉，同注 8《無產階級文化派資料選編》，頁 129。

11　　〈關於排擊左翼社會民主主義者——連温卿一派告諸位代表書〉，同注 3，頁 346。

12　　同注 3，頁 320。

13　　〈於巴黎公社紀念日檄會員諸君文〉，同注 3，頁 325。

14　　〈反對始政紀念日〉，同注 3，頁 327。

15　　同注 3，頁 326。有關口號可參見林書揚等編譯：《臺灣社會運動史》，第 3 冊《共產主義運動》，台共〈組織大綱〉，頁 35, 76。

16　　同注 3，頁 333, 338。

17　　轉引自艾曉明：《中國左翼文學思潮探源》，（長沙：湖南文藝出版社，1991），頁 93。

18　　以上觀點詳見〈農民組合文協解散論的論據〉，同注 3，頁 358-9；清滴：〈論文協解散問題〉，同注 3，頁 360-3。

19　　見〈文協的將來如何？〉，同注 3，頁 388。

20　　相關論迷及資料詳見第四次全島代表大會通過的〈臺灣文化協會會則〉、〈行動綱領〉、〈宣言〉、〈民主主義式中央集權普遍化的必要〉，以及《新臺灣大眾時報》報導文章：〈於第四次大會上，對文協將來的展望和當前的任務〉。以上文字俱見於注 3 引書，頁 372-392。

21　　這篇文章副標題為「撲滅迷信的根本方法」，刊物名稱為《反普特刊》，引文見頁 27-33。這份資料由陳明柔教授提供，謹致謝意。

22　　臺灣文化協會××支部宣傳單：〈紀念我們的文協紀念日〉，同注 3，頁 399。按文協紀念日為一月三日，是紀念 1928 年文協改組之日。

23　　同注 3，頁 401, 403。納普 NAP 是世界語 Nippona Artista Proleta Federatio 頭一個字母組合的簡稱。

24　　同注 3，頁 402。

25　　同注 3，頁 403。

26　　同注 3，頁 403-4。

27　見〈臺灣文藝作家協會創立主旨書〉及〈活動方針〉，同注3，頁409, 412。以
　　下引文若出自這些資料，不另加注。

28　〈謝氏阿女於豫審庭供述要旨〉，同注15，《共產主義運動》，頁131。

29　平山勳：〈臺灣文藝作家協會的歷史〉，同注3，頁419。

30　J. G. B. 書記局：〈致臺灣文藝作家協會創立大會的賀電〉，同注3，頁413-6。

31　有關國際革命作家第二次大會的情形，詳見蕭三：〈出席哈爾可夫世界革命文學
　　大會中國代表的報告〉，《文學導報》，第1卷第3期，（1931.8），頁2-12。

32　平山勳；〈臺灣文藝作家協會的歷史〉，〈我們和臺灣文藝作家協會〉，同注
　　3，頁418-425。

33　1936年福本主義在日共中取得理論指導地位後，以東京大學學生為主的「馬克
　　思主義藝術研究室」，在它的影響下，提出「進軍號主義」的藝術主張。它的觀
　　點是：藝術的作用在於以政治上的暴露手段來組織群眾，它是進軍的號角。藝術
　　對於以組織群眾為中心目的的政治行動，只起協助的作用。這些主張體現了左翼
　　理論中文學從屬於政治的觀念。

34　這兩個評語各見天南（黃春成）：〈宣告明弘君之認識不足〉，《南音》第1卷
　　第6號，（1932.4），頁24。楊行東：〈臺灣文藝界の待望〉，《福爾摩沙》創
　　刊號，（1933.7），頁19。

35　本文中凡引用葉榮鐘執筆之《南音》卷頭語，俱見於東方文化書局復刻本《臺灣
　　新文學雜誌叢刊》中該雜誌，不另作注。

36　負人（莊遂性）：〈臺灣話文雜駁〉，連載於《南音》創刊號及第1卷2、3、
　　4、7號。一吼（周定山）：〈拍賣群眾〉，〈草包ABC〉之6：〈文學的暴
　　君〉，各見《南音》第1卷第6號，第9、10號合刊。

37　有關葉榮鐘大眾文學、第三文學的社會政治意義，可參考松永正義：〈臺灣文學
　　的歷史與個性〉，葉石濤譯，收錄於《沒有土地哪有文學》（台北：遠景出版公
　　司，1985）。

38　Seamus Deane 指出：一切民族主義論述都含有形上學的向度，它們總是試圖透過
　　一些具體的、特定的形式，如政治結構或文學傳統，來體現本民族的內在本質，
　　而且總是要把自己的民族觀念想像成一個其他人必須俯從的理想形式。見Nation-
　　alism, Colonialism, and Literature, 'Introduction', pp.4-5, U. of Minnesota Press, Minneapolis,
　　1990。

39　吳坤煌：〈臺灣の鄉土文學に論す〉，《福爾摩沙》第1卷第2期，（1933.
　　12），頁8-19。

40　有關臺灣文藝協會的理論發展，可參考施淑；〈書齋、城市與鄉村——日據時代

的左翼文學運動及小說中的左翼知識份子〉，《文學臺灣》第 15 期，（1995.
7），頁81-4。

41　見臺灣文藝聯盟機關刊物《臺灣文藝》創刊號，（1934.11）卷首〈熱語〉。

日據時代小說中的知識份子

甘蔗糖業的歷史，也就是殖民地的歷史。
——矢內原忠雄

一

　　張文環的短篇〈論語與雞〉，是描寫日據時代臺灣「書房」（即私塾）教育的小說。在這篇發表於一九四一年的作品裡，透過學童阿源的經歷，我們看到了傳統中國私塾教育的沒落。根據小說的描寫，當時的臺灣書房已經只存在於偏遠的山村，交通便利的鄉鎮，全是日本殖民政府設置的「公學校」（即小學）的天下。即使是在落後的山村，書房賴以存在的物質基礎，也已蕩然無存，因為人們按照傳統培養長子做官來保障財產的想法，已經消失，而且更重要的，「現在連這樣的山裡的小村子也在高喊日本文明」。在這情況下，就讀書房的學童，最大的願望是下山到市鎮的公學校念書，「戴上制帽，操一口流利『國語』（即日語），好好地嚇唬一下這裡的鄉巴佬」。由於如此，書房裡每天清晨五點由學童輪番煮茶，請先生上課，由先生朱筆圈點的「授書」方式，在學童眼中，成了滑稽可笑的儀式。喝完茶，過足煙癮的先生離開後，書房立即變成戲台的情形，更使這種教育成了名存實亡的鬧劇。因此小說的結尾，當書房先生把村民認為不潔

和不祥的，那用來賭咒的「斬鷄頭」後的死鷄，暗地撿來吃，小
說主角阿源「感到一種幻滅的悲哀」。這象徵中國傳統教育精神
的破產的事件，促使書房面臨解散的命運，一直生活在漢文化傳
統裡的阿源的父親，終於「表示將來希望能搬出街路（即市鎮）
做做生意，一方面也是為了小孩讀書方便。」1

　　如小說標題〈論語與鷄〉的諷刺的、無可奈何的意味，張文
環這篇作品生動地呈現了清朝時代，曾出過三個翰林，四十一個
進士的臺灣，傳統中國文化的風光，它的支配性地位，在日據時
代末期，已經一去不復返了。同樣的它還生動地證實了一些冰冷
的數據所包含的殖民主義的殘酷戰果。據統計：一九〇七年，臺
灣有八七三間私塾，八六六個教師，一八六一二個學生；到了一
九四〇年，只剩私塾十七間，教師三八個，學生九九六人 2。此
外，日本廢止臺灣人使用漢文的一九三七年，臺灣人有百分之三
十八懂日語，到了一九四四年，激增到百分之七十一 3。

　　這個在殖民統治下，因社會結構的根本變化所促成的傳統中
國教育的沒落，在日據時代的臺灣知識界形成了葛蘭西（Antonio
Gramsci）所說的「傳統知識份子（traditional intellectuals）」和
「有機知識份子（organic intellectuals）」的分野。根據這位義大
利共產主義理論家的看法，所有的知識份子都是「歷史地」形成
的，他們都因應著某種社會職能而存在。他認為，每個社會集團
在形成過程中，會同時有機地生產出一個或更多的知識界，這知
識界具有該集團的同質性（homogeneity）以及對該集團的功能的
自覺，而這同質性和自覺不僅表現在經濟活動，同時也表現於社
會、政治等領域。因此，與新的社會集團或新的階級同時產生，
並在它的發展過程中成熟起來的有機知識份子，都是該集團或階
級在創立它所意欲達成的新的社會形式的活動專家。例如在封建
時代，神職人員是地主貴族集團的有機知識份子，他們長期以來
壟斷了意識形態、學校、教育、司法、道德等重要職務，維繫並

鞏固封建制度的支配性地位。但對於新興的資產階級來說，他們是傳統知識份子，因為取得支配地位的資本主義社會，已在它的發生的同時，有機地發展了適應它的需要的專業技術人才，也即它的機能性知識份子[4]。

　　根據上述葛蘭西的分析，像〈論語與雞〉裡的書房先生，無疑是日據時代臺灣傳統知識份子的典型。這位在山村裡以善講《東周列國志》、《三國演義》，博得村民尊敬，在書房中以孔子神像、朱筆和戒尺，樹立他的權威形象的先生，可以說是封建中國的大傳統的執行者。但這類知識份子固有的所謂「半部論語可以治天下」的意識形態，連同他們的氣節，似乎與封建清朝的氣數同歸於盡了，他們中的「識時世」者，仍舊沿襲這個辭彙所孕含的作為權力奴婢的封建士大夫性格，在改朝換代之際，以他們的知識機器──「滿腹詩書」，用之於歌頌新的主子。陳虛谷的小說〈榮歸〉中的王秀才，就是在兒子通過日本文官考試，富貴返鄉，大宴賓客之餘，即席吟誦日本帝國領台以來，「聖德覃敷，政績頗著」，「願我子孫，竭其愚誠，勉為帝國善良之民，以冀報恩於萬一」，一類歌功頌德的話[5]。涵虛的〈鄭秀才的客廳〉，寫的是「凡事不失中庸才好」的鄭秀才與他的同儕，在「不論什麼事，總有個天數」的認定下，加入辜顯榮等日本御用尾巴發起的「臺灣公益會」[6]。這類日據時代的臺灣傳統知識份子，就像他們由吟風弄月墮落到與日本政要詩文唱和一樣，歌功頌德成了他們在當時的社會構成上的絕無僅有的功能與意義。

　　在權力的奴婢之外，另一類日據時代的傳統知識份子，是些帶著遺老氣味，不肯俯從世俗的人。他們中，比較上帶有正面意義的是朱點人〈秋信〉中的斗文先生，這位前清秀才，留辮子，穿古裝，數十年如一日地臨摹文天祥的〈正氣歌〉，朗讀陶淵明〈桃花源記〉等古文，讀他的孫兒自上海寄來的〈國事週聞〉。他的生活：

　　表面看來，純然是隱居生活，但他的內心卻不如是，他的熱血，常為同胞奔騰著。當社會運動方爛的時候，他雖然沒有挺身去參加實際行動，但對於社會運動一分望的文化運動的貢獻，卻是不少。

　　當臺灣人會說日本話的越來越多，理解漢文的越來越少，斗文先生想在謀生上，日文果然需要，但「臺灣人與漢文有存亡的關係」。為了振興漢文，他糾合同志，創設詩社，提倡擊鉢吟，「不想那班無恥的詩人，反把它當作應酬的東西，巴結權勢」，他因此後悔不該創設詩社，嘆息自己是臺灣文學界的罪人。這位斗文先生，可能是日據時代臺灣白話小說中，唯一保持傳統知識份子「正氣」的人，但時不我予，即便這僅存的正氣，也只能在他到台北看一九三五年日本人為誇耀據台四十年舉行的博覽會時，衝口大罵「倭寇！東洋鬼子！」而後好不容易在植物園找到他舊日工作的撫台衙，面對屋貌依然，往事已非，而慨嘆杜甫詩說的「王侯第宅皆新主，文武衣冠異昔時」，而「胸裡充滿著興廢之感」了[7]。

　　與斗文先生一樣，不能忘情於傳統士大夫的文人味，而事實上不過在所謂詩酒風流的名目下，玩些腐敗的文字遊戲，過著虛無墮落生活的有賴和〈赴了春宴回來〉中，以「聖人之徒」自居的敘述者「我」[8]，楊少民〈廢人黨〉中，那些冒用新觀念，組織「自由會」，自稱不願受舊俗禮教束縛，而實際上「天天吃酒，天天醉著！做些不成詩的東西，說他們就是文士」的一夥人[9]。對於這類傳統知識份子給予較全面和深刻的描繪的，是一吼（周定山）於一九三一年寫的〈老成黨〉[10]。

　　〈老成黨〉這篇小說的場景是妓院，人物是帶著先生、老、君等字號，有的經過十年寒窗，有的會吟些哀艷詩詞的自稱「吾儒」的人。他們自覺懷才不遇，不願在浮薄世相中同流合污，他

們不屑為日本公學校漢文教員，因為教材「俗得不成樣子」。整篇小說環繞著他們某次「入夜一樽酒，邀朋去賞花」的夜生活。首先，這些被賴和稱之為「至少是比這時代慢有一世紀的人物」[11]，引經據典地論證納妾之必須，經過他們考證，那是：「真同日月經天，江河行地。稽之今古誠莫及，萬世聖賢而不移了。」而後就是有關所謂「藝術的生活，美麗的生活，享樂的生活」的提案。其中之一：

　　就是咱們組織一班娛樂同道，來開開晚境的歡心！耳亂不聞，管他殺人不眨眼的綠氣砲！掉頭哼哼的飛行機！才是至上主義呵！

　　因為懂得套用「主義」這個新名詞，所以引經據典之外，這美麗的生活還有新理論的支持的，那便是：「人類生活，本是需要變動的！不可停滯。一變動，就感覺我們生活舒服。那停滯，便味同嚼蠟了！」但這些擅長斷章取義地徵引孔老夫子「好德如好色」的聖訓，擅長搬弄從宋玉〈招魂〉，到《呂氏春秋》，到《史記‧滑稽列傳》，來為他們「以晝為夜，以夜繼日，男女切倚，固無休息」的行為找到合法根據的「吾儒」們，果真了解「變動」的道理嗎？下面的宏論，是他們的思想全貌：

　　大概我們生下倘不是聖賢，當然要循規蹈矩亦步聖武，才不越軌古道了！這樣的！的確要從三墳，五典，四書，六經，八索，九邱，百宋，千元，天球，河圖，中國，萬邦⋯⋯這些去找明證。但，非為自作聰明，聖人至道，在於中庸。那失掉的，就恐怕淪於幼稚的危險，不成榜樣，或者非常給人嗤笑的。怎看現時在報章雜誌的論調，『改革』的空氣濃厚透頂了！滿車的自由平等戀愛解

放……都想來堆積路上，把所有的人們要全般活埋下去，道德文章受這污臭的瘢痕，豈不給人痛心嗎？稍點留神，就有什麼「邏輯」，「焦點」，「新道德」，「活文學」，「主義」，「思想」……，不是文妖，便為道賊！還極力在引吭狂呼，受其荼毒的，都在呻吟宛轉！這冷酷的呻吟，直刺入人們的髓，像冬夜密窗縫裡的小刀風，驚得你不毛骨悚然！其實，這種蠻行的猖獗，真是「舐皮論骨」的可鄙！也許是屬於天意罷？能於秋風殘燭的當中，敦仁由義，追跡前哲，兌成了這動猷，實珍如鳳毛麟角了！……為防微杜漸計，莫若組織一個會，來維護道德！

　　這在意識上深刻地表現著所謂「天不變，道亦不變」的麻痺思想論調，它的思想性質，無以名之，有之，大約只有魯迅所說的傳統文化的「沉滓的再泛」可以概括。當作者周定山，這位臺灣新文學的旗手，以「老成」這個古老辭彙，來形容日據時代自稱「吾儒」的臺灣最後一批傳統知識份子，而且像前述從陳虛谷以下的小說作者，在藝術上以卡通式的誇張僵化的手法，使這些傳統中國文化的沉澱像鬼魅一樣現形時，日據時代臺灣新知識份子的精神取向，是不難揣測的了。

二

　　就社會發展而言，日據時代臺灣由傳統農業經濟走向資本主義的生產型態，以及由之決定的資本主義社會的階級關係，都不是因社會本身內部的發展使然，而是由於殖民統治的外來因素促成的。在這條件下，日據時代臺灣新的社會形式的發生，從根本上就缺少了葛蘭西所說的「由先前的經濟結構中浮現，同時作為該結構的進一步發展」的歷史的連續性[12]。因此在臺灣新舊社會

形式的交替過程中，在職能上因應著日本殖民統治集團的需要而
發展起來的有機知識份子，與已經存在的、代表先前的封建社會
意識形態的傳統知識層的關係，也從根本上失去了發展上的連續
性，失去了被葛蘭西視為社會及文化發展上的重要課題的新舊知
識份子間的意識形態上的同化和征服的必要條件 13。因為由日本
殖民教育培養出來的臺灣新知識份子，那符合新的統治集團需要
的、具有支配性地位的意識形態，對他們來說，是先驗的、不辯
自明的合法與合理的存在。這從前一節討論的那些出自新文學作
家筆下的傳統知識份子形象，從新文學作家近乎全面的否定態
度，可以得到初步證明。

　　在失去歷史的連續性的基礎上，日據時代臺灣社會的變遷，
是按照日本殖民政策的規定而進行的。就在矢內原忠雄於《帝國
主義下之臺灣》中所說的：「甘蔗糖業的歷史，也就是殖民地的
歷史」的情況下，隨著一九〇〇年日本投資的「臺灣糖業株式會
社」的創立，及其他新經濟措施，一九二〇年代開始，臺灣的土
地上冒出了以自力更生、部落振興等進步的名目出現的「文化村
落」，這些與傳統文化臍帶斷裂，而又以農村破產為代價的措
施，在愁洞（蔡秋桐）發表於一九三一到三六年之間的鄉土小說
〈奪錦標〉、〈新興的悲哀〉、〈理想鄉〉、〈四兩仔土〉等作
品裡，有極深刻的反映。而正如這些小說標題的錦標、新興、理
想等觀念所顯示的價值判斷（當然，對小說內容而言是以反諷的
意義存在），伴隨著這些新文化村落出現在臺灣歷史舞台的是一
些新人類，一些由殖民教育政策決定，被動地接受和認同由日本
移植來的資本主義思想的有機知識份子。這些努力於吸收新興
的、理想的文化，努力朝向新的觀念錦標前進的知識份子；他們
與本土的、傳統的文化自不免於衝突，但這衝突與其說是由新舊
社會關係的內在矛盾所決定的意識形態的矛盾，不如說是他們在
資本主義思想的理想光環下，以社會達爾文主義的眼光，對待被

認定為應該被淘汰的傳統封建文化。這情形在臺灣新文學的第一篇日文小說，也即追風（謝春木）於一九二二年寫的〈她要往何處去〉[14]，就已明白地表現出來。

〈她要往何處去〉寫的是一個高女（即女子中學）學生和一個留學日本的青年，勇敢地解除由父母之命、媒妁之言訂下的沒有感情的婚約的故事。小說中藉這對青年之口，嚴厲譴責傳統社會制度的罪惡，譴責把屬於個人的事件製造成新聞的「病入膏肓的社會人士，甘於非人生活的社會人士」，並誓言「點燃起改革的烽火」，解決的辦法是女主角選擇到日本留學作為她的去處。在這篇以改革為主題，以新人類與舊制度的對決為表現形式的小說裡，舊制度所代表的傳統文化意識只是形式的存在，小說的男女主角也只以真理的代言人的身份，把資本主義的人道和自由思想作為優勝劣敗的天然標準，完全排除了傳統之為傳統的千絲萬縷的糾葛。這整個表現，除了顯示當時新青年的天真的、理想主義者的姿勢，顯示著先天上佔優勢的殖民統治集團的意識形態的強制性，更顯示著臺灣文化意識的斷層現象。而這斷層，正說明了以甘蔗糖業的歷史為歷史的日據時代的臺灣，作為新的權力結構的功能者的有機知識份子，在新舊社會力量不成比例的物質基礎上，可以說是「不假思索」地過渡到新文化意識的領域，坦然地以資本主義思想為永恆的、絕對的思想，而不曾遭遇到其他工業先進國家中，發生在有機知識份子與傳統思想間的難題。

根據葛蘭西及英國新馬克思主義文藝理論家伊戈頓（Terry Eagleton）的研究，上述思想變換的難題，在歐洲國家中曾以不同的程度發生過。例如維多利亞時期的英國，在資產階級取得勝利後，從貧瘠不毛的資本主義的實用思想和功利觀念孕育出來的資產階級知識份子，為了壯大自己，不能不在吸收、同化傳統知識層的同時，回到傳統知識階層所代表的經濟上處於劣勢而在精神王國中佔有崇高地位的古老地主貴族的文化中汲取靈感。在這過

程中，資產階級知識份子以他們的看家本領，從地主貴族的浪漫
人文主義的豐饒資源中，擇肥而噬地剝削適合他們的思想材料，
來粉飾赤裸、貪婪的資本主義的財產權。他們祭出當代文壇泰斗
阿諾德（MatthewArnold）鼓吹的「希臘化」文化，使英國的布爾
喬亞免於俗惡[15]。由於前面討論過的殖民地歷史發展的特殊性，
上述的英國情況，自不可能發生在日據時代臺灣新知識份子身
上。也是由於這特殊性，以英國為代表的資本主義文化的發展，
對臺灣新知識份子來說，已經是被歷史地解決了的問題。因為當
他們隨著甘蔗糖業而出現在臺灣現代史的水平線的時候，繼承了
西方文化遺產的布爾喬亞早已是他們的領航員了。在這情形下，
謝春木的〈她要往何處去〉，成了帶著全新夢想的一九二〇年代
臺灣新知識份子的新世界草圖，其中的座標之一的「到東京去」
成了自由的指針，而不甘於非人的生活則成了「人」的發現的動
力。前一個夢想持續出現在描寫知識份子的日據時代小說裡，它
正如吳濁流的〈水月〉中形容的：「像水裡的月亮一樣，圓了又
缺，缺了又圓」[16]。後一個夢想則印證著矢內原忠雄那帶著真理
性的睿智而不幸的話語，以尖銳的方式呈現了被甘蔗糖業的甜蜜
包裝著的臺灣新知識份子的苦痛的成長歷史。

　　從資本主義文化出發，日據時代臺灣新知識份子的思想，一
開始就被打上應有的烙印，也即是：被資產階級因貿易行為而擴
張的世界版圖，以及被象徵人類勞動的抽象化存在的商品交易所
決定了的有關全世界和全人類的抽象思考。在文學界，這首先表
現在對文藝創作具有綱領意義的報刊發刊辭和社論裡，如一九二〇
年七月，《臺灣青年》創刊號卷頭辭指出，第一次世界大戰後：

　　　　由著這個絕對的大不幸，死不完的全人類，已從既往
　　的惰眠醒了，厭惡黑暗而仰慕光明——這樣的醒了。反抗
　　橫暴而從正義——這樣的醒了。排斥利己的、排他的、獨

尊的、之野獸生活，而謀共存的、犧牲的、互讓的、之文
化運動——是這樣的醒來的了。[17]

一九二三年四月，《臺灣民報》創刊辭首先質問：「我們臺
灣人甘自認做劣敗者麼？願受人淘汰麼？」而後痛陳：

> 歐洲戰後，思潮大變，世界上人人都曉得求自由平
> 等，唱人道正義。我們島內同胞，若沉醉不醒，深迷不
> 悟，也恐怕將無顏可以見世界上的文明人了。[18]

一九二五年十一月，《臺灣民報》七九號社論，開宗明義地
說：

> 燦爛的歐洲現代文明，是由於全歐洲人的自覺，在歐
> 洲文藝復興以來的四五百年間，給建造出來的。實在，歐
> 洲近代史可以說是「我」的自覺史。
> 所謂「我」的自覺，是成立於確認自己的人格，而打
> 破一切偶像，懷疑自己，不信一切，終而批評自己，批評
> 一切。[19]

以上言論的精神歸結到文藝創作中，可以一九三四年十一月
《臺灣文藝》創刊號上具有宗旨意義的〈熱語〉為代表，它的最
後兩條說：

> 把臺灣的一切路線築向到全世界的心臟去！
> 看我們的藝術之花在世界心臟上開放吧！[20]

在小說創作方面，這自覺與世界心臟連線的「我們」，最先

面臨的問題是事關個人的戀愛。單獨處理這問題的有：瘦鶴〈出走的前一夜〉，夢華的〈她〉，朱點人〈無花果〉，吳濁流〈泥沼中的金鯉魚〉，吳天賞的〈龍〉和〈蕾〉，巫永福的〈山茶花〉，這類作品以吳天賞和巫永福最能表現當時的精神。吳天賞的篇名與主角相同的〈龍〉，寫的是一個戀愛至上主義的思索型青年，平時「老是思考著如何使自屬的民族，從無知解救出來」。為了追求理想女性，他拋棄家裡替他訂的未婚妻，但受不了良心譴責又與她結婚，婚後一個月，雙雙自殺。小說藉著目擊悲劇的敘述者「我」，在結束時說：

> 到如今，我仍能歷歷然想起在鹿港的海岸那舉目盡是鹽田、芒穗隨著海風披靡、夕日沒於地平線下的情景之中，我的朋友龍滿心誠懇地在向未婚妻說明人世的不如意及人性的醜陋，以及死亡是多麼美好，它可化解世間的一切不平的可憐姿影。[21]

巫永福的〈山茶花〉，寫的是一個留學東京的青年與兩個也是留學東京的女孩間的愛情事件，其中牽涉到同姓之婚，面對這難題，男主角龍雄引法國詩人保羅・瓦雷利的話當作救兵：「現代青年不要想去理解習俗，也不應該去理解。」小說接著寫道：

> 「不應該去理解。」這句話，龍雄解釋為：應該加以抹殺，應該加以忽視。習俗造成不幸，是可怕的事，覺得這好像是指自己的事，他不禁嚇得發抖。[22]

上面這些出現在三〇年代前期，活在絕對、至上的戀愛理念的知識青年形象，他們的不惜以出走（到遙遠的東京去）、拒絕了解、甚至以死亡來反抗，正表現了從封建式的人身依附的道德

紐帶解放出來的，以世界和人類公民自居的臺灣新生市民的個性
與堅持，也即是前引《臺灣青年》、《臺灣民報》等鼓吹的仰慕
光明，追求自由平等，嚮往人道正義的「文明人」的「自覺」。
但這仿造的阿諾德式的希臘化了的資本主義社會的市民，在殖民
地「前不見古人，後不見來者」的匆迫的歷史斷裂感下，很快就
被還原成一個恰如觀念本身的純粹的、絕對的「個人」。這變化
在同一階段的翁鬧的小說〈殘雪〉、〈天亮前的戀愛故事〉，已
經有著極致的表露。這兩篇寫作於五十多年前的作品，就是以
「現代的」標準衡量，仍不失其怵目驚心的現代性。以下是〈天
亮前的戀愛故事〉的片斷，一個三十歲的單身男子的獨白：

> 想談戀愛。想得昏頭昏腦。為了戀愛，決心不惜拋棄
> 身上最後一滴血，最後一片肉。那是因為相信只有戀愛才
> 是能夠完成自己的肉體與精神的唯一軌跡。我不敢說是奇
> 蹟。它正是軌跡。為的是只有它，也就是只有戀愛，能夠
> 在這個宇宙間畫出我所尋求的某一個點，畫出能在一切條
> 件上使我滿足的唯一的一條路。如果從這個意義出發，說
> 它是奇蹟也沒關係。……

> 你相信嗎？在這個世界再也沒有像我這樣的偏執狂，
> 我是瘋瘋癲癲的。不過，能變成從小渴望的瘋癲，即使談
> 不上驕傲，也稍微感到滿足。我為什麼會變成這樣一種
> 人，相信聰明的你不必等我作不厭其煩的說明，單憑剛才
> 告訴你的我少年時代的環境就可以充分推想出來。你說無
> 聊是不是？可是，在我看來，人類思想感情的發生和進
> 展，似乎統統開端於無聊的、帶幼稚氣味、瑣碎的事象。
> 而重要到幾乎可以支配這個人類的一生的瑣碎事象，卻因
> 各個人而非千差萬別不可。果真如此，那麼我縱然從那種

邪道的圈內，抽出足以稱為我的血肉的一套價值千鈞的思想，照理也毫不足怪。可不是嗎？何況，被稱為邪道的東西，隨著時間的經過，會漸漸有點不像邪道呢？……

　　請看穿我內心的深底吧。我是野獸。如果聖賢的路就是人的路，那麼我是分明走岔了路的，活該被看不起的存在。請看不起我好了。可是只希望你不要嘲笑我。因為野獸即使應該看不起，卻不應該加以嘲笑的。何況又不是什麼值得嘲笑的東西。關於這一點，我想啊，如果這地上再一次到處充滿野獸，那該有多好！請不要生氣，因為我並不希望人類絕滅。我的意思是要現在的人類忘掉他們的生活方式與一切文化，再一次回到野獸的狀態。23

　　這發生在殖民地的天亮前的故事，這個隨著糖業的機器生產而生產出來的文明人，他的獨白所隱含的自我消費的世紀末情調，他的價值混亂，他的偏執和焦灼，以至於渴望回到人類文化的零點的瘋狂，在在顯示著殖民地特殊的斷裂的歷史所形成的自我歷史的斷裂，以及在這之上的，與資本主義社會發展有著同質性的人的破滅24。然而這個在世界性的規模裡膨脹以至於破裂的自我，這個來自殖民地式的強制性的從無到有以至於復歸於零的人性和人類文化移植的惡果，正預示著在這相同的強制性的移植過程中，在這罪惡的胎內，它的對立面的必然存在和發展。

　　只不過那已是換了人間。

三

　　如果說前一節討論的，那些與臺灣的資本主義社會同時出現，早早從臺灣出走，走向彼岸的東京的日據時代知識份子，是

由殖民主義使之提早結束的封建長夜裡醒轉過來，在需要幻想來
拯救的經濟剝削和民族壓迫的雙重貧困下，從現實游離出來，以
剛被解放的「自我」為材料，在資本主義標榜的自由、平等、博
愛、正義等信念的保證下，熱情地進行著全世界全人類性的烏托
邦幻想，因而當這些資本主義的使徒，得到需要的幻想，盡了他
們的社會功能的同時，連帶得到的是與幻想成正比例的此岸的貧
困的自己。那麼，接下來我們看到的是，在同樣需要幻想的條件
下，另一類也是由殖民統治有機地生產出來的新知識份子，自覺
地運用本來就被他們所代言的精於計算的資產階級認可的現實主
義精神，以現實檢驗幻想，因而在一次大戰後，很快地從暴露資
本主義本身的發展危機的世界性經濟大蕭條，懷疑那標榜自由、
平等、博愛、正義的資本主義社會的正當性，從而思索和呼喚一
個與這些信念名符其實的世界的到來。在小說中，這些帶有強烈
的此岸性的知識份子，他們的要求首先以寓言的形式出現在日據
時代臺灣最早的中文白話小說之一，也即是發表於一九二三年，
署名「無知」的〈神祕的自制島〉[25]而後是一九二六年天遊生作
的，同樣也是寓言的〈黃鶯〉[26]，然後他們便以「××主義者」、
「文化協會的」、「社會主義者」、「過激人物」等身份，普遍
出現在二〇年代後期與三〇年代那些描寫工人失業、農村破產、
階級壓迫、殖民剝削等的小說裡。這些大都作者生平無可考，小
說中那些起著影響和作用的知識份子也都神祕莫測的作品，除了
說明了那與故事人物認同（identity）的，由資本主義社會內部分
裂出來的知識份子作家，現實上的處境，同時也象徵著，在當時
相對薄弱的資本主義經濟基礎上，還不能肯定自己的內容和形式
的時代異端們的模糊面貌。

　　與前一節討論的追求個人自由的知識份子不同，這些首先以
年代不詳的寓言的敘述者出現的時代異端們，是以特定條件下的
多數人處境為思考對象的，而非泛論抽象的人性。在〈神祕的自

制島〉這篇擬喻日據時代臺灣人被奴役，以至於視奴隸為當然的作品裡，敘述者探討的是形成「自制」的大眾心理機制（psychological mechanism），以及在這過程中人的自我意識和自主性的失落。相同的意念表現在〈黃鶯〉中，這篇小說藉著被囚在籠中的鴿子和來探望他的山林之友黃鶯的對話，敘述者提出了「馴服性」和「變革性」的發生和存在的條件。但是作為資本主義社會的矛盾存在，這些背叛了自己的階級的社會和時代的異端們，在以現實而非寓言的面目出現在失業工人、小市民和破產的農人中時，開始時仍不免於透露了被他們的階級性所決定的個人的革命的亢奮與幻滅，表現這類知識份子形象的有：賴和的〈惹事〉、署名「慕」的〈開學〉、自滔〈失敗〉、楊守愚〈元宵〉、〈啊！稿費〉。在〈開學〉中，失業後好不容易找到一個塾師工作，終因被認出「過激人物」而被解聘的主角，面對支配階級的暴壓，除了周身「給一種失望的憂憤熾烈地燃燒著」，再也找不到其他行動[27]。〈失敗〉中，參加啟蒙運動，坐過牢，脫離解放運動，「然而對於為窮人爭取利益的鬥士們，卻也很接近」的醫生，自覺洞悉社會後，眼中「閃耀著獨自高人一等的高傲」[28]。〈啊！稿費〉中，煮字療飢，欽慕蕭伯納、菊池寬等作家，在幻想不到的「黃金的國土」和一次大戰後的不景氣裡，只有在無名的悲哀與強烈的憂憤裡，質問「世間的錢，又是歸到誰的手裡呢？」[29] 比較上與這沒有行動的敗北感決裂的是楊守愚的〈嫌疑〉和〈決裂〉的主角。在〈嫌疑〉中，參加文化協會改組，被指控為無政府主義組織「黑色聯盟」份子的主角，在被搜查、審問後，覺得這樣的一個政府，「無異是在強迫著人民起來革命，更無異是在替社會主義撒傳單」，同時擔心被拘押後，不知那一天「再能與無時無地都在活躍著，鬥爭著的人類見面？」[30]〈決裂〉中，投身農民組合，不惜背叛自己家族的小說主角朱榮，當他與曾經是同志的妻子決裂後，鄭重宣告：「你既然反對我的主

義，阻礙我的工作，那我倆當然是勢不兩立了。你的反對行為，在我的眼中，也只是我的一個仇敵。」31

這些與他們所屬的階級決裂，投身日據時代因殖民政策而朝向無產化的大眾之中的知識份子，他們的不同發展，集中表現在楊逵和王詩琅等作家的小說裡。這方面問題，已有不少專文討論，此處不再贅述。至於這類走向群眾的資產階級異端，與前述個人自由主義的知識份子之間的矛盾發展與結合，這些被資本主義社會的統治集團有機地生產出來的知識份子的歸宿，他們之作為殖民資本主義的「惡之華」的性質，將於另文討論。

（1990）

1　張文環：〈論語與雞〉，見《光復前臺灣文學全集》第8卷《閹雞》，頁61-79，遠景出版社，台北，1979。

2　E. Patricia Tsurumi： Japanese Colonial Education in Taiwan, 1895~1945, p. 246. Harvard University Press, Cambridge, 1977.

3　王育德：《臺灣，苦悶的歷史》，臺灣青年社，東京，1984。

4　Antonio Gramsci： "The Intellectuals", in Selections from the Prison Notebooks, pp.1~14, eds. and trans. by Quintin Hoare and Geoffrey Nowell Smith, International Publishers, New York, 1980.

5　陳虛谷：〈榮歸〉，見《陳虛谷選集》，頁 107-118，鴻蒙文學出版公司，台北，1985。這篇小說原載於《臺灣新民報》1930 年 7 月。

6　涵虛：〈鄭秀才的客廳〉，見《光復前臺灣文學全集》第1卷《一桿秤子》，頁201-205，遠景出版社，台北，1979。這篇小說原載於《臺灣民報》1927年1月。

7　朱點人：〈秋信〉，見《光復前臺灣文學全集》第4卷《薄命》，頁 109-121。這篇小說原載於《臺灣新文學》1936 年 3 月號。

8　賴和：〈赴了春宴回來〉，見《日據下臺灣新文學》明集第 1 卷《賴和先生全集》，頁 133-136，明潭出版社，台北，1979。這篇小說作於 1935 年。

9　　楊少民：〈廢人黨〉，見《光復前臺灣文學全集》第5卷《牛車》，頁253-265。
　　原載《臺灣文藝》1935年6月。

10　一吼：〈老成黨〉，見《光復前臺灣文學全集》第3卷《豚》，頁99-121。原載
　　《南音》1931年12月-1932年2月。

11　賴和：〈棋盤邊〉，同注8，頁46。

12　Ibid, pp.6~7.

13　Ibid., p.10.

14　謝春木：〈她要往何處去〉，見《光復前臺灣文學全集》第1卷《一桿秤子》，
　　頁3-36。原載《臺灣》1922年7-10月。

15　Terry Eagleton：Criticism and Ideology, pp.102~104, Verso Edition, London, 1978. Gramsci,
　　ibid, pp. 17~20.

16　吳濁流：〈水月〉，同注1，頁201-207。原載《臺灣新文學》，1936年3月。

17　〈臺灣青年創刊號的卷頭辭〉，同注8，頁1。

18　〈臺灣民報創刊詞〉，同注8，頁36-37。

19　〈文化運動的目標〉，同注8頁107。

20　見黃得時：〈臺灣新文學運動概觀〉引，同8，頁317-318。

21　吳天賞：〈龍〉，同注10，頁299-302，引文見頁302。原載《福爾摩沙》創刊
　　號，1933年7月。

22　巫永福：〈山茶花〉，同注10，頁235-266，引文見頁261。原載《臺灣文藝》
　　1935年4月。又所引法國詩人Paul Valery，一般譯為「梵樂希」。

23　翁鬧：〈天亮前的戀愛故事〉，見《光復前臺灣文學全集》第6卷《送報伕》，
　　頁363-387。引文各見頁363、369。原載《臺灣新文學》1937年1月。〈殘
　　雪〉，見同卷頁323-347。原載《臺灣文藝》1935年8月。

24　Lucien Goldmann: Interdependencies between Industrial Society and New Forms of Literary
　　Creation, in "Cultural Creation", pp. 79~80, 82~84, Telos Press, Saint Louis, 1976.

25　無知：〈神祕的自制島〉，同注14，頁39-44。

26　天遊生：〈黃鶯〉，同注14，頁193-197。

27　慕：〈開學〉，同注14，頁303-312，引文見頁311。原載《臺灣新報》1931年
　　366-367號。

28　自滔：〈失敗〉，同注10，頁71-96，引文見頁71。原載《南音》1932年11月。

29　楊守愚：〈啊！稿費〉，見《光復前臺灣文學全集》第 2 卷《一群失業的人》，
　　頁 75-84，引文見頁 84。原載《臺灣新民報》第 391 號，1931 年 11 月。

30　楊守愚：〈嫌疑〉，同上注，頁 175-184，引文見頁 183。原載《臺灣新民報》
　　第 363-365，1931 年。

31　楊守愚：〈決裂〉，同上注，頁 53-72，引文見頁 71。原載《臺灣新民報》第
　　396-399 號，1933 年。

書齋、城市與鄉村

——日據時代的左翼文學運動及小說中的
左翼知識份子

一

　　一九二○年代中期，隨著臺灣社會、政治運動的蓬勃發展，有關社會主義、殖民問題、民族解放等論述，以及與臺灣有密切關係的中、日兩國農民運動的報導，在《臺灣民報》中佔有顯著地位，這現象除了客觀現實使然，還可看出當時知識份子的思想動向。以一九二五年到一九三七年為例，在經歷了二林蔗農事件，無政府主義組織「黑色青年聯盟」被檢束，日本「始政紀念日」逮捕文協和無產青年演講者的「六一七案」，以至於文協的左右翼分裂等重大事件，《臺灣民報》除了持續關注中國的內戰及政治動態，報導日本無產階級運動及勞農組織的發展，翻譯各勞農政黨的黨綱、政策 1，此外，還針對臺灣的特殊處境，就一九二五年十二月到一九二六年間，日本連續成立的五個無產階級政黨的分合及思想趨向加以分析。站在同屬被壓迫階級的立場，《民報》的評論文字指出這些政黨，對臺灣的反殖民運動都採取「便宜主義」的妥協手段，雖然在黨綱、政策中有撤廢殖民地的差別待遇的項目，但卻無具體方法，因此都只不過是有名無實的殖民地政策，在這情形下，臺灣人民如自己不奮起力爭，只仰仗

他人，則無異緣木求魚，畫餅充飢 2。

　　在上述的事實認知之外，對於臺灣政治社會運動的相關論述，《民報》也有著適時的譯介，其中特別值得注意的是日本共產黨理論家山川均的〈弱小民族的悲哀〉。這篇發表於一九二六年五月號《改造》雜誌的論文，立刻被張我軍翻譯，從一九二六年五月十六日到七月二十五日，總共連載了十期。這篇以〈在「一視同仁」「內地延長主義」「醇化融合政策」下的臺灣〉為副題的論文，分別由經濟、政治、精神三方面考察臺灣人被日本統治者支配壓迫的實況。論述中，在理論分析和統計資料的徵引外，並涉及日本佔領初期三菱公司官商勾結掠奪竹山、斗六、嘉義等地竹林，以及當時剛發生的林本源製糖廠剝削蔗農的「二林事件」。這些刊載時被新聞檢查刪去不少文字的敏感問題的討論，它的不完全和空白處，反倒表現了臺灣和日本社會改革者的共同思想歸趨及其國際主義精神的交流。

　　繼山川均論文的翻譯之後，一九二七年六月二十六日及七月三日的《民報》，連續刊載了鄭登山翻譯布施辰治的〈階級鬥爭與民族運動〉，這是布施氏來台擔任二林蔗農的辯護律師，留台十日，演講三十次，宣傳無產階級解放運動的講稿之一。來台之前，布施氏曾在東京「臺灣青年會」例會中演講臺灣問題，對臺灣解放運動中階級鬥爭與民族運動分裂的傾向，表示憂慮 3。《民報》刊載的鄭登山譯文，是他就同一問題，針對文協的分裂所暴露的臺灣知識界的思想分裂，提出的諫言。演講中，他就當時被稱為激進份子的堅持階級鬥爭路線的馬克思主義者，與主張漸進改革的社會文化運動人士間的思想衝突問題，指出殖民地的解放運動，需要同時尊重民族精神和團結全世界的無產者，前者是民族運動，是縱的團結，後者是階級鬥爭，是橫的團結，二者不可分裂，處於被壓迫民族的臺灣人應自覺和認識這共同戰線的意義及必要性。與此相關，同年三月來台的矢內原忠雄，留台考察島

內情況期間，曾由宗教的人類愛與人道主義角度，結合他對殖民地研究所得的信念，向臺灣民眾演說「親善融和之徑路」、「幸福之社會」、「人道主義乃人類和平之根基」等道理，聽者至少一萬人。他又以和布施辰治一樣的「民族運動與階級運動」為題目，向日本在台高官政商宣講殖民地統治者的理論與實情。結果他發表的所有言論，招致臺灣部分左派人士及《經世新報》等御用報紙的攻擊[4]。矢內原忠雄和布施辰治的理論與觀念，他們受歡迎的情形，或可看出當日臺灣知識界及群眾的殖民地式的思想困惑及精神苦悶。

關於中國方面，由於傳統的民族和文化的感情，《民報》對中國問題的報導和討論，更是不遺餘力。除去社會政治事件的報導，有關中國的論述文字，似乎傾向於由同是弱小民族的地位，以中國的社會歷史發展為個案，探求和研究被壓迫、被侵略國家的解放之道。因而比較起上述由殖民地切身的、具體的問題出發，譯介和參考日本方面的有關論述，從中尋找臺灣的因應對策的情況，社會主義理論和實踐的爭辯，特別是馬克思、恩格斯、列寧的經典著作的詮譯，倒成了有關中國論述的重心和收穫。從一九二六年八月《民報》第一二〇號，到一九二七年二月《民報》第一四三號，因陳逢源的〈我的中國改造觀〉而引起的許乃昌、蔡孝乾、陳逢源間，長達半年的斷續往復論辯，就是一個代表性的例子。從這次爭論中，許乃昌和陳逢源二人，環繞著馬克思〈政治經濟學批判序言〉對生產力、生產關係、社會發展階段，以及列寧有關資本帝國主義等理論性問題的探究，並且將它們用之於中國社會性質和革命路線的分析判斷，還有論爭過程中不時引用的河上肇、佐野學、盧森堡、布哈林、考茨基等社會主義理論家和學者的著述，可以讓人大致了解陳、許二人及當時臺灣左翼知識份子的理論水平及其可能的社會實踐和影響。

在上述與中、日兩國有關的報導和論述之外，《臺灣民報》

在「社説」、「評論」、「雜錄」欄裡，還經常發表臺灣社會運動的考察，左右派思想的評析，世界思潮的新動向一類的文字，這方面，連溫卿的翻譯和評論，不論在視野或思想深度上都有不可忽視的意義。如〈亡羊補牢〉談日本放逐俄國盲詩人愛羅先珂及所謂「宣傳赤化」的問題；〈蘇維埃與教育〉介紹新的教學法；〈反對徵兵制度的宣言〉論徵兵制度與軍國主義；〈要怎麼看〉則論證臺灣資本主義不像工業先進國家的依次發展，而是由日本的殖民統治政策、經濟政策來決定[5]。在他的這類文章中，一九二六年十月起分四次發表的〈什麼是世界語主義〉，有著突出的意義。從這文章，可以看出二〇年代經過西方自由主義、無政府主義及各式各樣的烏托邦思想洗禮後，臺灣的社會改革者在現實實踐之後，找到的一條思想出路，一種看事物的方法，同時也可以看出臺灣文化協會左右翼之必然分裂。

　　〈什麼是世界語主義〉主要在分析世界語及其鼓吹的「人類人主義（Homaranismo）」的發生、傳播和發展問題。有關它的發生，連溫卿指出是因俄國瓜分波蘭後，對波蘭採取「分割統治」，造成境內不同民族的傾軋，民族意識被扭曲。在這樣的時代條件下，世界語的創造者柴門霍甫（L. L. Zamenhof）於是由語言、宗教的途徑思考民族、國家之間的矛盾，並以之為解決方法，因此他標榜的「世界語主義（Esperanismo）」的口號是：「超越民族觀念」，「倒壞國家的敵愾心」，「全人類如一家一致團結」。這些口號和世界語以一瀉千里之勢，普及歐戰前後的全球。對此，連溫卿分析説這是對狹小的國家觀念的反動，是和當時的「民族自覺」觀念互相影響的結果。他以日本安那其（無政府）主義者石川三四郎的「舌的叛逆」的説法為例，指出石川氏以「舌的叛逆」來形容世界語廣被接受的現象，就是因為被壓迫民族的「三寸之舌被封」，不能自由地和別的民族融和親善，轉而企圖透過世界語來反叛不自由的處境。對於這樣的解決方

法，連溫卿認為是無視於政治的作用，是把動機當成原因，因為
事實顯示，歐洲列強的統治者不歡迎世界語，視之為社會主義運
動，而弱小國家的統治者雖支持它，可是目的與一般民眾所期望
的不同，他們只是想藉它喚醒國家民族意識，以對付別的國家民
族，而這根本違背了世界語主義的理想。其次，連溫卿又討論到
柴門霍甫提出的「人類人主義宣言」，他說這宣言雖根據世界語
主義的平等、正義、互愛等理念，但在實行方法上與美國總統威
爾森的和平條約無異，只不過是希望由國際聯盟一類的組織來解
決國家民族間的紛爭，而事實顯示，國際聯盟不過是第一次世界
大戰後，歐洲列強在經濟創傷尚未恢復，暫時議定休止各國經濟
競爭而已。據此，連溫卿認為人類人主義和世界語對社會改革的
成效「極微微」。理由是：只要人類社會組織仍處於壓迫與被壓
迫，統治與被統治的階級關係，只要經濟結構仍藉政治勢力來維
繫收奪者與生產者的剝削狀態，世界語主義和人類人的理想將無
從實現。最後，有關世界語對改造未來社會的作用，連溫卿也持
保留態度。他認為世界語的產生既有其時代性，一旦社會狀態改
變，即失去它的作用，關於這一點，俄國無產階級革命的成功，
蘇維埃制度之建立，已有著必要的證明。

　　經過思潮洶湧和社會運動面臨轉折點的一九二六年，一九二
七年元月二日第一三八號的《臺灣民報》，刊登了蔡培火、蔣渭
水、連溫卿三人的回顧性文字，總結過去的運動成果，展望未來
的行動路向。蔡培火在題為〈我在文化運動所定的目標〉的文章
中聲稱，文化是人格做成的結果，而人格即辨真偽、別善惡、分
美醜、定行止等人的能力的總體。他認為文化運動即是人格運
動，目的在使人格解放、覺醒，以做出適宜的新文化。他讚美美
國的民主政治，使人自由快樂，並相信臺灣文化運動的最重要武
器是「好的文字」，它可以便於汲取新知，發展人格，而那就是
羅馬字臺灣話。蔣渭水的文章標題〈同胞須團結，團結真有

力〉，他以這為新的一年的口號，他認為團結是生物界共通的本
能，是臺灣人的唯一利器，是求幸福脫苦難的門徑，因此引馬克
思說的「萬國勞動者須要團結」，期勉臺灣工農大眾奮起，反抗
壓迫。以上這些意見與前面談到的連溫卿論世界語主義相比較，
思辨力及思想分野，立即可判。連溫卿在同號的《民報》的回顧
性文章〈過去臺灣之社會運動〉，在檢討一九二七年以前各階段
運動的發展軌跡之後，特別提到一九二六年十一月，日本《改
造》雜誌刊登的赤松克麿的〈右翼結成是必然的大勢〉，以及同
月份《民報》第一三二號「評論」欄發表的〈左右傾辯〉，這篇
未署名的文章，代表《民報》的立場，文中談到日本的社會運動
家理解了來自蘇聯的革命理念和狂醉於共產主義之不可行，因此
山川均提出「方向轉換論」，赤松克麿主張「科學的日本主
義」。據此，〈左右傾辯〉的作者，表明了「我們的態度」云：
反對無視傳統、國情的改造主義；保持理想，不墮入右傾的妥
協；認清事實，排斥左傾的小兒空想病。面對這一切，連溫卿在
他的文章末了特別提醒臺灣的社會運動者：「須防日本的『赤
松』到了臺灣，即變做白心底蕃薯罷」。

在「赤」松與「白」心蕃薯的辯證間，生活在被殖民的荊棘
地上的日據時代臺灣左翼知識份子，在文協分裂後的臺灣文學
裡，走上了他們的荊棘之路。

二

作為意識生產的一個分野，臺灣的文學界在一九二七年那標
幟著臺灣社會文化活動左右路線分裂的文協改組，也即被《民
報》稱為「主張階級鬥爭的馬克思主義者與取全民運動的民族主
義者的思想對立」[6] 的情況下，文藝理論和創作取向也有著相應
的變化。改組後的新文協，在左翼思想主導下，除了將活動方針

由原來的民族主義啟蒙文化團體的形態，轉變為無產階級文化鬥爭的組織，並在修改後的新會則中，明確訂立「普及臺灣之大眾文化」為總綱領[7]。自是而後，「大眾文藝」和「大眾文學」的觀念及要求，成了二○代末到三○年代間臺灣文藝團體的普遍努力方向。這階段中，相繼創刊的文藝雜誌如《南音》、《福爾摩沙》、《先發部隊》、《臺灣文藝》、《臺灣新文學》等，對於「大眾文學」的定義、性質、創作方法，特別是作為表現工具的臺灣話文和中國白話文等問題，雖存在著觀念上的分歧以至於激烈的論爭，但從整個發展途徑來看，它之受到社會主義思想的啟發及當時的國際普羅文學運動的影響，倒是明顯可見的事實。以下就從當時各文藝團體的相關論述，探討日據時代左翼文學理論的大致發展情形。

　　如前文所述，文協分裂前後的臺灣文化界，對於中日兩國的社會情勢及國際新思潮一直保持密切注意，相似的情形也表現在文藝訊息的溝通上。除了詩歌、小說等作品的譯介和轉載，在文藝思潮方面，一九三○年由島內人士創辦的《伍人報》、《明日》、《洪水》、《赤道》、《臺灣戰線》等刊物，首先揭開了普羅文學運動的序幕。這些在組織成員上包括有共產主義者、無政府主義者、民族主義者的刊物，與一九二八年在日本成立的「全日本無產者藝術聯盟」（簡稱「納普」NAP）及日本的社會主義運動組織都有聯繫[8]。在這個階段，主導日本普羅文學觀念的是「納普」的發起人及理論權威藏原惟人所提出的「新寫實主義」，由於資料的限制，藏原惟人的理論是否曾為上述刊物譯介，不得而知。根據現存的第二和第四期《赤道》報，其中有一篇題為〈我們要怎樣去參加無產文藝運動〉的文章，全文以資本主義與十八、十九世紀西方文藝發展的軌跡，來論證文藝的形式、內容與社會背景、階級實踐的內在關係，最後還引述了普烈漢諾夫說的：「藝術家是為社會而存在的。藝術必須成為幫助人類意

識底發展和社會締造底改善的物事」作為結論[9]。《赤道》報的
這篇短論，大致可視為萌芽期臺灣左翼文藝理論的代表。

　　相對於文藝理論資料的殘缺空白，一九三〇年的上述幾個左
翼刊物，在活動方針及策略方面，則表現得相當明確活躍。如由
臺灣共產黨員和左翼文藝青年支持及投稿的《伍人報》，雖履遭
查禁，但仍發行了十五期，而且在全島建立七十多處發行網[10]。
又如聲稱「在白色恐怖橫行下，要利用最小限度的合法性」的
《臺灣戰線》，在發刊宣言中，明確表白它的目的是：「欲以普
羅文藝來謀求廣大勞苦群眾的利益」，「策動解放處在資本家鐵
蹄下過著牛馬般生活的一切被壓迫勞苦群眾」，使該雜誌「成為
臺灣解放運動上著先鞭的唯一的文戰機關及指南針」。在實際行
動方面，這份雜誌表明了要以「正確的理論」來「促進文藝革
命」，「讓勞苦群眾隨心所欲地，發表馬克斯主義理論及普羅文
藝，如此地使無產階級的革命理論跟無產階級的革命運動合流，
使加速的發展成為可能，藉以縮短歷史的過程」[11]。這篇充滿英
雄色彩的宣言，雖遭禁刊，總共發行四期的《臺灣戰線》也全被
查禁，但它的革命激情，組織意識，特別是對「正確的理論」的
要求，卻延續在繼起的左翼文藝團體及刊物上，而且發展成與國
際普羅文藝聯結的「統一戰線」的一個組成部分。

　　緊接著《臺灣戰線》之後，一九三一年「臺灣文藝作家協
會」成立，這個由日本和臺灣本地的左翼青年組成的文藝團體，
在組織的「規約」中開宗明義地規定，它是以「探究新文藝並將
其確立於臺灣為目的」，中心任務則在克服當時文藝運動的主觀
化、自我陶醉等「無政府主義的排他主義」傾向。因此，在活動
方針上特別強調文藝理論和文藝批判的重要性，強調：「對題材
的選擇方法，對事物的看法，對它們處理方法──在作品的內容
和形式面」，以及對「新文藝的探究和確立的方向，非有認真的
努力不可」[12]。

　　由於「臺灣文藝作家協會」是受日本「納普」機關報《戰旗》影響而產生的類似「納普」的組織，因此在整個活動宗旨上對於文藝的黨性、國際主義精神，及其作為階級鬥爭的武器等主張極為強烈。在它創立之後，曾有一份以「J. G. B.書記局」名義由日本寄來的賀電，賀電中首先引述一九三〇年十一月在烏克蘭首都哈爾可夫（Kharkov）舉行的革命文學國際局第二次大會對日本藝術運動的決議，決議中指責「納普」對殖民地藝術的關心不足，據此，賀電作了一些指示。其一是：「正確的殖民地文學，必須是將殖民地本身的藝術團體所進行的強力鬥爭作為主體，把它結合於本國內（按：指日本）的藝術團體的共同鬥爭才可以」。其二是當日的臺灣社會物質生產力已充分發展到國際水準，且逐漸呈現複雜化的面相，因此臺灣的「民族需要，已到了無法和勞動者階級的階級需要游離無關的地步」。在這情況下，「如果藝術要把民族的心理、思想、感情等，用國家主義的保守性或布爾喬亞性來加以體系化的話，其藝術不但會與勞動者階級的利益相對立，而且也會和民族全體的利益、民族鬥爭本身相對立」。因此，和日本帝國主義鬥爭的臺灣普羅文藝工作者，必須摒除在鬥爭過程中逐步被突破而且揚棄的保守主義的民族思想感情及布爾喬亞的階級性。其三是批判「臺灣文藝作家協會」把目標籠統定為「探究新文藝，並將其確立於臺灣」。J. G. B.書記局認為這一規定「包含著許多反動危險性」，因為「新」可能意味著藝術至上主義，如此將把「新興階級的這一個意思完全從大眾面前被蒙蔽掉」。為克服這種機會主義的心態，賀電指示「協會」成員應參加臺灣所有的民族、階級運動，應該以前衛性的眼光獲取藝術內容，「在發展理論的同時，非推行作品的實踐不可。為推行作品的實踐，非成為鬥爭的一員以便在鬥爭的過程中取得正確的前瞻性的看法不可」。而「如果前衛的眼光游離於大眾的鬥爭的話，那麼絕對不能搞活普羅列塔利亞的寫實主義」。

最後，賀電指示「協會」的成員只有一條路，那「就是在殖民地樹立革命文學」，不要搞空喊列寧主義萬歲的托洛斯基主義，不要抱持派閥觀念，每個成員必須浸透於這一普羅藝術的組織裡，以便爭取「首創性及普羅列塔利亞底領導權」[13]。

上述「J. G. B.書記局」這份貫穿普羅文藝運動的官方意識形態的文件，它所提示的問題，不能僅僅視為是對「臺灣文藝作家協會」的個別現象而發，而應該是對臺灣三〇年代左翼文藝運動的全面批判，因為其中的每個指示，後來都成了左翼文藝工作者間激烈爭執且亟欲克服的理論上的、創作實踐上的核心難題。

從理論到實踐，一九三二年起，以大眾文藝為立足點的雜誌，到處是一片「碰壁」之聲。葉榮鐘在一九三二年一月創刊號的《南音》發刊詞裡，一開頭就說：「目前的臺灣可以說是八面碰壁了」。一九三四年七月發刊的《先發部隊》，卷頭言的開頭即大聲疾呼：「臺灣新文學的發展行程碰壁了」，它的宣言中更進一步坦承：「我們臺灣的凡有分野，都已是碰進了極端之壁」。這無所不在的碰壁之感，促使基本上由社會主義思想出發，思考「有什麼方法或是什麼工具和形式來發表，才能夠使思想、文藝浸透於一般民眾的心田」為使命的《南音》[14]，在期待作家創作「接近大眾，供給大眾娛樂、慰安」的「通俗化的大眾文藝」之後，轉而提倡立足於「臺灣的特殊文化」及「社會意識」的「第三文學」，大力反對「拍賣民眾」，反對先學世界語、中國話才算普羅文學，質疑「由幾卷小冊子榨出來」，「排些列寧馬克思的空架子，抄些經濟恐慌資本主義第三期的新名詞」就算是普羅文藝[15]。《南音》立場的變化，它的發生背景，類似於一九三二年由中國社會主義文藝陣營分化出來，以「自由人」和「第三種人」的身份，與中國左翼作家聯盟對立，反對某一種文學把持文壇而掀起的那場有名的「文藝自由論戰」。關於這整個問題，此處無暇論述，但不論是臺灣的「第三文學」或中

國的「第三種人文學」,都是社會主義文藝運動內部矛盾的浮現[16]。因此《南音》在反對普羅文藝之餘,仍重視描寫臺灣工農困境的作品,並且刊載了對三〇年代臺灣和中國左翼文藝運動有深遠影響的日本普羅文藝理論家昇曙夢的〈最近蘇維埃文壇的展望〉,這篇介紹當時蘇聯最前衛的工農題材的新寫實主義作品的論文,它的翻譯者正是在語言工具問題方面,與《南音》的基本立場對立,堅持以中國白話文寫作的廖毓文[17]。此外,在它的專欄「文藝時評」中,也曾發表擎雲的〈關於魯迅的消息〉,文中由中國的清共慘案談起,談到一九二九年以後即未能讀到魯迅的作品,覺得寂寞,希望島內讀書階級只知菊池寬等日本作家的讀者,能讀讀這位中國作家的傑作,並期待不遠的將來,可以讀到魯迅「左傾後的新作品」[18]。

　　《南音》立場的變化歷程,或許可以作為一個例證,說明上述 J. G. B. 書記局電文中,有關普羅文藝運動中民族主義與無產階級意識間的矛盾問題。這得由《南音》對「大眾文藝」的觀念談起。根據葉榮鐘執筆的,以「卷頭言」的地位出現的幾篇有關大眾文藝和第三文學的文章中,《南音》是在八面碰壁的政治、經濟、社會困境下,作為「文學的啟蒙運動」而創刊的,目的在使生活於混亂慘淡空氣中的臺灣民眾,得以領受思想、文藝的產品,提昇文化及精神生活[19]。這些觀點,與文化協會為啟發民智而成立的原始宗旨可說並無二致。為了達到上述目的,葉榮鐘認為文藝非通俗化不可,於是接著便援用日本當時流行的大眾文藝的觀念,按他的說法,那是「寫給一般文化的教養較低的大眾去鑑賞的通俗文藝」。他認為唯有採取這途徑,才能使文藝接近大眾,使面臨「陰慘困逼的環境」的臺灣多數人得到必要的娛樂、慰安。據此,他批評臺灣當日的「藝術小說」大都是「虛玄之作」,作者只拚命表現自己的個性和心境,把讀者的興味置之度外,而且那些作品大都成自中國作家之手,與臺灣「環境不同,

心境異離」，還不如日本那樣的「以情節做中心的大衆小説」之
引人入勝。在上述諸多理由下，他於是呼求「我們臺灣自身的大
衆文藝的出現」，「待望以我們臺灣的風土，人情，歷史，時代
做背景的有趣而且有益的大衆文藝的產生」[20]。

　　從上述的一系列論述，明顯可以看出葉榮鐘對大衆文藝的觀
念，與文協分裂後，在左翼思潮支配下提出的那以「正確的理
論」指導為先決條件的大衆文藝，在觀念上的根本分歧。同時還
可預見它之必然朝向標榜臺灣「特殊」文化，站在貴族和普羅之
外的「第三文學」發展，以帶有濃厚的民族心理、思想、感情的
「臺灣全集團的特性」[21]，與革命性的無產階級意識對立，終而
至於在臺灣三〇年代初社會主義思想方興未艾的條件下，由無產
階級解放運動的「同路人」身份，逐步遠離新興的普羅文藝的行
列，漸行漸遠。葉榮鐘在提倡第三文學的文章裡之譏諷普羅階級
的「金科玉律」，調侃那些排列馬克思列寧名字及抄襲社會主義
小册子新名詞的普羅作品[22]；周定山在雜文〈草包ABC〉中把中
國的革命文學理論家錢杏邨稱之為「文學的暴君」，説他將「生
殺預奪」的批評權發揮得淋漓盡致，而臺灣思想界也隨著搬上普
羅來拍賣[23]；堅持以臺灣話文寫作的郭秋生，把認同中國白話文
的人稱之為「事大主義者」，認為建設臺灣話文是「臺灣人凡有
解放的先行條件」[24]，這類經常出現在《南音》中的情緒性文字，
自有其批判的價值和意義，但更重要的是它所透露出來的文協分
裂後，以大衆為旨歸的臺灣左翼文學思潮中，普羅文學的「正
確」理論所不能不正視而未必能正確地解決的潛存在大衆文藝內
裡的民族主義要求和情緒。

　　繼《南音》提倡娛樂、慰安的大衆文藝及著眼於臺灣特殊性
的「第三文學」，而被左翼人士加上「少爺階級的娛樂機關」的
封號[25]，一九三三年以後創刊的《福爾摩沙》、《先發部隊》、
《臺灣文藝》、《臺灣新文學》等，都曾就大衆文藝及其相關問

題有所論述，其中以《先發部隊》最能看出三○年代左翼文學理論的轉折性發展。這份只發行兩期的刊物（第二期改名《第一線》），是「臺灣文藝協會」的機關雜誌，它的成員雖包含了臺灣話文的理論健將郭秋生，力主使用中國白話文的廖毓文、林克夫等人，協會的「會則」中也以「自由主義」為組織精神[26]，但在理論運作上，卻與前引《赤道》報、《臺灣戰線》、「臺灣文藝作家協會」一脈相承，充分表現普羅文藝觀念的影響。

在發刊的〈宣言〉中，《先發部隊》同樣由臺灣現實處境的「碰壁」談起，然後針對當日臺灣新文學的荒涼，荊棘叢生，無法和「時代的水準並行」的現象，指出根本原因之一是創作上的「散漫的自然發生期的行動」，這造成文藝表現非但未見進境，反而侷促於個人的天地而不自覺。據此，宣言提出「轉向」的要求：

　　從散漫而集約，由自然發生期的行動而之本格的建設的一步前進，必是自然演進的行程，同時是臺灣新文學所碰壁以教給我們轉向的示唆。
　　我們以為唯其如此的行動，始足以約束新的劃期的發展到來，與待望臺灣新文學運動的實際化。

上述自然發生期、本格的建設、文學運動的實際化等觀念，在同期郭秋生的長篇論文〈解消發生期的觀念／行動的本格化建設化〉，有著詳盡的論述。

郭秋生在論文一開頭即指出：「臺灣新文學的碰壁，是其內在觀念的碰壁同時也是表現形態的碰壁」。按他的看法，這現象的產生是因一切建立於某一種主義或主張而發生的文學，在創作表現上大都有一脈相通的類似性，有其「類型」，而當日的臺灣文學就是因為在觀念上停留於它之所以發生的「反逆封建的觀念

形態的前提」，以致表現上「不期而同以成了一種類型的形態來」，那便是作品內容和形式的類型化及公式化。他認為：

> 　　畢竟基調於某一種主義或主張而發生的文學，是隨其內在意識的要求以規定其外的底形態，沒有變換主義主張，便不能變換行動的態度，已不能變換行動的態度，則形態的類型化公式化是不可避免的果實了。27

　　根據這些見解，他指出當日臺灣的客觀狀態，已經從新文學萌芽期的反封建觀念形態的興奮期，躍進到冷靜的、清醒的「批評的意識」，創作上自然不需要「還在反覆暴露舊式的罪狀與反逆」，而是要「能夠創造代替舊樣式的新樣式」。據此，他一方面譴責當日那些把文學當作娛樂品或逃避所的作者，「迷失了躍進的出路，而游離了目的意識，墮落於生活線外」，一方面呼籲：

> 　　臺灣新文學的行動要轉向了，這轉向的意味，同時是躍進，放棄發生期的底行動，而驀進於第二期的建設的本格的行動，方才是臺灣新文學的全面的發展行程，同時是現在臺灣新文學的新的出發點，並就是不滿既成生活樣式而又不得不唯命是聽的臺灣人全體的苦悶焦躁不安的呼吸了。28

　　關於所謂具有目的意識的、建設的、本格的文學，郭秋生的解釋頗為含混，總的說來，他期待的是：「有熱烈的生活力、克服了冷遇的惡環境，以奏人生凱歌的新人物出現。」創作實踐上，他作了一些提示，如：解消發生期文學的暴露、破壞態度，不只是呈現病態，而是創造出具體解決的新形態、新世界；立腳於新的態度、觀察新的對象，排除發生期的眼光，因它會阻礙正

確認識新的現實；著重主觀的感覺和對感覺的探究，對人的內部心理世界的探究，等等 29。

　　從上述《先發部隊》宣言及具有理論綱領意義的郭秋生的論文，雖未見到直接搬用普羅文學運動的教條，但從其中使用的一些關鍵性的觀念，如：自然發生期的行動、目的意識、文學運動的實際化、內在觀念與表現形式的關係、正確認識，等等，卻不難看出日本普羅文藝理論家青野季吉的「自然生長與目的意識」的理論的影子。青野季吉於一九二六及一九二七年先後發表〈自然生長與目的意識〉、〈再論自然生長與目的意識〉兩篇文章 30，主張普羅文學運動的自然生長是第一階段的發展，必須提升到目的意識，也即具有自覺的意識，才能達成它的職能，這也就是他所謂的：「開始自覺到普羅階級的鬥爭目的，這才成為階級的藝術，即由社會主義思想指導，這才成為階級的藝術。」31 青野季吉的這個理論，後來雖被批判為機械地套用列寧在〈該怎麼辦〉一文中有關自然成長性及目的意識性的政治理論，是受蘇聯「無產階級文化派（Proletcult）」的觀念論的影響，但它對當時的日本普羅文藝運動，以至於中國的無產階級革命文學理論，卻造成深遠的影響。以《先發部隊》成員的中、日文兼俱的條件來看，它應該是同一思潮的產物。

　　在自然發生向目的意識躍進的觀念領導下，由廖毓文和郭秋生執筆的《先發部隊》的兩首序詩，充滿著建設、目標、進軍、武裝、正確、旗幟、同一戰線等辭彙。這些彰顯著臺灣新時期文學的自覺意識的辭語，也就把雜誌由先發部隊帶上第一線的位置。在《第一線》的編後記中，編者交待：「改題第一線以示先發部隊的一過程，在評論，在創作，都自信有相當的躍進。」在這一期中，除了發表郭秋生的〈王都鄉〉、越峰的〈月下情話〉等深具社會主義思想色彩的小說，還刊載一篇郭沫若訪問記，安田保譯的〈蘇維埃藝術之眺望〉，林克夫寫的〈傳說的取材及其

描寫的諸問題〉。林克夫在文章中主張以歷史唯物論的觀點整理傳說、探討古代文化的意識形態，並以新寫實主義作為描寫的方法 32。關於「新寫實主義」，正是青野季吉之後，日本普羅文藝理論權威藏原惟人在一九二八年提出的影響中、日左翼文藝思想發展的權威理論。

　　藏原惟人的新寫實主義理論是日本普羅文藝組織「納普」的指導思想，它的觀念來源是直接受蘇聯共產黨中央支持的「蘇俄無產階級作家協會（Russian Association of Proletarian Writers，簡稱拉普 RAAP）對文藝創作的主張。根據「拉普」提昌的：辯證唯物論的寫作方法，描寫生活的人（living man），撕掉面具（Tear off the masks）等口號，藏原惟人於一九二八年到一九二九年先後發表了：〈作為生活組織的無產階級藝術〉、〈到無產階級現實主義之路〉、〈再論新寫實主義〉等論文。在這些論文中，他沿用蘇聯的「無產階級現實主義」的概念，要求無產階級的作家對現實的態度必須是客觀的，必須脫離一切主觀的結構來觀察和描寫現實，也就是「以現實作為現實，沒有任何主觀粉飾」。他把自己的看法歸結為兩個要點：「第一，用無產階級的前衛眼光看世界，第二，以嚴正的現實主義態度來描寫。」33 藏原惟人的這個新寫實主義理論，成了一九三〇年前後中、日左翼文學的觀念根據，在蘇俄官方規定「社會主義的現實主義」為唯一的創作方法之前，左右了中、日兩國的普羅文藝運動 34。因為思想淵源的關係，臺灣的文藝界自不能例外。不過正因為如此，分別接受來自中、日訊息的臺灣左翼人士，因為中、日兩國理論發展的時間落差，加上日本「納普」的改組（一九三一）及普羅文藝運動的退潮（一九三三），使得臺灣的左翼文學思想在一九三四年「臺灣文藝聯盟」成立後，出現了上引蘇聯無產階級文化派、拉普、青野季吉、藏原惟人及其他普羅文藝理論家的主張雜然紛陳的現象。這情形反映在「臺灣文藝聯盟」的機關刊物《臺

灣文藝》，以及一九三六年由它分裂出去的《臺灣新文學》上。

　　《臺灣文藝》和《臺灣新文學》中的左翼文藝工作者，雖然都在「文藝聯盟」提示的文藝大眾化、排擊反動作品、清算自己錯誤的宗旨下，重視創作路線、表現形式、意識形態、階級性等問題，但觀點上的分歧、運動路向的疑惑，在雜誌舉辦的座談會上的發言及相關論述文字中，時時可見。對於這整個情形，一向站在普羅文藝運動前列的林克夫，曾在文章中指出說：日本的「納普」被解散後，文學界四分五裂，「而我們臺灣文學界直接間接地受了莫大的影響，尤其是當時熱血的進步作家，受了這狂風暴雨的摧殘，一時轉向的轉向，退步的退步，緊迫不安的空氣瀰漫全島。」[35] 這現象一方面造成左翼文藝團體的宗派分裂[36]，一方面也產生了反省批判的意識，如王詩琅即針對當時的左翼理論陣營提出意見說：「公式的理論不是什麼地方都可適用的」，又說：「我們過去是食傷而且飽滿於抽象的、抄襲的理論了。在這著實地進步當中，大膽說一句，那些是無關痛癢，可置之不顧的。」[37] 相對於王詩琅的看法，同時擁有「臺灣的藏原惟人」和「公式主義者」稱號的劉捷，他的評論文章的理論來源，則在日本的理論觀念導引之外，由蘇聯革命前的社會民主主義者別林斯基（V. G. Belinsky），到蘇聯文藝政策制定者之一的盧那查爾斯基（A. V. Lunacharsky），以至於被稱為社會主義的現實主義的奠基人高爾基，一一引證，顯示著眾聲喧嘩的現象。雖然他的討論焦點仍不外乎對布爾喬亞的唯美主義、藝術至上論的批判，意識形態和世界觀，自然發生到目的意識等問題[38]，但論述上多少擺脫了粗糙的教條口號氣味，為臺灣左翼文藝理論帶來深化的訊息。

　　從追求正確的理論到陷入理論和公式的叢林，儘管這中間曾出現過上述林克夫和王詩琅的遲疑苦悶，甚至是否定的聲音，但三○年代的臺灣左翼文學思想，仍舊通過文藝大眾化及民族解放的時代命題的討論，提出一些文協分裂前，僅由自由主義的啟蒙

的角度所不能觸及的有關文學與意識形態，作品的觀念和形式表現的內在關係，殖民地臺灣的普羅文學之為國際無產階級解放運動的一部分等理念。這些思考上的新角度，為創作帶來了新的視野和新人物類型的出現，在小說中，這經常表現於扮演時代先覺者的知識份子及他們的世界。

三

　　一九二八年元月二十二日《民報》第一九二號到二月十二日第一九五號，連續四期刊登了一個名為《櫻花落》的劇本，作者少嵒。在日據時代數量不多的戲劇創作中，這個劇本具有特殊的象徵意義。全劇寫的是臺灣留日青年文學家林隸生，排除種族歧視，與日本少女櫻子戀愛結婚，回台定居，最後櫻子因受不了臺灣本地的生活和在台日人的歧視，求去不成，終告自殺。故事發生的時間為一九二八年春日，地點在臺灣某處，劇本開始的第一幕，場景是隸生的書房，門窗擺設之外，作者對書房細部及出場的男女主角描寫如下：

　　　　左右壁上掛著二張馬克思和列寧的寫真，室內中央放著一張長方形桌子，桌上擺著幾本圖書新聞和雜誌。兩旁擺著兩把的椅子。
　　　　幕開時中央方桌前，坐著一個青年，消瘦著，帶點神經質。左邊大鏡前，立著一個很漂亮的少婦，她粧得很瀟灑，還用著油不斷地塗抹。
　　　　那青年拿著鋼筆不斷地抄寫。

　　這個場景，無疑是臺灣的歷史鏡頭，而消瘦、神經質、不斷寫作的文學青年，漂亮、瀟灑的摩登女性，也無疑是故事發生時

代的標籤人物。隨著劇情的發展，來自資本主義的文明自由國度，相信愛情、個人意志可以解決一切的櫻子，面臨的是「炎熱不衛生」，「性情愚鈍，奴隸根深」的殖民地臺灣和臺灣人，是解決不了的民族認同和歸屬的困境。而隸生，這個名字本身就寫著奴隸命運的臺灣左翼青年，則在「同是人類，實沒有倔強優越，永遠保持得住，而也沒有弱小衰微就永遠不能向上」的信念裡，在睡夢中重聆他那從蘇聯歸來，熱情宣揚新青年、新社會、人類未來的日本無產階級朋友描繪的遠景之後，目睹妻子以自戕來回答他們的愛情、他們的理想無法扭轉的現實。這個在馬克思、列寧寫真的注視下，以死亡來回答歷史難題的悲劇，也就在寺院的夜半鐘聲裡，徐徐溶入歷史的長夜。

像《櫻花落》裡的革命與戀愛主題，以及林隸生式的社會主義青年，在一九三○年代初的小說裡逐漸出現，只不過小說中那些站在時代尖端的知識青年，面對不能自主的婚姻，經常是以革命的，而非悲劇的方式解決。如廖毓文的〈創痕〉，女主角在無法與情人結合後，決心離開「齷齪的臺灣」，她堅信：「水深火熱的革命場裡，才是我憧憬的故鄉」，於是和她的哥哥到對岸的中國參加革命，最後死於國民政府的槍下 [39]。越峰的〈月下情話〉，描寫不滿封建家庭的一對戀人，女主角原本提議自殺，她相信死後會有「一個美麗的社會」在等他們，男主角則認為有比愛情更重要的任務要做，最後這對「覺悟」了的戀人，面對發白的東方，決心「做個社會的明燈，同赴正義的前線」[40]。

走出書齋，走出死亡的幽谷，固守臺灣本土的社會主義思想者，在一九三○年以後的小說中大都是以沒有名姓的「講文化的」、「過激人物」一類的角色，出現在街頭和人群裡，形象模糊，蹤跡不定。他們中間，比較上面目清晰的是署名「慕」的〈開學〉和「自滔」的〈失敗〉。前一篇的主角，因為參加文化協會，長期失業之後，被日本警察勒令奪去他好不容易才找到的

鄉村教師的工作 41。後一篇裡的年輕醫生,「曾經參加過啟蒙運動的工作,在支配者的壓迫下,坐過好幾個月監獄」,出獄後,「他總算脫離了解放運動的戰線了,然而對於為窮人爭取利益的鬥士們,卻也很接近」,只不過激情過後,回到小布爾喬亞生活的他,周旋於御用紳士和社會運動者之際,眼睛裡閃爍的是機警、洞悉一切的「獨自高人一等的高傲」42。這些失敗了的反對者,他們的聲音和行動,到了楊守愚的小說世界,才逐漸清晰明確。

　　一九三一年,楊守愚發表了〈一個晚上〉、〈嫌疑〉、〈夢〉等描寫知識份子的小說。〈一個晚上〉裡,背叛大家庭控制的穆生夫婦,貧病漂泊之後,希望窮人都能過那有著公共育兒院、公共食堂等等的「集團組織」的生活。最後,年輕的妻子在自殺前,留給丈夫的遺言是:「為人類將來計」,應該「再去致力於工會」。〈夢〉與〈開學的頭一天〉、〈就試試文學家生活的味道吧〉、〈啊!稿費〉是楊守愚的一組系列短篇小說,它們的共同主角王先生,一個沒落的小資產者,因為原本賴以為生的塾師工作,在一九二九年以後的世界性經濟大恐慌下,前途暗淡,轉而寄望以寫作貼補家用。〈夢〉是這個系列的第三篇,寫的是王先生下定決心隨時潮「方向轉換」,嘗試文學家生活的味道,於是一個晚上,他在睡夢中經歷了二十世紀世界普羅文藝作家共同遭遇的辦雜誌、被禁、拘捕的命運。夢境之中,王先生與中國左翼作家聯盟的主要成員及其他進步作家,握手言歡,他被捕的理由正是他主編的雜誌《前哨》,「多登了郭沫若、蔣光慈……們一些左翼作家的稿子,和多介紹了一些普羅文學理論」。

　　從夢境到現實,〈嫌疑〉的主角曾啟宏是一九二七年二月十二日,被日本憲警整肅的臺灣無政府主義組織「黑色青年聯盟」的成員之一。這篇查有實據的小說,可以說是楊守愚的現身說法,因為事實上他就是事件中被檢舉的三十多人中的一個,小說中,他藉主角啟宏之口宣稱:「我覺得這樣的一個政府,真是太

會無端生事了，這無異是在強迫著人民起來革命，更無異是在替社會主義撒傳單」。他憂慮的是：「不知要到那一天，再能回復了我的自由，再能與無時無地都在活躍著、鬥爭著的人類見面？」

　　繼〈嫌疑〉之後，一九三三年楊守愚發表了也是處理左翼知識份子問題的小說〈決裂〉，這篇作品和楊逵於一九三二年在《臺灣新民報》發表時被腰斬了的〈送報伕〉，在日據時代臺灣左翼文學發展史上同樣具有里程碑的意義。必須到了這兩篇小說，原本以模糊的、被嫌疑的身份，以至於訴諸夢境的形式出現的社會主義運動者及普羅作家，他們的行動和方向，才在臺灣的社會現實裡生了根，找到座標；也必須有了這兩篇小說，曾經在文協分裂前的《臺灣民報》譯介和引起爭議的馬克思主義命題，文協會分裂後發展起來的社會主義文學理論，還有象徵性地出現在劇本〈櫻花落〉裡那發生在書齋中的弱小民族解放運動、國際主義精神、革命加戀愛等世界性的普羅文藝主題，才獲得了必要的藝術加工，綻放出現實主義文學特有的光華。

　　如標題所示，楊守愚的〈決裂〉表現的是一對在愛情至上主義下結合，最終又因主義和信仰的緣故，夫妻決裂，各奔前程的經過。故事裡的丈夫朱榮，是個留日歸來，投身農民組合的大學畢業生，回台後，「日也運動，夜也運動」，「結交亂黨，想同資本家、政府做死對頭」，「甚至連親戚故舊，也不留一點情面」。就這樣，他在日本特務系統和親人的威脅利誘下，義無反顧地走上了背叛自己的階級的社會主義者道路。故事中的妻子湘雲，是一個「受過教育訓練的新時代的女子」，因為受不了日本特高警察「一月半月就得鬧一次」的「家宅搜查」，更受不了被她認定為「愛情的背叛者」的丈夫與農民組合女同志的階級感情，最後終於選擇回到她的地主階級的家庭堡壘。這樣的故事，加上小說所使用的成熟純淨的五四白話文，也許不免會被歸入經常為人詬病的三○年代中國左翼文學中的「革命加戀愛的公

式」。但從小說中揭露的白色恐怖，本土資產階級與日本殖民政
府的精神上的、經濟上的同盟，還有，經由愛情發端，因而格外
尖銳矛盾的有關個人生命意義的思考，卻使這篇小說與同一階段
的國際普羅文學有著同步發展的意義和成就[43]。

　　同樣是在探討殖民地的困境和知識份子的成長，比〈決裂〉
早一年寫成的〈送報伕〉，是三〇年代左翼文學中特別引人注意
的一篇。在這篇作品裡，作者楊逵藉著小說主角楊君在東京受派
報所老闆欺騙剝削的經歷，以及日本製糖會社強制收購農村土
地，使他及故鄉的人們家破人亡的慘痛情節，精確有力地表現了
對於資產階級貪婪狡獪本質的認識，對臺灣農村破產與殖民主義
間的結構性關係的批判。這藝術上的成就，不論是由社會問題的
具體掌握或思想深度來看，都是前此的臺灣小說中未曾有過的。
在這之外，這篇洋溢著臺灣和日本的無產者間的深厚情誼的作
品，也使得它的知識份子角色，在形象上增加了國際主義精神的
新幅度。而小說主角的楊君，這個與〈決裂〉裡的朱榮一樣，從
二〇年代末世界性的經濟危機，從一九二九年臺灣本島逮捕農民
組合幹部的「二‧一二事件」，日本國內撲滅共產黨及進步人士
的「四‧一六事件」，以及一九三一年臺灣全面性的鎮壓左翼運
動，農民組合癱瘓，台共、文協活動停滯等現實困境裡崛起的小
說人物，他的正面、開闊的性質，開啟了楊逵筆下的知識份子，
始終如一地帶著社會批判者和行動者的姿勢，同時也使他的小說
創作瀰漫著普羅文學特有的樂觀昂揚的氣息。

　　〈送報伕〉之後，楊逵發表了一些由知識份子的視角，揭露
和批判殖民地臺灣的社會問題、人性發展、以及日本的軍國主義
思想和戰爭罪惡的小說，這些作品裡的角色，大都與〈送報伕〉
的楊君一樣，是實際介入行動的人物。在〈頑童伐鬼記〉裡，美
術學校出身，憧憬美麗寶島臺灣，來台旅行寫生的日本青年井上
健作，當他目睹臺灣的貧窮落後，兒童的遊樂場所被工廠老闆關

為庭園，劃入禁地，不禁思考起他在征台之役中陣亡的父親，來台謀求發展的大哥，生命意義何在？同時懷疑作為畫家的自己，連同他那入選帝展，被貴族高價收購的畫作，「無非只是供有閑階級服務而已」。最後，他畫了一幅圖畫，啟發兒童對抗工廠老闆及守門的惡犬，奪回失去的樂園。這個經歷，使「他開始相信，這樣做，才是真正的大眾化美術」。在〈無醫村〉中，喜愛寫作的醫生，當他實際體驗到在貧窮和醫療制度的缺失下，窮人是直到要開死亡診斷書才叫醫生的，不禁激憤地想著以治病救人為職責的自己，「已經不是診療醫，也不是預防醫，完全成了個驗屍人了」。從人的生命到人性，〈泥娃娃〉這篇寫於一九四二年的作品，透過業餘寫作的種花人，一方面目睹受軍國教育影響的幼年子女，以泥塑的武器模擬作戰，一方面看到改日本姓名的校友富崗，打算到南京發戰爭財等情節，表現了楊逵本人對於侵入家庭生活的戰爭陰影及趁火打劫者的憎惡與批判。

上面幾篇小說，不論是關於藝術、殖民地、私有財產、醫療或戰爭，都是對資本主義的社會制度及觀念的重新思考，它們的表現，也都迴響著三〇年代左翼文藝理論的精神要求。這些帶有濃厚的社會主義意識傾向的小說主題及人物，在一九三七年寫成的〈模範村〉（原題〈田園小景〉），及一九四二年發表的〈鵝媽媽出嫁〉裡，有著較集中和全面的表現。這兩篇小說的主要人物阮新民和林文欽都是地主之子，也都是從他們原來階級反叛出來的知識青年。〈模範村〉裡，阮新民是個從日本留學回來，「到處煽動農民」，向農村青年散佈「危險思想」的危險人物；〈鵝媽媽出嫁〉裡的林文欽，則是以人類全體利益為目的，想「考察出一個共榮經濟的理想」，最終齎志以沒。環繞著這兩個人物，楊逵一方面以現實主義的冷靜客觀筆調，考察在日本的殖民政策、戰爭侵略及經濟蕭條下，所可能形成的人的社會生活及精神上的畸變；一方面熱情的想像、塑造及謳歌崛起於臺灣殘存

的封建勢力及新權貴階級之間的新青年及新的理想的萌芽。在這
兩篇朝向全景式的探索臺灣出路的作品中,由小說藝術設計上呈
現的,探索者之一的阮新民之走入群眾,懷著抽象的人類共榮經
濟理念的林文欽之貧病而死,可以看出作者楊逵的思想取向及歸
宿。除此之外,由小說的寫作背景來看,只要把林文欽的共榮理
念及現實上的家破人亡,還有被強制勒索的種花人及家庭破碎的
鵝群等情節,對照著小說發表時,日本帝國主義為使它的侵略戰
爭合理化而提出的「大東亞共榮圈」的論調,將不難在小說的嘲
諷批判聲音之後,讀出由國際主義精神出發的楊逵,始終如一的
堅持姿勢。這一切,應該是對於「八面碰壁」下產生和發展起來
的三○年代臺灣普羅文藝理論,在創作實踐上的具體的、正面的
回應[44]。

　　相對於楊逵筆下正面積極的知識份子,在同時代的小說中,
有著類似處境的左翼青年則顯得困頓和迷惘。這些人物,大都是
透過閱讀社會主義思想著作,熱情地走上現狀的改革者和批判者
的道路,但他們的志業,有的是因現實的橫逆,備遭挫折,有的
是被貧病和死亡結束一切。前者如康道樂〈失業〉中,因研究社
會科學,暗中參加運動而被迫辭職的公學校教員德興[45];唐得慶
〈畸形的屋子〉裡,那個高女畢業,朝夕不離列寧、史達林、布
哈林的著述,後來投身農民組合,與丈夫進出監獄,天天被警察
糾纏的女鬥士梅英[46]。後者可以拿龍瑛宗一九三七年發表的〈植
有木瓜樹的小鎮〉裡的林杏南長子為代表。小說中,這個沒有自
己的名字的早夭的社會主義青年,終其二十三年的生命,是在那
象徵著臺灣的植有木瓜樹的小鎮裡,借助「不摻雜感傷與空想的
嚴正的科學思索」,來抗拒腐爛可怕的生活空氣,以「探究歷史
的動向」及「歷史法則」來解除在絕望的肺疾與絕望的時代中彷
徨的重苦。他的閱讀對象除了日本、朝鮮、中國的文學作品,還
包括恩格斯的《家族·私有財產和國家的起源》,摩爾根的《古

代社會研究》等馬克思主義的理論著作。直到臨終，他雖理解個人力量的微弱，但依然確信並且勸告在小鎮的黑暗腐敗裡浮沉的小說主角陳有三：「在可能的範圍內，非改善生活、正確地活下去不可」。他留下來的遺稿，有這樣的句子：

> 我以深刻的思惟與真知，獲得了事物的詮釋。
> 現在雖是無限黑暗與悲哀，但不久美麗的社會將會來臨。
> 我願一邊描畫著人間充滿幸福的美姿，一邊走向冰冷的地下而長眠。[47]

在龍瑛宗的這個早夭的社會主義青年旁邊，王詩琅的小說記錄了那些精神上夭逝了的理想主義者，在長眠於人類美麗的未來之前的流離失落的心靈史。

可能因為本身就是烏托邦社會主義者的緣故，曾經是臺灣無政府主義組織「黑色青年聯盟」的主要成員，並且因此繫獄兩次的王詩琅，他筆下的左翼知識份子，似乎一出場就帶著幻滅的、敗北的印記。在他日據時代寫作的僅有的五篇小說中，涉及知識份子思想和心理變化的就占了三篇，它們是〈青春〉、〈沒落〉和〈十字路〉，這些相繼完成於一九三五到一九三六年的作品，出現了當日臺灣都市裡部分知識份子的剪影。如〈青春〉的主角月雲，是個會彈鋼琴，喜歡唱歌的高女學生，她熱愛「學校裡的雲雀般的浪漫生活」，立志日後以她在聲樂上的成就，為臺灣女性爭取世界性的聲名，可是肺病剝奪了一切夢想。〈十字路〉寫一個力爭上游，但因低學歷和種族歧視而不得升遷的銀行下級職員，在這個自稱被生活「去了勢」的頹廢者周邊，出現了因參加社會運動被判刑的同事，一群渾噩過日的朋友，還有行蹤飄忽，倉惶機警，曾到過廈門、上海、廣東等地，「耽於社會問題的書

籍，也時常出入文化協會」，在「臺灣××團體」中佔有重要地
位的表弟萬發。把這些人物的理想與絕望、破滅與無奈、失落與
被迫害結合於一起的是一九三五年發表的〈沒落〉裡的耀源。

〈沒落〉這篇小說，可以說是日據時代臺灣左翼社會運動者
的一份自我告解，一部心靈秘史，它的主角耀源，則是王詩琅及
他同時代的部分左翼知識份子，鷹揚之後，鎩羽墜落的表徵。從
這位頹廢者身上，可以看到三○年代臺灣社會文化狀態的縮影：
經濟蕭條下的困頓陰鬱的小市民家庭，有著咖啡屋、留聲機、柏
油路、霓虹燈、和穿梭著人群汽車的初步現代化的台北市街。在
這裡頭，小學生舉著萬國旗遊行紀念明治天皇的彪炳戰功，時代
兒女「諤諤地談主義、論社會、講戀愛」，由「漠然的民族主
義」到決心參與，而後是「下獄的下獄，轉向的轉向」，剩下來
的是出獄後「蒼白的、沒有氣力的」，以至於對一切「無感覺」
的主角耀源自己。這整個過程，作者王詩琅藉耀源之口說：

> 英英烈烈從容就義，大聲疾呼痛論淋漓，那有什麼稀
> 罕？但耐久地慘澹辛苦，走充滿荊棘的苦難之道，卻不是
> 容易的。路是明而且白。只是能夠不怕險阻崎嶇，始終不
> 易，勇往直進的，現在有幾個人？[48]

連溫卿在一九二七年歲初對臺灣的社會運動者所下的「赤
松」與「白心蕃薯」的警句，到這裡成了讖語。

從城市到鄉村，一九四○年以後，在日本殖民地政府雷厲風
行的皇民化運動下，在文學奉公、增產建設一類的集體主義要求
的口號裡，包括呂赫若、楊逵在內的本質上信仰集體精神的左翼
作家，寫作了表現知識份子上山下鄉，自我改造的〈增產之背
後〉[49]、〈山川草木〉、〈風頭水尾〉[50] 等小說。這些在表現上
可以被解釋為皇民文學，也可能是記錄著日據時代末期，走出小

布爾喬亞的城市，重新踏上荊棘之路的左翼知識份子，透過勞動改造，在「皇民」的偽裝下，努力朝向「人民」轉化的另一部心靈秘史的作品。它的「背後」，它的真實訊息，倒是引人深思的了。

（1994）

1　《臺灣民報》第 95 號（1926.3.7）：〈「無產農民勞動黨」被禁僅三月「勞動農民黨」的無產黨又再世〉。第 96 號「社説」：〈勞動農民黨之前途與臺灣〉，〈勞動農民黨的宣言〉。第 135 號（1926.12.12）：〈左翼無產政黨的出現〉。第 136 號：〈又生一個無產政黨「日本勞農黨」〉。

2　《臺灣民報》第 137 號（1926.12.26），「社論」：〈無產政黨與殖民地〉，第 148 號（1927.3.13），皓白：〈日本無產政黨的分析〉。

3　《臺灣民報》第 162 號（1927.6.19）：〈東京臺灣青年會例會 —— 布施氏講演中被中止〉。按該次演講時間為 1927 年 6 月 12 日。

4　《臺灣民報》第 156 號（1927.5.8）：〈矢內原教授在台講演的概要〉，第 157 號（1927.5.15）：〈矢內原氏的臺灣視察〉。

5　連溫卿的這些文章，依次見於《臺灣民報》第 123、124、127、135 號。

6　《臺灣民報》第 189 號（1928、元旦）：〈過去一年的回顧〉，文中並稱這「二大潮流橫溢於臺灣島內」，「這兩種思想的論戰宣傳，於去年中最為熾烈，現在依然繼續中」。

7　林書揚等編譯：《臺灣社會運動史》（原《臺灣總督府警察沿革誌》第 2 篇），第 1 冊《文化運動》，第 5 節〈臺灣文協會〉，頁 258-268，創造出版社，台北，1989。

8　同上注，第 6 節〈無產階級文化運動〉，頁 401-402。

9　《赤道》第 2 號（1930.11.154），頁 2。同期中有〈新俄詩選〉，〈馬克思進文廟〉等譯作，論著連載〈無產階級與兩性問題〉，並轉載日本普羅文藝理論家秋田雨雀原作〈ソウエート、ロツセノ概觀〉，中國革命文學家馮乃超詩〈快走〉。第 4 號（1930.12.19），除連載〈無產階級兩性問題〉，另有德國無產階

級革命者倍倍爾（I. Babel）生平簡介，描寫勞動者及諷刺社會運動家等小説及詩作。這份資料由陳明柔教授提供，謹此致謝。

10　同注 8，頁 402-403。

11　同注 8，頁 403-404。

12　同注 8，頁 410-412。

13　詳見〈致臺灣文藝作家協會創立大會的賀電〉，同注 8，頁 413-416。

14　《南音》創刊號（1932.1.1）〈發刊詞〉。第 2 號卷頭言，葉榮鐘：〈「大眾文藝」待望〉

15　以上引文各見《南音》第 8 號卷頭言，葉榮鐘：〈第三文學提倡〉，第 9、10 號合刊卷頭言，葉榮鐘：〈再論「第三文學」〉。第 6 號一吼（周定山）：〈拍賣群眾〉，頁 22-23。

16　參見施淑：〈中國社會主義文藝理論的發展（1923-1932）〉，〈文藝自由論戰〉節，《理想主義者的剪影》，頁 209-221，新地文學出版社，台北，1990。

17　《南音》第 5 號，頁 16-21。

18　《南音》第 3 號，頁 14-15。

19　同注 14，創刊號〈發刊詞〉。

20　同注 14，〈「大眾文藝」待望〉。

21　同注 15，〈再論「第三文學」〉。

22　同注 15，〈第三文學提倡〉。

23　一吼（周定山）；〈草包ABC〉六〈文學的暴君〉，《南音》第 9、10 號合刊，頁 26-27。

24　郭秋生：〈再聽阮一回呼聲〉，同上注，頁 36。

25　天南（黃春成）：〈宣告明弘君之認識不足〉，《南音》第 6 號，頁 24。又據他的回憶文章〈談談南音〉，也提到當時有人批評《南音》專唱高調，「是資本階級的娛樂刊物，是霧峰派的小嘍囉」。見《台北文物》第 3 卷第 2 期（1954.8），台北文獻委員會出版。

26　《先發部隊》封底，〈臺灣文藝協會會則〉。

27　《先發部隊》，頁 19。

28　同上注，頁 20。

29　同上注，頁 21-23。

30　青野季吉：〈自然生長と目的意識〉，〈自然生長と目的意識再論〉，見《青野季吉‧小林秀雄集》，頁 38-42，《日本現代文學全集》第 68 冊，講談社，東京，1962。

31　同上注，頁 39。

32　該文以筆名 H. T. 生發表，見《第一線》，頁 36-39。

33　藏原惟人：《プロレタリア‧レアリブムへの道》，同注 30，第 69 冊《プロレタリア文學集》，頁 309-314。

34　詳見艾曉明：《中國左翼文學思潮探源》，〈太陽社與日本「新寫實主義」〉章，頁 123-165，湖南文藝出版社，1991。

35　H. T. 生（林克夫）：〈詩歌的批評及其問題的二、三〉，《臺灣文藝》第 2 卷 4 號（1935.4），頁 100。

36　林克夫：〈詩歌的重要性及其批評〉提到 1935 年台中文聯大會之時，楊逵和劉捷的宗派化問題曾引起激烈討論，見《臺灣新文學》第 1 卷第 7 號（1936.8），頁 85-86。又如玄影在雜文〈沉默〉中，對臺灣文壇時見臺灣的藏原惟人、德永直、魯迅云云，加以譏評，同樣可見宗派之爭。該文見《臺灣新文學》創刊號，頁 90-91。

37　王錦江（王詩琅）：〈一個試評〉，《臺灣新文學》第 1 卷第 4 號（1936.5），頁 94。

38　郭天留（劉捷）：〈創作方法に對する斷想〉，〈臺灣文學に關する覺え書〉，各見於《臺灣文藝》第 2 卷第 2 號及第 5 號。

39　毓文：〈創痕〉，《先發部隊》，頁 78-83。

40　越峰：〈月下情話〉，《第一線》，頁 159-162。

41　慕：〈開學〉，《臺灣新民報》第 366-367 號（1931.5.30-6.6）。

42　自滔：〈失敗〉，《南音》第 12 號（1931.11）。

43　本文所引楊守愚小說，俱見於張恆豪編：《臺灣作家全集‧楊守愚集》，前衛出版社，台北，1991。

44　本文討論的楊逵小說俱見於張恆豪編：《臺灣作家全集‧楊逵集》。引文除根據小說原發表刊物並參照黃惠禎：《楊逵及其作品研究》第 5 章第 1 節〈作品的改寫〉，頁 132-140，麥田出版社，台北，1994。

45　康道樂：〈失業〉，《臺灣新文學》第 2 卷第 5 號（1937.6、7 月合併號），頁 42-58。

46　唐得慶：〈畸形的屋子〉，同上，第 2 卷第 4 號（1937.4、5 月合併號），頁

48-63。

47   龍瑛宗：〈植有木瓜樹的小鎮〉，引文見張恆豪編《臺灣作家全集·龍瑛宗
     集》，頁 65-66、68、70，前衛出版社，台北，1991。

48   本文所引王詩琅小說，見《臺灣作家全集·王詩琅朱點人合集》，前衛出版社，
     台北，1991。

49   楊逵：〈增產之背後──老丑角的故事〉，見張恆豪編《臺灣作家全集·楊逵
     集》，前衛出版社，台北，1991。

50   呂赫若：〈山川草木〉、〈風頭水尾〉，見張恆豪編《臺灣作家全集·呂赫若
     集》，前衛出版社，台北，1991。

感覺世界

——一九三〇年代臺灣另類小說

一

　　一九三四年七月,「臺灣文藝協會」的機關雜誌《先發部隊》刊登了該協會成員郭秋生的一篇評論,標題是〈解消發生期的觀念　行動的本格化建設〉[1],這是日據時期臺灣文學批評中少見的長篇論文。文中,郭秋生檢討了一九三〇年代初以前臺灣新文學的發展成績,分析當日小說創作的困境,並試圖以《先發部隊》的創刊為新起點,提出他對日後創作取向的一些意見。他的論述要點是:

　　第一,臺灣新文學的發生基礎,也即它的內在觀念,是反封建的意識形態與個人自由的精神,這些觀念在當日已面臨「碰壁」的困境,而這導致作品的表現形態呈現類型化、公式化的現象。他說:

> 　　臺灣新文學的碰壁,是其內在觀念的碰壁同時也是表現形態的碰壁。這已是無須遲疑的定石,當前進而不能前進的內在觀念,只有當前進而不能前進表現形態而已,新的形態只有新的內容可能與以約束,發現了新的內在觀念,便必然的同時要求到新的表現形態出現了。

　　畢竟基調於某一種主義或主張而發生的文學，是隨其
內在意識的要求以規定其外的底形態，沒有變換主義主
張，便不能變換行動的態度，已不能變換行動的態度，則
形態的類型化公式化是不可避免的果實了。

　　第二，當時的臺灣客觀狀態，已跨過了反封建的階段，作品
如不能應付時代的動向，停留於暴露封建病態與罪惡，將會使臺
灣新文學退化，使它「迷失了躍進的出路，而游離了目的意識，
墮落於生活線外」，最終成了生活的娛樂品或避難所。據此，他
呼籲：

　　　　臺灣新文學的行動該要轉向了，這轉向的意味，同時
　　是躍進，放棄發生期的底行動，而蕘進於第二期的建設的
　　本格的行動，方才是臺灣新文學的全面的發展的行程，同
　　時是現在臺灣新文學的新的出發點，並就是不滿既成生活
　　樣式而又不得不唯命是聽的臺灣人全體的苦悶焦躁不安的
　　呼吸了。

　　第三，關於建設的本格的行動，首先必須解消發生期的暴露
的、破壞的態度，而易以「直觀事物至於奧裡」的新態度、新眼
光。由於前此的臺灣新文學只在客觀的寫實而少有自我的主觀活
動，「感覺的世界是從所不曾顧及的」。未來的創作方向，應充
分探究感覺的分野及人們內部的心理世界，擁有「由人們的主觀
的感覺，以期肉迫（逼近）現實之真的意識」。對此，郭秋生著
重提出：

　　　　發生期的眼光，已是使用過的「種子紙」，有阻礙新

現實的認識而不足以因此而正確認識新的觀念。

在這箇碰壁之後的當來的臺灣新文學,為添鮮麗而清新的空氣,尤覺有充分探究感覺的分野的必要和感覺的探究並行,而不可不一步前進而發現的新境地,還有內部的心理的世界的探究。感覺的世界,是當來臺灣新文學的廣大的新素地,而內部的心理的底世界,更是當來臺灣新文學的渺茫的新大陸。

第四,在強調感覺和心理世界的新大陸的同時,再出發的臺灣新文學對創作活動本身也應有建設性的態度,那便是對「創作的本格化與創作的本質」的認識。對此,郭秋生指出,文學藝術產生自「作家的情感燃燒」,作品不是機械的寫真或紀錄,它來自作家的創造:

但創造並不是意味虛構,一經活動於作品裡的形態世界,自不即是某一起事件,或某一事物的事實,然卻不外是某一人生生活世界的現實。

游離了現實生活而和人生應有的種種現實不相關照的文學行動,該不能見尊於現代文學的殿堂了。現代文學是某一個時代某一面社會的人生生活相的一箇斷面或一箇碎片的映象啦。

根據上述的認識,郭秋生提出:「文學是現實之真的創造,表現,描寫。不只是現實的模倣或記述」,並對當時的文學現象提出批評。他認為當時的作品最顯著的是「創作努力的低調」,作家完全根據自己的體驗、心境或身邊發生的事件為寫作材料,

他把這稱為「私作品」，它只能表現個人生活的特殊相，不能突破個人天地，而且不具備生活意識或「目的意識」，因此無法達到「從作者的構想裡創造出素材以表現」的「本格作品」的境地。此外，郭秋生更指出當代作家與作品的存在條件：

> 作品的主要條件，是要著會有普遍性與社會性的，近代社會的組織，已極端薄弱了個人生活的存在，而經調著集團生活的存在了，集團有集團的生命，活著集團的意志以指導個人的意志，不管你諾與不諾，都非你集團生活不行——是故，為期肉迫人生現實之真，及視社會集團的個體的介在更不可得，個人生活要不能同時是社會生活的一分野，作品中的個人要不能同時是集團中的普遍的底一個人，則其為作品的存在力當然是不足以怎麼期待的了。

以上郭秋生對臺灣新文學發展的論斷和意見，不難看出社會主義文藝思想的色調，因為作為「臺灣文藝協會」的主要成員，這個組織的思想立場，本來就是臺灣文化協會分裂後，左翼知識份子從一九三〇年起陸續創立的「伍人」、「赤道」、「臺灣戰線」、「臺灣文藝作家協會」等社團的文藝路線的延續。此外，就文章本身來看，郭秋生使用的發生期、目的意識、轉向、正確認識、集團生活等關鍵性概念，也無一不帶有當代左翼文藝論述的影子，它們都可以在一九三〇年前後支配中、日兩國普羅文藝運動的青野季吉、藏原惟人的著作中，找到觀念的來源[2]。不過引人注意的是，在社會主義文藝思想的基調之外，郭秋生這篇具有階段性的思想總結意味，並試圖為陷入內在觀念和表現形式的雙重困境的臺灣文學尋找出路的論文，它那夾雜白話中文、臺灣話文和日語辭彙的含混晦澀的語言形式和觀念本身，可能包含著的一九三〇年代臺灣文學史的殖民地式的矛盾和困境。

　　從二十世紀臺灣社會文化發展的過程來看，出生於世紀之交的郭秋生的一代，可以說是文協啟蒙運動後，與傳統臺灣斷裂了的「新的現實觀念（the new concept of reality）」的第一批實踐者和驗證者。這被郭秋生論文中描述為「基調於反逆封建的意德沃羅基（按：即 ideology）與伸張個人自由為精神」的新的現實觀念，雖然以資本主義社會的思想形式出現，而且開啟了臺灣文化發展的新頁，但在它走上歷史舞台的同時，是掙脫不了它之依附於日本殖民統治的這個特殊的、根本的事實的。關於日據時期殖民地臺灣的社會性質，研究者曾指出，在社會經濟結構上它並不是一般性的資本主義發展，而是從一開始就帶有在世界史上被定位為「最後帝國」的日本資本主義本身的「後進性」及「早熟性」的烙印。所謂後進性，指的是國家權力所起的作用的比重非常之大，這集中表現於以臺灣總督府為代表的「專制的拓殖制度」及其相應的法規。所謂早熟性，即是被一般的研究及論述片面強調和高度評價的，在殖民經營下，臺灣的資本主義化或「現代化」的成果。這後進與早熟的政治經濟結構，使日據時期的臺灣表現出一些與其他殖民地不同的特徵，例如：高度發達的商品經濟，本地資本勢力的大幅衰退，強大官僚統治的中央集權式國家權力機構，以及經濟結構的多元化等 3。

　　作為臺灣新文學的發生背景和描寫對象，上述早熟的經濟特徵，從一九二〇年起開始作用於臺灣的社會生活和思想領域。根據研究，二〇年代是臺灣社會史上的一個轉變期，除了土地及商業方面的重大措施，因為醫療衛生的基礎建設，新的生產技術的引進，臺灣人的死亡率穩固下降，人口自然增加率堅定上升，加上郵政系統、交通事業等基礎工程的建設，臺灣人的平均乘車數與書信往來次數在一九二〇年以後顯著增加，這表示臺灣逐漸由傳統封閉性、自足性的社會，轉變為開放性、流動性的社會。相應於此，具現代性意義的社會運動，如文化協會、農民組合、工

友聯盟就在此時發生，人民的態度，也即對事物的看法、想法、做法，或社會科學上所謂的「人格」（personality）也發生了變化⁴。到了一九三○年以後，特別是三○年代後半期，因為日本殖民政策的「工業化」的推動，臺灣的小社區的比例漸減，大社區相對增加，都市人口占總人口數的比例銳增，都市行政區的擴大，加上貨幣流通的經濟體系，使臺灣人的日常生活具有國民社會（national society）或公民社會（civil society）的性格⁵。

　　上述的一切，應該就是郭秋生一九三四年論文的現實基礎，他會在論文裡以前衛的姿態，聲稱當日臺灣的「客觀狀勢」已過了「反逆封建的觀念形態的興憤期」，認為發展中的臺灣新文學「沒有需要其還在反複暴露舊式的罪狀與反逆」，甚至斷言：「多發現了一種封建的病菌，有足以增重臺灣新文學的退化，而外還有得什麼嗎？」這類論斷，反映的正是早熟的經濟結構下，三○年代臺灣社會的新生市民，特別是以進化論為思想根柢的文化啟蒙者，在新的物質基礎及因之而生的新的現實觀念面前的精神興奮。

　　比較起上述的「進步」圖像，能夠深刻地反映臺灣殖民社會的後進與早熟的特殊性及其矛盾的，應該是與文學發展有密切關係的新知識份子的形成，而它的關鍵時刻仍是一九二○年代。根據研究，日據初期，臺灣人的領導階層仍延續清代的基礎，由取得科舉功名的紳士、大地主及豪商構成。但到了一九一五年，這個經臺灣總督府「授紳章」的所謂具「學識資望」的領導階層，已大致成為富商、地主、新興實業家的天下。此外，由殖民政策的「精英教育」系統養成的新知識份子，也就是由日據初期號稱臺灣的牛津和劍橋的台北醫學校和國語學校，逐步擴充的針對臺灣人的教育制度，以及作為它的特定培養對象的臺灣中上階層子弟，也在這階段漸次崛起⁶。到了一九二○年以後，隨著以留日為主的留學生的激增，返台的留學精英逐漸取代只接受臺灣本地

殖民教育的知識份子，在日據後期成為臺灣人領導階層的主體[7]。作為擁有先進知識的殖民社會精英，這些在二〇年代以後成熟起來的新知識份子，本來就是新思想的接受者和傳播者，也是新的社會現實的先覺者，在這樣的條件下，郭秋生會在論文中批判新文學內在觀念和表現形式的碰壁，會急躁地要求「務必進一步創造出具體解決的新形態與新世界來方可」，他的批判和急躁的情緒是不難理解的。

　　關於上述的臺灣社會精英，值得注意的是，在性質上他們雖類同於葛蘭西（Antonio Gramsci）所說的資本主義時代的有機知識份子（the organic intellectual），擁有專業技術和知識，負有臺灣資本主義建設的功能。但一方面，那養成他們的精英教育原本是按統治者「想要收穫的是什麼」的意圖而設計[8]；另一方面，在日本殖民官僚體系始終如一的封閉和獨占的條件下，他們實際僅能擔任基層行政官吏，職能上只不過是遂行殖民行政任務的輔助工具，完全喪失了清代臺灣領導階層原有的對地方事務的決策和影響力[9]。他們這一被預定了的、先天性的社會人格，從根本上決定了日據時期臺灣新知識份子的內向的知性風貌或知性體質（intellectual physiognomy），而他們正是作家和作品中的人物的主要來源之一。有關這問題，郭秋生的論文透露了一些訊息，那便是當他以左翼知識份子的口吻，指責「迷失了躍進的出路，而游離了目的意識，墮落於生活線外」的當代作品之餘，除了抽象地強調集團的意志，「肉迫（逼近）人生現實之真」的重要性，他所提出的具體的「轉向」策略，卻是與目的意識大相逕庭的轉向感覺世界、心理世界這個如他所說的廣大然而「渺茫的新大陸」。不過日據時代，那違反了郭秋生所代表的「先發部隊」的文藝戰線，違反了普羅文藝運動的集團意志和目的意識的另類小說，卻正是在他指定的這塊感覺的、心理的「新素地」上找到了它的起點。

二

　　一九三○年以後，臺灣小說出現了一些大致符合郭秋生所謂的「本格的」（真正的）作品。不同於二○年代萌芽期小說對封建傳統及殖民罪惡的正面反抗和暴露，這些作品的主題都集中在市鎮生活的諸面相，人物大都屬於帶著市民氣味的小知識層。在藝術處理上，這些作品雖未必達到郭秋生要求的「直觀事物至於奧裡（深處）」的標準，但在表現上多少符合了他所謂的以新眼光、新態度「肉迫人生現實之真」的路向。只不過在敘述意識上，它們都乖離或對立於他標舉的「能夠有熱烈的生活力，克服了冷遇的惡環境，以奏人生的凱歌」的樂觀旋律，而是以慘淡低調的理想和生活的鎩羽告終。

　　這嶄露於三○年代臺灣文壇的另類小說，它的發生，一九三○年代前後的歷史大事，如臺灣最後一次武裝抗日的霧社事件的慘烈悲劇，農民組合和工人運動的遭受打擊，日本殖民統治者以檢肅共產黨的名義，對臺灣左右翼的民主進步文化人士的清洗鎮壓，還有世界性的經濟大蕭條，當然都是直接的、主要的原因。但決定它在藝術形式上要以懷疑矛盾的語言朝向內心生活的發掘，則應該是上面討論的臺灣殖民政治制度的落後性和經濟結構的早熟所產生的都市生活及臺灣知識份子的特殊的知性體質使然，因為這類小說在出現於島內作家的創作之前，它的徵兆已在二○年代的留學生小說中浮現。這些開風氣之先，而且多少帶有自傳性的留學精英心態的作品，都是在都市生活的前景上，表現啟蒙的、個人主義思想者的感情的失落，理想的動搖與幻滅，以及都會的誘惑、苦悶和寂寞。如楊雲萍的〈到異鄉〉（一九二六）、〈加里飯〉（一九二七）、〈青年〉（一九三○），張我軍的〈誘惑〉（一九二九）。這系列的作品發展下來，最具代表

性的應屬王白淵的〈唐璜與加彭尼〉（一九三三），翁鬧的〈殘雪〉（一九三五）、〈天亮前的戀愛故事〉（一九三七）。

王白淵的〈唐璜與加彭尼〉是以寓言的形式，藉歐洲歷史上的情聖唐璜與一九三〇年代美國芝加哥區黑手黨領袖加彭尼的一席對話，表現對資本主義社會及其道德信條的批判。故事的場景是加彭尼被囚的監獄，從天國來訪的唐璜首先表示他們彼此的「類似」，而後透過長段的自白說出他的心路歷程。根據他的自白，這個一生混跡眾香國的情聖，到死為止居然「找不到真正為愛而生的女人」，因為：

> 我愈是愛她們，她們愈是要離開我，有的是為社會的舊制所束縛；有的為金錢所壓迫；有的是向權勢屈服；有的是淪為一文不值的道德的犧牲品，哭著離我而去。

為了讓女性知道，「戀愛對於人生是多麼地崇高」，他成了從一個女人流浪到另一個女人的旅人，而這招來了道德家們的詬罵。就在承認自己失敗之際，他來到了美國，發現自己竟無用武之地，因為已然解放的美國女人，並不需要他的拯救，終於唐璜覺得自己贏了，勝利了。

在加彭尼的一邊，他的暴力行為的動機是：因為看到貪婪無厭、吸人膏血的受法律保護，高據上流社會；被巧取豪奪的民眾，生活無依，甚至下獄。而這形成了他的道德哲學：

> 大盜賊是道德的，而小盜賊卻是罪惡的。這到底是哪門子的法律？因此我決定以身說法，親自表演出他們那種有組織的強盜是如何地犯法，讓世人瞧瞧。

對此，唐璜安慰加彭尼不必自覺不幸，因為「強盜們在經濟

恐慌之下，將會原形畢露，為眾人所放逐，現在已是他們的末日，不必你再現身說法了。」接著，他們都相信如果到蘇聯，他們一定找不到伙伴。在小說結束前，加彭尼說了這麼一句意味深長的話：「你我在世上都是多餘的哩！那真是痛快！」

根據王白淵留日時參加「臺灣文化同好會」、「臺灣藝術研究會」等社會主義思想組織的經歷來看，這篇社會寓言小說最後以「痛快」的蘇聯模式解決，自屬意料中事。不過從這篇富於辯證思維的人類解放寓言，一方面毫無保留地否定傳統道德和資本主義本身的結構性罪惡，另一方面卻在愛情解放的問題上，把美國和蘇聯放在同一位置的這點來看，卻透露著臺灣殖民精英的精神悲劇和心理困境。因為這小說情節折射出來的反封建然而附條件的反資本主義精神的意識形態，正突顯了與文協啟蒙運動一道成長起來的新知識份子，在初識資本主義時代的人道自由思想並經歷那作為資本主義的最高發展形式的殖民帝國主義統治的同時，不可避免地要在等同、甚且勝過封建壓迫的日本殖民政權的落後黑暗之前，堅持對於愛情，這象徵著人的獨立自由的最後防線的幻想和追求，因為這是他們僅有的解救。由於如此，這篇小說會以唐璜和加彭尼這兩個封建時代和資本主義社會的體制叛逆者為角色，就不是偶然的了。只不過當王白淵幻想著在蘇聯體制下，這兩個體制叛逆者將成為「多餘」的存在之前，臺灣的殖民精英在日據後期的小說中，仍得扮演「多餘的人」的角色，而這開始於他們對自己的殘廢的身世的認識。這方面，郭秋生的〈王都鄉〉（一九三五）可以作為代表。

〈王都鄉〉也是一篇寓言小說，主角王都鄉是一個幼時害了病，廢了兩足的殘廢者。小說共分四節，第一節寫的是自覺「廢人」的王都鄉在家庭保護下，渾渾噩噩地成長並結了婚，直到父母去世，發現已不是生活在「逝去的社會」，已經是「現代的自己」的王都鄉，開始思索起生命的意義和社會責任。首先，為了

妻子的幸福，他自願離婚，但因襲的觀念，使他不能如願。基於自己的「人性的威嚴」，更為了妻的未來，王都鄉決定自殺，「好讓她解消奴隸的根性，好讓她復活人的真面目」。自殺獲救後，知道自己終究仍是「社會的贅瘤」的王都鄉，向醫生，向社會提出了他的道德批判：

> 你們毒殺了一個好好的人，你們製造了一個不勞而食的幫助罪犯與一個不勞而食的重大罪人，你們是戴著慈善假面的詐欺漢，你們至少也是做著我們的買賣的生理人，你們要為遂行你們的詐欺，或圖你們生理的永固，當然要極力妨止我們這樣罪人的消滅。

因為這言論而被判定「精神異狀」的王都鄉，直截了當地駁斥：「你們不是人，所以你們不能理解人的心聲」。

小說的第二節接著寫渴望成為真正的「人」的王都鄉到了台北，看到繁華的市景，看到「流著尊貴的熱汗，像走馬燈活動著，在從事他們光榮的工作」的人群，他真心讚嘆，對於因殘廢而成為被同情被施捨對象的自己，覺得恥辱，覺得「我不是人，我是一條最可恥最可憐的寄生蟲。」甚至對古老的台北北門，也因其「一身的不遂，暴露在這十字路中示眾」而成了他的議論對象：

> 效用盡了，生機失了，存在著的僅是一件的廢物，就應該及早從社會沉滅下去，乾乾淨淨結束了一條無意義的半命。

雖然這樣，自覺半命的王都鄉仍舊在被別人「雕古董」的屈辱感下，與生意不好而怨聲連連的小販，大談「生產過多」、「自然調節」的經濟學理論，企圖糾正小販的錯誤觀念。因為他

相信：「我有啟他之蒙的責任，這種誤解的頹廢是大有遺毒社會的健康的」。

　　小說的第三節寫王都鄉走入夢境，夢中，「他竟然走了起來了」，而且「揚揚地踏入島都的心臟」的台北，但狂喜之後，他很快就發現他原本視為尊重的、「健康活動著的」社會的弱肉強食，發現存在於失業飢餓人群中的「一幅地獄的縮圖，可怕的縮圖」。小說的最後一節寫的是，夢醒之後，重新回到地上爬行的王都鄉告訴自己：

　　　　是了，我不能想好我的病了，沒有勤勞不得食的思想要訂正了，現在是有勞動也不得食的時代了，為什麼我還做沒有勞動不得食的迷夢呢？

　　　　是了，個人沒有要求社會給他勤勞的權利，社會也沒有保障個人最低生活的責任，那麼還有什麼是人的社會呢？什麼是人的社會呢？現代的社會不是人的社會了……

　　經過反覆思辯，精神苦悶的王都鄉，終於達到了思想上的結論，那便是脫卻因襲的羅網，謀求同志，重新找回被掠奪的「生存資料」和被侵害的生存權，「革掉過去的所有惡根性以復活真的人間來」。小說也就結束於「像發現一座新星座，發現了自己的存在」的王都鄉，一沉一浮地移動殘廢的身軀，從一個街頭到另一個街頭，熱切發表他的思想結論的畫面。

　　根據郭秋生本人的〈解消發生期的觀念　行動的本格化建設〉的論文，王都鄉的表現確實是走過了解消心理困境的路程，小說的觀念發展也符合論文要求的具有目的意識的階級革命的認識。只不過走出了這個寓言世界，一九三〇年代的臺灣，在經過思想的大整肅後，雖然有楊守愚、王詩琅、楊逵、呂赫若等人的

作品，程度不等地走著王都鄉式的道路，但在更多的時候，表現於這則寓言裡的殖民地臺灣早熟的、然而殘廢的物質基礎，在前述臺灣殖民精英游離於現實的社會人格，及其不徹底的反資本主義思想的知性體質的交互作用下，為三〇年代的小說界帶來了早熟萎弱的人道和個人主義的花朵。這方面，較突出的有吳天賞的〈龍〉、〈蕾〉（一九三三）、〈野雲雁〉（一九三五）；郭水潭的〈某個男人的手記〉（一九三五）；巫永福的〈黑龍〉（一九三四）、〈山茶花〉（一九三五）。在這行列中，最引人注目的是翁鬧的作品，特別是那坦然以社會的另類姿勢出現的〈天亮前的戀愛故事〉。

　〈天亮前的戀愛故事〉是一篇從頭到尾由主角的獨白構成的小說，這個以第一人稱「我」出現的人物，在三十歲生日前夕，面對一個自始至終未曾現身的「你」，絮絮叨叨地訴說他的青春期的愛慾，他的沒有結果的戀愛，他的亂七八糟的生命，以及對整個人類文明的厭惡和詛咒。在那語無倫次的獨白裡，這個自稱「廢料」、「不適於生存」的獨白者，斷斷續續為他的自畫像描出一些線條：從小渴望瘋癲，沒有理想、希望，意志與行為極端分裂，只要是沒道理的事樣樣都幹得出來，不清楚什麼時候會達到可怕的毀滅，等等。在這混亂的構圖的周邊，是使他瀕臨瘋狂的都市生活，還有他的三十年的生命：「它遵循那令人戰慄的概然律，那應當唾棄的慣性律，連最小限度的可能性都沒有」。面對這一切，他希望回到原始，希望這地上再一次充滿野獸，希望「現代的人類忘掉他們的生活方式與一切文化，再一次回到野獸的狀態」，並且向他的傾訴對象自剖：

　　　　多方聯想起來，我覺得自己似是一個完全不適於生存的人。這是真的。我老早以前就一點一點地感覺到我是一個不適於生存的人。這種感覺要到什麼時候才會達到可怕

的毀滅的頂端呢，那連我自己也不清楚。大概不會在那麼
遙遠的將來吧？不過，我的毀滅是跟你毫無關係的事。連
對我自己，也是無所謂的事……。

　　正像那芳香的酒變成了教人皺眉的醋酸一樣，我精神
內部對人世所抱的至高的愛，如今就要完成發酵作用，正
在逐漸變成激烈的恨。縱然我的人生和青春在悠久的歲月
中幾乎等於零，我確信這無窮小的恨，也必能跟無窮小的
恨一起對宇宙發生破壞作用。

　　從一九二〇年代以後，「私小說」在日本文壇的發展情形來
看，翁鬧這篇發表於一九三七年的作品，自有可能受到影響，因
為存在於這篇小說的內省、頹廢和誇張正是私小說的基調[10]。不
過從這位被當時的批評家劉捷稱之為「幻影之人」的文學彗星的
寫作生涯來看，這篇小說表現的虛無和毀滅的欲望，似有其發展
上的必然性。零碎有關翁鬧的傳記資料都指向這樣的事實：盲目
崇拜日本女性、夢想躋身日本文壇，曾混跡東京浪人聚集的高圓
寺區[11]，這無一不顯示他的社會邊際人的性格。有關他的創作理
念，比較清楚的是，在鄉土文學和殖民地文學的問題上，他主
張：「形式上與日本文學相通，內容上屬於臺灣」，文字表現則
應「尋求日語和臺灣話的折衷」[12]。根據他的作品都完成於東京
的情況上來看，他的寫作應可歸類於「少數文學（minor litera-
ture）」的行列。根據德勒茲（G. Deleuze）和瓜塔里（F.
Guattari）的看法，少數文學並不是以社會中的少數人的語言所寫
的，而是指運用那不屬於自己的多數人的語言文字來創作的文
學，這樣的作品，除了根本上帶有政治意義和集體價值的性質之
外，它的最重要的特徵在於文字表現上和意識上的失去歸屬（de-
territorialization），因為對於少數文學作家來說，他們藉以表現一

切的語言文字，不過是紙上的、人工的存在[13]。由這個意義上來看，日據時代，在同輩作家中以流利的日文著稱，而且在創作上有意借用日本的形式來表現的翁鬧，他的創作活動，他的作品，突顯出來的或許就是少數文學與生俱來的表現上的、意識上的無所歸屬。也是就這個意義上說，作為他的創作生涯的高峰的〈天亮前的戀愛故事〉，它的始終如一的獨白的形式，它的無法抑止的毀滅破壞的欲望，逆說著的也許正是作為邊際人的翁鬧本人及他同時代的臺灣殖民精英作家，即便是逃向感覺的世界也無法解決的現實的、存在的困境。

（1996）

1　《先發部隊》，（1934.7）頁 18-29。《臺灣新文學雜誌叢刊》第 2 卷，東方文化書局復刻本。

2　施淑：〈書齋‧城市與鄉村──日據時代的左翼文學運動及小說中的左翼知識份子〉，《文學臺灣》第 15 期（1995.7），頁 74-87，文學臺灣雜誌社，高雄。

3　涂照彥：《日本帝國主義下的臺灣》（李明俊譯），頁 535-539，人間出版社，台北。

4　陳紹馨：《臺灣的人口變遷與社會變遷》，頁 123-127，384-388，聯經出版社，台北，1985。

5　同上，頁 171-172，496-497。

6　吳文星：《臺灣社會領導階層之研究》，第 3 章〈殖民教育與新社會領導階層之塑造〉，頁 70-71，97-98，131-133，正中書局，台北，1992。關於臺灣的教育措施，日本統治階層內部曾發生臺灣的初級教育是否應採行與日本國內一致的義務教育的爭議。1904 年，擔任臺灣總督府學務課長的持地六三郎反對在臺灣推行義務教育，他的理由是：臺灣「普通教育之目標在於教育中、上階層子弟，因此，臺灣的普通教育雖然稱為『普通教育』，事實上，應該稱之為『精英教育』（elite education），⋯⋯關於教育設施我們必須考慮我們想要收穫的是什麼。」1908 年之際，曾是總督府首任學務部長的伊澤修二，檢討臺灣教育的成效，亦

強調：「雖然內地（指日本）實施義務教育制度，惟臺灣則無此必要，盡可能教育上流或中流以上家庭之子弟，乃殖民政策之良策。」這些主張成了殖民精英教育政策的範本。見吳文星書頁 97-98 引。

7   同上，頁 125。

8   同注 6 引持地六三郎語。

9   同注 6，頁 372、374。

10   參見伊藤虎丸：〈《沉淪》論──從《沉淪》和日本文學的關係看郁達夫的思想和方法〉，這篇論文收於伊藤著《魯迅、創造社與日本文學》，頁 181-227，北京大學出版社，北京，1995。

11   劉捷：〈幻影之人──翁鬧〉，《臺灣文藝》第 95 期（1985.7）；楊逸舟：〈憶夭逝的俊才翁鬧〉，張良澤：〈關於翁鬧〉，這兩篇文章收於張恆豪編：《翁鬧・巫永福・王昶雄合集》，前衛出版社，台北，1991。

12   這是翁鬧在 1936 年臺灣文藝聯盟東京支部舉辦的「臺灣文學當前諸問題」座談會上的發言，見《臺灣文藝》第 3 卷第 7、8 號合刊（1936.8）座談會紀錄〈臺灣文學當面の諸問題〉，翁鬧在「鄉土文學、報告文學、殖民地文學」，「關於小說的趣味」等部分的發言。

13   Gilles Deleuze and Felix Guattari: Kafka : Toward a Minor Literature, Translation by Dana Polan, pp. 16~18, University of Minnesota Press, Minneapolis, 1986.

首與體
——日據時代臺灣小說中頹廢意識的起源

一

　　一九三五年「臺灣文藝聯盟」成立後，張深切以委員長的身份，對聯盟的機關刊物《臺灣文藝》提示意見，並檢討臺灣新文學的表現。他認為當日的新文學作品大都只是同好者間的班門弄斧，作家僅為表現自己，不能深入識字階層，一般大眾未能知道新藝術的價值，「新藝術和大眾之間，猶有一條很廣闊的溝壑」。根據聯盟成立時訂定的「文藝大眾化」宗旨，他寄望作家們「不要只為滿足自己的意象而執筆，最要緊的還是要把大眾為對象，來完成咱們的啟蒙工作」[1]。張深切的話顯示，新文學運動與大眾認識間存在的差距。類似的意見，葉榮鐘稍早也曾表示過。一九三二年《南音》雜誌創刊後，葉榮鐘先後提倡「通俗化的大眾文藝」及「第三文學」，前者著眼於接近大眾，供給大眾娛樂、慰安，並提升他們的文化及精神生活；後者則是超越一切階級羈絆，在普羅和貴族文藝之外，創作出彰顯臺灣「全集團的特性」的文學。根據葉榮鐘的解釋，他之所以如此主張，一方面是無法接受意識形態掛帥的普羅文藝的「金科玉律」，另一方面是有感於新文學運動後的「藝術小說」的表現，他認為它們大都是「虛玄之作」，作者只拚命表現自己的個性和心境，無視於臺

灣的風土、人情、歷史和時代背景[2]。

　　除了張深切和葉榮鐘對新文學作家和作品的直接批評，一九三三年和一九三四年相繼創刊的《福爾摩沙》及《先發部隊》，也都由不同的層面觸及了相似的問題。《福爾摩沙》以整理研究「吻合於大眾膾炙的歌謠傳說等鄉土藝術」自許，並以「創造真正臺灣人所需要的新文藝」為努力目標[3]。《先發部隊》大篇幅登載〈臺灣新文學出路之探究〉專輯，企圖為陷入創作困境的新文學尋求觀念上和藝術技巧上的新路向，到了改名為《第一線》的次期，又製作〈臺灣民間故事特輯〉，表示實踐的決心及延續先前的討論。這兩個雜誌的創刊方針及相關論述，固然是為回應一九三〇年前後因臺灣話文論戰引發的臺灣意識和本土認同等問題，但它們之汲汲於追求真正的臺灣人文學，而且基本上以集體意識和集體價值為依歸的思考取向，卻證明了以文化啟蒙和社會改造為初衷的臺灣新文學運動，它所產生的接近現代性意義的作品與當日社會大眾的關係，即使不像葉榮鐘形容的「虛玄」，至少存在著張深切所說的巨大「溝壑」，而新文學作家執意表現的個性、心境等標誌著現代社會的個人主義的心理訴求，竟成了溝通上的根本障礙。這文學世界、文學人物和現實的分裂，它的發生和發展是臺灣現代文學史的一個值得思考的問題。

二

　　有關殖民地的文化變遷，一般的論述大致都由母語的消失，探討被殖民者的歷史認同和自我認同危機，但上述發生於一九三〇年代前半葉的臺灣文學現象，似乎不能僅由語言文字的層面加以解釋，構成這文學現象的時間和空間觀念的變化，以及由之而形成的世界圖景及其運作規律，都應列入考慮。根據克羅斯比（Alfred Crosby）的《生態帝國主義》（Ecological Imperialism：

the Biological Expansion of Europe, 900-1900）一書所述，歐洲殖民者每到一個新征服的地方，必定有意地留下他們的印記，並立即著手改變當地的風俗習慣。隨著大量外來的植物、動物、農作物、農耕方式和建築方法侵入殖民地，殖民地逐漸變成為一個新的地域，從而造成被殖民者傷害性的失落感，使他們疏離於自己的傳統和生活方式，精神上流離失所[4]。薩依德（Edward Said）把這現象稱之為「帝國主義的地理殺手」（the geographical *morte main* of imperialism）。相同的死亡之手降臨日本佔領的臺灣地表上。

根據陳連武的研究，日本佔領臺灣以前，臺灣人的空間意識是按照清帝國的地理脈絡觀念，自認遙接所謂「崑崙柱天，萬脈由起」的崑崙祖山，臺灣的地脈與中國大陸的直接聯繫是福州的鼓山，而後過海結穴於台北府治的大雞籠山，它是全台的龍脈主腦。這空間想像，使首府台北的城市規畫都受這不符合地理實際的山川敘述的影響，而且成了控制當時人的空間支配意識形態。一八九五年以後，又有一套新的官方山川論述。首先，日本當局把臺灣的地理脈絡規畫成由日本九州經琉球群島到臺灣，而後集結於台北大屯山彙的新山川路線，透過如此剪裁修正，臺灣地理順利的連結到日本母國而割斷了原先清季所建構的脈絡關係，使殖民地臺灣與日本母國的從屬關係，於焉確立，而新的殖民帝國統治也被合理化、正當化。

對於政治文化中心的台北，日本當局同樣暗中移植日本傳統的空間支配意識形態，使它具有精神性和物質性的雙重空間象徵意義。根據記載，日本佔領初期，遊訪台北的學務部長伊澤修二曾建言：

> 此處堪稱絕境，宛如京都景致再現。台北城儼然為皇居，基隆河正如賀茂川，劍潭山正如東山，此地應建一神

社。

在這帝國主義式的聯想下，日本當局一方面按大屯山的特殊地位，在南麓的劍潭建立臺灣唯一官幣大社的日本神社，使之成為「神域」，再加上昭和做太子時曾下榻該處行館，皇親要員亦多次巡訪，大屯山於是成為日本帝國傳播皇恩思想的自然地景，成為代表天皇權力的象徵符號。經過這一套山川脈絡的移植和建構，台北原有的都市結構被徹底換血，主要道路系統都與臺灣神社遙望。另一方面，透過市區改正和建設，改建後半巴洛克式形式主義與半機能主義的台北主要建築物形象，在物質意義上突顯了臺灣總督府的政治、經濟統治權力。以上分別具有精神性與物質性的空間支配意識形態，最後由典儀性的「敕使街」（今中山北路）連結成一體，成為掌控臺灣五十年政治、經濟和思想意識的有力機制 5。

做為臺灣新文學運動的主要舞台，生活於新的台北地貌裡的那些與日本殖民歷史一道成長起來，因而失去了自己的歷史的一九三○年代前半葉受日式教育的作家及他們作品中的人物，新的空間想像，除了神出鬼沒的帝國權威，直接提供給他們的是有著霓虹燈、汽車、商店櫥窗等現代氣息的街景，是亞士華爾卓大道（即柏油路）、開放性的圓環、博覽會、咖啡屋、電影院等摩登去處，其中當然包括了移植來的遊廊、歌舞伎、尺八、俳句和櫻花等等一切屬於日本母國的美麗 6。謝春木寫下的臺灣第一篇日文小說〈她要往何處去〉，王詩琅的〈沒落〉、〈十字路口〉，都有這方面的見證。但是這脫胎換骨了的台北，新的地貌對於清帝國的遺老們來說，卻是文化及心靈災難的現場。朱點人小說〈秋信〉中的前清老秀才斗文先生，好不容易克服了心理障礙，走出他的碑帖、〈桃花源記〉、〈正氣歌〉的書齋，在一九三五年以黑長衫、包仔鞋、碗帽和辮子的全副古裝，重臨他曾生息於

斯的台北，參觀總督府始政四十周年的博覽會。不用說，那按傳統中國地理風水論述興建而成的象徵「四方之極」的台北城牆，早已屍骨無存，就是府中街、府前街和他曾服務過的撫台衙門等清帝國的象徵符號，也都在乾坤大挪移後，不知去向。面對這找不到空間座標的人、事、物皆非的現實世界，斗文先生最後只有坐在不是他的想像能力能想像得到的台北植物園的外來奇花異木間，冥思唐代安史事變以後，避居夔州的杜甫，在他懷想帝都長安的名詩〈秋興〉八首中寫的「王侯第宅皆新主，文武衣冠異昔時」，而老淚縱橫，而胸中充滿興廢之感了。

　　以上所述的空間結構與空間意識的變化，對於新文學運動的啟蒙對象的臺灣社會大眾，感覺上或許不像新舊文化人士的戲劇性，因為歷史興廢對他們來說，不過是不同形式的壓迫的更換，而有關基隆河是京都賀茂川的顯像，更是在他們的想像之外。不過隨著交通建設和產業結構等因素，中小型都市逐漸在臺灣各地緩慢而平均的發展起來 [7]。到了三〇年代初，都市的意象與都市生活也逐漸頻繁的出現在描寫大眾生活問題的小說中。表現上，這些總是以英文大寫字母命名的街（鎮）市，與農村有著明顯的意識區隔，相對於簡單、蒙昧和破敗的農村，市鎮象徵著文明、秩序、許諾與機會，但同時隱藏著意想不到的新災難。林越峰的〈到城市去〉，寫的是都市生活的磨難，都市發財夢的徹底落空。孤峰的〈流氓〉，描繪一個有工廠、學校和公園的市鎮，在經濟蕭條下，原本是摩登男女休閒去處的公園，卻成了失業工人的避難所。蔡秋桐的〈新興的悲哀〉，更典型地呈現了在蔗糖工業和土地開發的遠景下，一個烏托邦市鎮的興起與消失。

　　上述的市鎮，一如它那失去了歷史地理歸屬感的英文大寫字母的名字，對於生息其間的人來說，展現的是一個未知的空間，操作其中的是同樣陌生而複雜的機制：通行取締、道路規則、飲食物規則、行旅法規、度量衡規紀，等等。這些以法律形式出

現，貫徹著帝國的鐵血意志的規紀，自有其現代性的內涵，但對於佔有臺灣人口數愈來愈多的新興市鎮居民，它們的意義，就像賴和的〈一桿秤子〉裡說的：「舉凡日常生活中的一舉一動，通在法的干涉、取締範圍中。」根據印度學者古哈（Ranajit Guha）的研究，西方現代的理性、抽象思維方式，是消滅殖民地文化傳統的作手。他的調查研究顯示，大英帝國東印度公司控制的孟加拉，殖民官僚按西方觀念和標準在當地制定的產權法令，就因它的啟蒙主義式的抽象、理性及固定，使得由實物財產觀念換算成赤裸裸的現金價值的孟加拉人，頓失所據，而這還從根本上掏空和置換了孟加拉本土社會繁富的傳統習俗[8]。呂赫若〈牛車〉裡，那些在新式碾米廠深感「日本東西實在是可怕」的老農；那些在黑夜憤恨地把規定「道路中央四周不准牛車通過」的路碑扳倒，咒罵「混蛋汽車」、「混蛋機器，是我們底強敵」的牛車夫；還有始終搞不懂當牛車在危險狹小的保甲道走的時代，「總是不斷錢」，「當保甲道變成了六間寬的道路，交通便利的時候」，卻「一天一天地被推下了貧窮底坑裡」的小說主角楊添丁，他們與東印度公司治下的孟加拉人民，遭遇的原是同一命運。

不過當呂赫若筆下的牛車夫，意識到「在日本天朝裡，清朝時代的東西都不中用了」，忿忿於「街（鎮）上的商人是寡情的」，於是在日本天朝代理人的警察不在場的暗夜，「主人似地」讓牛車走在道路中央，唱起陳三五娘，自覺回到他們的「世界」。另一邊，隨著三〇年代市鎮中小企業的發展，日本移民平均而分散地定居臺灣[9]，接受日式教育，逐漸習慣於日式生活文化的市鎮知識份子，新的生活秩序，已經是他們人格養成的天然組成部分，是被內化了的合情合理的存在，因此那在性質和作用上等同於台北半巴洛克式建築的日式權威生活形式，也就導致他們心中截然不同於牛車夫的兩個世界、兩個現實的意識。對此，二次大戰中就學於日本的葉盛吉，曾有過生動的表述。在他一九

四三年的手記裡，葉盛吉回憶他心中的兩個故鄉：

> 在我的心中，有一個故鄉。幼時會社的宿舍區度過了
> 童年，在中學經歷了學寮生活的我，從教科書中了解到內
> 地（日本）的風俗習慣，在我的心中栽種了一個故鄉日
> 本。而孩提時代，那灰暗陳舊的房子，親戚家的婚喪嫁
> 娶，接觸這些生活，接觸這些習俗，還有鄉下廟會的風
> 情，人山人海，小販的叫賣聲，唱戲的喧鬧聲，以及化裝
> 遊行，和花車等等往昔的印象，在我心裡又塑造出了另外
> 一個故鄉。
>
> 前一個故鄉來自生活，後一個故鄉源於血統和傳統。
> 但我卻不感到有什麼矛盾地兼容並存於心中，真是不可思
> 議。[10]

這不可思議的雙鄉的心理和心理的雙鄉，是一九三〇年代成
熟起來的臺灣新文學的棲息之處。而在其中，另外又加上了時間
觀念的維度。

三

就像山川論述和地理脈絡的重構之繪製臺灣對日本的從屬關
係，日本殖民政府引進的標準化時間制度，同樣隱含著政治控制
的過程。如果說遍布臺灣的市鎮，集中體現了日本殖民權力的空
間實踐，那麼嚴格實行臺灣總督府頒布的標準時間的行政機構、
工廠、學校，便是標準化生命流程的監製者。而相應於市鎮為臺
灣人心靈帶來的兩個世界，時間在日本殖民期的臺灣，似乎也按
照兩種步調在臺灣人的意識中行走。

一八九六年一月一日，臺灣開始採用格林威治標準時間，而

且與後來被日本併吞的朝鮮及中國東北，同被納入帝國的「西部標準時區」，直到一九三七年十月一日，才因時差問題的不便，被重新劃入帝國的標準時間的「中央標準時區」[11]。為了建立這標準時間的威信，從台北市開始，殖民政府以午砲、水螺（汽笛）校正臺灣人的作息，使他們由大致上仍屬自然時間的節氣、時辰意識，改變成鐘錶上的機械時間。

機械時間把人的時間觀念具象化、數字化、切割細緻化，並可以使計時行為普遍化[12]，但這些在日本統治初期，似未曾進入臺灣多數人的感覺中。根據呂紹理的研究，在一九二〇年代，與機械時間關係最直接密切的糖業工人，只是服從和努力適應工廠規定的工作時間，但「時間是糖廠控制的」，工人所知道的時間仍是「事件」式的時間──如午炮、汽笛聲，他們並未將時間內化為自己可以計算並掌握的資源。由於如此，在一九二〇年代的農民抗爭，甚至到了三〇年代初的勞工運動，工作時間並沒有成為抗爭的主要訴求[13]。相同的情形在歐洲也曾發生，根據呂紹理引述的資料，歐洲各國在產業革命過程中，採用工作時間紀律的工廠，一開始總是「像孤島一樣懸浮於無時間的廣洋裡」[14]。

上述的情況，反映在一九三〇年左右一些描寫農場、工廠工人生活的小說裡。在這些小說中，以鐘錶計算的標準時間，對小說人物來說，基本上只固定而且孤立地存在於他們的勞動場所，離開了它，時間就又回到日落月升、雞鳴星斜的另一個意識系統裡。也正因為如此，在時間是糖廠控制的，或時間只存在於孤島似的工廠、農場的認知下，工廠、農場成了標準時間制度的化身和支配者，而這樣的時間，似乎一開始就帶有苦難不祥的氣息。在楊守愚的〈誰害了她？〉，時間經由汽笛轉換成「最有權力的號令」，召集工人到「比戰場還要可怖的農場去」，而這對女工阿研來說，那被汽笛召喚來的時間，除了勞力剝削，還意味著被農場監工猥褻的人身剝削。孤峰的〈流氓〉裡，汽笛聲顯示出來

的時間，使失業工人阿 B 意識到自己被排除於工作，而落籍流氓的社會地位。蔡秋桐的〈四兩仔土〉裡，為了領補助金，五更天就跑到役場（鄉公所）的貧農四兩仔土，往來奔波四趟後錢領到了，但依舊搞不懂所謂辦公時間，這官僚規律化（Bureaucratic routinization）時間的不近人情的奧秘。

為了讓臺灣人民認識及適應機械的標準時間，日本殖民政府從一九二一年開始推行「時的紀念日」，宣傳時間的重要性，以期培養準時、守時、惜時的精神。一九二八年建立的廣播電台，定時的節目播放，標準時間對時，都直接有效地灌輸時間觀念。除此之外，與社會大眾息息相關的官方作息規律，學校上課放假制度，以至於交通運輸系統，都有助於標準化時間制度的建立。其中，特別值得注意的是交通事業所起的作用。呂紹理即指出，火車行車密度的提高，影響鐵路沿線市街日常生活的行動被往來火車打斷成零碎片段，它帶來的是「一個切割更為細緻而且畸零的時間表」[15]。在這時間表下，傳統以自然現象計時，或日據初期由汽笛、午砲識別的事件式的時間意識，當然也逐漸消失。

走出了自然的、事件的時間意識，具象化、數字化的機械時間，固然可使時間內在化為自己可以掌握的資源；透過規律化的作息，也可帶來屬於自己的餘暇生活。但新的時間觀念，卻使臺灣人不斷走出臺灣的日夜、臺灣的記憶。因為新的時間制度在納入紀元節、天長節等一系列標示日本歷史印記的「祝祭日」的同時，也把臺灣人的公共時間座標的年時節慶，漸次驅趕到沒有時間的廣洋裡。在這過程中，把這套殖民帝國的時間表內化而又深刻意識到時間的壓迫的，應該是那些與臺灣新興市鎮一道誕生，一道出現於臺灣現代史的新知識份子。三〇年代初，當臺灣工人還活在汽笛、午砲的事件式時間的夢魘，還未意識到工時的剝削，由台共王萬得、蕭來福等指導的「臺灣赤色總工會」，針對交通運輸業草擬的四十二條鬥爭目標中，除了七小時工作制、休

假日等基本訴求外，就提出廢除打卡鐘、點名等「官僚就業規定」[16]。這個事實，除了反映左翼工運的先進觀念，應該還包含臺灣新知識份子對官僚規律化時間的體認。因為在殖民地文官制度下，終其一生，最多不過是個中下層僚員的他們[17]，案牘勞形之際，正是那切割細緻的、機械的、規律化的時間的受害者。而這些在空間上普遍懷有雙鄉心理，生活上又感覺著時間的侵蝕的市鎮知識份子，一旦投身文學，在他們的被張深切形容為同好間班門弄斧的文學事業中，會有什麼表現，似乎是不難想像的事。

一九二二年，得風氣之先的陳逢源，在一篇題為〈站在台南公園池畔〉的隨筆中，記敘他在黃昏的公園，感動於大自然、物我融化的、詩的境界，孤獨中以叔本華、馬克思、高山樗牛、米開朗基羅為伴。而後，他以象徵臺灣新地貌的公園和新的時間意識的休閒為主題，發表他的感想：

> 可悲的是令人以為來這個美麗的公園玩的人稀少的台南的人們也許不需要這個公園似的，在遊玩的人是寥寥無幾的。他們沉溺在殖民地的氣氛裡，爭著蠅頭小利，炫耀著權勢，似乎稍許有點自得的悠閒的人是少之又少的。那等人對自然美沒有愛好心，對藝術沒有鑑賞能力，進而去追求哲理的思索和思想的憧憬等，當然是更不用說了。他們的注意力都傾注在自己個人的功利上。Frederick Howe 也說：「其國民的文化程度是要看其國民如何打發勞動以外的時間」，拿這個標準來看，臺灣的文化是近乎零的。[18]

陳逢源筆下的文化世界，以及由之形成的文學創作，對於作為他的批評對象的臺灣大眾來說，其不成為葉榮鐘十年後仍慨嘆不已的「虛玄之作」，恐怕是很難的一件事。

四

一九三〇年代中葉，臺灣小說開始出現一些新的知識份子形象。不同於一九三〇年前後，那些走入大眾，以社會改革為職志的自由主義或社會主義的知識份子，他們大都懷有前述陳逢源筆下的都市文化人心理：大都留學日本或從日本歸來，對日本懷有濃厚的鄉愁，不能適應臺灣農村及市鎮生活，厭惡傳統也厭惡資產階級的功利氣味，因而在自己心裡築起愛情的、藝術的、知識的城堡。在這類為數不多、完全以日文寫作的知識份子小說裡，貫串其中的主題絕大部分是戀愛和婚姻，意識上則充滿歐洲浪漫主義時期的流亡文學（émigré literature）的味道。

巫永福的〈山茶花〉，主角龍雄是個留學日本的青年，因陷入兩個女孩的愛情和同姓之婚的問題而苦悶。他認為同姓不能結婚的習俗是愚蠢的，沒有理論根據的，因而覺得厭惡，「可是正因為淵源於這種習俗的道德律是不成文法，它的確成為看不見的恐怖」，在這恐怖的威脅下，他一方面憤怒於習俗的頑固、難以理解、冷酷，一方面又因它的沒有理論根據，而視之為「無聊」。面對這情況，他於是搬出法國詩人梵樂希說的：「現代青年不要想去理解習俗，也不應該去理解」，他把這當作自己的救兵，而且加上自己的解釋，他的最後結論是習俗「應該加以抹殺、應該加以忽視」，因為「習俗是上一代的不幸的延長，是陸續造成不幸的重擔」。相似的情況出現在吳天賞的〈蕾〉，不過不同於巫永福筆下的龍雄只停留在思索之中，吳天賞的人物以實際的行動，選擇了愛情，揚棄困擾他的傳統。

在翁鬧的〈殘雪〉裡，阻撓愛情的除了傳統，還有殖民地式的新價值標準。小說裡那個被形容為「蒼白青年」的主角，因為鬧了一場不符合他的中產階級家庭利益的戀愛，被家裡送到東京

讀大學，但他「揚棄權威與榮耀象徵的高級文官，投身動人心靈的演劇」，寧願過著「丑角」般的生活，跟偶然相遇的翹家女孩交往，幾年過去，幾乎把故鄉的一切遺忘。吳天賞的〈龍〉裡，不能接受傳統的婚約，又無法把未婚妻改變成「心目中的理想女性」的主角，最後只有在人道主義和戀愛至上主義的矛盾下，雙雙走上自殺的道路。

在以上這類帶有濃厚的抒情色彩，且一律環繞著個人問題的小說中，使這些三〇年代臺灣新人類死生以之的，或許可借用呂赫若〈婚約奇譚〉裡，那個同樣陷入婚姻愛情難題的「馬克思少女」的判斷：「布爾喬亞的頹廢式浪漫氣氛」。然而這僅有的浪漫，似乎正傳達了一九三〇年代間，經過日本殖民政府滅絕性的政治大整肅後，臺灣知識份子意識上的重大變革。如小說所示，這些以叛逆者和流亡者的姿態出現的知識青年，他們用以抗拒新、舊體制和價值標準的，幾乎沒有例外的是屬於個人主義的主觀的、抽象的訴求，而使這一切成為可能、成為事實的是都市，或者作為都市的化身的日本。因此在這些小說中，有關臺灣、有關故鄉，都不是鄉愁所在，而是黑暗、混亂、殘酷的象徵。張文環的〈早凋的蓓蕾〉描寫兩個到日本留學的青年，他們返鄉時的共同經驗是「好幾次都想縱身躍入那美麗的瀨戶內海」。其中有一個如是訴說：

> 我不僅想跳瀨戶內海，就當我看到那基隆港入口的小島時，我心胸又再次激盪、澎湃起來，險些又想跳下去，……。啊，那時候真是危險哪，那苦悶、鬱積的塊壘，就跟一個小島塞住港灣入口的感覺沒有兩樣……

巫永福的〈首與體〉描寫一個希望留在東京，繼續過著欣賞戲劇、音樂、上咖啡屋的生活的留學生，他不願回家解決結婚問

題。對此，小說形容道：

> 這是首與體的相反對立狀態。因為他自己想留在東京，可是他的家卻要他的「體」，一封接一封的家書頻頻催他「返鄉」。

相同的情況發生在已經在殖民體系中，接受「內地」與「本島」，開化與野蠻的身份位階與身份認同的臺灣本地知識人身上。於是，生活在京都賀茂川的分身（incarnation）與歷史的孤島的臺灣知識人，也就在首與體的對立下，輾轉於理想與現實、自我與傳統、精神與肉體的矛盾。郭水潭〈某個男人的手記〉，寫的就是這樣一個在故鄉裡的異鄉人的故事。小說的獨白者，一個自稱極端戀愛主義的男人，因逃避沒有愛的婚姻、「沒有教養」的妻子，結婚不到一年就離家出走，「像一隻野狗般的流浪」。在這過程中，他做過市政府臨時雇員，參加過文化協會，後來他加入一個巡迴劇團，從臺灣北部走到南部。在劇團他結識一個廣告畫的畫家，自己也編寫劇本。逐漸地，他迷戀起有著異國情調的銅鑼聲，有各國船員和阿拉伯歌聲的臺灣海港。最後，他莫名其妙地捲入一宗私奔案件，於是決定回家。回家後的他，每天無所事事地讀點書，覺得自己變得膽小而下流，變得像妻子一樣沒有教養。搞到最後，每天黃昏引頸等待妻子從農場散工回來，成了他生命中最重要、最幸福的事。

以上的情節和人物，轉換到「故鄉日本」，就成了被稱為「幻影之人」的翁鬧小說中的幻影世界[19]。在〈殘雪〉裡，那個揚棄高等文官考試，也把故鄉淡忘了的主角，有一天突然想回臺灣，也想到北海道探望他的日本女友。就在這時：

> 他突然想起了一個奇妙的念頭：北海道和臺灣，究竟

哪個地方遠？他記得地圖上北海道比較近，但他發覺在內心這兩個地方都同樣遠。

　　這樣人物和這樣的心理地圖，不能不終結於〈天亮前的戀愛故事〉裡，那個坦承自己是「廢料」，「不適於生存」的獨白者。透過這獨白者不遺餘力地詛咒都市、詛咒文明，要求人類回到原始、回到野獸狀態；透過那始終如一地被瘋狂和毀滅的欲望封鎖起來的小說世界，我們可以讀出三○年代，這些以「布爾喬亞的頹廢式浪漫」姿態出現在臺灣文學史的人物，他們的始而叛逆、繼而頹廢、終而虛無的發展全貌[20]。

　　以上的文學現象，如果從它所依附的文學背景來看，一九三○年代中以西川滿為首的在台日人文學的唯美傾向，日本本土的私小說、新感覺主義，經日文傳譯過來的十九世紀末歐洲的頹廢文藝風尚，二十世紀初的現代主義文學思潮，都有直接間接的影響和作用。這方面，可以由被當時文藝圈奉為偶像的波特萊爾、韓波、戈蒂耶、契可夫、島崎藤村、德富蘆花等等名字，以及「風車詩社」的超現實主義實驗作品，得到證明。不過使這些小說人物，不能不以早夭的波西米亞人身份，浮游於臺灣社會現實；不能不以無所歸屬的「幻影之人」的面目告別臺灣文壇，則殖民地臺灣早熟的資本主義經濟社會結構[21]，以及前述知識份子的特殊的雙鄉意識，應該是更根本的決定性因素。因為這些與一九三○年代逐漸成熟起來的日文寫作一道出現的人物形象，顯現出來的正是發生在弱勢族群和殖民地人民的心靈的、物質的流離失所（deterritorialization）的狀態[22]。

　　作為短促的日據時代臺灣文學史的一個轉折點，這些流離失所的幻影之人，若能倖存，接下來要面對的是史芬克司的神話。巫永福的〈首與體〉結束於主角的一場夢魘。夢境中：

　　有獅子頭、羊身；跟有獅身、羊首的二頭怪獸以加速度疾馳過來，猛烈地衝撞成一團。我忍不住眼睛一閉，眼前立刻出現埃及的史芬克司。二頭怪獸還沒有決勝負，倒出現了史芬克司，不由得讓我有些張皇失措。

醒覺後，小說主角如是思量：

　　我整個腦海裡都是史芬克司。為什麼會有史芬克司呢？曾經有個國王拿史芬克司出了一道謎：有兩隻動物合而為一，在不明底細的軀幹兩端各接著獅子頭跟羊頭。——這指的是人嗎？

這個謎題，留待自稱是「悲哀的浪漫主義者」的龍瑛宗及其同輩作家去面對。

(1996)

1　　張深切：〈「臺灣文藝」的使命〉，《臺灣文藝》2 卷 5 號（1935 年 6 月）。

2　　葉榮鐘：〈「大眾文藝」待望〉，〈第三文學提倡〉，〈再論「第三文學」〉，各見於《南音》第 1 卷第 2 號，第 8 號，第 9、10 號合刊卷頭言。

3　　施學習：〈臺灣藝術研究會成立與福爾摩沙創刊〉，見李南衡編：《日據下臺灣新文學‧文獻資料選集》，明潭出版社，台北，1979 年，頁 359。

4　　轉引自 Edward Said："Yeats and Decolonization", in Nationalism, Colonialism and Literature, University of Minnesota Press, Minneapolis 1992, p.77。

5　　以上所述見陳連武：《風水——空間意識形態實踐：台北個案》，第 2 章第 3 節〈府治後的台北風水論述（1874-1894）〉；第 4 節〈清季台北府城的風水論述〉；第 4 章第 1 節〈日治時期的台北風水論述（1895-1945）〉，淡江大學建

　　　築研究所碩士論文，1993 年 6 月。

6　　郭水潭：〈日據初期北市社會剪影〉：「日僑花柳緣起」、「日僑之娛樂界」兩
　　　節，見《郭水潭集》，頁 428-438，台南縣立文化中心編印，1994 年。柯瑞明：
　　　〈台北日據時代日本娼妓物語〉、〈台北風月滄桑〉，見所著《臺灣風月》，頁
　　　132-146、170-171，自立晚報出版部，1991 年。

7　　章英華在〈清末以來臺灣都市體系之變遷〉指出：日治時期五十年間，臺灣城市
　　　化的發展方向是台北首要都市功能的出現與強化，及各州中小型都市緩慢而平均
　　　發展。他認為世界各被殖民地均出現「都市首要化」（Urban Primacy），而臺灣
　　　卻沒有同樣的情形，除了日本移民臺灣呈顯平均分散的特性之外，臺灣在五十年
　　　間產業結構仍以農業及農加工業為主，這種產業結構有利中小型都市的發展，
　　　但卻難以提供向更大都市發展的機會。轉引自呂紹理《水螺響起：日治時期臺灣
　　　社會的生活作息》，頁 75，政治大學歷史研究所博士論文，1995 年 2 月。

8　　同注 4，頁 78。

9　　同注 7。

10　 楊威理著，陳映真譯：《雙鄉記》，人間出版社，頁 17，台北，1995 年。

11　 呂紹理：《水螺響起：日治時期臺灣社會的生活作息》，頁 38。下文所述日據
　　　時代臺灣總督府建立標準化時間制度之相關文獻資料，皆轉引自此論文，不另加
　　　注。

12　 同注 11，頁 2 引 David S. Landes 說法。

13　 同注 11，頁 89-90。

14　 同注 11，頁 83，引 Nigel Thright 語。

15　 同注 11，頁 69。

16　 同注 11，頁 90。

17　 吳文星：《日據時期臺灣社會領導階層之研究》，頁 70-71，正中書局，台北，
　　　1992 年。

18　 陳逢源：〈站在台南公園的池畔〉，原載《臺灣》，第 3 年 8 號（1922 年 11
　　　月），頁 54-55。譯文引自葉笛，見《文學臺灣》第 12 號（1994 年 10 月），頁
　　　22-23。

19　 這是批評家劉捷對翁鬧的評語，見劉捷：〈幻影之人——翁鬧〉，《臺灣文藝》
　　　第 95 期（1985.7）。

20　 詳見施淑：〈感覺世界——一九三〇年代臺灣另類小說〉，淡江大學「第七屆中
　　　國文化與社會國際學術研討會」論文，1996 年 5 月。

21　根據涂照彥的研究，日據時期臺灣殖民地的社會經濟結構，並不是一般性的資本主義發展，而是從一開始就帶有在世界史上被定位為「最後帝國」的日本資本主義本身的「後進性」及「早熟性」的烙印。所謂「後進性」指的是國家所起作用的比重非常之大，這集中表現於以臺灣總督府為代表的「專制的拓殖制度」及其相應的法規。所謂「早熟性」指的是被一般論述片面強調和高度評價的日據時代臺灣的「全盤資本主義化」或「現代化」。這後進與早熟的性格，使日據時期的臺灣表現出一些與其他殖民地不同的特徵，如高度發達的商品經濟，強大官僚統治的中央集權式國家權力機構，以及經濟結構的多元化等。涂照彥所說明的這些現象，可用來了解臺灣新文學運動及 1930 年代文學現象的特殊性。見所著《日本帝國主義下的臺灣》，李明俊譯，人間出版社，台北，頁 535-359。

22　Gilles Deleuze and Felix Guattari: Kafka: Toward a Minor Literature, Translation by Dana Polan, pp.16~18, University of Minnesota Press, Minneapolis, 1986。

想像鄉土‧想像族群

——日據時代臺灣鄉土觀念問題

　　一九三○年因為臺灣話文和鄉土認同問題而引發的文學論戰，一般都認為是臺灣文學本土論和臺灣主體性意識萌芽的開始，論者大概都認為它斷續潛伏在日據時期及二次大戰後部分臺灣作家的意識之中，而後集中和全面地表現於一九七七年開始的持續數年的鄉土文學論戰裡。

　　不論是戰前或戰後，有關「鄉土文學」的觀念及內涵，除了一九七○年代的論戰中，代表官方說法的一邊，曾粗暴地將它定性為「自大而又褊狹的地域觀念」，甚至扣上了「工農兵文藝」、「統戰」之類的白色恐怖帽子，一般說來，作為它的觀念核心的「鄉土」，在歷次論爭的開始，似乎一直是個先驗的、不辯自明的而又義界模糊的存在，可是隨著論辯的展開，卻不斷呈現著意義增殖的現象。在七○年代末的論戰中，雖有王拓〈是現實主義文學，不是鄉土文學〉的長文試圖以現實主義的思想方法和藝術性質，澄清環繞著「鄉土」一詞的意念上的紛爭，但仍無法解決這個關鍵性辭彙在論戰過程中，一再被不同的意識形態遮蔽，一再扮演著變動中的權力結構的文學性浮標的事實。這情況隨著八○年代鄉土文學內部的南北分裂和本土論的興起，而愈益明顯。

　　從文學史來看，臺灣鄉土觀念的發生，是來自於一個因被殖民而破裂的現實世界的。這破裂的意識，首先出現在一九二○年

代文化協會的啟蒙思想者們有關新、舊社會及新、舊文化的論述，而後爆發於對日本同化政策的抗拒。在相關的論述中，可以看到，因為啟蒙思想者的科學、理性、民主、進化等觀念，他們都毫不遲疑地站在新文化、新社會的一邊；但同樣由於啟蒙思想的緣故，他們都無法接受以先進姿態出現的殖民主義的同化政策，因為在啟蒙者特有的有關人類及世界發展的烏托邦信仰的前景下，日本的同化政策從根本上違反了他們對民族獨立、自由、平等的要求。以上的思想脈絡，可以在鼓吹臺灣「固有文化」、「特種文化」的黃呈聰文章中，找到代表性的論證。

　　在一九二三年發表的〈論普及白話文的新使命〉一文中，黃呈聰提出如下看法：首先他指出臺灣文化與中國的淵源，臺灣在政治區分上屬於日本等客觀事實，認為「臺灣的文化總要受中國和日本內地的影響」。其次，他批判當時的社會狀況，指出傳統封建文化扼殺臺灣人追求人權和發展個性的「天賦使命」，日本公學校教育除了讓臺灣人學到普通的日語，少有「科學和一般的智識」的傳授，這造成臺灣社會的不發達，歸根究柢，這來自總督府企圖以日本固有文化來同化臺灣人。面對以上處境，黃呈聰呼籲臺灣人應該利用懂得漢文之便，學習和普及中國白話文，啟蒙群眾，使之透過閱讀中國「現代的」書刊報紙，獲得新知，改造舊習，使臺灣成為「世界的臺灣」，躋身「世界國家」之中。他的整個信念是這樣的：

　　　　從來褊狹的國家觀念，漸漸擴大到世界國家的觀念，世界的地圖好像縮小了一樣，人類變成一個大家族的現象，以後的人類總要一面在自己的國家裡生活，而一方面要在世界國家裡生活，這是現代文化人的新感覺最熾烈的。所以我們若是從世界地圖上看了臺灣的島，如像一巴掌的大，怎樣能得株守如籠中的小鳥嗎？我們的文化是要

受東洋和世界全體的支配，我們應該和世界的人做共同的生活，才能叫做世界的臺灣了！

黃呈聰這幅放眼天下，讓臺灣走出國家定位的局限，把臺灣納入東方和世界體系之內的烏托邦圖景，不久即告幻滅，兩年後的一九二五年，他發表了〈應該著（要）創設臺灣特種的文化〉，一反宿念地提出臺灣特殊性的存在和必要。文中，他首先對臺灣文化作一番歷史的考察，認為到清代為止，臺灣人和臺灣文化都來自中國，「後來因為地理和環境關係，幾乎成了特種的文化，至今過了兩百多年之久，經許多的改善，很適合於臺灣人的生活，其中卻也有臺灣人自己創造的，然大概都是根據於中國的文化，來改造適合於臺灣，成了一種固有的文化」。按他的說法，這就是臺灣的「社會的遺產」。日本佔領後，移植進來的日本物質、精神文化，「混在固有的臺灣文化裡面，形成一種複雜的文化」，因為它是透過同化政策的強制手段，而不是順其自然的發展，所以他以調侃的語調，指陳當時的現象說：總督府「總要使臺灣人萬事學內地（日本）人的模式」，「學日本式的生活法，當局看見便就讚美說已經同化了了，和內地人是一樣的，其實外面裝作日本式，而裡面還是臺灣式的生活咧」。對於這表裡不一的現象，黃呈聰提出他的擇善而行的、調和論的解決之道：

> 我們臺灣是有固有的文化，更將外來的文化擇其善的來調和，造成臺灣特種的文化，這特種的文化是適合臺灣自然的環境，如地勢、氣候、風土、人口、產業、社會制度、風俗、習慣等——不是盲目的可以模仿高等的文化，能創造建設特種的文化始能發揮臺灣的特性，促進社會的文化向上。

　　以上黃呈聰的論述，雖未直接提到「鄉土」，但他對同化政策的否定，對臺灣式、日本式生活的意識上的區分，對固有文化、特種文化的堅持和追求，卻無一不涉及一般觀念中的鄉土意識。這個因現實世界的分裂而存在的鄉土意識，在客觀意義上，如不是發展成為以「固有」的面目凝固起來的帶有儀式性意味的民俗天地，成為殖民地臺灣的名副其實的殖民主義式的文化保留地，在歷史發展中自生自滅。再不然，這個以臺灣特殊性為根本訴求的臺灣特種文化及建立其上的鄉土意識，將會是詹明信（Fredric Jameson）所說的與文化帝國主義進行生死搏鬥的第三世界文化。

　　詹明信在〈跨國資本主義時代的第三世界文學〉一文裡指出，所有第三世界的文化，都不能被視為人類學上所說的獨立的或自主的文化，相反的，這些文化都處於與第一世界文化帝國主義進行生死的搏鬥，而這文化搏鬥的本身反映了第三世界受到資本主義的不同階段或一般所說的「現代」的滲透。此外，他又指出，第三世界的文學作品都帶有寓言性和特殊性，它們都是「民族寓言」，它們總是以民族寓言的形式投射出政治意義，也即是有關第三世界的文化和社會受到衝擊的問題。從以上的角度來看，前述黃呈聰的主張將不僅只是具有畛域意義的地方特色、地方文化的建立，而是在日本同化政策的壓迫下，以族群或民族認同為根本考慮的反殖民主義的政治抗爭。因此，由之帶動的臺灣鄉土文學意識也就不僅只是以地方色彩、風土民情取勝的一般意義的鄉土文學，而是第三世界的臺灣文學。只不過上述一切若放在臺灣本身在地緣政治（geopolitical）上的亞洲屬性來考慮，放在它之作為同樣也是亞洲的日本，這個在世界現代史上扮演帶著落後性烙印的最後帝國的殖民地的事實來加以思考，則詹明信所說的第三世界文學的特質，會在日據時代的臺灣發展成什麼具體結果，倒是值得進一步探討的。

　　在文學想像中，臺灣這塊地方和它的名字，好像從一開始就

是用來寄託幻想而不是鄉愁的所在。早期的中國史籍和詩文給予它的蓬萊、岱輿、員嶠這些帶著神話色彩的稱謂，指涉著永不可能真實化的仙鄉，它懸浮於中國權力輿圖的九州瀛海之外，一個神州之外的神州，或中國苦難之外的烏托邦。至於後來常被使用的福爾摩沙，這個需要翻譯的外來命名，則是美麗的許諾，許諾著生息於斯的人們所不知道的幸福，一個實現帝國主義殖民者難以測知的欲望的美麗島嶼。走過幻想的前史，在日本佔領下，當臺灣在世界現代史上得到它的殖民地身份，臺灣成了苦難的象徵，一個在文學想像裡同樣需要幻想而不是鄉愁的對象。這一切首先表現在作家對臺灣鄉土傳統的矛盾、疏離的關係上。

從一九二〇年代臺灣新文學誕生開始，作家與鄉土的關係一直就不是很和諧的。二〇年代，因為作家大都是文化協會的會員，這重疊的身份，使他們的作品呈現出社會現狀的揭發和批判的雙重性質，用來抵抗日本殖民壓迫和文化壟斷的鄉土意識，在他們的作品中，除了是改革的力量，也是改革的對象。這情況決定了文協的知識份子作家與黃呈聰筆下的臺灣固有文化、臺灣社會遺產疏離的開始。因為一方面，正如竹內好在《現代中國論》指出的：「東方的近代，是西歐強制的結果」，十九世紀被侵略、被殖民地化的「亞洲悲劇時代」，製造出「脫亞入歐」的日本，產生了中國鴉片戰爭以後的維新思想及其後以「改造國民性」為出發點的五四新文學。以啟蒙理性為指導思想的文協知識份子作家，在創作具有民族寓言意義的作品，抵抗臺灣被日本同化的命運，他們據以判定臺灣鄉土的發展方向，臺灣特殊文化的創設標準的諸理念，自然也避免不了西風壓倒東風的亞洲式文化抵抗和失敗的命運。這情形可以由當時的代表性作家賴和、陳虛谷、楊雲萍、楊守愚等人的作品，普遍由理性進化的觀念和人道主義角度，檢視臺灣封建文化、臺灣傳統仕紳階級的思想性格，而把他們的同情及希望放置在那些被視為社會異端的新知識份子

的去向，找到具體的說明。

一九三○年，繼文化協會左右翼分裂，臺灣社會思想運動，由資本主義的溫和改良派變換為社會主義的「大眾化」路線之時，黃石輝以〈怎樣不提倡鄉土文學〉一文開啟了臺灣話文和鄉土文學論戰。這次以母語和鄉土為正面和根本訴求的論戰，除了延續二○年代反殖民同化的精神基調，反映社會主義階級分析的新思考方向，同時還透露著對鄉土認同和族群處境的焦慮情緒。黃石輝的文章在呼求作家以「廣大群眾」、「勞苦群眾」為寫作對象，以「臺灣話」為表達工具，以「描寫臺灣的事物」為作品內容之外，進一步提出：

> 你是臺灣人，你頭戴臺灣天，腳踏臺灣地，眼睛所看的是臺灣的狀況，耳朵所聽見的是臺灣的消息，時間所歷的亦是合灣的經驗，嘴裡所說的亦是臺灣的語言，所以你那枝如「椽」的健筆，生花的彩筆，亦應該去寫臺灣文學了。

這段話中，黃石輝之把「臺灣文學」等同於「鄉土文學」，而且一再強調寫作和思考的範圍必須是加上「臺灣」這個限定詞的天、地、語言、事物、經驗等等，這樣的論述，除了表明他個人的社會主義文藝思想取向，未嘗不含有在強勢的殖民文化滲透下，臺灣知識界對鄉土傳統，對臺灣特殊性的失落的普遍危機意識在內，也即是前述詹明信所說的遭遇「現代化」衝擊的第三世界文化的掙扎和反應。與此有關，從一九二八年到一九三二年，臺灣民報及台灣新民報曾陸續刊登代表臺灣本土「有識階級」討論歌仔戲的文字，對於這個從語言到唱腔，從內容到表演形式，都屬臺灣人在臺灣固有文化領域裡創造性地轉化（creative transformation）而成的劇種，在總計約三十篇的報導和批判文字裡，

攻擊和批判的理由毫無例外地指向歌仔戲的「傷風敗俗」。這現象或可作為二、三〇年代，臺灣知識人在確認臺灣鄉土時的文化焦慮的一個旁證。

除了上述的文化意識的疏離，另一方面，在割讓的現實下，面對政治區分上屬於日本，文化傳統上屬於中國的雙重認定，意識到鄉土的精神家園意義的知識份子作家，即使退據到僅屬血緣的、種性的漢民族意識，但在失去國家民族認同的前提下，所有構成臺灣鄉土內容的有形無形的文化符號，甚至黃呈聰及其後的鄉土論者視之為臺灣特性賴之以賦形（incarnation）的自然條件和地理環境，都會在殖民政策強制性的人文、物質建設中，使臺灣鄉土脫胎換骨成按照殖民帝國主義的價值系統規劃而成的「第二自然（the second nature）」。早在二十世紀之交，隨著格林威治標準時間的實行，因產業結構而來的臺灣市鎮的平均分散的發展，臺灣人的生活規律即逐漸被納入不同於傳統農業社會的時空意識。一九一〇年，因臺灣縱貫鐵路的完工，臺灣鐵道部出版了《臺灣鐵道名所案內》的旅遊指導，將鐵路沿線的重要風景及殖民政府重要設施做了詳細的介紹。一九一五年，為炫耀殖民統治的成果而舉辦的「始政二十年勸業博覽會」，其中一項就是鐵道部的全島旅遊路線。根據它規劃出來的由北到南的七條旅遊路線中，臺灣原住民和漢人的世界，分別以「蕃地」和「古蹟」的身份標誌與神社公園、水源地、油田、糖廠、血清作業所等等日本精神和物質文化符號，並列於新的權力空間網絡裡。

薩依德（Edward Said）在分析殖民問題時曾指出，追根究柢，帝國主義是一種對地理施加暴力的行為，透過帝國主義的活動，世界上的每塊土地都被剝削、規劃和納入控制。它的結果是使世界上的土地和人民，依照資本主義的勞動的地域分工形成不同的國家空間，使它們被加上天然的、永恆的差別面貌。上述那幅由臺灣總督府鐵道部規劃出來的旅遊地圖，無疑是日本殖民帝

國的意識的、精神的物證，而這如假包換的旨在「描繪帝國（describing empire）」的殖民主義式的臺灣形象，根據一九二三年英國皇家地理學會會長魯特（Owen Rutter）的觀察印象是：「充滿美景與驚奇之旅，這塊美麗島有著曲折的歷史，豐富的資源和處境鬱卒（unhappy）的原住民族。」但這無所逃於殖民地的天地之間的臺灣第二自然，這個按照資本主義的地理想像繪製出來的不平等的空間景觀和地域分類，卻是日據時代生活於曲折的歷史進程中的臺灣人民的「天然」的生存空間。一九三五年臺灣新民報出版了《臺灣人士鑑》，其中有一項是調查當時社會領導階層的餘暇活動，統計中，素以文協反對運動和作家著稱的「台中州人士」，他們的主要休閒生活除了讀書，就是「登山」、「旅行」兩個項目。大約在同一個時候，留學日本的葉盛吉，在他的手記裡縷縷回憶童年時「不可思議」地並存於他心中的故鄉日本和故鄉臺灣，根據他的感覺，「前一個故鄉來自生活，後一個故鄉源於血統和傳統」。這些現象，無疑包含有「固有的」鄉土情懷在內，但潛存於當年登山旅遊的臺灣社會人士及幼小的葉盛吉意識中的，恐怕不無被天然化和差別化了的殖民地臺灣的「名所」和「古蹟」的觀念成分吧！

伴隨著上述被天然化，因而也是被同化了的臺灣人文及自然地貌，一九三〇年代前半葉，先後發刊的《南音》、《先發部隊》、《福爾摩沙》等雜誌，在「八方碰壁」的感覺下，分別提出有關臺灣文學出路的討論。代表《南音》立場的葉榮鐘首先提出以臺灣的風土、人情、歷史、時代做背景的「臺灣自身的大眾文藝」，接著又提出超越階級羈絆，表現臺灣「全集團的特性」的「第三文學」。根據他的解釋，第三文學是表現因山川、氣候、人情、風俗等「特有境遇」所形成的「臺灣人在階級的份子以前應先具有（的）一種做臺灣人的特性」的文學。相似的主張表現在《福爾摩沙》提出的「真正臺灣人的文藝」，這雜誌的同

仁之一的吳坤煌在〈臺灣鄉土文學論〉中則引述列寧、斯大林的理論指示，提出以「內容是無產階級的，形式是民族的」為原則的符合未來的社會主義國際文化要求的鄉土文學。以上這些出現在日本統治中期，殖民建設大致底定時的文學觀念，除了反映思想、階級、族群的分化，還顯示出鄉土失落的焦慮，因為不論是有待發掘而後出現的臺灣集團特性，或以未來式存在的國際主義精神的鄉土文學，折射出來的正是普遍存在於第三世界文學中的反殖民帝國主義的文化想像，也即是對那實際上已被篡奪、被洗劫的鄉土及族群的召喚。不過隨著日本殖民侵略的擴張，臺灣政治地理位置的轉換，這僅存於日據時代臺灣文學中的臺灣意識和鄉土想像，也在日本南進政策的步伐中扭曲甚至消失於無形。

　　一九三七年七七事變後，為因應侵略戰爭的需要，日本近衛內閣發表了國民精神總動員計畫，臺灣總督府根據計畫的實施要項，向臺灣人進行「物心兩方面的總動員」，它配合軍事上的南進政策，把臺灣定位為日本帝國「建立大東亞新秩序」的南進基地，臺灣的地位於是被根本改變為戰略上的據點。一九四○年，近衛內閣為「建設高度國防國家體制」，組織了法西斯式的「大政翼贊會」，積極實施新體制運動，臺灣也仿傚成立皇民奉公會，以所謂「皇民鍊成」來「實踐翼贊大政之臣道」。這一連串措施，帶給當時的文化界無限想像，如一九四一年八月，臺灣日日新報刊登了在台日人作家堺謙三的評論，文中云：以前的臺灣「只是殖民地沒有責任」，現在「變成南進基地，成為了心臟」。一九四二年的《臺灣經濟年報》更指出：

　　　　無論將本島（臺灣）人當作華僑對策的尖兵，使之進入南方，還是作為農業商業移民送出……都需要將本島人作為真正的日本民族的一個組成部分，鍛鍊成為南進大和民族的好夥伴。

　　相應於上述的戰略任務，為了「最大地發揮國家、國民的全部力量」，使殖民地人民成為戰爭協力者，大政翼贊會頒布了「振興地方文化」，「內、外地無區別」等政策，臺灣總督長谷川清也調整了皇民化運動的部分措施，「容許臺灣傳統宗教、祭祀、慣習、鄉土藝能、生活方式等，在不違反統治主旨的原則下存在」。翼贊會文化部長更發表了：「讓臺灣立於臺灣的特殊性，朝鮮立於朝鮮的特殊性」之類的保證。在這樣的新情勢下，一九四〇年以後的臺灣文學界也一片情勢大好，在台日人學者和作家，根據歐洲殖民地文學理論，紛紛提倡寫作表現臺灣特殊性和異鄉情調的「外地文學」，務使臺灣文學成為「在臺灣的日本南方文學」。本地作家方面，同樣藉地方文化和臺灣特殊性之名，鼓吹建立一個獨立於日本「中央文壇」之外的「臺灣文壇」。一時之間，臺灣文學界似乎走出了龍瑛宗所說的戰爭初期的「文學的長夜」，臺灣作家夢寐以求的表現「全集團特性」的臺灣鄉土文學，似乎也在這「實踐臣道」的新體制運動中，獲得解放。但正是在這一方面與納粹德國的法西斯思想遙相呼應，一方面體現曾以脫亞入歐自詡，而事實上保存大量東方封建質素的日本殖民帝國的「新體制」的幽靈下，臺灣風土因它的特色而成殖民文學的標本，帶有臺灣的記憶、臺灣人的生命經驗的民間傳說、歷史故事，成了「國策文學」的範例。一九四〇年，臺灣女作家黃鳳姿的文章〈七爺八爺〉、〈七娘媽生〉，獲選為臺灣總督府情報部的推薦圖書，理由之一是有助於「皇民之鍊成」。同一年，西川滿在他的名作〈赤嵌記〉，敘述鄭成功的孫子鄭克塱擔任監國的職務後立志：

　　　　策劃在臺灣施行新體制，整肅風紀，……在以建設高度國防國家為急務的當前，是不能顧慮個人的自由和平安的。自己無論如何一定要盡忠於監國的職務，繼承祖父的

遺業。

小說接著描寫沸騰在他心中的信念：

> 復興大明。在南方建立大明帝國。……祖父的母親是
> 日本人，是祖父那一代唯一的驕傲。這樣看來，我這五尺
> 之軀內也必定連綿地流著日本的血。我應珍惜這血緣，服
> 從這血緣的指示，向南方前進。

以上這些無一倖免於皇民化的七爺、八爺、七娘媽、鄭克
塹，很難想像會帶給臺灣人的文化認同什麼樣的災難。伴隨著這
些時空錯亂而又充滿法西斯式的人種崇拜的神話、傳說和歷史人
物，臺灣人的精神系譜會走向什麼樣的世界，更屬未知。不過正
是在這未知的世界之前，鄉土臺灣，這維繫族群命脈的疆域所
在，終於從根本上失去了它的名字，在本土及在台日人作家的筆
下，被還原成為抽象方位概念的、無極的：南方。

（1997）

臺灣話文論戰與中華文化意識
── 郭秋生、黃石輝論述

一

　　一九三○年到一九三四年臺灣文化界發生的鄉土文學和臺灣話文的論爭，一直受到研究者重視。論者大都認為這場論爭是臺灣文學本土論的起點，是彰顯臺灣主體意識的標幟，它象徵著日據時期「臺灣社會中國─臺灣雙重意識結構的分裂」[1]，它可被視為三○年代「臺灣意識與中國意識分揚較勁的歷程」[2]。這些論斷，足以顯示這個歷時接近四年的論辯在臺灣文化發展上的關鍵性意義。

　　從論爭的發生和論題的設定來看，這場始於提倡臺灣鄉土文學而後集中於臺灣話文的建設問題的論爭，可以說是一九二七年臺灣文化協會分裂後，左翼文化運動和文學思想的延續，也是二、三○年代世界性的普羅文藝思潮在殖民地臺灣的特殊表現形態。

　　論爭開始時，首先發難的黃石輝在〈怎樣不提倡鄉土文學〉（一九三○，一～六）[3]一文指出，為了「普及大眾文藝」，生活在臺灣天地裡的「臺灣人」作家，必須以「臺灣話」為媒介，描寫臺灣的事物、臺灣的情境、臺灣的經驗。他把這個從描寫對象到語言形式都冠上「臺灣」這一限定詞的文學寫作，稱之為「臺灣的文學」和「鄉土文學」。根據發表這篇文章的《伍人

報》的左翼色彩，黃石輝本人擔任一九二七年改組後文化協會高雄支部負責人的發言位置，他的意見不難看出一九二七年以後由左翼主導的文協的思想路線，因為改組後的文協，除了將活動方針由原來的民族主義啟蒙文化團體的形態，轉變為無產階級文化鬥爭的組織，還明確訂定「普及臺灣之大眾文化」為總綱領[4]，直接、間接帶動「大眾文學」、「大眾文藝」的觀念，成為一九三〇年相繼創刊的《伍人報》、《赤道報》、《臺灣戰線》等左翼刊物的指導思想，同時程度不一地成了繼起的《南音》、《先發部隊》、《臺灣文藝》等文學團體的共識。在這思想要求下，黃石輝針對五四運動影響下的當日臺灣新文學現象，指出五四白話文學不論在臺灣在中國都已成了「貴族式的文學」：

> 它在臺灣，完全要有新文藝趣味的人，才能去接近它；廣大的沒有高深的學問的勞苦群眾，事實上都和它絕緣的。所以我要說，我們如果不求文藝大眾化，那也吧了。如果要文藝大眾化去，就不可不以環繞著我們的廣大群眾為對象。離開了和我們接近的廣大群眾而去找遠方的廣大群眾，這是完全錯誤的。因此，臺灣鄉土文學的提倡便是我們當面臨的問題了。

面對這問題，黃石輝提出三個「具體的辦法」：一、用臺灣話寫成各種文藝，二、增讀臺灣音，三、描寫臺灣的事物。有關描寫臺灣的事物的意思，他說明這「可以使文學家們趨於寫實的路上跑，漸漸洗除了冒控粉飾的惡習慣。一方面可使廣大的群眾容易發生同樣的感覺。」這些帶有激進色彩的臺灣本位，同時又突出階級意識的鄉土文學理念，除了意識到割讓三十五年後臺灣與中國大陸的客觀差異，還透露對日本統治下的殖民地臺灣的特殊性的認識。這心理隨著論爭的發展而深化。

　　在接續的討論中，黃石輝不斷重申要以臺灣的語言事物寫作的理由在於「所寫的是要給我們最親近的人看的，不是要特別給遠方的人看，所以要用我們最親近的語言事物。」但他並不全然劃地自限，因為他強調提倡鄉土文學「是要讀臺灣白話文起底的人能兼通中國白話文」，「而用臺灣的白話寫出來的文章，使中國人亦看曉得，並不是把自己的門關起來不和中國人交通的。」（〈再談鄉土文學〉，一九三一，五三～六四）針對反對者質疑鄉土文學論「一地方要一地方的文學」的態度，黃石輝答辯：「臺灣是一個別有天地，政治上的關係不能用中國的普通話來支配：在民族上的關係（歷史上的經驗）不能用日本的普通話（國語）來支配，這是顯然的事實。」（〈我的幾句答辯〉，一九三一，六九～七三）。

　　根據一九三〇年前後臺灣左翼文學思潮的發展情況，黃石輝這些論斷應屬當時國際普羅文藝理論和實踐的前衛行列。就在臺灣話文和鄉土文學論戰的同時，由台、日普羅文藝運動者於一九三一年組成的「臺灣文藝作家協會」，曾就民族、文化、文學等問題與東京的組織部門諮商。東京方面，根據一九三〇年十一月革命文學國際局在烏克蘭首都哈爾可夫（Kharkov）舉行的第二次大會對日本藝術運動的決議，指出：「正確的殖民地文學，必須是將殖民地本身的藝術團體所進行的強力鬥爭作為主體，把它結合於本國內的藝術團體的共同鬥爭」，因此考慮組織全臺灣作家同盟。臺灣方面，自稱是「臺灣獨特文化建設的第一個開端」的臺灣文藝作家協會亦力主「要解決臺灣有關的所有問題時，臺灣本身非扮演一個主體的角色不可。」有鑒於在日本統治下，「又承受著傳統性的大陸（中國）影響」，因而存在的「臺灣文化的獨特性，異民族的混合雜居」的事實，文藝作家協會特別就「臺灣獨特文學的建設」問題，向東京組部門發出緊急諮詢，諮詢的內容包括有：臺灣文藝作家協會能否成為等同於「日本無產階級

作家同盟」在臺灣的組織？如何組成「同人團體」？「在臺灣的
同人團體非用白話文作主體不可」。在給東京其他文件中，還提
到臺灣文化協會的反抗運動，《伍人報》曾有成為文化協會機關
報的傾向；為養成臺灣人作家和組織文藝愛好者，臺灣文藝作家
協會「必須向《伍人報》舊讀者積極工作」，等等[5]。

　　目前的資料無法證明黃石輝與臺灣文藝作家協會的關係，但
從當時已被查禁的《伍人報》之受到注意，它的讀者群之成為積
極爭取的對象，可以推測它已被視同為國際普羅文藝運動的同人
團體，視同為建設殖民地「臺灣獨特文學」的同路人，而在《伍
人報》上發表文章，提出臺灣鄉土文學理論的黃石輝，則不僅是
被工作的對象，而是殖民地臺灣獨特文學的先覺者和理論建設
者，因此他那堅持臺灣主體性，無時不冠上臺灣這個限定詞的鄉
土文學論述，他的「別有天地」的「臺灣的文學」的提法，可以
說是在普羅文藝運動對殖民地文化特殊性的思想方向下，與臺灣
文藝作家協會的理論先鋒共同走上建立殖民地臺灣文學的前衛位
置，共同分享一九三〇年代國際性普羅文藝運動的烏托邦信念及
革命者的喜悅和希望。

　　論戰中，對於以「世界無產階級的要求是大同團結」為理
由，指責臺灣話文、臺灣鄉土文學會因其侷限性，使朝向大同世
界的臺灣大眾「生出麻煩、隔離，阻礙它的連絡性」，因而力主
運用五四白話文來達到溝通的目的。黃石輝的回答是：這樣的說
法，「分明是無視客觀情勢」，「無視大眾的要求」。他指出大
同團結「是需要不是要求」，無產階級的要求是「做一個完全的
『人』的生活，享受應有的權利，盡應盡的義務」，而這正是臺
灣勞苦大眾的根本要求。因此他在「確認現在的問題是階級的問
題」後，甘冒被當時的無產階級文藝理論家賴明弘冠上「改良主
義」的惡名，堅持建設言文一致的臺灣話文，描寫臺灣事物的鄉
土文學，才是「臺灣群眾的要求」（〈答負人〉，一九三二，二

九九～三〇一）。這樣的堅持應可作為日本統治下，認識到殖民情境的特殊性和被殖民者的半自由民甚至是奴隸身份[6]的黃石輝，在做一個完全的「人」的生活的驅使下，以被壓迫者的主體性意識為自我和群體解放的依據的普羅思想的表徵。

在論戰接近尾聲的時候，黃石輝在〈所謂「運動狂」的喊聲——給春榮克夫二先生〉（一九三三，四〇三～四一二），對有關臺灣既非一個獨立國家，又不能閉關自守，住民的言語又混雜，沒有條件成立鄉土文學的論難，作了一個總結性的回答：

> 因為「臺灣不是獨立的國家」，所以將臺灣規定做一個鄉土，標榜「鄉土文學」，標榜「臺灣話文」，不然就該標榜「臺灣文學」、「臺灣國語文」了。又是因為「言語混雜」，所以主張用漢字（有形有義的文字）的臺灣話文。又是因為「不能閉關自守」，所以主張要「用臺灣話寫出來的文章，給中國人亦看得來，使學白話文起底者，能兼中國的白話文」啦！

這個總結話語排除了七十年前因鄉土文學的臺灣意識，臺灣主體性引發統獨論爭的可能性。伴隨鄉土文學理念而生的臺灣話文問題，黃石輝之外，郭秋生是論爭中耀眼的一個旗手。

二

從整個論戰過程來看，相對於鄉土文學理念之著眼於殖民地臺灣人的現實困境和文藝創作上的現實主義要求，臺灣話文論辯側重在被殖民的臺灣人的文化認同和民族傳統的思考，由於它牽涉到族群及民族主義的尖銳敏感部位，論戰發生後，討論的重心就逐步向這議題位移。本來只是作為寫作工具的語言形式的討

論，成了論爭的主要戰場；本來與鄉土觀念共生，旨在為臺灣意識、臺灣主體性尋找表現形式的語言媒介問題本身，到最後似乎反轉過來取得內容的地位，成為驗證鄉土的定義，規定殖民條件下鄉土文學的發展方向和歷史意義的標尺。

為達到普及大眾文藝的初衷，黃石輝指出作品的文字必須淺白易懂，當日通行的五四貴族式白話文學已不符需求。其次，白話文學是用中國普通話寫的，對臺灣人而言，「大多數是能看不能唸的」。他提出「用臺灣話寫」和「增讀臺灣音」為解決辦法。所謂用臺灣話寫，就是「排除那些用臺灣話說不出來，或臺灣話沒有用著的話，改用臺灣的口音」及「增加臺灣特有的土話」。所謂增讀臺灣音，「就是無論什麼字，有必要時便讀土話」。（〈怎樣不提倡鄉土文學〉，一九三〇，一～六）這些說法，可以看出黃石輝關注的大都屬語音溝通和口語習慣的層面，因為就此問題他又說：

> 臺灣話雖然只能用於臺灣，其實和中國全國都有連帶的關係，我們用嘴說的固然要給他省人聽不懂，但是用文字寫的便不會給他省人看不懂了。勿論有多少不懂的地方，亦只像我們臺灣人不懂普通話的程度而已，那裡會成什麼問題呢？

在這樣的思考下，黃石輝提出：「採用代字」和「另做新字」來解決臺灣話中有音無字及特殊詞語的難題。他認為採用代字其實是「遵古法製」，學古人的行徑，因為六書中的「假借」便是容許採用代字的用意。他說明「文字是人造的，並不是天生自然的固有的」，它跟隨語言的變遷而變遷，不合用的被放棄，不夠用則增加，只不過採用代字和另做新字「都是在不得已的當兒去做的」，若非絕對必要，不要增加太多文字。（〈再談鄉土

文學〉，一九三一，五三～六四）。黃石輝這些原則性提議，基本上獲得贊成鄉土文學和臺灣話文者的認可。

　　繼黃石輝之後，郭秋生為臺灣話的書面化做一個全面性檢討。根據「言文一致」的要求，他在〈建設「臺灣話文」一提案〉（一九三一，七～五二）這篇數萬字長文中，首次運用「臺灣話文」一詞，並由人類文字的成立、言語和文字的關係入手，對中國言文乖離的歷史現象作一整體考察，時間跨度從先秦到中華民國成立，儼然是一部具體而微的中國文化史。論文的後半部以「特殊環境的臺灣人」為主題，論述日本據台後的教育制度，據台三十六年造成的臺灣人的文盲世界，現代國家的國語問題，而後結束於建設臺灣話文的諸策略。這篇文章不獨把臺灣話文建設，從黃石輝比較上偏向技術性及實用性的考慮，轉入文化論述的層次，還使臺灣話文的討論由原屬區域性的鄉土觀念，推向富含現代性意識的被殖民者的文化認同、共同體想像等問題。

　　文章一開始郭秋生就明確表示他的立場：提倡臺灣話文是「時代的呼聲」；「臺灣人終久也是臺灣人的族性」；「要建設什麼款的『臺灣話文』？在我的理想，是不過從事較鮮明一點漢文體系的方言的地方色為最善。」這些行文上像黃石輝一樣，從語感到句構都帶著時代刻痕的敘述，或許可以拿詹明信用以指陳第三世界文學特質的「艱難的敘述（laborious telling）」來形容，因而其中的意念，也如詹明信所說是艱難的集體經驗的投射，或郭秋生自稱的「特殊環境的臺灣人」的感覺結構。

　　在「族性」、「漢文體系」觀念的前導下，郭秋生在論文前半部回溯中國文字與文化發展的關係，他由當日流行的進化論觀念，否定中國歷代不能適應時代需要的化石文字，古董文字，把文言文的沒落、死亡視為自然淘汰，把中國文化的衰頹和復興與言文乖離的「古語文」和言文一致的「時語文」的運用結合起來討論。在這素樸的文字─文化進化論中，郭秋生把呼應時代精神

的時語文和時語文學視同清除中國文化積弊或他所謂的「積膿」的解毒劑，連帶地論述中不時流露對他心目中言文一致的漢唐盛世的尊崇，對不斷加入現實活力因而能死而復生的漢文化體系，予以樂觀的肯定和認同。另一方面，對帶來文化變遷的契機的異族入侵，卻透露著佛洛伊德式的「好惡相剋」（ambivalent）心理。如他讚揚因佛經翻譯而產生的反切注音及敦煌變文，因蒙古人不重視漢字漢文，使自然發展起來的時語文學也即元代白話小說和戲曲，「公然站上了漢民族國民文學的位置」，但在評價南北朝五胡入侵，為漢民族帶來未曾有的大恥辱，卻以大漢沙文主義加以化解：

> 好在是蠻人的文化低級，一入中華接觸著燦爛的文化便逐漸同漢民族陶醉於古法式一樣，喪失自己活潑的精神，模仿人家的生活。所以前手得來後手空，要不然漢民族的運命不知道什麼樣破滅了。

在論述滿清入主中國時，漢民族存亡絕續的憂患感更躍昇到支配性意識的地位：

> 滿人入主中華的權勢既不過是繼承明的頹氣，更或者較明更多膨脹些內裡的積膿亦未可知，所以一時的銳氣轉瞬間變成倦怠的惰風。但這在漢族一方看來沒一定是禍去福來的一轉機了。因為民族不同的緣故，不時都深刻著征服，被征服的意識不斷地鮮明漢民族的腦裡打開新時代的閘門，「中國人的中國」這種反感的抱負，遂一致了勢力合流於新思潮，以振底未來新國家的生命了。

在這樣的心理機制和民族主義觀念之下，郭秋生的文化論

述，一旦對話的對象從「蠻人」轉換到具現代國家權力的日本殖民政府，他在文章開頭堅持的漢文體系及臺灣人終久不變的漢民族認同，就遭到了根本的挑戰。

　　〈建設「臺灣話文」一提案〉的後半部，郭秋生由殖民教育入手，集中討論「特殊環境的臺灣人」在語言和文化發展上的特殊難題。首先，他根據統計資料指出，在殖民政府的政策性歧視下，日本統治三十年，在四百萬臺灣人中，「只製造得來一萬來人的新文化消受者」，也即佔人口比率四百分之一的中學畢業生，受公學校（小學）基礎教育的不到二十五萬人，大學畢業的更是鳳毛麟角。因公學校教育意在普及日語及日本文化，「極力壓制在學生的固有語言，固有漢文」，六年畢業僅有日文入門程度，不論知識上實用上全無作用。社會生活方面，臺灣人原有的識字機關「書房」，因遭政策性壓制及本身條件的限制，「運命將近廢絕」，臺灣人的「固有文學」，也即傳統文言文寫作，隨自然淘汰，像古董一樣稀罕。「於是文盲世界便次第這樣擴大了。」即使是臺灣話，若非家庭和日常生活所需，怕都要消亡，使臺灣人「加上一個語啞症」。

　　根據上述現象，郭秋生接著探討現代國家的國語、方言問題。他指出在一個政治實體中，「隨伴政治權力的標準語叫國語」，它與方言的差異，只在後者受限於一定地域中使用。隨著文化、交通、教育諸因素，應該會消除不同方言間的差異，但事實卻不然，原因在「方言本來是一種鄉土的特色的反映」，若非地理上的自然界線消失，任何人為力量都無法使它消滅。與此有關，他討論現代國家的多語現象問題，他強調：「同一個國家的版圖內設使有兩個以上的不同語言系統，不同歷史習慣的民族的差異存在，那可是更一層撤廢不得二種以上的相差異的言語相併立了」，「想以一方的語言代替一方，這不可能的，可能也事實唯有不可能而已了。」理由在：言語是「民族集團的自然產物，

民族精神的體現」，所以各民族對自己的母語，「意識的、無意識的都奉為自己的生命」。就此他以「滿清號令中華」時試圖以滿語同化漢人為例證：

> 然漢字的基礎名實既確立了，代表幾千年來漢語的光輝還集積了幾千年來漢人生活的純化，這要望漢人變漢字漢語的性質，理論上實際上通通都是比登天更為難的一回事了。所以怪不得清朝的國語政策其末路不但絲毫行不得，所支配的漢土連期待滿人用滿語滿字以防止被漢俗所侵的政策都嗚呼哀哉了。

以上論述，不言而喻是用來影射日本在台的語言文化政策，甚至是對它的末路的預言。但這些呼應文章開篇「臺灣人終久也是臺灣人的族性」的激烈言論，並非完全建立在本質論上的思考，也多少消失前述對待「蠻」族的沙文主義的高姿態，而是在民族平等的前提下，針對三○年代蔓延於世界的殖民主義及伴隨而生的文化霸權的反撥，對存在於殖民地臺灣的國家權力操縱及文化壟斷的深刻批判。因為緊接著上面的論述之後，郭秋生強調臺灣人「不是沒有必要」學日本國語國文，原因在「一民族的人兼識他民族固有的思想制度，不但不是脅威固有的傳統」，反而可糾正自己的缺失，帶動文化的發展。此外，當日世界既不容「封建狂病」，也不容「以強力為優勝的征服狂病」：

> 所謂國際正義、人道正義的觀念隨思想交通的發達，大有縮小地球而成一家的傾向，地球上的一個人也就是大人類的一成員，民族偏見所醞釀的打破運動、壓迫被壓迫所激成的解放運動、榨取被榨取所混淆的合理化運動既（已）成人類一個義務。

　　這思想格局開闊的論述，其中提到的地球一家，人人平等的
信念，迥非今日唯資本帝國主義的文化霸權馬首是瞻的地球村觀
念可比，因為它標舉的打破民族偏見，解放被壓迫國家，反剝削
榨取的要求，是由殖民地的社會現實出發，是來自被殖民的臺灣
人的集體的、根本的需求。也正因為如此，在這根柢於社會主義
思想的現代性意識下，郭秋生在結束這部分的討論前，如是質
問：日本統治下，至少應通過學校教育接受新時代思潮，享有
「現代人一員幸福」的臺灣人，為何「少受其惠？」「結局臺灣
人不外是現代的知識的絕緣者」，甚至「連保障自己最低生活」
的知識都不可得，而這是否「臺灣政府別有存意？」他的質問，
與黃石輝希望以鄉土文學來達成臺灣人「做一個完全的人的生
活」的願望，在出發點和思想歸宿上毫無二致。

三

　　關於如何建設臺灣話文，如何使臺灣話書面化，參與討論者
大多贊成黃石輝提出的採用代字和另做新字兩個原則，反對基督
教會行之有年的羅馬字臺灣話。相關的討論大致集中在代字、新
字的制定和數量，是否該「屈話就文」或「屈文就話」？發音上
究竟該以漳州、泉州、廈門或客家音為標準？為制定臺灣話文的
標準讀音並使大眾容易閱讀，新造及罕見字詞是否應加注音，注
音的方式該採用中國傳統的反切、或羅馬字、或日本假名？對於
這些問題的討論，集中表現在黃純青〈臺灣話改造論〉（一九三
一，一二一～一四三），負人〈臺灣話文雜駁：一～三〉（一九
三一，一九一～二一九），黃石輝〈言文一致的零星問題〉（一
九三二，二七九～二八五）等文章中。
　　在紛雜的討論之間，唯一得到共識的是臺灣話文應該以漢字
來表記，理由是它是「有形有義的文字」，與臺灣人閱讀傳統一

致，「用漢字取義寫臺灣話，叫做臺灣話文」（負人：〈臺灣話文雜駁：三〉，一九三二，二〇九），大致成了定義。根據這共識，郭秋生率先提出以中國傳統造字法則「六書」為製作新字、代字的依據，並對此作詳細申論。黃石輝看法相同。他們判斷，需要製作的新字、代字不會很多，因為從傳統漢字和臺灣民間文學可以找到失落了的臺灣方言和特殊字詞，解決有音無字的困擾。這一主張也少有異議。相關的論述，可以拿論戰初起時，黃石輝〈再談鄉土文學〉（一九三一，五六～六四），郭秋生〈建設「臺灣話文」一提案〉（一九三一，四三～五二），〈讀黃純青先生的「臺灣改造論」〉（一九三一，一五九～一六七），以及論戰末了時郭秋生發表的〈還在絕對的主張建設「臺灣話文」〉（一九三三，四三五～四六二）等文章為代表。

　　根據安德森（Benedict Anderson）關於民族主義和民族國家的起源的理論，一九三〇年代初這場臺灣鄉土文學和臺灣話文論戰，似乎具備了構成臺灣本位的認同意識或「想像的共同體」的必要條件。首先，由印刷資本主義的角度來看，論戰文章都發表在《臺灣新聞》、《昭和新報》、《臺灣新民報》、《新高日報》、《南音》等純屬漢文或有漢文欄的報刊，讀者群包括臺灣本地新、舊知識份子及安德森所說的專業人士、工商業資產階級等資本主義社會的新興中間階級。這些報刊中，登載最多論戰文章的《南音》雜誌和《臺灣新民報》[7]，前者是一九三四年全島性的「臺灣文藝聯盟」及其機關刊物《臺灣文藝》面世前最大的臺灣人文藝雜誌，論戰高潮的一九三二年它特別設立了「臺灣話文討論欄」，提供關心臺灣話文問題的人發表意見。另一重要的發表園地《臺灣新民報》，則被公認為臺灣人的喉舌，「臺灣人之言論機關」，長期扮演著相對於殖民政治權力的臺灣公共領域的角色。因此，論戰中由鄉土文學觀念帶動、凝聚起來的休戚與共的臺灣意識、臺灣主體性觀念，足以構成共同體的想像和想像的

共同體之存在。其次，由語言媒介的角度來看，臺灣話文的提倡及其在論戰文章中由初露頭角到逐漸普遍地被使用，應具有安德森所說的形成民族想像胚胎的「印刷語言」的潛能。雖然建設中的臺灣話文在很大程度上仍屬提案、試驗的紙上談兵性質，唯其是紙上談兵，它的觀念本身足可提供相對於當日通行的日語和中文等舊行政語言的新權力語言的想像，在臺灣的地圖上與日本殖民政權分庭抗禮，管轄不同的文化和思想意識的領土。假以時日，脫胎於漢文體系的臺灣話文將可邁上「民族印刷語言」的崇高地位，成為共同體的語言表現形式，完成安德森所說的「舊語言，新模型」的民族主義及民族國家的建構工程[8]。

不了了之的論戰使這場一九三〇年代可能發生和存在的共同體想像隨著論戰的停止而共同停止思考，重新思考這命運未卜的共同體想像似可發現它的潛在的、根本的困難。因為只要它的語言媒介建立在「有形有義」的漢字，只要形構民族印刷語言的臺灣話文建立在中國「六書」造字的典範，則這旨在解決黃石輝所說的政治上不能用中國白話，民族上不能用日語而提出的臺灣話文，恐怕只有以郭秋生預設的漢文體系中較具地域特色的語言形式，重返漢語秩序或中華文化意識，它所負載的鄉土文學似乎也只能在「特殊環境的臺灣人」的主體意識下走入主觀上「以臺灣話文為主，中國話文為從」（負人，一九三二，二一〇），而客觀上是朝向現代意識轉化的中國白話文學的行列，成為新的中國文化共同體的一個組織部分。

在討論民族主義的文化根源時，安德森指出，「中國文字創造了一個符號而非聲音的共同體」，又說，像拉丁文和阿伯文一樣，這種由神聖語言結合起來的、先於民族主義而出現的古典共同體或文化體系，對他們的語言的神聖性深具信心[9]。或許是這樣的緣故，這場論戰中時時可見對漢字符號共同體的執著，如郭秋生堅持：「臺灣人既然使不得沒有用臺灣語，又安能獨棄記號

臺灣語的固有漢文呢？」（一九三一，四三）討論如何制定新
字、代字時，他強調新字需「在既成漢字的胎內脫生」。（〈臺
灣話文的新字問題〉，一九三一，一八二）黃石輝則排除以民間
歌曲的歌詞做材料，理由是「歌曲所用的字是取音不取義，無共
通性的居多」，若非不得已，「反要取義來換土音（臺灣話
音）」，而不要「用土音來構成白話（臺灣話文）」。（一九三
一，五八）越峰反對以中國國語注音符號寫臺灣話文，因為「國
音字母只有字音而沒有字義」（〈對「建設臺灣鄉土文學的形式
的芻議」的異議〉，一九三三，三三五）。持相同反對理由的黃
石輝，論戰尾聲時甚至說：「我們只要用漢字來寫臺灣話，讀音
沒有統一是無妨的」。（一九三三，四〇七）一反他當初提倡鄉
土文學和臺灣話文，是為解決勞苦大眾包括音義在內的「唸」不
懂的初衷。

四

　　在目前所見的討論文章中，最深刻而且全面呈現依違於古典
的漢字符號共同體和以未來式存在的臺灣話文的兩難處境的應屬
郭秋生。這位建設臺灣話文的激情鬥士，始終如一地堅信人類的
言語「不但是集團生活的反映，更就是民族精神的體現」，用以
表記言語的「定型的文字」，本質上可積累民族文化傳統。因言
語沒有型態，會適應時代需要而變遷、轉化，文字有固定型態，
不易受環境影響而變化，而且可以因時代的久遠，在民族生活裡
「維持了一種確固不拔的勢力」。據此，郭秋生斷言：漢字是
「漢民族性的定型」。（〈建設「臺灣話文」一提案〉，一九三
一，一一～一四，四八）在這明顯帶有理體中心主義（Logocen-
trism）的認知下，郭秋生由日據下充滿歧視性的教育制度和國語
（日語）同化政策入手，痛陳臺灣總督府與西方列強的殖民同化

政策一樣，以殖民者的國語和文字，替代殖民地原住民的固有言語和固有文字，因而「逐漸去勢殖民地原住民的固有精神、固有族性」。如此情況，再加上時代變遷和自然淘汰的因素，使得原本是臺灣人的溝通工具和文化傳統載體的「固有漢文」，將近消滅，而用以「記號臺灣語的新文字」又尚未誕生，臺灣人於是即將「完全走入文盲世界作沒有字的生活」，並且成了「現代知識的絕緣者」。（一九三一，三一～三二）

　　面對這失去文化認同又無法與世界思潮接軌的危機情境，郭秋生根據上述他對人類語言文字的理體中心觀念和對固有文化的信仰，發展出一套創造臺灣書面語言，也即臺灣話文的論述。在文字符號的選擇上，他首先排除了包括羅馬字臺灣話在內的拼音文字：

　　　　因為臺灣既然有固有的漢字，而這漢字任是什麼樣沒有氣息，也依舊是漢民族性的定型，也依舊是漢民族的言語的記號，所以理論上或可以簡便易寫的拼音字替代難解寫的漢字，但實際上這恐怕不是容易的工作，所以我要主張臺灣人使不得放棄固有文字的漢文，又不可不將固有的漢字來記號臺灣語寫成臺灣話文。（一九三一，四八）

　　這對文字符號上的堅持，無疑來自論戰開始時他開宗明義地宣稱的「臺灣人終久也是臺灣人的族性」的信念，而這未脫離漢民族的身份認同，直至論戰末了他仍未曾改變，甚至進一步表現於對他心目中作為「漢民族的定型」的漢字符號共同體的跡近拜物教式的崇敬。

　　在討論如何解決臺灣話有音無字的問題時，郭秋生在黃石輝提出運用中國六書中的「假借」製作新字、代字之前，即斷然主張建設臺灣話文需「附帶一個制限的條件，即新字的創作，的確

需要限在舊字的胎裡產生。」又説，「臺灣語盡可有直接記號的
文字，而且這記號的文字又純然不出漢字一步。」之所以如此主
張，他用《康熙字典》、中國六書與漢民族歷史文化的關係加以
解釋。他指出《康熙字典》裡的五萬六千餘字：

> 　　正就是漢民族五千年來由簡單粗樸的生活樣式逐漸發
> 達到複雜優秀的表現。試看漢字六書的法則由象形、指
> 事、會意進而到形聲、轉注、假借，這悠久的過程，細密
> 的洗鍊，可知道凡漢民族所有的生活模式在現在的漢字裡
> 既是無所不有以記號的能力了。只是現在臺灣的情勢，既
> 不能以徒賴既成漢字隨時做臺灣語的表現，然全漢字的內
> 容確有足以表現臺灣人生活的全形式，不過直接記號臺灣
> 語不足間接表現臺灣語有餘。（一九三一，五一）

　　根據這樣解釋和分析，可以看出在郭秋生心目中，漢字無疑
是臺灣話文的潛在語言，六書則是它的制作規則。在漢字是「漢
民族性的定型」的認證下，它們隱藏臺灣人的民族屬性和文化血
統，並規定臺灣話文的形式和發展內容，或用他的話來説：「六
書的法則，便就是漢字的母胎，亦則是漢民族有型態之言語的總
生產工場啦！只要從這生產工場裡產生的文字，便即是從漢民族
的血液繼承的產兒。」（〈還在絕對的主張建設「臺灣話
文」〉，一九三三，四三九）循著這思考方向，他強調臺灣話文
的新字，「與其説是新字的創造，寧若説是舊字的發現、補
足」。（〈新字問題〉，一九三二，二九五）到了論戰末了，他
甚至以跡近國故主義的態度論證拼音文字是死的，漢字是活的，
理由在拼音字母數量固定，只可選用其中幾個音符連綴成語詞單
字，字母本身「斷不能增減」。而漢字之所以是活的，《康熙字
典》就是最有力的證明，因為裡頭所收的數量龐大的字，到現在

活用的不過三、四千字，其餘都是被時間汰除了的曾存活過的文字遺跡，也就是他所謂的「化石文字」。據此，他為「可以隨時代社會的進移而伸縮」的漢字王國作了這樣的描述：

> 一地方沒有的漢字，在他地方會獨有。一時代沒有的漢字，至他時代便獨產生。一時代有的漢字，至他時代便不能見其流通了。（一九三三，四三八）

　　通過這樣的觀念，加上前述他對語言文字與民族性及固有文化的關係的一系列論述，郭秋生為日據下為因應現實需要而被提出的臺灣話文，找到了存在和發展的正當性，並在他不能忘情的漢字符號共同體中為它找了合法的，應有的位置。就在這樣的意識下，他在論戰的最後一篇文章〈還在絕對的主張建設「臺灣話文」〉，不留餘地的嘲諷日本統治者「掩耳盜鈴式」的國語教育，並激情地喊出建設臺灣話文「是大自然留給臺灣人走的唯一血路，同時是維持漢文於不滅的最終命脈！」（一九三三，四五三）

　　以上郭秋生的臺灣話文與漢字及漢文化關係的論述，除了表露他個人的思想立場，也大致反映出論戰中臺灣話文提倡者的基本看法。就一九三○年代初臺灣人的現實處境來看，他在論述中之固守臺灣文化傳統及漢民族意識，對反擊日本殖民者的同化教育和文化壟斷所造成的知識貧困及認同危機，無疑具有直接和正面的作用。在這之上，它對整個日據時代臺灣人的主體意識的發展，也有不容忽視的意義，因為這帶有強烈的民族自覺和自信而又不無文化懷舊色彩的語言文字問題的議論，矛頭所向之處，正是研究者指出的，早在皇民化運動之前，臺灣總督府即藉由國語教育之「同化於日本文化」、「同化於日本民族」的策略，意圖使臺灣人淪為日本封建性的「國體」觀念下的「臣民」地位[10]。

　　回到上述歷史現場，我們將不難看出以延續漢文命脈自居，

始終不肯離棄漢字符號共同體的郭秋生的文化抗拒和最終的政治目的。同樣不難理解的是,生活在殖民主義「逐漸去勢殖民地原住民的固有精神、固有族性」的罪惡現實下,作為一個具現代性意識和現代知識的左翼知識份子的郭秋生,在構築臺灣話文的理想形式(ideal type)時,會廣邀包括中國白話文、日本國語在內的世界上各現代語言加入它的行列,認定這樣的臺灣話文是臺灣人「生活改造的武器」(〈生活改造的武器〉,一九三二,三一三~三一六),是「臺灣人凡有解放的先行條件」(〈再聽阮一回呼聲〉,一九三二,三一二),而在文字符號的選擇上,卻始終不肯背叛被他奉為「漢民族性的定型」的漢字,在「全漢字的內容確有足以表現臺灣人生活的全形式」的想像下,斷然規定建設中的臺灣話文必須「用在來的漢字寫,在來的字義說」(〈還在絕對的主張建設「臺灣話文」〉,一九三三,四三八),而在他的理論內部造成無法克服的矛盾和分裂。

在三〇年代這場因鄉土文學而引發的臺灣話文論戰中,就像面對政治關係上不能用中國白話,民族關係上不能用日本國語的兩難處境的黃石輝,試圖「遵古法製」地通過中國傳統六書造字的「假借」,借用古人的衣冠辭藻來說自己的語言,陷入同樣困境的郭秋生之義無反顧地回返漢字符號共同體,建立所謂「別有天地」的臺灣話文,他們的舉措,他們的矛盾處處的言談,可說共同構成著日據下臺灣人的思想悲劇的表現形式,也是他們的心靈災難的現場。在他們的論述中,圖騰似地矗立著的「有形有義」的漢字崇拜,則可說是在被殖民的特殊歷史情境下,拒絕成為日本封建性的奴婢臣民的臺灣人,在確認自己身份時的特殊的文化符號及生命形式。

(2005)

1　游勝冠：《臺灣文學本土論的興起與發展》，頁 47-48，前衛出版社，台北，1996。

2　陳淑容：《一九三○年代鄉土文學，臺灣話文論爭及其餘波》，〈摘要〉，台南師範學院鄉土文化研究所碩士論文，2001。

3　本文引用臺灣話文和臺灣鄉土文學論爭文章，俱見於中島利郎編：《一九三○年代臺灣鄉土文學論戰資料彙編》，春暉出版社，高雄，2003。引用時標明篇名、發表時間及頁次，不另作注。

4　王乃信、林書揚等編譯：《臺灣社會運動史》（原《臺灣總督府警察沿革誌》第二篇），第 1 冊《文化運動》，〈臺灣文化協會〉，頁 258-268。創造出版社，台北，1968。

5　同上注，〈普羅列塔利亞文化運動‧臺灣文藝作家協會〉，頁 408-425。「日本無產階級作家同盟」（簡稱「作同」）成立於 1929 年，是 1928 年成立的「全日本無產者藝術聯盟」（簡稱「納普」）之後組成的左翼文藝團體，理論上延續納普對藝術大眾化、新興文藝等問題的討論。這些理論問題與臺灣大眾文藝、鄉土文學、殖民地文學的相關討論，容後專文討論。

6　日據時代臺灣人自覺淪為奴隸的悲憤心理，在新文學作品中屢見不鮮，就是舊式文人亦有此意識，如洪棄生在〈鹿港乘桴記〉曾就日本人專為臺灣人設立的公學校（小學）批判云：昔日弦誦不絕的鹿港，「攀序之士相望於道，而春秋試之貢於京師，著名仕籍者，歲有其人，非猶夫以學校聚奴隸者也。」《寄鶴齋選集》第 1 冊，頁 85，臺灣銀行經濟研究室編印，台北，1972。連雅堂寫給他兒子連震東的家書亦云：「余居此間，視之愈厭，四百萬人之中，幾於無一可語。生計既絀，信義全無，可痛可憫。嗚呼！奴隸之子，永為奴隸。余之困苦經營，矢志不屈，則為汝輩前途計爾。」《連雅堂先生全集‧雅堂先生家書》，頁 31，臺灣省文獻委員會，南投，1992。

7　根據中島利郎編《一九三○年代臺灣鄉土文學論戰資料彙編》所收 75 篇文章，《臺灣新民報》共刊載 27 篇，《南音》23 篇，為各發表報刊之冠。其他依次為《臺灣新聞》6 篇，《昭和新報》5 篇，《新高日報》3 篇，它們同屬民辦報紙。由數據可顯示論戰參與者和訴求對象的「閱讀階級」的集中情況。

8　B. Anderson 指出十七世紀開始，歐洲的民族國家和民族主義是由脫離拉丁文的廣大共同體改而行使各民族的方言而誕生。在資產階級興起之前，統治階級的內聚力是「在語言之外產生的」，因傳統貴族是由婚媾和繼承取得固定的政治基礎。資本主義時代，資產階級則是透過印刷語言，「逐漸能在心中大體想像出數以千計和他們自己一樣的人」。被印刷資本主義和印刷語言連結起來的「讀者同胞」或讀者大眾，在「可見之不可見」當中，形成民族想像共同體的胚胎，從而奠定了民族意識。而被印刷語言固定其形態的方言，也被提昇到一種新的政治文化的崇高地位，成為和舊的行政語言不同的「權力語言」，也即「民族的印刷語言」

或國家語言。詳見 Benedict Anderson 著,吳叡人譯:《想像的共同體:民族主義
的起源與散布》,第 3 章〈民族意識的起源〉,第 5 章〈舊語言,新模型〉,時
報出版社,台北,1999。

9   同上揭書,頁 19-21。

10   陳培豐:〈重新解析殖民地臺灣的國語「同化」教育政策──以日本的近代思想
     史為座標〉,《臺灣史研究》第 7 卷第 2 期(2000.12),中央研究院臺灣史研究
     所籌備處。〈殖民地臺灣國語「同化」教育的誕生──伊澤修二關於教化、文明
     與國體思考〉,《新史學》12 卷 1 期(2001.3),台北。所謂「國體」是日本明
     治中期以後發展起來的政治思想,它以家族主義國家觀為基礎,以擬血緣制國家
     原理為中心,建構具有宗教性質的天皇制國家觀念。它的核心思想為天皇是日本
     神話始祖天照大神的後裔,本質上是生活於世界的「現人神」,他是所有日本人
     的族父、大家長,所有日本人都是他的「赤子」。據此,「君民同祖」、「萬世
     一系」、「忠君愛國」、「萬古不易」、「金甌無瑕」成了國體論的標籤觀念。
     明治 32 年(1899)官辦《臺灣日日新報》漢文欄刊載一篇〈國體論〉的文章即
     云:「我國體其優劣之相懸固不可同日而論矣。憶,一國猶之一家,我天祖之敕
     祖,即祖宗之訓也。尊祖宗之訓,即子孫之責也。今台民雖曰新附,而既歸版
     籍,已有子孫之責,固當尊祖宗之訓。然蒙昧之徒未涉史乘,或謂我國亦與支那
     無異,余深惜之,乃作此說,蓋非為賢者之道。⋯⋯」

現代的鄉土
──六、七〇年代臺灣文學

　　經過一段歷史距離，回頭看一九六、七〇年代的文學表現，似乎可以比較清楚地認識它在臺灣當代文學發展中的階段性意義。

　　一般的論述，提到這時期的臺灣文學時，首先都會把它與五〇年代的官方文藝、反共文學劃清界限，視之為戰後臺灣「純文學」或嚴肅的、獨立的文藝創作的真正起點。而後，再以一九七一年的保釣運動作為區隔這兩個十年的文學思潮的分水嶺，以六〇年代的現代主義運動，七〇年代的鄉土文學論戰，標示兩個十年的思想及創作的主導方向，判別從六〇到七〇年代，文學發展上的階段性的、實質意義的演變。伴隨這樣的論述，大都會帶出一個價值判斷的結論，那便是無根的、自我放逐的、形式主義的六〇年代，和鄉土的、民族認同的、現實主義的七〇年代。

　　上述論斷，對六〇年代文學明顯帶有貶抑意味，因為相對於七〇年代文學的社會關懷，現實批判，它無異是臺灣文學史或中國文學傳統的病變。就是撇開國家民族的考慮，讓文學歸文學，它仍舊缺少發生和存在的理由，因為研究證明，文學上的現代主義是高度發達的資本主義社會的產物，所以匱乏的六〇年代臺灣，只能是仿冒。

　　不論病變或仿冒，事實顯示，六〇年代文學並不僅只是臺灣當代文學史上的鬧劇，它的影響，也不全然是負面的。以小說為例，它除了為戰後自成系統的臺灣文學建立發展上的必不可少的

新典範和國際視野（儘管並不全面），還使文學成為異端的語言，成為對官式文藝政策的意識形態的抗拒（儘管遠非直接有力）。作家方面，聶華苓、白先勇、王文興、七等生、劉大任、林懷民、施叔青，不論日後是否改弦易轍，都在這階段留下顯著的成績，成為他們個人創作或文學傳統的重要成就。就是現在被定位於鄉土、社會批判的宋澤萊、李昂，也曾現代主義過，而且表現不惡。甚至自稱對現代主義免疫的陳映真，一致被肯定為鄉土文學傑出代表的王禎和，貫串他們作品的風格化取向，恐怕也與現代主義精神脫離不了關係。這整個現象說明了六○年代臺灣現代主義文學的發生，並非畸變，也不是偶然，它的終結，因此也不單是一九七一年保釣運動的愛國主義使然。

　　社會解體、文化危機、知識論的斷裂，是研究者用來解釋現代主義發生的條件。焦慮、反叛、自我懷疑、虛無，以及因之而來的激進的形式實驗和對形式的絕望，是定義現代主義時常見的辭彙。這些處境和現象，似乎不應該是六○年代臺灣能有的，但潛藏在這些處境之下，助長這些現象發生和發展的文化上的歇斯底里，卻是生活在六○年代臺灣的人的共同經驗。六○年代的臺灣，是個歇斯底里的時代。以文學從事者為例，在戒嚴令下，他們被斷絕了日據時代臺灣文化和中國大陸的五四傳統，他們能做的是接受或拒絕以正統自居，以國仇家恨為前提，而事實上是法西斯的所謂漢賊不兩立的思考。在這情形下，以學院為中心的部分文學青年，只有在這歇斯底里的思想圍城裡，成了窺視者：從被禁絕不了的魯迅等少數作家的斷簡殘篇，窺測文學史。從耳語、小道消息，從被塗去、被撕裂、以至於整頁消失的「時代周刊」、「新聞周刊」，窺測臺灣現況、鐵幕後的蘇聯、中國文化大革命、東京巴黎美國的學生運動、種族屠殺、布拉格之春等等世界大事。在這之外，以最奇怪的方式，從進出基隆台北高雄酒吧的美軍，看越戰正在進行。在咖啡屋聽披頭四、鮑伯‧狄倫等

找不到答案的音樂,感覺著嬉皮、迷幻藥、禪、以至於四大皆空的超感覺靜坐。這白色恐怖的窺視文化,戒嚴令延長的戰爭狀態,窺視者緊張、痙攣、破裂的心理,提供六〇年代臺灣現代主義發生發展的內外在條件,當時的文學青年,會在還來不及認識現代及現代性的基礎上,沒有異議地接受作為它的反命題的存在主義、心理分析,會義無反顧地以困境、疏離(異化)、荒謬、沒有原因的反叛等等套語和模式思考、行動、創作,都是這歇斯底里的處境的條件反應。

　　由於是在沒有現代的物質條件下預先扮演現代文化的批判者,六〇年代的現代主義文學不免於青蒼虛幻,自我消耗,雖然如此,在詩歌和小說方面仍有出乎意料的收穫。明顯可見的如創作視野的開拓,敘寫對象、主題、形式的創新突破,其中值得特別注意的應該是語言處理的問題。六〇年代,在電視台剛剛設立,消費文化仍未登場,人的感覺方式和感覺結構還未被新的溝通媒體改組變化,文字藝術、文字的潛能仍大有可為的時候,現代主義作家在同時被介紹進來的新批評理論的引導下,棄絕了光復後官方文藝政策能容忍的粗劣的、甚至於是造假的「寫實」,對它所依附的僵化陳腐的文學觀念作了根本的反叛。他們在文字的自覺,新感受力的開發,個人風格的探索等方面,都有不容忽視的成就。經過時間的淘洗,這注意到語言形式,努力於「文學性」的經營的創作手法,對光復後的小說、詩歌藝術,對臺灣現代文學傳統所起的作用,是明顯可見的。

　　在評價現代主義文學時,最常被提到的是它的蒼白空虛,遠離現實。從整個表現來看,臺灣現代主義作品在重大的現實問題前,是普遍沉默的,這沉默也確實造成作家對公共問題的冷漠,強化他們對社會人群的疏離。但在白色恐怖的威脅下,這被迫的沉默,並不等同於對現實的無動於衷,對壓迫者及壓迫他們的體制的馴服,反而是帶有反諷的、敵對的意義的。這情形可以從在

當時的一片文學謊言中，以虛無者自居的他們，表現在創作裡的語言、形式和意識間的關係看出來。如：它的晦澀文字包含著的壓抑、恐慌；它在句構上把中文傳統的簡潔變成刻意的複雜所呈現的擠迫、混亂和矛盾；它的形式試驗所顯示的自我懷疑、異化和解體。在這之上，它在創造沒有國籍、沒有歷史的荒謬的現代人時，透露出來的是尋求人的意義時的黑暗淒涼。這被迫的沉默之後的混亂意識，它的找不到路向的力量，一旦有客觀的誘因，是不難使虛無的反叛者走上憤怒的反對者的道路的。一九七一年的保釣運動提供了變化的契機。

關於鄉土文學發生和發展的外緣因素，已有廣泛的討論。這個文學運動，可以説是一場文學與現實及歷史的大規模對話。繼六○年代歇斯底里、捕風捉影的窺測，世界局勢和臺灣的處境，終於在保釣運動之後，一一真實地擺到眼前：中共乒乓外交，季辛吉訪問大陸，周恩來尼克森上海公報，日本與中共建交，中共與美國互設辦事處，中華民國退出聯合國，美麗島事件，還有，加工廠、核能廠陸續建立，石油危機……。總之，那是以正統、合法自居的臺灣國民黨政府，失去它在中國歷史的正統地位，失去參與國際事務的合法性的年代。但失去了一切，卻剩下了臺灣。一個等待定位的臺灣。為因應這不容置疑的事實，敏感尖銳的政論雜誌相繼問世，臺灣社會力分析，民俗調查研究蓬勃進行，被查禁的一九四九年以前的臺灣及大陸現代文學史、作品，還有相關的社會歷史資料，經過地下出版社，大量出土，其中包括具有特殊意義的國際主義老作家楊逵的復出。與此同時，現代詩論戰，校園歌曲、民歌的流行，各大報文學獎的設立，成了文藝界的大事。一場文學與現實及歷史的大規模對話於是展開。發展下來的是，分裂的南北鄉土陣營及與官方説法正面交鋒的一九七七年開始的鄉土文學論戰，而後到了八○年代中期，在新的社會歷史面前，交棒給臺灣的後現代。

　　因為是事關臺灣主權及定位的文學運動，所以官方說法之外，七〇年代以前被禁制的臺灣社會力一一浮現，在以現實主義為主導的思潮下，紛紛結合各自的傳統和歷史視野，形成不同的文學傾向，其中政治立場成了各流派的徽幟，較突出的有：回歸大漢民族主義，志在光復大陸的神州故國文學；以臺灣四百年歷史為認同對象，以本鄉本土為定位根據的本土文學；胸懷中國，放眼人類，把臺灣放在中國統一及第三世界的解放的前景上的批判的現實主義。這些流派都留下了成績可觀的作品，它們的觸及層面的寬廣，題材的多樣性，自不待言。其中值得注意的是報告文學、政治小說、社群小說等新文類的出現，及其整合光復後跨越語言的一代的本地作家作品，使這些五、六〇年代處於邊際地位的鄉土創作，得以匯聚到鄉土文學運動的巨流裡。

　　關於鄉土文學的性質、思想傾向、社會影響、民族主義等問題，一九七七年開始的論戰和論戰前後的討論，都出現了針鋒相對的意見。可以說，這是戰後臺灣文學界對文學的工具性問題、意識形態、現實主義的藝術方法的一次總檢討。所有的爭議和論點，與其說是澄清、解決問題，不如說是在揭發、暴露那階段的臺灣現實難題。透過充滿分歧的討論，除了可以看到七〇年代，在國際政治低盪的情勢和加工經濟的雙重作用下，新興的臺灣市民社會的存在，看到市民社會的多元意識與封建軍法體制的對決。更可看到臺灣的歷史傷口的迸裂，這表現在帶著民粹主義色彩的本土文學，與認同中國的第三世界文學觀點間的尖銳分歧和衝突。這是論戰的高峰，也是鄉土文學陣營分化的起點。

　　從六〇年代到七〇年代，從「無根的」現代主義到「回歸現實」的鄉土文學，對於這兩個階段的創作，自會有千差萬別的評價。但有一點可以確定的是，不論無根或回歸，它們都誕生於臺灣歷史的黑暗時刻，都成長於臺灣社會發展的危機階段，而且都是在逐一清除歷史的沉渣，逐一彰顯向現代化走去的臺灣的現實

難題的同時，發展和建立一個對立於體制，而且不妥協於現狀的
文學傳統。這異端的聲音，留給現當代臺灣文學工作者一個認識
上和認同上的難題：現實臺灣，是否存在於必須從時間中搶救回
來的過去？抑或想像中的未來在現實裡的投影？

（1994）

第三世界與島嶼臺灣
──《聯合報》小說徵文獎述評

　　一九七六年聯合報小說獎的設立，就文學贊助的形式而言，或許不具有什麼特殊意義，因為早在一九五〇年起，中國文藝協會，教育部、國防部、救國團等，即陸續訂定文藝創作的獎助制度，其中尤以中國文藝協會的文藝獎章、國防部的國軍文藝金像獎，更是獎項繁多，歷數十年不斷。可是比較起這些奉行文藝政策的官方文學獎，對文藝創作的意識形態壟斷，對所謂「赤色的毒，黃色的害，黑色的罪」等作品的監控和清除，以民間形式出現，而又挾著媒體雄厚的文化資本的聯合報小說獎，不論就社會效應，或對二十世紀末臺灣文學公共空間的展現和形塑，都有舉足輕重的意義。

　　從文學發展歷程來看，聯合報小說獎的出現，正值一九七七年鄉土文學論戰前夕。這個在光復後臺灣文學史上具有地標意義，而且確實造成文學典範更易，文藝板塊位移的論戰，它的發生，固然是以七〇年代初保釣民族主義運動為觸媒，以民族意識和鄉土認同的現實主義寫作，揚棄前此的現代主義文學的精神荒廢。但它的思想動力，除了有政治困境、經濟轉型等立即因素，還源自戒嚴令下，與國家權力以及歷次文化清潔運動、文化復興運動標舉的正宗思想分歧對立的臺灣市民社會的文化公共領域的聲音，也就是長期以來，被擠壓在白色恐怖的歷史岩層裡的離散的、邊緣的文化心理和社會經驗，及其批判的、激進的精神能量

的釋放。

在這樣的時間點上，先鄉土文學論戰而存在的聯合報小說徵獎活動，或未必是什麼洞燭先機，但卻為即將到臨的思想鉅變，為文學的新的造山運動，提供了適時和必須的場域。雖然它因媒體的回饋效應而可能帶來的藝術時尚及作品複製，未可預卜。這一點，似乎可由比它晚兩年起步的中國時報文學獎，不旋踵即在文壇共同管領風騷，雙雙為世紀末臺灣文學界頻添議題的情況，找到證明。

回顧到二○○○年為止，歷時四分之一個世紀，總計二十二屆的聯合報短篇小說獎，從得獎作家和歷屆評審，可以看到一幅饒富文學社會學意義的文學人物拼圖。在得獎者方面，除了少數幾屆例外，幾乎全屬年輕的、新進的創作者。相對於此，在評審方面，則是涵蓋老中青三代，他們分別來自海內外學者、作家和批評家，其中又以學院人士和年長的作家、文學評論者占絕大比例，他們都是一時之選，而且具有廣泛代表性，如多次參加決審的姚一葦、鄭樹森、齊邦媛、朱西甯、白先勇、葉石濤、鍾肇政、鄭清文等。直到一九八九年起，張大春、東年、平路、朱天心等得獎作家，李有成、劉紀蕙、張小虹、廖咸浩等年輕學者，陸續加入評審，評審的年齡層組合才有較大幅度改變。

以上的文學人物拼圖，不可避免地要牽涉到文學社會學所說的文學群體或班底（equipe）的問題，也就是不同世代的文學理念及文學意見領袖，對文學資源的掌控，對文學話語權力的操縱分配。在缺乏統計分析的情況下，我們無法精確地指出由不同的文學班底組合而成的評審，篩選和檢驗參選作品時，差異的文學理念的折衝運作及其權力消長，但從作為協商結果的得獎作品，仍可讀出一些訊息。

根據首獎作品的整體表現，首先引人注意的是現實主義寫作的歷久不衰。從小說獎一開始到整個八○年代，現實主義幾乎是

得獎作品的唯一發聲方式，總計二十多篇得獎小說中，只有李永平的〈日頭雨〉、張大春的〈牆〉，踰越了它的規範。到了九○年代，它仍與前衛的、帶形式實驗性質的作品平分秋色，顯示它不被耗盡的藝術力量和文學溝通能力。這些帶有濃厚社會音色的現實主義小說，在文學獎開始時，似乎看不出明顯的意識形態偏向，開頭兩屆的三篇得獎作品中，只有丁亞民的〈冬祭〉藉一個當校工的大陸來台老兵的遭遇，表達了想像中的莽野英雄傳奇的落幕，「反攻大陸殺朱拔毛」的偉大時代夢囈的終結。蔣曉雲的〈掉傘天〉描繪的是尋常人家的男女情事，背景是正在改變臺灣地貌的新社區、公寓，情節間雜著京戲、麻將、出國留學，以及張愛玲〈傾城之戀〉式的范柳原、白流蘇情愫。接下來小野的〈封殺〉，是個臺灣棒運的故事，小說內容預示著一、二十年後職棒簽賭的現象。以當時的文化語境，也就是保釣運動和被稱為「唐文標事件」的現代詩批判，這些作品的脫穎而出，毋寧是自然的事。

　　促使現實主義藝術精神的民主的、寬闊的社會人生關懷，明顯地集中到臺灣的故事，而且逐步向政治正確靠攏的關鍵因素，毫無疑問是鄉土文學論戰及接踵而來的美麗島事件、「中」美斷交、移民潮，還有工商業化的疾病等等「內憂外患」。當中華民國在國際舞台和中國歷史上都失去了正當性和代表性，在政治強人未去、本土化意識才剛萌芽的時刻，倉皇的社會心理使究竟是中國結或臺灣結？是第三世界或臺灣一島？成了文學及文化思考的僅有選項和痛苦指數。就像政策上除了革新保台，別無選擇，臺灣鄉土成了文學的根本和唯一的依靠。七○年代末到八○年代初的憂鬱的臺灣，於是是個集體需要現實主義的年代，不論是作為文學生產者的作者，或來自不同的文學班底的評審，都必須在健康寫實的文學裡找到發言的正當性與合法性。七○年代末到八○年代初的臺灣，於是是鄉土作品集體出頭天的年代。

　　從一九七八年張子樟以象徵臺灣精神的〈老榕〉拔得頭籌，
接下來的四年，文學獎成了社會寫實小說的天下，入選作品中，
有十六篇以不分名次的方式，連續三年密集上榜（一九八○、八
一、八二）。這些作品，除了金兆〈顧先生的晚年〉屬大陸國共
政權改朝換代的故事，潘貴昌〈鄉關〉、薛荔〈最後夜車〉寫美
國華人生活，其他都扣緊臺灣社會脈動，而且大都以中低階層的
現實問題為主軸。如：黃驗〈冷熱胸膛〉探討軍隊生活、廖蕾夫
〈隔壁親家〉寫農村變貌、沈萌華〈玉之旅〉處理臺灣玉石加工
生意現象、張至璋〈飛〉表現對智障兒的關懷、丁亞民〈西出陽
關無故人〉探討知識份子文化參與和國片發展問題，等等。它們
的作者有後來卓然成家，為女性文學開闢自己的天空的袁瓊瓊、
蕭颯，有成為鄉土文學重鎮的履彊、洪醒夫和變換跑道，投身政
治活動的廖蕾夫（廖風德），還有佳作不斷的馬華作家潘貴昌
（潘雨桐）和旅美作家薛荔（李黎），以及八○年代，臺灣文壇
最令人期許的作家之一的黃凡。其中，袁瓊瓊的〈自己的天空〉、
蕭颯的〈我兒漢生〉、履彊的〈楊桃樹〉、洪醒夫的〈散戲〉，
更是後來討論和研究八○年代臺灣文學時，不斷被提到的代表性
作品。

　　儘管鄉土文學論戰引起的中國結臺灣結，在論戰結束後並未
了結，而且在八○年代的《夏潮雜誌》、《歷史月刊》和黨外雜
誌上延燒得更為熾烈。但因應歷史和現實發展的鄉土文學，仍舊
在官方文藝打手的構陷誣害下，寫下光復後首度發自臺灣文化公
共領域的批判的、群體的聲音，引導認識臺灣、了解歷史的自覺
和欲望。在新的政治強人尚未現世，統獨和族群問題未被激化，
本土化運動的悲情和愛臺灣尚未成為臺灣文化生活的圖騰與禁忌
的時候，解嚴前，與國家權力和正宗思想對抗的鄉土批判精神，
即使懷著各自的民族主義想像，還能在同屬政治異端的位置上，
看待彼此的政治正確，容忍彼此的焦慮和壓抑，而不致以主流的

姿態，打壓臺灣的文化生態和文學想像。在這樣的基礎上，帶來臺灣現代文學的新的造山運動，改變臺灣文學的地貌的鄉土文學，於是在大量社會現象的直接反映或意識形態化的編織的作品之間，為另類的文學想像和思考創造了空間。

緊接著一九八○年到八二年密集上榜的社會寫實作品，接下來兩年的首選是引起文壇矚目的平路的〈玉米田之死〉和張大春的〈牆〉。而後，因《聯合文學》創刊，小說獎停辦三年。再起步後，黃櫻（黃鳳櫻）以〈賣家〉於八八年奪魁，次年，平路又以〈臺灣奇蹟〉再創文學獎得獎的奇蹟。在這些異軍突起的首選作品周邊，同時上榜的是黃凡、盧非易、潘雨桐、張國立，他們與時常在兩大報副刊及其他文學獎重疊出現的蘇偉貞、李昂、朱天文、朱天心、宋澤萊、東年、吳錦發、王幼華，還有前面提到的袁瓊瓊、蕭颯、張大春等等加在一起，一個以一九五○年代出生的作家為主幹，以文學獎為現身媒介的文學新世代，至此隱然形成。

在聯合報小說獎停辦和復出的前前後後七年裡，大陸發生震驚世界的「六四天安門事件」。臺灣，除了解嚴，好像也換了人間。

閱讀張大春的〈牆〉，只要是他的同時代人，大概很難不思想起七、八○年代的校園民歌、學運、街頭抗爭，沒有類似記憶的讀者，恐怕也很難不聯想到黃凡的〈賴索〉、朱天心的〈佛滅〉這兩篇跟白色恐怖開玩笑，對政治理想毀宗滅祖的小說。就如〈牆〉開場白說的，「許多年以後」，搞學運的小說主角，再度站在那面原本用來寫政治語錄的紅色海報板，現在變成賣咖啡的粉紅色廣告牌之前，感覺到孤獨與荒謬。許多年以後，與正面出擊的鄉土文學一路走來，而又看盡政治翻覆的讀者，只有認可這篇另類鄉土論述的嘲諷有理，虛無無罪。有了這樣的認識，黃櫻的〈賣家〉，自然可以被接受。小說中，因為房地產起飛，離婚

的媽媽帶著兒子，為了累積財富，一次又一次賣掉他們的「家」。
這一切正如同一階段，李潼在他的時報文學獎得獎小說〈純潔〉
告訴我們的：當「純潔」成了暢銷的衛生紙品牌，房地產掮客的
小說主角，迫不及待把自己的名字從「有土」改成「有地」。正
是透過這些另類鄉土論述，我們得以認識一個不論人性、不論自
然，都可以被轉換成消費品的消費時代的到臨。透過這以黑色幽
默出現的政治幻滅和人性殘破，我們看到文化邏輯和小說敘事模
式的根本變化。這一切，從平路的兩篇得獎小說可以找出發展脈
絡。

　　〈玉米田之死〉和〈臺灣奇蹟〉這兩篇分別於八三年和八九
年得獎的小說，時間上正好處於鄉土運動高潮到本土化運動全面
展開之際。就藝術表現上看，這兩篇相隔六年，由同一個作家，
運用同一的敘事策略（也就是媒體人的資訊傳遞），經過評審間
不同的文學意見的驗證、協商而後出爐的作品，似乎見證了鄉土
文學的批判的現實主義由典範到崩解的過程。

　　在〈玉米田之死〉，透過一個叫陳溪山的留美學生之死，小
說以媒體記者的訪談、調查的方式，重建一則鄉土回歸的故事：
參加保釣運動、上黑名單、回不成社會主義祖國也回不了臺灣，
在美國住家後院種中國蔬菜，教女兒親近土地和講臺灣話，最後
在一片像極了臺灣甘蔗園的美國玉米田裡舉槍自盡。結局是敘事
者回臺灣，完成死者的未了心願。在這篇因為典型而不無意識形
態的編織之嫌的作品裡，使這個回歸故事具有一定程度的藝術真
實性的，似乎不在那典型環境和典型事件，而在於散布其間的、
未必有什麼名目的海外華人的離散經驗與小說主題的結合。而那
竟是頗為現代主義的，近似於一九六、七○年代作品中常見的壓
迫焦躁的感覺。

　　到了〈臺灣奇蹟〉，因為臺灣經驗，自我放逐成了回歸的必
然結果。小說中再度擔任駐海外記者的敘事者，以媒體人豐沛的

信息資源，全景式地拼貼有著大家樂、股票、龍發堂、媽媽桑及至高深的人文、自然、社會科學理論碎片的臺灣經驗和臺灣精神現象。一反〈玉米田之死〉的經由訪談調查介入事件，重返歷史現場，這篇由拼貼完成的作品，觸目所見盡是碎裂的、冰冷的、外在化的文化符號的隨意和嬉戲的操作。從這篇冗長而炫學的作品裡，我們不難看出八○年代後，大約由結構主義開始，像浪潮一樣湧入學院的二次大戰後西方學說理論對臺灣文化思想的改造。也不難還原由魔幻寫實、科幻、後設小說、漫畫、希代小說族、暢銷書排行榜等等構成的一個雅俗共賞，大眾、小眾文學並存的文學界氣候。

在政權易手、本土化運動全面展開之際，平路的〈臺灣奇蹟〉這篇並非孤立存在，而且集中體現著鄉土文學運動後，小說敘事模式和文學典律再度改弦更張的作品的得獎，提示著解嚴以後，在知識界的催生下，與後殖民論述和地球村的烏托邦想像一道成長起來的一個帶著第三世界性格，因而格外眾聲喧嘩的後現代知識狀態的存在，以及與之並存的一個開放的、包含一切可能的文學生產空間的獲得認可。就在這充滿許諾的文學狂歡節的內裡，究竟是第三世界或臺灣一島？這個在鄉土文學論戰中，曾與中國結和臺灣結一道暴露著的臺灣社會心理的痛苦指數，也就在一九八○年代後因代工而富裕，因依賴而成長的臺灣經濟和文化生活的奇蹟裡，顯示著它的嚴酷的內容和意義。

接下來的十年，在富裕而自信的臺灣社會，當本土化意識以追溯先民墾拓史的大河小說和台語文學，尋找及建構臺灣主體性和國族認同。透過書籍出版的商業機制，暢銷書排行榜紛紛為文學市場量身訂做大眾化消費讀物。曾經扮演文化公共領域的發聲管道的文學獎，也在泛政治化而加深的族群怨恨（resentment）和政治冷漠，在全球化或地球村文化的同質化危機裡，在電子媒體造成的閱讀行為的改變及因之而改變的書寫、批評、閱讀群等等

因素的作用下，萎縮了它的社會論壇的性格，一方面呈現著不同主題作品的多元並存，另一方面則向個人化的、小眾文學的道路走去。

　　在二十世紀結束前的最後十年，姜天陸以〈夜祭〉（一九九二），探討平埔族傳統祭典被電子花車、脫衣舞、選舉文化徹底摧毀，祖母時代的原住民故鄉成了「全村都是陌生人的地方」。旅居美國的顧肇森、嚴歌苓、張金翼分別以〈素月〉（一九九○）、〈海那邊〉（一九九四）、〈蝦舞〉（一九九八），追蹤包括六四天安門事件在內的新舊華人移民的生活。這些由現實主義出發，基本上帶著人道主義色調的作品，似乎因為對邊緣、離散經驗的關注，成了世紀末文學獎最後的溫暖。

　　錯落在上列故事的中間，曹麗娟的〈童女之舞〉（一九九一），以說不清是姊妹情誼或同性戀關係，在敘述中保留著關於人生的說不完全的情狀和作者的不放棄的探求。張啟疆的〈俄羅斯娃娃〉（一九九七），透過現代人唯一能抗拒現代生活的機械節奏的抒情，藉著對一個患了早老症女孩的悼念，哀悼和拯救生活在現代社會裡的早老的生命和愛情。譚中道的〈滄海之一粟〉（一九九五），則把鏡頭拉遠，回到古老中國，將戰亂中人吃人的恐怖殘酷絕大化和極限化，表現「絕境中的人性」。同樣把鏡頭拉遠，張瀛太的〈西藏愛人〉（一九九九），把場景設在神祕的西藏，在浪漫主義的救贖象徵的異鄉情調裡，找尋可以去除主流文化規範和制式生命流程的神祕主義的祕咒性的愛情。

　　以上這些看似與臺灣社會現實漸行漸遠，藝術表現上越來越朝向形式實驗和小說文類的衍異變化的作品，它們之可以在篩選中達到一定程度的共識，在文學獎脫穎而出，除了來自作者與評審者共同擁有的平路筆下的後現代臺灣經驗和文化語境，還決定於擁有媒體雄厚的文化資本的文學獎本身累積起來的創作時尚和文學影響交叉形塑的結果。因為這些作品都出現於九○年代中後

期，曾經得獎的作家逐漸加入評審圈，評審組合逐漸年輕化的時候。有關這問題，張瀛太於〈西藏愛人〉得獎的次年，即以〈鄂倫春之獵〉奪得時報短篇小說首獎，應可作為具體證明。

上述作品之外，馬華作家黎紫書以〈蛆魘〉和〈山瘟〉，分別於九六年和世紀的最後一年得獎。這兩篇文字像莽林的根莖盤錯、狂暴怒張的作品，為中文書寫帶來異樣的風采。就像〈山瘟〉的時間設計仍以干支計時，以老黃曆測度歷史和個人生命的吉凶休咎所造成的事件式的時間感覺，兩篇小說營造出來的海外華人聲息與生活圖景，於是似乎是被莽林封鎖幽囚起來的時間倒帶的漢人移民村，充滿闖入者的意識，而且戒心敵意未除，不像李永平筆下的「吉陵」，感覺上已是文化中國的文化移民移植海外的中國浮城。這兩篇比較上帶有馬來西亞「在地」色彩的小說，讓人想起李永平的早期作品，以及不幸早逝，曾以〈癡女阿蓮〉得過小說佳作獎的商晚筠。作為文學獎的重要組成部分，這位馬華作家以及目前活躍文壇的張貴興、黃錦樹、陳大為、鍾怡雯等，加上前面提到的李黎等旅美作家，為華文文學增添了不少版圖，同時也為華文文學寫作的趨向，提出一些值得思考的問題。

從解嚴前到解嚴後，陪伴臺灣文學走過世紀末，參與臺灣文學史建構的聯合報小說獎，在為這一階段的文學現象留下紀錄，在發現和豐富這一階段的小說內容及作家陣容的同時，似乎也暴露了存在於它本身及存在於這階段的文學史的一些問題。首先，作為依附在報紙媒體的文學生產，在媒體的商業機制下，它的得獎作品似乎無法擺脫哈伯馬斯說的：「商品的流通和信息的交流達到同等水平」的最終命運，也就是因報刊商業化，造成制衡國家權力的文化公共領域發生結構性變化，公共性消失，私人領域和公共領域界限模糊的情況。這商品流通即信息交流，作品得獎即寫作意義完成的現象，似不僅存在於文學獎造成的創作效應，它或許也是作為第三世界國家，在全球化趨勢下，被象徵全球文

化交流的媒體圖景（mediascapes）形塑的臺灣文學寫作處境的寫照，或二十世紀末臺灣文學史的寓言。

　　從歷屆得獎作品的表現，我們看到，在文學獎效應下，成立於鄉土文學論戰前夕，作為文化公共領域的發言管道，扮演文學的社會講壇作用的文學獎，它的得獎作品逐漸由帶有公共性訴求和社會意識的問題退卻，轉而朝向關注時尚議題，著重作品形式的風格化和品味化的道路走去。與此同時，原本發端於鄉土文學論戰的民族主義意識，帶有強烈的政治訴求的這一階段的文學史，也在全球化的媒體圖景所造成的天涯若比鄰的電子幻覺下，遺落了國家認同和主體意識，在歷史的斷裂感中，以多元化觀念交換和轉換自我斷裂的意義，走上了失去大論述的後現代情況。有關這樣的現實條件和寫作處境，朱玖輝的〈三十三歲 CD 的多餘週末和吊娃娃機的光榮〉，或可作為一個生動的隱喻。這篇一九九二年得獎的作品，描繪一個廣告公司的創意總監，在單調如沙漠、活得如植物的上班族生涯裡，因為新上市的「情緒調節機」的廣告文案，與部屬爭持不下，於是「無緣無故多出來一個沒事的週末」。就這樣，他的生活突然從月曆和鐘錶的刻度上脫逸，在漫步台北街頭時，以班雅明式的都市拾荒者和漫遊者的身份，在震驚和陌生中恢復了體驗生活和生命的能力。這發生於時間間隙的生命假期，將為下世紀小說創作帶來什麼，只有拭目以待。

　　　　　　　　　　　　　　　　　　　　　　　　　（2001）

賴和小說的思想性質

　　在臺灣現代文學史上，賴和一直享有「臺灣新文學之父」和「臺灣的魯迅」等尊稱。前一個稱號，突顯了賴和在臺灣新文學運動中的崇高地位；後一個稱號，則概括了他的文學精神。在賴和的所有的作品中，能夠把上述的雙重意義完足地表現出來的，應該是他的小說。

　　賴和，本名賴河，彰化市人，一八九四年生，一九四三年卒。他的一生，幾乎正好與日本殖民臺灣的歷史相終始，而他的生涯和他的文學，也成了那段黑暗歲月的直接見證。因為出生在清政府割台之前，賴和幼年接受的是傳統漢文教育，故舊學根柢深厚。後來改入日制學校，於一九一四年二十一歲時畢業於台大醫學院前身的台北醫學校，是後即懸壺濟世，為彰化地區聲名卓著的仁醫，人們都尊稱他為「彰化媽祖」。行醫之外，賴和還積極投入臺灣新文化運動及反抗日本殖民統治的工作，他於一九二一年加入臺灣文化協會，當選為理事。一九二三年十二月，因涉入蔣渭水領導的「臺灣議會期成同盟會」，被日本殖民政府以違反「治安警察法」逮捕入獄，此即史稱的「治警事件」。出獄後，賴和即成為日本警憲注意的人物。一九四一年十二月，珍珠港事變次日，賴和又遭日本憲兵及警務局共同調查，第二度入獄，被囚五十餘日，後因病重出獄，一年後以心臟病發逝世，享年五十。

在文學活動方面，賴和於一九二六年開始主持《臺灣民報》的「文藝欄」，一九三〇年又擔任該報增闢的新詩專欄「曙光」之主編。這兩個專欄，在臺灣新文學運動中，具有極大的影響力。在創作方面，賴和除了像臺灣傳統文人，以古典詩詞詠史寫物，抒發對社會大眾的關懷，並寄託個人的情志之外，真正使他在文學史上具有不可抹滅的意義和地位的是他的白話文作品，這些作品包括有詩歌、隨筆、散文和小說，它們深刻地反映了日本殖民統治下的臺灣人的現實處境和精神樣貌，成為二十世紀前半葉臺灣社會歷史進程的生動珍貴的記錄。

在小說方面，賴和的主要作品，大約寫作於一九二六年到一九三七年之間，題材上可分為幾個大類，其一是日據時代臺灣人民的生存處境和婦女問題，如：〈一桿秤仔〉、〈辱〉、〈不幸之賣油炸檜的〉、〈可憐她死了〉。其二是政治迫害、經濟榨取和警察的橫暴，如：〈不如意的過年〉、〈惹事〉、〈豐作〉、〈浪漫外紀〉。其三為揭露殘存的封建勢力及傳統士紳階級的性格，如：〈鬥鬧熱〉、〈蛇先生〉、〈棋盤邊〉、〈赴了春宴回來〉、〈善訟的人的故事〉、〈未來的希望〉、〈富人的歷史〉。最後是有關當代知識份子萌芽中的啟蒙思想及其彷徨掙扎，如：〈雕古董〉、〈一個同志的批信〉、〈歸家〉、〈赴會〉、〈阿四〉。

從上述的作品題材和思想取向來看，明顯可以看出，賴和的小說是帶有第一次世界大戰後的弱小民族文學的烙印的。也就是說，它是屬於一九二〇年代以後，以反抗資本帝國主義和殖民侵略為領導思想而崛起的國際新興文學的一個分支，在性質上，它與中國大陸的五四新文學及其他被壓迫、被殖民的弱小民族文學，並無差異。因而要了解賴和的小說，除了臺灣的特殊歷史現實外，還必須從它之作為國際新興文學的這一基本性格來考慮。

正如五四新文學之從農業中國的昏睡中醒來，以近代市民的

懷疑眼光看封建道德的愚昧陰暗，進而至於探討農村的解體、個人和民族的出路等問題，賴和的小說世界也是從傳統的、狹小的社會的破裂開始的，他的第一篇小說〈鬥鬧熱〉正是這新舊時代破裂的一個前奏。〈鬥鬧熱〉寫的是小城居民，因媽祖慶典而回憶往昔地方上在節慶時拚熱鬧的風光，但正如小說明白顯示的，日本佔領前的「那時代」畢竟一去不復返了，以前競爭得最熱鬧的「四城門」，也跟著整個城的淪陷而失去了光彩，「現時」敞開在這沒有城牆保護的人群面前的是：因為稅金和生活的逼迫而一再被賣，終至走上絕路的阿金（〈可憐她死了〉）；眼看甘蔗豐收，卻被製糖會社偷斤減兩的磅秤磅掉整年心血的添福（〈豐作〉）；單單為了統治者一隻自投羅網的雞，惹上牢獄之災的寡婦（〈惹事〉）。相對於這群無告的小民，是關起門來飲酒下棋的風雅人士（〈棋盤邊〉、〈浪漫外紀〉）；從鄉土游離出來的知識青年（〈歸家〉）；以及隨時出沒在菜市場，只因小小的不如意就作威作福的巡查大人（〈一桿秤仔〉、〈不如意的過年〉）。對於這個陰鬱不安的社會，醫生出身的賴和——診斷它的疾病，一九三一年元旦的〈隨筆〉，他藉著在郊外墳場見到的一塊刻著「受勢壓李公」的墓碑，以及墓碑上所記的死者被壓迫的情事，診斷這漂泊在歷史巨浪裡的一代代臺灣「島人」的通性：

> 我們島人，真有一個被評定的共通性，受到強權者的凌虐，總不忍摒棄這弱小的生命，正正堂堂，和他對抗，所謂文人者，藉了文字，發表一襲牢騷，就已滿足，一般的人士，不能借文字來洩憤，只在暗地裡咒詛，也就舒暢，天大的怨憤，海樣的冤恨，是這樣容易消亡。「受勢壓李公」的子孫，也只是這種的表現，這反足增大弱小者的羞恥，讀到這碑文，誰會替你不平，去過責壓迫者的不是？

　　這個被他稱為「臺灣人定型的性格」，據他的判斷，是有它的歷史根源的，那便是他所謂「漢族的遺民」的緣故，也即建立在農業經濟關係之上的封建中國文化的影響，它的特性之一是重文輕武，因而即使是用來消遣時日的下棋，也總是文棋（圍棋）多於武棋（象棋）。〈棋盤邊〉說：「畢竟是漢族的遺民，重文輕武，已成天性，每夜都是文的比較盛況，武的多不被顧及」。唯其因為是農業漢族的遺民，因而再怎麼改朝換代也換不了他們心目中的正朔和習俗，這是日本人雷厲風行的「同化政策」所同化不了的。〈不如意的過年〉描寫陽曆新年，街上卻毫無節日的氣息，只有「那些以賭為生的人，利用奉行正朔的名義，已經在十字街路開場設賭，用以裝飾些舊曆化的新年氣氛而已。」對於陽曆元旦，賴和雖因它是日本人推行的新年，在情緒上有所抵制，嘲諷那些奉行它的「真誠同化的人家」，但作為新生事物，他是認同的，他的批判主要針對新瓶裝舊酒的因循陋習。小說接著說：

　　　　說到新年，既生為漢民族以上，勿論誰，最先想到就是賭錢。可以說嗜賭的習性，在我們這樣下賤的人種，已經成為構造性格的重要部分。暇時的消遣，第一要算賭錢，閒暇的新正年頭，自然被一般公認為賭錢季節，雖表面上有法律的嚴禁，也不會阻過它的繁盛。

　　這批判是嚴厲而沉痛的，他之把罪惡的根源歸結到漢民族、下賤的人種，與其說是認識錯誤，不如說是像對待日本新年一樣的情緒矛盾。這矛盾的情緒，正表現了在歷史巨浪中漂泊的臺灣人的失落感及試圖認識自己的痛苦，而這正是日本佔領期間，背負著漢族意識的賴和及他的一代，無法解決的思想的、感情的難題。一方面，在日本為遂行殖民榨取而引進的資本主義科技及由

之帶動的新世界觀的指導下，他們不可避免地要對封建中國的蒙
昧落後進行批判。另一方面，作為漢族的遺民，他們同樣不可避
免地要遭受批判之餘的來自民族感情的隱痛。在這裡，我們看到
了賴和的啟蒙思想者的性格。

　　正如誕生在萌芽的資本主義社會關係中的啟蒙者，賴和的思
想在本質上具有客觀和理性的現實主義色彩。在〈蛇先生〉中，
透過那帖治療蛇毒的草藥秘方的喜劇，賴和以一紙科學化驗證
明，批判了被缺乏商品交易的農業經濟所決定的知識的片面性，
也即普遍存在於農業社會的小天井意識和迷信。相同的精神使他
意識到因封建社會的品級結構而形成的思想知識的獨斷化，以及
由之而來的神聖化和神秘化。一九二○年代初，臺灣文壇的語文
論戰中，他對文言文的神龕地位，以及傳統的中華禮教文化的無
情挑戰，就是一個證明。同樣由於啟蒙思想者比較上寬廣的新世
界的認識，賴和對於一個公平合理的世界的探求是熱切的，自傳
性的〈雕古董〉裡的「叛逆者的黨徒」，〈惹事〉中敢於擾動既
存秩序的青年，〈棋盤邊〉對遺老世界及違反社會發展的鴉片禁
令解除所發的嘲諷，〈可憐她死了〉對蓄妾制度和把女人像商品
一樣買賣所作的攻擊，都是呼求一個人道、合理的新社會降臨的
聲音。然而正是在這裡，賴和經驗到社會實踐和世界觀之間的矛
盾。

　　作為一個漢族的遺民，啟蒙思想者的賴和，或許可以在胸懷
祖國放眼世界的鼓勵下，越過狹隘的民族侷限，從新人類的角度
幻想一個未來的、黃金的世界。但作為日本帝國主義的殖民，提
供給他烏托邦嚮往的進步的資本主義世界觀，卻反轉過來無時無
刻不在殖民剝削和壓迫的事實下，提醒他民族的仇恨以及那合理
世界的虛妄。〈一桿秤仔〉直接反映了這發生在殖民暗夜的悲
劇。故事中一桿「官廳專利品」的標準秤仔，竟因巡查大人索賄
未遂，一下子失去它的準確性而被「打斷擲棄」。相同的情形發

生在〈豐作〉，在那裡，因為「看見農民得有些利益，會社便變出臉來」，讓同樣是官廳專利品的標準磅秤，硬生生誤差掉四千斤甘蔗。這桿魔術的秤仔，這桿因為是官廳專利品，因而隨時可以毀在官廳及其代理人手上的秤仔，從根本上侮辱了啟蒙思想者對於客觀的公平合理的樂觀信仰，更從根本上否定了理論上應該建立在自由、平等、博愛、正義等代表資本主義精神的「法」的尊嚴。憤怒的賴和不能不從頭檢驗他獻身其中的真理。小說〈辱〉透過戲台上熱鬧上演的全本俠義英雄傳，戲台下熱鬧議論的民眾，以及半路殺出來捉攤販，後來又衝進醫生館找碴的「雄雄糾糾，擺擺搖搖」的「一行拿人的人」的情節和故事，曲折而全面地表現了「也曾在演講台上講過自由平等正義人道」的賴和受辱之後的憤怒，以及同樣被統治者的法律摧殘侮辱的市民們的憤恨。對於這一切，小說假藉一個小百姓之口總結地說：「法是要百姓去奉行的，若是做官的也要受到拘束，就不敢創這多款出來了」。與這相似的日本統治者變戲法的場面，在賴和小說世界中隨處可見，這構成了他的小說的重要主題，同時也是他對日本佔領期間，那與殖民主義幽靈共榮共存的「法」的本質，所作的一些徹底的檢驗證明：

　　法律！啊！這是一句真可珍重的話，不知在什時候，是誰個人創造出來？實在是很有益的發明，所以直到現在還保存有專賣的特權。世間總算有了它，人們才不敢非為，有錢人始免盜的危險，貧窮的人也才能安分地忍著餓待死。因為法律是不可侵犯，凡它所規定的條例，它的權威所及，一切人類皆要遵行，不然就是犯法，應當受相當的刑罰，輕者監禁，重則死刑，這是保持法的尊嚴所必須的手段，恐法律一旦失去權威，它的特權所有者——就是靠它吃飯的人，準會餓死，所以從不曾放鬆過。像這樣法

律對於它的特權所有者，是很有利益，若讓一般人民於法律之外有自由，或者對法律本身有疑問，於他們的利益上便覺有不十分完全，所以把人類的一切行為，甚至不可見的思想，也用神聖的法律來干涉取締……。（〈蛇先生〉）

　　法律也是在人的手裡，運用上運用者自己的便宜都合，實際上它的效力，對於社會的壞的補救，墮落的防遏，似不能十分完成它的使命，反轉對於社會的進展向上，有著大的壓縮阻礙威力。因為法本來的作用，就是在維持社會於特定的範圍中「壞」、「墮落」，猶是在範圍裡「向上」、「進展」，便要超越範圍以外。所以社會運動者比較賭博人、強盜，其攪亂安寧秩序的危險更多。（〈不如意的過年〉）

基於這些認識，本身就是社會運動者，深知法權的正面意義的賴和，跟日本統治者展開一場法與法的決鬥，他藉著過年時紅包收入不如意的巡查大人的內心獨白，以反諷的筆調檢討他威嚴掃地的原因說：

　　不錯！完全是由那班自稱社會運動家，不，實在是不良份子所煽動的。他們在講台上說什麼「官尊民卑，乃封建時代的思想，在法憲政治下的現社會，容不得它存留」，又講什麼……「法律是管社會生活的人，勿論誰都要遵守，不以為做官，就可除外，像巡警的亂暴打人，也該受法的制裁」。有了這樣的煽惑，所以人民的膽子就大起來，致使今年御歲暮，才有這樣結果。（〈不如意的過年〉）

這些從社會實踐得來的結論，構成賴和小說思想中最光輝的

部分，因為事實證明，只要是有「拿人的人」的社會存在一天，只要那「拿人的人」像童話裡的巫婆一樣，或者騎著一桿專利的秤仔，或者坐上法律的魔氈，在人間呼風喚雨，他這制裁的秤錘將不會失掉它的武器的效用，甚至於可以啟示來者，打造出一把適合他們標準的全新秤仔。這應該就是賴和在思想史和文學史上的意義，但他卻在劃破一邊是封建黑暗，一邊是殖民壓迫的人類前史的長夜後，從現實發展的邊緣悄悄滑落。

　　生在錯綜的歷史力量交互作用的時代，賴和不能不經驗到死的拉住活的的痛苦，他那來自啟蒙者的批判的視覺使他扮演了時代先知的角色，但未熟的歷史條件，卻限制他只能是個先天不足的理想主義者的命運。倘若他的創作過程可以拿來比方他的戰鬥過程：也就是在寫作時首先由文言翻譯為白話，而後是白話獨立自主；那麼在艱險的現實鬥爭後，讀過漢學，懂得吟風弄月的賴和，心理上經歷的似乎正是相反的翻譯道路。他的後期小說〈赴了春宴回來〉的春意微醺，〈一個同志的批信〉所透露的頹廢無奈，以至於一九四一年第二次入獄時寫的〈獄中日記〉，一再提到讀佛教的〈心經〉，以求精神安寧，可以說都是社會歷史矛盾的心理上的還原，也是他個人的歷史悲劇的寫照。關於這點，葉榮鐘在〈詩醫賴懶雲〉一文中，曾以為賴和的詩友陳虛谷在詩中說他「平生慣作性靈詩」，又說他「那知心境年來變，每愛偷閒上酒樓」，寫賴和「最為生動而逼真」。楊雲萍記述一九四三年賴和臨終之前，在病床上曾痛苦地向他高聲訴說：「我們所從事的新文學運動，等於白做了！」這些論斷和記述，無疑都該從賴和的理想主義者的性格，及其悲劇性的先知生涯的角度去理解。這情形在他的創作實踐一樣可以找出跡象，如〈惹事〉裡面對無力解決的日本警察的暴虐，又感覺到自己被大眾背叛了，最後只有悄然離鄉的青年，可說是先天不足的理想主義者的無力感的徵兆。又如〈浪漫外紀〉中對「殊不像是臺灣人定型性格」的「鱸

鰻（流氓）」的熱情讚許，以至於〈善訟的人的故事〉之把鏡頭拉遠，回到歷史中的唐山，盡情歌頌一個可能是「生蕃的後裔」的賬房先生，憑著「率真果敢」的天性，靠一位神龍見首不見尾的高人指點他十六字真言，奇蹟似地為窮苦人民打贏官司，這樣的情節，雖然帶有民間故事的色彩，但由賴和寫作時的價值取向和情感訴求，則明顯可見是對社會歷史悲劇心理的、虛幻的解決了。

　　然而問題的歷史也就是歷史的問題，日本殖民統治者眼中的問題人物賴和，他的一生，以至於他用以標幟民族自覺的大量使用臺灣話文的問題小說，都強而有力地呈現了人類前史的終結期的劇痛的歷史問題，而這正是讀他的小說後不能不讓人肅然起敬的原因。

（1983）

最後的牛車

——論呂赫若的小說

收集在遠景出版社出版的《光復前臺灣文學全集》第五冊《牛車》裡的呂赫若作品，雖然只有七篇，但卻是個豐富的文學現象。對於沒有能力直接掌握光復前以日文寫作的臺灣作家作品的讀者，這七篇翻成中文的小說，就像一九四七年呂赫若以三十三歲的英年，謎樣地被毒蛇咬死的慘劇一樣，相信不免會有驚詫、缺憾、痛惜和疑惑的感覺，因而自然地引發了對現代臺灣文學史及臺灣人民精神發展的追問和沉思。

根據目前的研究資料，呂赫若這七篇作品大概包括了他小說創作的主要部分，以光復前臺灣文學的發展情形來看，這些發表於一九三五到一九四四年的小說，正屬於成熟階段的優秀作品，因此就作者和時代而言，它們都具有不能忽視的代表性意義。從作品的一般表現，可以看出呂赫若的小說世界是跨越在日暮途窮的農業社會和勢在必行的工商經濟型態之間的，是故每篇小說都像剪影一樣，分別呈現變化中的個人和社會問題。如〈牛車〉寫依靠祖傳的牛車搬運貨物維生的工人，被運貨汽車斬斷生路的經過；〈財子壽〉和〈合家平安〉處理地主之家的內部傾軋和沒落；〈風水〉一篇透過渡海來臺的漢人對風水的迷信，探討農業道德的危機和解體；〈廟庭〉、〈月夜〉這兩篇連作及中篇〈清秋〉，以受過日本教育的年青一代為主，表現二次大戰末期浮動不安的臺灣社會及其精神現象。

在處理上述面目紛繁的題材時，呂赫若在態度上並未曾由任何旗幟鮮明的立場出發，也未曾按照什麼預設的意念對問題進行剖解，而僅只是以小說人物的遭遇和行為反應為基礎，像編年史一樣平穩客觀地敘述那發生在日本殖民統治末期的臺灣鄉鎮的生活現實。這種幾乎不帶任何激情也很少著意經營語言、結構的寫作方法，對於習慣於探求節奏和象徵意義等等的讀者，可能會覺得平淡無奇，甚至於是文字上的浪費。但這種基本上建立在敘述的（Narrative）而非描繪的（Descriptive）表現手法，卻使他的小說藝術呈現了現實主義的自然率真的風格，使他的小說在質地上具有總是不會缺少這樣或那樣的苦難和歡樂的人間的豐富性和親切性。這種藝術感性，這表面上看來近似於自然主義的瑣細的表現手法，與其說是受當時日本新文學思潮的影響，是出自作者有意識的設計，不如說是仍舊以農業生產為主導的光復前臺灣社會的迂緩的、沒有組織的性質，在意識上的反映，也即是忠實於寫作對象的作者，不自覺地掌握了的那時代的生活節奏。這情形特別清楚地表現在〈牛車〉、〈財子壽〉、〈合家平安〉、〈風水〉這幾篇處理一般社會和家庭問題的小說，就是以新人物的感情思想為主體的〈廟庭〉、〈月夜〉、〈清秋〉，那特徵也依然存在。在所有這些作品裡，我們感覺到的是春去秋來，歲月如流，一切似乎自然而然地發生、變化，一切事物都按照它內在的發展邏輯和一貫性被敘述出來，而不是被邏輯地組織出來，像靜物寫生似地加以細細描繪，使它們像一個個被製造出來的「成品」一樣出現。這種藝術表現，雖然使呂赫若的作品難免有叢雜的、失去中心的現象，但卻避免了早期臺灣小說常有的因社會改革的使命感而產生的急躁的、抽象的長篇說教，或為突出某一人物及事件的意義而著力描寫後所形成的結構上的局部擁腫。就藝術形式這方面來說，呂赫若的小說自有文學史上的深刻意義。

伴隨著緩緩的敘述，人世的變遷在呂赫若的小說世界一一展

現，它經常是間接的、曲折的反映在人物的行為意識之中，其中唯一的例外是〈牛車〉。在這篇發表於一九三五年的小說裡，社會變革以惱人的、既成事實的姿態闖入主角楊添丁的生活，使這位無知的牛車夫痛苦地感覺到「自己一天一天地被推下了貧窮的坑裡」，而整個事實是：

> 慢吞吞地打著黃牛的屁股，拖著由父親留下來的牛車，在危險的狹小的保甲道上走著的時代，那時候口袋裡總不缺錢的。就是閒散地坐在家裡，四五天前就會有人爭著來預定他的牛車去運米和山芋。當保甲道變成了六間寬的道路，交通便利了的時候，卻弄成這個樣子，自己出去找都找不著，完全不行了。後來弄到了連老婆都不得不把小孩子丟在家裡，到甘蔗田地或波蘿罐頭工廠去，否則明天的飯就沒有著落。

同樣惱人的事實是，本來理所當然地走在道路中間的牛車，現在被限制只能靠邊走，把道路中間讓給腳踏車、汽車疾馳而過。面對這些變化，楊添丁是完全無法理解的，他只能像其他農人一樣心焦地感覺到屬於「清朝時代」的牛車，即將被「日本時代」的汽車取代，只能朦朧地意識到「日本東西實在是可怕」，但是，為了生活，他不得不「比從前認真一百倍」的找工作機會，「不得不頑強地和某種視而不見的壓迫搏戰下去」。然而這由於生產工具的變革而來的生活困境，畢竟不是能以他的主觀意志為轉移的，那同樣由於生產工具的變革而形成的新的社會關係也不是他改變得了的，因此儘管楊添丁把找不到工作歸罪於「街上的商人是寡情的」，他也只能懷恨在心，忍氣吞聲地到「不肯僱的地方去勉強求情」。到最後，眼看除了賣不出去的勞力之外已經一無所有的楊添丁，只有屈辱的要求他的妻子出賣她同樣已經別無所

有的身體，而雙雙走上他們永遠無法知道原因的毀滅的終局。

　　上面的故事是光復前臺灣文學常見的題材，呂赫若在處理時也與多數同時期的作家一樣，避免不了日本殖民統治的慘痛經驗，如小說中陰魂不散的警察「大人」，「政府」完全不管的污穢的「臺灣人街」。但值得注意的是，在小說人物的意識中，他們對於日本統治者的措施──如繳稅、不准牛車在道路中央走，及對殖民統治代理人的警察的憎恨──與其說是基於被統治的事實，不如說是把它們和機器混同起來，把它們看做那「視而不見的壓迫」的「日本東西」的整體。也就是說，在他們的心裡，日本統治者是以機器及它所代表的可怕力量的製造者、保護者的身份出現的，因而他們實際憎恨的目標，除了「大人」的有形的人身壓迫，寧可說是他們作為機器的護法者的身份，這也即小說所說的「混蛋機器，是我們的強敵」的強烈情緒。這意識上的變化是有深刻的社會和人性的意義的，一方面它反映了一九三〇年代日本殖民統治者繼糖業保護政策、米穀管理法案等措施後，進一步與大財團勾結，打擊農村經濟，對農民生活造成的威脅和夢魘。另一方面，它反映了在這農村經濟瓦解的過程中，破產的農人以他們那連同物質生活一道破產了的心理憎恨新財富的擁有者，從而敵對那創造新財富的機器文明。這中間的悲劇是：當牛車是通過鄉間小路的壟斷性工具時，作為它的所有者的楊添丁們是他們自己和他們的世界的主人；一旦汽車把牛車擠到新的工商產業大道的邊緣時，他們只能連同那失去了生產競爭的優越性的牛車，失去了他們優越的社會地位，只能被他們心目中「寡情的」、只求運用機器有效地累積物質財富的商人，視為沒有使用價值的、應該靠邊站的存在。小說中駕著牛車的農人，在夜間把那為商人立法的「道路中央四周不准牛車通過」的路碑，合力摔到田裡，讓牛車「主人似地不客氣地在道路中心碾著走過去」，而後勝利地高叫：「這時候是我們的世界！」這隊行走在黑暗世

界的夜行牛車，正反映了依靠直接勞動的小農經濟，在社會劇變
中的直接的、笨拙的、痛楚的反抗姿勢，以及他們在現代世界史
上的命運。

　　從一九三六到一九四一年，我們讀不到呂赫若這段時間的小
說中譯，越過個階段，從一九四二到一九四四年，呂赫若的小說
世界似乎換了人間，這時他的小說不再出現〈牛車〉中的社會場
景，而只是些發生在家庭裡的變故，他的關注點也由社會層面轉
移到人性問題。如〈財子壽〉這篇臺灣最後的地主之家的傳奇，
主人周海文守著一幢遠離人煙的深宅大院，平日深居簡出，種花
讀書自娛，「他對人生的態度，只有財子壽三字」，因而他的最
大志願是「靠不動產的收入」富上加富，是把充滿「祭器」和
「朱色古物」的祖屋福壽堂維持現狀，但這個夢想卻在他的好色
貪婪、妻妾爭權和兄弟傾軋中，七零八落，而高傲的、遠離變化
的、像獨立王國的福壽堂，也只有徒具形式地與作為它的精神中
心的「財子壽」，存在於鬼魅流連的「文明時代」的市鎮之外。
相似的故事發生在〈合家平安〉，在那裡，衣食租稅，不事生產
的敗家子范慶舍，被鴉片煙槍抽光了祖產以後，只有以僅存的封
建的父親權威，無條件壓榨他的妻兒。在〈風水〉中善良的老人
周長乾，因弟弟周長坤為保全對他有利的風水，任憑父親的墳墓
敗壞下去，堅決不為父親洗骨，到了接二連三的不幸降臨他家，
卻強自挖開埋葬不久的母親的墳墓，讓那沒完全爛掉的遺骸暴露
天日，面對這大大違逆封建人倫的可怕景象，周長乾老人除了搥
胸痛哭，並「不恨弟弟，只嘆人道的荒廢。」〈廟庭〉和〈月
夜〉中，主角的舅父明知自己那死了丈夫再嫁的女兒，百般受婆
婆、小姑和丈夫虐待，卻不肯答應離婚，原因只在「三百元的陪
嫁錢和嫁粧都握在對方的手裡」，而且更重要的是給自己「留點
面子」。〈清秋〉裡，那剛從日本學成回臺，計畫在故鄉開業的
醫科畢業生，對鎮上那些成了「醫術之商賈」的醫生深惡痛絕，

對「醫學終究還是金錢的奴隸」這一事實感到悲哀，但他只把這歸結到開業醫生的墮落庸俗，不能信守做醫生是「一種『人』的責任。」

　　從〈牛車〉中對社會變遷的廣泛探討，到上述這些作品之集中於人性的剖析，呂赫若的創作方向上的轉變，有待新資料說明。在這些由人性的角度去看崩潰中的農業社會及其道德意識的作品中，值得注意的是經過五十年的日本殖民統治後，發生在臺灣知識份子中的新的思想觀念和價值取向的問題。這首先微弱地表現在〈風水〉裡把「洗骨」的風俗多少看成無謂的鬧劇的周長乾兒子身上，還有〈廟庭〉及〈月夜〉中，那位對家庭糾紛從根本上感覺茫然無力的主角，而後集中表現在〈清秋〉這篇小說裡。在這篇寫作於二次大戰末的中篇裡，醫科畢業生的主角耀勳，面對的是一個使他興奮而又無措的世界。一方面，在東京過慣都市生活的他，回鄉三月，發現自己仍然是個「田園之子」，對於前清秀才的祖父的漢學、浩然之氣，無限崇敬，更對祖父「以栽培菊花為樂趣」的這種「親近自然的風雅」，由衷「感到羨慕」。但是另一方面，看到扮演「時代先鋒」的弟弟，「毅然決然地跳入時代的奔流」，放棄在日本大阪的高職，志願到馬來亞去的行動，卻使他感覺若有所失。而在這中間最使他感到困擾的是，他馬上要「退居鄉間，成為一名開業醫生孝順父母」的事實，這意味著他終將與鄉鎮中已然成為「醫術之商賈」的醫生同列，這是他從心底嫌惡羞恥的，雖然他的決定開業「未必是為了要服務庄民而盡瘁」，但受過現代醫學教育的他，卻完全無法忍受「假藉金錢的媒介」消除人的疾病的行為，他的抱負是：「不要當一名鎮上俗不可耐的醫生，而應該當一名醫學者，更進一步去鑽研醫學，樹立人類永遠的幸福」。就這樣，這個自稱「淺薄的人道主義者」的醫科畢業生，在還沒有開業前就經驗了包法利醫生的那種屬於鄉村中產階級的精神貧困，他不斷感到「鄉村生

活的寂寞」，然而離開東京三月，居然發現自己對都市的「騷音」覺得陌生，這一切使他「心情無法安定」，使他發現「生活是矛盾的連續」，因而對即將遠行的弟弟，他終於坦然承認自己已經「體會不出生活的意義」，對生活「根本懷疑」。

　　呂赫若筆下的這個矛盾重重的問題人物，在十九世紀以後的文學作品中，並不陌生，他那輾轉在所謂「淺薄的人道主義」的朦朧的不安，更不難看出它的世紀末精神病痛的特質。然而這個擺盪在菊花的風雅與遠方的呼喚之間的未來醫生，這個充滿了善良意志的懷疑論者，除了帶有二十世紀資本主義社會清醒的知識份子的思想傾向外，應該有他特殊的社會根源，那便是經過五十年的殖民統治後，接受日本教育的臺灣知識份子，他們原有的傳統農業人民的善良性格，加上那來自資本主義的一切美好信念——如自由、平等、博愛、科學、民主、合理等等，在本質上是奴隸主與奴隸關係的殖民帝國主義的高壓下，表現出來的扭曲的、軟弱的性質。這情形正如十九世紀中，那些代表小布爾喬亞的和平願望的「真正社會主義者」，面對資本帝國主義的世界性掠奪，高舉「善良的人性」做為他們的戰鬥武器一樣。這個由複雜的社會歷史矛盾決定了的思想性格，這個因被殖民而來的精神意識的虛脫狀態，使成長於臺灣資本主義萌芽期的呂赫若小說，無法健全地走上那發生於資本主義時代的、充滿叛逆和批判精神的浪漫主義的道路，使他後期的創作只能從泛人性論出發，徘徊在那本來就是社會矛盾的產物的人性矛盾的探索之上，而這同時也使他的小說像牛車一樣，沉重地、辛苦地碾過那坎坷的被殖民的長路的最後一段，留下了深深的印記。

（1983）

在前哨

——讀楊守愚的小說

　　楊守愚，本名楊松茂，一九〇五年生，一九五九年逝世，彰化市人。在日據時代以中文寫作的臺灣小説家中，他是作品最多的一位。他的創作活動從一九二九年發表處女作〈獵兔〉，到一九三六年發表〈鴛鴦〉為止，前後不到十年，這階段正屬於日據時代臺灣新文學運動由萌芽到成熟的時期。一九三七年，日本總督府禁止使用中文，楊守愚即轉向傳統詩詞的寫作，與賴和、陳虛谷等人同為彰化舊詩社「應社」的會員，少有白話小說問世。

　　在日據時代臺灣新文學作家中，楊守愚和王詩琅是比較相似的兩個，除了同樣具有深厚的中文基礎，畢生以中文寫作外，在思想傾向上，他們兩人年輕時代都曾參加臺灣無政府主義組織，因「黑色青年聯盟」事件遭到日本統治者整肅。在創作過程方面，兩人都閱讀中國大陸書刊，熟悉大陸文壇動態，受五四新文學運動影響。這些因素，使他們的小說除了深具臺灣本土特色之外，還與當時的中國左翼作家一樣，在思想上帶有一九二、三〇年代「世界新興文學」的批判的、前哨的、理想主義的性質。這屬於被壓迫、被殖民國家的新興文學的特質，形成楊守愚在臺灣新文學史上的突出地位，使他的小說具有時代見證的意義。一九五三年，他在〈赧顏閒話十年前〉一文中，回溯他參加新文學運動的經過，文中指出一九三七年日本廢止中文以前的十年間，臺灣新文學創作的三個主要方面，第一，內容上，「反日的民族運

動」；第二，取材上，「小市民和農民的生活，成為各作品的題
材」；第三，思想上，「反庸俗、反封建的啟蒙」。關於第二
點，他特別說明：「因為作者的階級意識的模糊及一般的反抗異
族的統治，遂構成了利害與共的觀念，所以作品中，大都充滿了
自然主義的無力的揭露醜惡與貧乏的同情。」以上這些傾向，正
好可以概括楊守愚本人的小說世界及小說藝術，其中對於階級意
識及自然主義手法的反思，更深刻地提示著他的創作實踐和現實
發展之間的裂痕，而這裂痕正顯現了殖民地作家和殖民地歷史面
臨的根本難題。

　　根據作品所表現的問題來看，目前已知楊守愚的三十五篇短
篇小說（見張恆豪編注《楊守愚集》，前衛出版社，一九九一
年），大約可以分為五大類，其一是直接描寫日本警察的暴虐的，
如〈十字街頭〉、〈顛倒死？〉、〈罰〉、〈斷水之後〉。其二，
關於小市民和工農生活的，如〈凶年不免於死亡〉、〈升租〉、
〈赤土與鮮血〉、〈元宵〉、〈一群失業的人〉等。其三，關於
婦女問題，如〈生命的價值〉、〈女丐〉、〈誰害了她〉、〈鴛
鴦〉。其四，關於知識份子及思想問題，如〈退學的狂潮〉、
〈夢〉、〈啊！稿費〉、〈嫌疑〉、〈決裂〉。以上四類小說反
映的都是二、三〇年代的臺灣社會問題，最後一類是時代感較淡
的民間故事，如〈十二錢又帶回來了〉寫邱罔舍傳奇，〈難兄難
弟〉寫傳統的慳吝人，〈美人照鏡〉處理風水迷信問題，另有一
篇〈新郎的禮數〉表現的是民間習俗。

　　由作品數量的比例，明顯可以看出楊守愚寫作的重心是在現
實問題的探討，僅有的四篇傳統的鄉里故事，在他的藝術處理
下，並不帶有鄉愁、輓歌之類的懷舊意義，反而是以資本主義社
會的新生市民的態度，對待幾乎只具「消費性」價值的奇風異
俗。在那四篇小說中，以全知觀點出現的敘事者，絕少有個人感
情涉入，而是像以愉悅觀眾為目的的說書人，以「古早古早」的

講古語調和提供「奇趣」的姿態，把故事的原委，一一加以記錄。這些現象多少證明了楊守愚思想上的前哨的、啟蒙的性質。由啟蒙思想出發，日據時代殘存的封建積習，以及橫加到臺灣人身上的新的殖民噩運，成了他的小說的主要反抗和攻擊對象。這兩重主題遍及前面列舉的小市民、工農、婦女、知識份子問題的四類小說，其中佔最大比例的小市民、工農和婦女生活的描寫（總計二十二篇，佔全部作品的三分之二），顯現了啟蒙思想者楊守愚的人道主義的一面。

〈生命的價值〉是楊守愚有關婦女問題的七篇小說中，發表最早的一篇（一九二九年）。小說由一個小男孩的觀點，敘述鄰居的一個小婢女，因為丟掉一個銀角，被主人痛打致死的慘劇。故事發生於冬夜，敘述者被哀號聲驚醒前，正在睡夢中「脫離了肉的、污濁的人世間，魂遊於極自由、極美麗的天地」，相對於這夢的世界，是天明後目睹婢女垂死的慘象。男孩於是回溯她被賣以後的生活：

> 她就像入籠之鳥似的，永遠地過著不如意的生活，不自由的生活，和非人的生活了。她那做小孩所應有的天真爛漫的態度，和愉快的享樂，就被那青面獠牙的惡魔，掠奪了去，什麼娛樂呀！教育呀！她更加連做夢也想不到。

在對於婢女一連串悲慘經歷的描述後，小說結束於男孩無力解決的驚懼和疑問：

> 祇要我閉一閉眼睛，就活真活現地、看見了她仰臥著的身子，傷痕遍遍的臉面，涎沫直流的紫黑色唇兒；這一來，給我一個垂死的慘狀，和一個銀角的影子，永遠地，印象在我這脆弱的小心靈裡。

唉！生命的價值——一個銀角！

　　這個由小孩眼中所見的成人世界，那被奴婢制度和金錢虐殺了的弱小生命，除了現實層面的意義，可不正象徵著日據時代，生活在封建餘威和資本帝國主義壓榨下的臺灣人民的處境？在這個意義上，小說中藉著男孩之口傳達出來的有關自由、美麗、娛樂、教育等屬於「人的生活」的信念，以及對於「生命的價值」的思索，事實上正是以「反庸俗、反封建」為職志的楊守愚的啟蒙思想的表現，是曾參加過無政府主義組織的他，對於一個人道的世界的希望和要求。這原本與資本主義社會一起誕生，而後卻被資本主義的發展無情地否定了的人道主義理想，是楊守愚創作活動的源泉，它貫串在他的作品中，成為他的現實批判的標尺。

　　繼〈生命的價值〉之後，在婦女問題方面，楊守愚另有〈女丐〉、〈戀母的心〉同樣探討女性被賣的悲慘遭遇。〈瘋女〉描述不自由的婚姻，〈誰害了她〉和〈鴛鴦〉控訴日本農場監督污辱女工，導致她們羞憤自殺，家破人亡的慘況。農村方面，表現封建地主剝削的有〈醉〉、〈移溪〉；表現封建地主勾結日本官府欺壓農民的有〈凶年不免於死亡〉、〈升租〉。在這農民的流亡圖的旁邊，是被一九二○年代的經濟大蕭條逼上絕路的工人和市民，如〈過年〉、〈元宵〉、〈瑞生〉、〈一群失業的人〉，還有被日本警察陰魂不散地追趕著的街頭小販，如〈十字街頭〉、〈顛倒死？〉在這被絕望籠罩的小說世界中，我們聽到的常是無力的嘆息：

　　　　他覺得自己就像一頭牛，自從能夠做小勞動時，就一直地辛辛苦苦地工作著，沒有快樂，沒有慰安，更不曉得什麼叫做幸福，一生就祇有被窮苦和過度的勞動支配著，直到殘廢而不能再任驅使為止，還是脫不離這難堪的磨

折。　　　　　　　　　　　　　　　　──〈鴛鴦〉

　　當此景氣日非，失業者一天多似一天，有的舉家挨
餓，有的朝不保夕，他們倒得意揚揚地奢靡浪費，這，這
少數人的財物，從那裡來的呢？該死的祗有挨凍挨餓的農
工兄弟，他們克勤克苦所掙來的，也祗好給不勞而食的富
人們剝削，唉！千金買一笑，誰又知道這反面卻含有多少
血淚，斷送了多少命呢？　　　　　　　　──〈元宵〉

陪伴著嘆息的是被壓抑的憤恨、怨艾、和怒火：
　　現在的××世界，做生理、賣點心，實在比做賊過較
艱苦！　　　　　　　　　　　　　　　──〈顛倒死？〉

　　人家不要我們做工，法律不許我們為了生而拿東西
吃，現在，唉！連天公也欺負到我們來了！祂當著我們丟
了包袱的當兒，竟故意降下雨來。
　　這樣的世間，還成一個什麼世間呢？窮人一輩子都是
受凌夷。　　　　　　　　　　　　──〈一群失業的人〉

　　錢，這世間真是要不得了，沒有錢就得到處受人家鄙
視、糟蹋，媽的，金權橫行，這還成什麼世界？唉！
　　　　　　　　　　　　　　　　　　──〈瑞生〉

　　在這個完全喪失人的尊嚴和生命意義的絕境裡，出現了楊守
愚小說的另一批人物，一些在工農和市民眼中頗為神祕的「講文
化的人」，這些有文化的知識份子，除了活躍於社會運動的「臺
灣文化協會」和「農民組合」的成員，還有傳統臺灣「書房」的
教書先生，以及貧困的小公務員。他們多數與作者楊守愚一樣，

都是日據時代受過新式學校教育，為資本主義文化養成的新人物。

　　作為日據時代臺灣社會的新人類，相對於傳統知識份子，他們的思想和知識自有其進步意義，因此他們都成了反封建的急先鋒，成了社會現狀的批判者。在個人生活方面，如〈一個晚上〉的穆生夫婦，從大家庭的權威之下背叛出來，自己組織「新的、小的家庭」，努力於理想社會的建立，雖然貧病無援，最後妻子甚至因此自殺，但臨死前仍舊以她「最後的愛與希望」，鼓勵丈夫致力於工會運動。在思想上，這些與舊制度毅然決裂的新人，首先是以他們的被稱為「危險思想」的新知識，與傳統中國文化的獨斷、蒙昧的一面決鬥。這情形主要發生在舊式「書房」的教書先生身上，如〈捧了你的香爐〉裡，信而好古，祖述堯舜，堅持「凡是讀書人，非讀四書不可」的尚古先生，還有雖然也在「書房」教書，但每天教授「危險思想的書籍」的新民先生，他們二人對於時代和思想的問題，有這麼一場論辯：

　　　　「（尚古先生：）我想如果大家能夠依照四書裡頭說的話，一句句地做去，不是可以造成一個『忠孝節義』的好時勢麼？這不是叫做時勢不合四書是什麼呢？」
　　　　「（新民先先：）真的好一個尚古先生呀！你試想一想，假如現在的人，尚行著二千年前的道，還了得麼？那不成為退化，或不進化的人嗎？你也該知道人類社會是進化的吧！」

　　這啟蒙思想者特有的樂觀的進化觀念，加上同樣屬於啟蒙者的天真的人道主義思想，形成楊守愚筆下的新知識份子一方面對資本主義庸俗的「黃金的世界」、「商品化了的世間」，有著刻骨的憎惡，如〈元宵〉中的失業青年宗澤，〈退學的狂潮〉中的書房先生。另一方面，面對當時社會的普遍貧困現象，卻以無比

的熱情，渴望一個屬於全人類的全新的、幸福的「黃金的國土」的到來。如〈一個晚上〉裡，穆生的垂危的妻子，殷切希望有一天，窮人能活在一個有公共育兒院、公共食堂等「集團組織」的理想社會裡。〈啊！稿費〉中，因不景氣而破產了的小資產者王先生，在等待稿費還債時，以他全部的幻想去營造沒有「殘酷、陰險、無情、罪惡」的夢土。

相對於上述的期待和夢想，楊守愚小說的另一些知識份子，卻把他們的「危險思想」付諸行動，為那理想的烏托邦催生，〈嫌疑〉、〈決裂〉就是寫這類人物。〈嫌疑〉的主角曾啟宏，因無政府主義的「黑色青年」事件，被加上「治安維持法嫌疑」的罪名，遭到搜查、審問、囚禁。在獄中，他牽掛的是：「不知要到那一天，再能回復了我的自由，再能與無時無地都在活躍著，鬥爭著的人類見面？」緊跟著這違反日本統治者治安的嫌疑犯之後，〈決裂〉的主角朱榮，是「農民組合」的領導人物，因為「日也運動，夜也運動」，從東京留學回來後，被官廳阻撓而找不到工作，他不屑於當時新人物的戀愛至上主義，不願做家庭的奴隸、妻子的俘虜，他要的是與群體有關的「更有意義，更偉大的××工作」，他心中只有「××觀念」。這個徹底的人物，當面臨抉擇時，毅然站在他的同志的一邊，跟他的資本家的妻子說：

> 你既然反對我的主義，阻礙我的工作，那我倆當然是勢不兩立了。你的反動行為，在我的眼中，也祇是我的一個仇敵……。

在楊守愚的小說世界中，這是個僅見的徹底人物，他那在殖民統治的嚴苛現實下，向未來和未知預約必須的力量的「××觀念」和「××工作」，幾個世代以後的現在讀來，仍被那決裂的悲壯震撼。但正如楊守愚自己說過的，在階級意識模糊，反抗異

族統治成為急切目標的時代，包括他自己以及他筆下的絕大多數
知識份子形象，並未能決裂得這麼徹底。他的自傳性的四個短篇
系列：〈開學的頭一天〉、〈就試試文學家生活的味道吧！〉、
〈夢〉、〈啊！稿費〉，反映了這一真實。

　　正如這些小說的篇題顯示的，故事的主角王先生，一個舊式
書房的教師，但對包括中國在內的世界文壇和當代作家作品相當
熟悉。由於新式學校和經濟蕭條的衝擊，他的書房乏人問津，
「孔子飯」吃不得。生活困境迫使他煮字療飢，寄望稿費改善一
家生活。在這系列作品的第三篇〈夢〉，楊守愚藉這位新舊文學
修養俱佳的王先生的南柯一夢，表現了一九二、三〇年代在臺灣
成熟起來的，具有現代意義的文學性知識份子的心理和思想實
質。夢境是這樣發展的：王先生被上海一家大出版社羅致，擔任
「新時代的文藝刊物——《前哨》」的編輯。在一些聚會上先後
認識魯迅、鄭振鐸、趙景深、冰心、郭沫若、郁達夫、葉紹鈞等
「中國第一流作家」，而身為大雜誌編輯，除了忙不完的演講、
宴會、訪問，「好像他的片言隻字，都值得珍貴的」，他終於成
了一個「時髦的作家」，終於覺得自己可以躋身他一向羨慕的世
界文豪蕭伯納、菊池寬的行列，覺得自己「站在黃金時代的前
頭」。後來雜誌因為多登了郭沫若、蔣光慈等左翼作家的稿子，
多介紹了一些普羅文學理論，雜誌被查禁，他自己也在上海公安
局人員毆打、押解的掙扎中，口喊「橫暴」地醒了過來。

　　正是這個橫暴的、連做夢也逃避不了的殖民地的階級社會，
它的無所不在的白色恐怖，使作家楊守愚及其筆下的知識份子，
他們那原本模糊的階級意識失落掉了可能對準的焦距。但不論如
何，在被殖民的暗夜裡，就像那夢境中唯獨缺少「反動派」作家
的一系列文學者名單一樣，他自己和他筆下的知識份子，連同無
聲地被時代消滅了的工農大眾，仍將永遠地屹立在一九二、三〇
年代橫暴的臺灣歷史和臺灣新文學的最前哨。

                                                        （1991）

臺灣的憂鬱
——論陳映真早期小說及其藝術

一、過去的幽靈

在〈試論陳映真〉一文裡，陳映真檢討他的早期（一九五九～一九六八）創作，指出自己是個「市鎮小知識份子的作家」，據此，他分析歷史轉型期中，生活在開發中國家的這類知識份子的一般的、以及發生在他個人身上的諸種精神病痛，如脆弱而又過分誇大的自我，不徹底的、空想的改革熱情，認識與實踐之間的矛盾等。對於這些現象的形成及歸宿，他的解釋是：

> 身處社會的中間地位的市鎮小知識份子，在一個歷史的轉型時代，因著他們和那社會的上層有著千萬種聯繫，無力使自己自外於他們預見其必將頹壞的舊世界。另一方面，也因著他們在行動上的無力及弱質，使他們不能做出任何努力使自己認同於他們在朦朧中看見的新世界。結果，他們終於只能懷著自身的某種宿命的破滅感去瞭望新的生活和新的生命。[1]

夫子自道，上述論斷自有嚴肅的真實性。這幅社會色彩強烈的自畫像，從二次大戰前臺灣和大陸的文藝發展來看，都可以找

到他的同類，如魯迅在總結五四新文學運動第一個十年的小說表現時，即曾指出：「那時覺醒起來的知識青年的心情，是大抵熱烈，然而悲涼的，即使尋到一點光明，徑一周三，卻是分明的看見了周圍的無涯際的黑暗。」[2] 瞿秋白則進一步以「薄海民（Bohemian）」來形容那階段在中國的都市裡迅速成長起來的「小資產階級的流浪人的知識青年」，認為他們是帝國主義及軍閥官僚的犧牲品，「是被中國畸形的資本主義關係的發展過程所擠出軌道的孤兒」[3]。在根本上就是資本帝國主義殖民地的日據下的臺灣，像上述被目為歷史軌道之外的知識孤兒，他們的存在，正如他們在大陸的同類一樣，事實上都是那生產他們的悲劇歷史的正常嬰兒，他們的發展，與臺灣現代文學史有關，因此在討論陳映真的文學時，一些歷史的回溯是必要的。

關於日據時代的臺灣文化活動、知識階層的形成及其思想內容，都有待全面的、深入的研究，不過就目前能掌握到的文藝方面的資料來看，一個帶有精英性質的文藝界的存在，似乎是沒有疑問的。文學方面，除了一九二〇年代起開始出現的帶有同人色彩或地域性的社團，如《人人》、《南音》、《福爾摩沙》、「鹽分地帶」等，另有三〇年代成立的具組織性的「臺灣文藝作家協會」、「臺灣文藝協會」、「臺灣文藝聯盟」，他們的思想取向雖有差異，但他們對文學的信念和創作表現，在當時被視為屬於「純文藝理論」的「高級文學」，應無疑義。這一點由參與當時文藝活動的陳鏡波的回憶文字，可以得到證實。據他的敘述，二〇年代後，因文藝活動的影響，「純文藝」理論興盛，文壇上「高級文學」和「軟派文學」涇渭分明，前者指觀念小說、感覺派小說，純文藝小說，以及新興的普羅文學，後者為消遣性的通俗文學、色情文學 [4]。此外，黃邨城回憶《南音》雜誌創辦的始末，提到他們曾被當時的無產階級派攻擊為「霧峰係收租派的社會主義者的嘍囉」[5]，這話除了宗派主義情緒，更可看出所謂

高級文學陣營中的思想分化，也即精英意識的深化和發展。

　　在美術運動方面，這所謂的「高級」現象更為顯著，據謝里法的研究，光復前臺灣的美術家在社會上自成一個「文化階級」，他們的社會關係多集中在文藝圈，尤其是日本官方和民間的幾個畫展活動裡，「所以他們的藝術因生活環境的限制，只有在自給自足下生長著，任何外來的非美學的事物都遭受到排擠，逼使藝術本身成了生命的唯一目標」。這觀念養成後，藝術活動漸漸對圈子以外的事物失去興趣，而這卻被當時的藝術愛好者奉之為美的典範，使一些畫家的拘執於學院要求，或符合統治者口味的作品，因在官展獲獎，便「輕而易舉地在知識界塑造出畫家的英雄地位。」[6]

　　當一九二〇年代臺灣美術界的精英宣稱：「藝術神聖的殿堂裡擁有絕對的創作自由和平等的競爭，不可侵犯」[7]，文學界的精英卻延續「臺灣文化協會」的社會啟蒙傳統，為那殿堂外的絕非自由平等的被殖民現實奮鬥。但正如十九世紀末歐洲文藝史所顯示的，藝術的象牙塔原本是由資本主義體制叛逆出來的、一個曾經是前衛的思想堡壘，因此不論是標榜自由主義精神的「臺灣文藝協會」，或提倡大眾文學的「臺灣文藝聯盟」，他們的口號，一樣是從資本主義思想借用過來的[8]。這裡就觸到了被稱為「小資產階級本身的結構性特徵」的精英思想的矛盾[9]，也即陳映真所說的市鎮小知識份子的思想問題。

　　作為一個階級的思想，日據時代代表臺灣中小資產階級要求的知識份子，從開始就遭遇到一個既是階級對立又是民族矛盾的課題。就像一般殖民地社會的發展，臺灣由傳統農業經濟躍向資本主義的獨佔形態，以及由之而來的資本主義階級關係的產生，都不是因社會本身內部的發展，而是由於殖民的外來要求而存在的。在這情形下，面對一個壟斷一切的殖民統治階級，臺灣由原來的封建地主轉化而成的中小資產階級，由於本身的利益，在必

　　要時會動用起民族的情感，聯合當時因資本主義本身的發展規律，加上日本的殖民措施而急速朝向無產化的大眾，向統治者攻擊 10。作為它的代言人，受過日式資本主義思想教育的知識份子，於是以啟蒙者和改革者的姿態，依照那曾經在人類歷史上起過進步作用的資產階級的革命語言，提出一些以人道主義的面目出現，而事實上是民族要求，或一些被視為公理公法的抽象規範，而事實上僅是為達到他們的具體利益的抗爭口號，對統治者進行攻擊。蔡培火的《給日本國民》，就是這歷史悲劇的意識見證。文中他嚴厲譴責臺灣人被支配、被低能化，要求個性、意志、心靈活動的自由，爭取成為「新時代建設者的資格」11。這些觀念，無一不顯示上升期的資本主義社會，對於「人」的定義和期許。

　　在文學界，這現象深刻地反映在賴和的〈一桿秤子〉，透過那一桿以法律的形式存在，而以民族壓迫為戥星的秤子，這篇小說形象地表現了那同時是階級對立又是民族矛盾的悲劇的雙重性格，以及建立其上的「法」的虛妄性。然而比較起這現世的苦難，因新的社會關係而自覺擺脫了封建的中世紀的日據時代臺灣新知識份子，資本主義文明，特別是它所展示的「世界性」的誘惑，應該是更迷人，更吸引他們那剛被解放了的熱情的。於是，就像歐洲十八世紀的啟蒙思想者之深信機械性科學的方法，深信一個想像中的萬世樂土和黃金世界，自許為新時代建設者的日據時代臺灣思想鬥士，也以激情的語言呼喚「新世界」的到來。這些都表現在「臺灣文藝協會」、「臺灣文藝聯盟」的成立會則、宣言，及其機關刊物《先鋒部隊》、《臺灣文藝》的序詩和卷頭語裡 12。論文方面，以張深切一九三五年發表的〈對臺灣新文學路線的一提案〉及其〈續篇〉，主張以道德主義和科學分析為文學創作的基礎，最具代表性 13。

　　以上所述，是日據時代臺灣中小資產階級知識份子，思想的

主要成分。可以看出，從根本上它已具有精英思想的性質，因為在西方社會，精英思想的產生，是建立在小資產階級實際上自外、並且被排除於統治者的地位的這個社會基礎上的。也就是說，為了自己的出路，一方面小資產階級出身的精英份子們不得不扮演時代先鋒的角色，動員一切激進的、自由的思想成分，與既成秩序作猛烈的決鬥，但另一方面，他們又發現自己只能生活在一個與他們敵對的、而事實上又不得不與之圖存的社會。這現實上不得不與之同謀，精神上又抑止不住要譴責、憎恨的好惡相剋的處境，正是精英份子思想的特徵 14。不過在被殖民的條件下，面對同時是階級對立又是民族壓迫的雙重苦難，日據時代臺灣精英份子的思想發展是更為曲折的。站在民族立場，他們是改革現狀的前哨，是分擔世界弱小民族共同命運的革命伙伴；站在階級立場，他們除了是既有權威的並不完全忠實的同路人之外，他們還是新世界的旗手，因為他們分享了一個因資本主義的生產力的解放而來的豐富無比的人類的未來。正是這個他們勇於接生的未來，使臺灣的知識界，在一九二〇年代中期到三〇年代中期的短短十年間，經歷了「臺灣文化協會」的左右翼思想分裂，文學思潮從鄉土到浪漫到大眾到普羅，以至於唯美和新感覺主義，而藝術家則早早躲入了象牙塔。相同的情形發生在半封建半殖民的中國大陸，從一九二二到一九二六年，十九世紀到二十世紀初西方的文藝流派，幾乎全都湧入中國新文學的萬神廟，其中包括當時剛萌芽的表現主義和未來主義 15。

就是在這樣的思想條件下，隨著三〇年代後臺灣的現代化和都市的發展，戰爭的毀滅性威脅，以及政治的瘋狂高壓和恐怖，在逐漸遠離農業大地，逐漸遠離、以至全然忘卻自己的母語的情境裡，原本自外、而且事實上被排除於社會的支配性地位的臺灣精英份子，只有朝向深化的方向發展，他們在行動上的自外，只有轉化為內在的自我流放。在失去了自己的歷史和傳統的殖民地

式的現實基礎上，現實上已經一無所有的臺灣精英份子，只有像失去了自己的人在宗教中尋求自我意識和自我感覺一樣，以不論是左派或右派的烏托邦為思想材料，在幻想中經歷了他們的未來。他們成了本世紀臺灣思想意識的同時代人，而不是本世紀臺灣歷史的同時代人 16。

在分析資本主義的革命時，馬克思在《路易‧波拿巴的霧月十八日》有這樣的敘述：資本主義革命時刻，為了克服革命時必須的自我犧牲、恐怖、內戰、和民族戰鬥，資產階級在羅馬帝國的傳統中，找到了「把自己的熱情保持在偉大歷史悲劇的高度上所必須的理想、藝術形式和幻想」。因此，對他們來說，使死人復生，並不是為了迴避現實的任務，而是為了讚美新的鬥爭，「是為了再度找到革命的精神，而不是為了讓革命的幽靈重行遊蕩起來」。然而到了十九世紀的人類歷史的新的分水嶺，新的社會主義革命，卻不能從過去，而只能從未來汲取自己的詩情，它一定要「讓死者去埋葬他們自己的死者，為的是自己能弄清自己的內容」17。這雙重責任，想必同時發生在日據時代臺灣精英份子的身上。當歷史殘酷地埋葬他們的生命和未竟之業，如何處置這出沒在思想中的亡靈，成了同樣誕生在這難產的新世界之前，同樣分享他們的想像和幻想的後來者的首要任務。

自覺生活在臺灣歷史轉型期中的陳映真，他的文學世界不能不座落在上述的兩個座標上。

二、臺灣的憂鬱

經過一個歷史的、文學的斷層，二次大戰以後成長起來的陳映真，雖然他的文學啟蒙似乎都來自中國大陸 18，但他的思想和信念，比起與他同一代的多數本土作家，都更接近日據時代臺灣精英思想的性格，這應該是前述臺灣和中國大陸社會性質的共同

點使然。而他之所以不能像思想新銳的大陸作家，如創造社和太陽社諸人，在一九三〇年代社會和政治的洪流中，蛻變為時代的革命的旗手，卻在作品中重現日據時代臺灣精英思想的福音書狀態，則是光復後臺灣的政治及社會條件所造成的。在小說的風格方面，陳映真所表現的藝術感性（artistic sensibility），也清楚地顯現著日據時代末期，在龍瑛宗、葉石濤等人的作品裡成熟起來的厭悒、纖麗的東洋色調，這個經過日本風情改造過了的自然主義的藝術風格，在五四以後的大陸文學中，它可影響，似遠不如在臺灣的普遍和深刻的。這藝術上的特質，使陳映真早期的社會音色濃厚的小說，一開始就以暗鬱的調子，表現著從深淵浮現出來一般的美麗。

在〈麵攤〉和〈我的弟弟康雄〉這兩篇發表最早的作品裡，陳映真早期小說的世界和人物，似乎已經大勢底定，它的構圖經常是在一個空虛、匱乏、然而平靜的小市民社會中，兀立著一個問題人物，一個緊張地思索著的自我。這問題人物，最早是以一個行動者加上一個目擊的控訴者來表現，如〈我的弟弟康雄〉裡，第一人稱的敘述者——「姊姊」——與康雄共同分享理想、叛逆和幻滅的秘密，相同的情形發生在〈故鄉〉中的「我」與哥哥。這分裂而事實上統一的關係，在〈鄉村的教師〉中結合為一個既是行動者又是社會批判者的吳錦翔，相同的情形繼續出現在〈某個日午〉裡的房恭行，〈第一件差事〉的杜心保，在〈淒慘的無言的嘴〉和〈文書〉中，則藉精神病患的分裂的自我予以顯現。但最常見的情形是，一個隱身遁跡的批判者與作品同時存在，成為小說的結構和意念發展的槓桿，他多數的早期作品都以這方式來完成。

在上述小說世界的構成方式下，人物與外界的關係一直是不諧調的，開始時，它表現為對小市民社會的強烈敵對感，如〈家〉、〈鄉村的教師〉、〈故鄉〉中的簡單、好事、喜歡議

論，有著「可惡的善心」的像「毛蟲們」的鎮民；〈死者〉中的「敗德的莊頭」，〈蘋果樹〉中，有著和「家畜差不多」的兒童的、「沒有功夫去講究人的和非人的分別」的貧民街。這個在資本主義的催化下，遲緩變易的二次大戰後的臺灣小鎮風情，十分類同於呂赫若〈牛車〉裡的「臺灣人街」，龍瑛宗〈植有木瓜樹的小鎮〉等的街景。這物質和精神兩相貧困的小市民社會，加上不成比例的小說問題人物的巨大形象，如〈故鄉〉中，那個基督徒哥哥的「像大衛王的詩篇」的祈禱，像魔鬼似的「叛逆的笑聲」，以至於〈蘋果樹〉中青年林武治的夢幻的、預言的歌聲。它的整個構圖，不管怎麼說，都是異於傳統中國和臺灣的城鄉聚落面貌的，是佈滿殖民地精神和物質的不自然的、「問題」的西化痕跡的。

　　面對這被窒息了的庸俗的小市民社會，稍後的陳映真作品，大都由直接的敵對情緒，轉變為一種普遍的不適感，也即他偏愛的「憂悒」、「悒悒」一類形容詞所暗示的心靈威脅。這個變化，正如他最早的幾篇作品的人物之以烈士般的熬苦、叛逆、自殺，把他們的人道主義信念絕不妥協地擺回現實世界面前，也正如他的作品的發聲部位之由行動的問題人物轉變為隱身遁跡的批判者一樣，都顯示著陳映真從不曾把思考由社會歷史因素的底線游移開來，因而叛逆自殺之餘，問題仍舊與小市民世界同時存在，仍舊周而復始地出現在他的作品裡，而它的全部內容在他最早的幾篇像狂歌（Rhapsody）一般的作品，清楚地表現出來。

　　在〈我的弟弟康雄〉中，關於康雄，這在陳映真充滿死亡事件的小說世界裡第一個「仰藥以去」的青年，他的死因是：「初生態的肉慾和愛情，以及安那其、天主或基督都是他的謀殺者。」〈鄉村的教師〉中，吳錦翔是個有「空想的性格，改革的熱情」的青年，光復後的政治動亂中，他懷著血緣的親切，「整日閱讀著像一葉秋海棠的中國地圖」，在他割腕自殺後，他的

「無血液白蠟一般的臉上，都顯著一種不可思議的深深的懷疑的顏色。」〈故鄉〉裡，從日本學成回來，在礦區的焦炭廠當保健醫師，曾經「工作得像煉焦工人」，而後「變成放縱邪淫的惡魔」的哥哥，是「一個由理性、宗教和社會主義所合成的壯烈地失敗了的普羅米修斯神」。以上三個人物是陳映真小說人物的原型，他們的信念，是他早期小說中一以貫之的思想，這個曾被他自己解嘲為「老掉大牙的人道主義」信念，正如小說中藉康雄的父親所下的斷言：「上世紀虛無者的狂想和嗜死」，基本上，與充滿革命幽靈和未來的詩情的日據時代臺灣精英思想，並無二致。但它之所以失去了它的先行者的鷹揚氣息，而以破滅的烏托邦的意識形態，頑強地存在於他所有的早期作品，則除了「虛無者的狂想和嗜死」這一經常加給安那其者的美學式判斷，除了他的東洋風的藝術感性的限制，及至他最近在悼念摯友吳耀忠的文章，坦陳自己的頹廢弱質之外 [19]，應有客觀因素存在，而這顯然與中國的破裂，與烏托邦思想本身的發展規律有關。也就是說，作為日據時代精英思想的出路之一的「祖國」，這個解救符號，在光復後的世界性冷戰中，由於中國統一的恍惚難期，使得這符號的意義變得曖昧不明。在這情形下，即使由於感情或信仰，一廂情願地從心理上解消了產生烏托邦的歷史悲劇的記憶，只保留烏托邦之所以為烏托邦的美麗信念，卻無法從事實上解消那被光復後的政治屠殺和白色恐怖復辟了的過去的悲劇歷史。於是，馬克思筆下的革命幽靈重行遊蕩，死者並未埋葬掉自己的死者，在弄不清自己的內容的情況下，致死的懷疑成了那二度來臨的烏托邦的唯一合法解釋。這曲折的過程，清楚地表現在〈鄉村的教師〉這篇陰慘痛苦的小說裡。

　　在懷疑的領導下，陳映真的破滅的烏托邦，成為日據時代以來的臺灣知識份子的心靈創傷的病歷，這表現為存在於他作品的一些重複的主題，它們都以變奏的方式不斷出現，其中除了省籍

結合這個證明新的破滅之存在的新命題,剩下的都集中在他自稱的市鎮小知識份子的意識內容,它們在性質和意義上常有重疊的現象。如蒼白厭倦(〈最後的夏日〉,〈兀自照耀著的太陽〉);懷疑(〈淒慘的無言的嘴〉、〈文書〉);思想上的欺罔與墮落(〈某一個日午〉、〈一綠色之候鳥〉);情慾的誘惑與驚恐(〈貓牠們的祖母〉、〈永恆的大地〉);及至無能於愛(〈獵人之死〉、〈第一件差事〉),等等。這些經常交叉或重疊地出現在不同作品的主題,就個別情況來看,似乎是獨立發展的,但由於它們的背後總是有一個隱隱然的力量在推動或批判,因此與其說是一些被思考著的獨立問題,不如說是以一個大的、根本的問題的局部或側面而存在。此外,由於那背後的批判力量,對問題本身雖然採取否定的姿勢,但對於小說中負載著問題的重擔的人物,多數時候,它的解說大過譴責,懷疑大過否定,痛楚大過批判,無可如何的態度大過情緒上的憎惡。這樣一來,整個情況似乎變成了問題的提出者和批判者的作者本人的一場自我對話,一個自我告解,而它的意義只在於證實一個破滅的烏托邦之竟然存在,除此之外,他已一無所有。因此,在他的小說中,人物的懷疑、犬儒、絕望,他們的普遍的道德上的不安,是復活那破滅的烏托邦的手段或機制(mechanism),而自殺,則是自我懲罰,懲罰自己未能全新地、無條件地走上他想像和相信其必將到來的黃金世代,或面對那個他極其尊崇的、而又無力企及的未來而產生的自慚形穢。就這個意義上說,我們看到了前文討論過的臺灣精英思想的發生及特質,也即社會行為上不得不與既成事實圖存,精神上又抑止不住要譴責、憎恨的小資產階級知識份子的物質的、結構上的特徵的反映。也是就這個意義上說,我們看到了生長在宗教家庭的陳映真,宗教生活,它的救贖的義理,與他的烏托邦思想的內在的、互動的關係,他的康雄式的「虛無的先知」的悲劇。然而正是在這裡,藝術家的陳映真得到了他的豐沃

的創作土壤。

　　就像提供給人幸福的幻想的宗教，是人的現世苦難的證明，陳映真的烏托邦，在根本上扮演著同樣的社會意義。但也正如宗教信仰，它的自我對話和自我告解的性質，就作用上言，同樣是屬於意識形態的消費而非意識形態的批判[20]。由於如此，陳映真的早期小說在問題的探討上，不免於要陷入意識形態本身在運作時的「欺罔的機制」（mechanisms of ideological deception），也即是因為概念的空虛的一般性及不確定性，使思考不只從具體情況游離出來，而且「把述語變成主詞」。以宗教為例，透過這機制，人創造的神反轉過來成為統治人的無上的力量；以思想為例，決定自由、平等、博愛等資本主義的代表思想的具體的物質條件，經常從思考中被易位，最後人們反而深信這些觀念才是推動人類歷史發展的決定性力量[21]。在陳映真的早期作品中，可以看到類似的概念上的文學性轉換，如〈鄉村的教師〉中，對祖國、社會主義、人道思想幻滅了的吳錦翔：

　　　　他的知識變成了一種藝術，他的思索變成了一種美學，他的社會主義變成了文學，而他的愛國熱卻只不過是一種家族的（中國式的！）血緣的感情罷了。

　　這個因為對現實的懷疑而加劇地暴露出來的意識形態的欺罔，雖然使意識形態強烈的陳映真早期作品，因理想和信念的緣故，不自覺地把論述變成了假設的部分，把抽象的人道主義變成理想化的現實，把作為社會矛盾的折射的人物心理的矛盾戴上了鄉愁的、贖罪的荊棘冠，從而偏離了他那充滿大名詞的小說世界所暗示的強烈的社會批判的意圖，進而走上意識形態之所以為意識形態的「阻止人對現實的真正理解」的不歸路。然而從文學創作活動來看，這思考上的主客易位，或許正是使陳映真的小說世

界充滿幻滅的雄辯，使他的小說人物具有異常的、豐富的心靈內容，使他的小說藝術本身在東洋風的纖細感性的底調上，充滿了啟示的、入迷的（obsessive）氣息和魅力的緣由。在那真實和虛妄、純潔和敗德糾纏不已的小說世界中，我們看到：康雄的姊姊以悲壯的浮士德姿態毅然地賣給了財富後，嚐到了革命的、破壞的、屠殺的和殉道者的亢奮（〈我的弟弟康雄〉）；留著顎鬚、過著波西米亞生活的房恭行，在揭發理想的欺罔後，贏得了替罪羔羊的光環（〈某個日午〉）；讀著一屋子亂七八糟的書的彼埃洛，用夢支持生活，追求早已被人類謀殺、酷刑、囚禁和問吊了的理想（〈哦，蘇珊娜〉）；年輕時崇拜拜侖、雪萊，年老後欣賞色情照片的趙如舟，痛罵自己無恥之後，仍舊回到他那不逃避責任但也不積極尋求責任的費邊俱樂部的記憶（〈一綠色之候鳥〉）；青年林武治的新天新地的蘋果樹福音，疊合著緣自瘋了的女子的伊甸園誘惑（〈蘋果樹〉）；在愛情中流浪，以慾望征服哲學流派的唐倩，是隻有著渺小的詭計的母蜘蛛（〈唐倩的喜劇〉）；作為這小說世界的句號，杜心保以彷彿有些羞澀的死了的容顏，讓活著的爭論：是否活著未必比死了好過，死了未必比活著幸福（〈第一件差事〉）。

這些全是陳映真早期小說世界中的「淒慘的無言的嘴」，這些失去答案的問號，伴隨著重複出現的小說主題，像憂鬱症患者之一再重返折磨著他們的心靈災難。在一八七一年巴黎公社革命的廢墟上，在十九世紀中葉歐洲資本主義社會的安逸氣氛中，波特萊爾曾在他的詩中，以重複的主題和意象，補贖自己的破壞的衝動，表達他在時間之中漂泊的狂暴而迷亂的憂鬱[22]。陳映真的破滅了的烏托邦，他的小說世界，負載著的或許正是漂泊在歷史和現實中的失去了行動力量的臺灣精英份子的憂鬱。

（1990）

1　〈試論陳映真〉，見《陳映真作品集》，卷9《鞭子和提燈》，頁3-13，人間出版社，台北，1988。

2　《中國新文學大系》第4冊，《小說二集‧導言》，頁5-6，良友圖書公司，上海，1936。

3　瞿秋白〈魯迅雜感集序〉云：「『五四』到『五卅』之間中國城市裡迅速的積聚著各種「薄海民」（Bohemian）──小資產階級的流浪人的知識青年。這種知識階層和早期的士大夫階級的『逆子貳臣』（按：即五四運動的新知識份子），同樣是中國封建宗法社會崩潰的結果，同樣是帝國主義以及軍閥官僚的犧牲品，同樣是被中國畸型的資本主義關係的發展過程所『擠出軌道』的孤兒。但是，他們的都市化和摩登化更深刻了，他們和農村的聯繫更稀薄了，他們沒有前一輩的黎明期的清醒和現實主義──也可以說是老實的農民的實事求是的精神──反而傳染了歐洲的世紀末的氣質」。見《瞿秋白文集》第2冊，頁995，人民文學出版社，北京，1953。

4　〈軟派文學與拙作〉，見《日據下臺灣新文學》，明集5，《文獻資料選集》，頁398-401，明潭出版社，台北，1979。

5　〈談談南音〉，同注4，頁344。

6　謝里法：《日據時代臺灣美術運動史》，頁142，藝術家出版社，台北。

7　謝里法引楊三郎語，同上注，頁103。

8　如芥舟（郭秋生）在《先發部隊‧序詩》中寫道；「出發了！先發部隊／在這樣緊張與光明的氛圍裡出發了／沖天的意氣／不撓的精神／一貫的步驟／前進／前進／獲得廣茫的園地／建設美滿的生活／添進健康的人生／雖遠──／可是很鮮明、很正確，活現著──潑辣的新世界的面貌。」又如臺灣文藝聯盟機關刊物《臺灣文藝》創刊號，卷頭刊登具有宣言意味的〈熱語〉說：「最荼毒臺灣的是臺灣人的偽指導者們／我們以其有偽路線不如寧無路線／最惡毒的人最怕人議論／我們的雜誌最歡迎人議論／我們的方針不偏不黨／我們希望把這本雜誌辦到能夠深入識字階級的大眾裡頭去／…………把臺灣的一切路線築向到全世界的心臟去／看我們的藝術之花在世界心臟上開放吧。」這些充滿激情的宣言熱語，雖帶有1927年臺灣文化協會分裂後，左翼思想陣營的革命的、理想主義的色彩，但就意識形態言，他們的主張仍屬資本主義的自由思想及人道主義的要求。以上引文各見芥舟：《先發部隊‧詩序》，黃得時：〈臺灣新文學運動概觀〉，同注4《日據下臺灣新文學‧文獻資料選集》，頁146，317-318。

9　Nicos Poulantzas: Fascism and Dictatorship, pp. 254~5, London, NLB, 1974.

10　以上所論詳見矢內原忠雄著《日本帝國主義下之臺灣》，第2章〈臺灣的資本主義化〉，周憲文譯，帕米爾書店，台北，1985。

11　蔡培火文見矢內原忠雄書引，同上注，頁152-153。

12　見注 8 引《先發部隊・序詩》及《臺灣文藝》創刊號〈熱語〉。又〈臺灣文藝聯盟嘉義支部宣言〉，陳述文藝可拋棄荒謬虛偽和不正義，文藝家是人類文化生活的先驅者，文中指出：「浪漫主義的文藝家盧騷不是法國的提倡自由和平等的先驅者嗎？魏爾斯不是鞭打而改造英國的舊社會的先驅者嗎？的確他們都運用著心坎底和筆尖以盡他們的暗示和啟示的能力以引導大眾向新生活的路頭前進」。文中又說，當日的臺灣人生活，到處無不充滿著荒謬虛偽污濁，「要掘挖出荒謬、剝掉虛偽、洗滌污濁，只有文藝之力才能擔當得起掘挖荒謬、剝掉虛偽、洗滌污濁，以至消滅人類生活底一切罪惡的蠢動」。以上引文同注 4，頁 168-169。

13　張深切認為歐美近代文學，在道德觀念上大概都屬人道主義或主觀的道德主義，及至馬克思的科學的社會主義以後，才發生階級的道德主義，但他對這兩種主義都不能無條件的贊同，因為：「人道主義是太抽象的、概念的、平面的，（而主觀的底人道主義也是一樣，太個人的、非社會的、非科學的。）至於階級道德主義是太偏袒的、機械的、觀念的、狹義的」。他提出的新路線是：「要建築在道德的上面，而這新道德是要分析社會上的一切科學，從其分析裡尋覓正體出來才是。尋覓的方法，雖然須從究局一切的科學分析——卻就以分析人類的生理組織與社會組織，及經濟組織和地理歷史等為最要緊」。又說：「我們應該要用科學的常識和虛心去看透社會與人類的裡面」，「把我們的筆鋒跟虛心的道德觀，自由自在地去進展，這正是吾人亟要主張的新文學的路線」。以上引文同注 4，頁 183-184。

14　Terry Eagleton: Criticism and Ideology, pp.14~15, Verso Edition, London, 1978.

15　鄭伯奇：《中國新文學大系・小說三集導言》，同注 2，第 5 冊，頁 8-9。

16　這裡套用馬克思《黑格爾法哲學批判》的一段話：「正像古代各族是在幻想中、神話中經歷了自己的史前時期一樣，我們德意志人是在思想中、哲學中經歷自己未來的歷史的。我們是本世紀的哲學同時代人，而不是本世紀的歷史同時代人。德國的哲學是德國歷史在觀念上的繼續。」

17　Karl Marx: The Eighteenth Brumaire of Louis Bonaparte, pp. 16~18. International Publishers, N.Y., 1977.

18　見〈鳶山——哭至友吳耀忠〉，同注 1，卷 8《鳶山》，頁 197。又〈鞭子和提燈——《知識人的偏執》自序〉，同注 19，頁 19-20。

19　同上注，〈鳶山〉：「革命者和頹廢者，天神和魔障，聖徒與敗德者，原是這麼相互酷似的孿生兒啊。幾個驚夢難眠的夜半，我發覺到耀忠那至大、無告的頹廢，其實也赫然地寓居在我靈魂深處的某個角落裡，冷冷地獰笑著。」頁 198。

20　Peter Burger: Theory of the Avant-Garde, University of Minnesota Press, Minneapolis, 1984, pp. 6~10. 關於意識形態的消費者（consumers of ideology）和意識形態的批判者（critics of ideology）的區別，Burger 認為在宗教問題上，批判者雖然也著眼於宗教的社會功能，但不同於教士或信徒之僅止於教義的傳播和消費，他是由社會苦

難的根源去解釋宗教之所以存在的原因。因而他的工作是馬克思在《黑格爾法哲學批判》裡所說的宗教批判的現實意義，即：「廢除作為人民幻想的幸福的宗教，也就是要求實現人民的現實的幸福；要求拋棄關於自己處境的幻想，也就是要求拋棄那需要幻想的處境。」

21   John McMurtry: The Structure of Marx's World-View, Princeton University Press, Princeton, N. J.,1978, pp.136~138.

22   Walter Benjamin: Central Park, §18, New German Critique, #34, 1985, pp.40-41. L. Spencer: Allegory in the World of the Commodity: The Importance of Central Park, ibid., pp.60~62.

論施叔青早期小說的禁錮與顛覆意識

一

　　自從白先勇為施叔青的第一個小說集《約伯的末裔》所寫的序裡，指出她的小說世界是「夢魘似患了分裂症的世界，像一些超現實主義的畫家（如達利 Dali）的畫一般，有一種奇異、瘋狂、醜怪的美」，她的小說人物「都是完全孤絕的畸人，他們不可能與任何人溝通，他們只有一個一個的立在黑暗的荒原上，對著死神，喃喃自語」，「死亡、性和瘋癲」是她小說中「循環不息的主題」，「光天晝日之下社會中的人倫、道德、理性，在她的世界中是不存在的。」[1]這些觀點，幾乎成了有關施叔青早期小說的風格和主題的定論[2]。關於這個小說世界的發生和形成，白先勇認為作者的故鄉，臺灣西海岸的小鎮鹿港，起著決定性的作用，因為它構成了她的經驗世界，「這個世界由幾種因素組成：死亡、性、瘋癲，及一種神秘的超自然的力量。這個世界是一個已經腐蝕的像夢魘的世界，其中的人物都是肉體上、心靈上、或精神上受過戕傷的畸人。」這看法，基本上也被評論者認可，只不過加上白先勇觀念中的荒原之外的文化形態和社會歷史因素的修正，如李子雲指出六〇年代臺灣社會的變化動盪的問題[3]，劉登翰則認為鹿港自宋元以來就是臺灣和大陸對渡的著名港

口，使作者從小便受到這個「保存著濃郁中原文化傳統的古城」的民風藝術的薰陶，而後，在她開始嘗試創作時，正趕上臺灣現代主義盛極一時，前者提供她鄉土的經驗世界，後者形成了她的觀念世界。在這情形下，她最初的作品是：

> 以自己經驗世界中的鄉土世俗生活，作為創作的素材，卻又以後來觀念世界中來自西方的現代眼光，予以審視和表達。這樣，她所給予讀者的，既不是純粹的鄉土作品，也不是典型的現代主義小說，而是一個滲透著現代病態感的傳統鄉俗世界，是代表著兩種文化形態的現實和觀念衝撞與交融的產物。[4]

上述論斷，除了所謂濃郁的中原文化傳統，藝術表現上的純粹與典型等問題，可能存有爭議，大致說來，與施叔青作品的表現，以及她對自己的創作活動的零碎敘述，是符合的。如在〈那些不毛的日子〉裡，作者記述她的童年世界，那是在多數臺灣早期市鎮可以看到的，一個以寺廟為中心，以廟前的廣場為活動空間的小市民生活天地。根據小說的敘述，它的內容，除了尋常人家，比較突出的是有高大門牆的破落戶，賣野藥、信耶穌的一家人，還有隱密角落裡的土娼寮。在這個聖俗不分，異教相安，虔信與褻瀆並存，甚至於情慾公然向誡律挑戰的小市民世界裡，如果說它有什麼特殊，不外是因為它屬於比較古老的小鎮，加上二次大戰結束時的動亂餘波及物質匱乏所形成的生活變化的緩滯，使它停留在一個追述往昔有限的繁華時光的處境。因而在這個閉鎖的，由迷宮似的鬼氣陰森的街巷連結起來的天地中，首先，鬼故事、禁忌和傳統成了認識上和文化歸屬上的基本思想材料，由戰爭併發出來和加速惡化的貧困、殘疾、瘋狂和死亡，成了生活中的主要事件。在這中間，以禁地的意義存在著的土娼寮，深鎖

破落戶門牆裡的中國大陸來的煙花女子，連同中元普渡時四鄉湧來的彈三弦的乞丐，就成了擾動那被作者形容為「不毛的」小市民生活及其想像的唯一外來的、因而是浪漫的力量了[5]。

　　面對這樣一個世界，根據〈拾掇那些日子〉的敘述，自覺「不快樂」的施叔青，在六○年代中期，她高中畢業的時候，於是「選擇了寫小說來打發該被打發的日子」，她的創作情形是：

　　　　像孩子堆積木似的，我把短短的情節聚了又拆，拆了
　　　　又聚，一直等到最後積起來的比真的建築更富於夢及驚詫
　　　　的色彩為止。

　　在這個階段裡，被她自覺地運用著的藝術方法是象徵，她說：「我試著用象徵，那段時間，我真熱中於運用這一種文學上的寶物。」對此，她曾以〈倒放的天梯〉為例子，指出這篇小說是「以一座橋搭建的過程，來象徵希望的建立」[6]。這些話加上前述的童年經驗，成了解讀施叔青早期小說的直接依據。在一九六○年代中期，《現代文學》和《文學季刊》分別鼓吹現代主義和現實主義文學的情況下，有這樣的創作傾向和觀念，是很自然的一件事，值得探討的倒是她所謂的象徵手法，以及要求比現實「更富於夢及驚詫的色彩」等問題，所顯現出來的女性寫作策略的心理的、社會的意義。

二

　　根據女性主義的文學理論，施叔青最早的兩個集子，《約伯的末裔》和《拾掇那些日子》裡的十四篇作品，無疑會被劃入沒有自己的文學史的女性文學的第一個發展階段，也就是修沃特（Elaine Showalter）所說的模仿男性／主流文學，把主流文學的

藝術標準及其社會作用賦予主觀特質的「女性的（Feminine）」
文學[7]。首先，從內容和主題上來看，除了最早的〈壁虎〉、〈凌
遲的抑束〉、〈瓷觀音〉、〈泥像們的祭典〉等四篇表現個人的
夢魘或心理風暴，其他的大多集中在小市民的成長歷史和現實處
境，如〈約伯的末裔〉、〈池魚〉、〈倒放的天梯〉，或文化認
同和鄉土歸屬，如〈擺盪的人〉、〈安崎坑〉，另有探討盲人心
理及其社會問題的〈曲線之內〉，就是帶著童年往事性質的〈那
些不毛的日子〉，記述的依舊是人生百態和社會現實。其次，由
小說的主要人物來看，除了自敘性的〈那些不毛的日子〉和〈拾
掇那些日子〉，男性和女性角色，更是平分秋色，看不出特別的
關注對象。但是在這問題和人物的設計上，與一般小說成規相似
的作品中，一個引人注意的現象是敘事方式的變化。在最早的四
篇表現個人夢魘的作品裡，整個小說都以第一人稱的內心獨白方
式進行，其中只有〈凌遲的抑束〉採取男性第一人稱的敘述。可
是越到後來，隨著小說對社會問題的涉入，男性敘述的比例越來
越加重，特別是當作者有意運用她所謂的象徵方法，把小說設計
成表達某個觀念或傳遞某種訊息的載體的時候，男性第三人稱的
敘事觀點更是佔了支配性的地位。前面提到的有關人的現實處
境、文化或鄉土認同等問題的作品，都屬此類，其中只有〈安崎
坑〉和〈曲線之內〉用的是女性第三人稱的敘述。

　　除了上述因處理問題的不同而發生的敘述上的性別及人稱的
變化，在小說的對話方面，同樣可以看出，凡屬上述探討社會問
題的作品，對話的比例也隨著增加。這些現象，一方面顯然是因
小說內容本身的要求而存在，另一方面則意味著施叔青自覺或不
自覺地援用一般小說創作成規，企圖透過敘事觀點和對話的運
用，來增強作品的客觀性和真實性，也就是說在敘事上企圖擺脫
第一人稱敘述的主觀色彩，以及作者與小說人物同一的尷尬情
況，同時藉著對話的加入來擴展小說的活動幅度及發展方向，從

而使作品達到一般要求中的藝術說服力。但她的這些嘗試顯然是落空的。因為在她所謂的象徵方法下，小說人物事實上成了觀念的傀儡，或事件的負載體，而小說的對話，它的作用，如不是用來交代情節，就是作為預設的觀念的傳聲筒，有時甚至成了驚歎號似的、帶著情緒玩味性質的重疊句，一如樂曲中的重唱（re-frain）部分一樣。在這情況下，敘事人稱和性別的改變，似乎改變不了她的小說在根本上的獨白性質，它除了提供一些類型化的、具有簡單對立意義的人物，來分擔不同的象徵作用，對於小說的結構和發展，似乎不發生主動的、建設性的力量。甚至於到最後，當小說完成時，本來用以填充人物的性格和思想的材料或細節，反而喧賓奪主，成為獨立於人物的有自己的生命的東西，割據和佔領了她的小說世界的各個角落。

上述情形普遍存在於她稍後寫出來的幾篇小說裡，如同樣處理文化和鄉土認同的〈安崎坑〉及〈擺盪的人〉，分別由女性和男性第三人稱敘述出現，在人物安排上，〈安崎坑〉的李元琴代表由都市到鄉村，逐漸與鄉土認同的人，她的認同媒介是土生土長的產婆愛姐和礦工王漢龍。在〈擺盪的人〉中，由美國回來的文化邊際人 R，企圖由編導電影來建立自己的文化歸屬，在這過程中，幫助他回歸的女孩安蘊，是一個來自臺灣中西部鄉下，擁有布袋戲人偶、祖母的眠床、田野記憶等等傳統文化的人。另外，如〈約伯的末裔〉，這篇探討小市民成長歷程的作品，主角江榮的歷史，全在與青年油漆匠的對談裡給獨白了出來。在〈紀念碑〉中，鎮公所職員柯慶茂，他想設計一個鎮長紀念碑來實現自己多年的理想抱負到最終的挫折過程，幾乎全由他與妻子、女兒、情婦的對話裡，生硬地表達出來。在施叔青所有的早期作品中，人物和對話比較得到表現上的自由的，可能是寫退伍老兵王琨被少年阿蒙騙去娶老婆的錢的〈池魚〉，這一篇從標題到內容，都可約略感覺出作者對人間紛爭的幸災樂禍，在處理上也比

較看不出什麼抽象觀念在指使的鬧劇似的作品。

　　以上有關小説表現方法上的問題，顯示了施叔青在駕馭一般的、或男性中心的文學成規上的困難，這固然是來自她的能力上的侷限，但這侷限似乎正反映了女性文學的特質。根據女性主義的理論，在父權的、男性中心的社會中，處於從屬地位的女性，在意識上普遍呈現著克利斯特娃（Julia Kristeva）所説的邊際、顛覆、離心（marginality, subversion, dissidence）的性質，在這意識狀態下，她們發展出一套特殊的「女性言談（le parler fèmme）」，根據提出這看法的伊希加雷（Luce Irigaray）的解釋，女性言談的特徵在於流動性和感觸性，它抗拒並破壞一切固定的形式、形體、印象和概念，它總是點到為止（touch upon），不斷地從頭再來。在文字表達方面，根據西蘇（Helene Cixous）的看法，文字書寫中存在著一種「女性書寫（écriture feminine）」它是包容的、開放的，它不一定由性別來決定，但在女性作家的作品裡較顯著，它的特徵是力求變異，目的在於破壞男性中心的邏輯思考及其二元對立的封閉性[8]。這些説法，都著重在女性言談和文字表現的不安定的性質。與這有關，女性的想像力也被認為因為她們孤立的社會地位，及由之而來的恐懼，而傾向於意識上的混亂、模糊，結構上的不確定和破碎，如伊希加雷就以神祕性的想像和恍惚忘形（ecstasy）來形容女性思維的特質，她認為這是因為她們在現實上找不到立足點，一如 ecstasy 這字的希臘文原意：無處可歸（ex:"outside"；histemi:"place"。）[9]

　　這些説法，或許有助於了解施叔青早期小説的形式和文字風格的問題，特別是那些社會意識較濃厚的小説中，所暴露出來的敘事結構和文字肌理上的不平衡現象。如果説，她在問題的處理上，執意以對立性的象徵表現擺盪在現實邊際的畸零人物，正象徵著她自己被禁錮在男性中心的權威秩序下的離心的、無處可歸的窘境；那麼，她的另一企圖，也就是前面提到的把現實表現得

更富於夢及驚詫的色彩，反映的或許正是以變異來顛覆、瓦解象徵父權的理性思維的女作家的看家本領了。

三

　　從女性經驗和視野出發，施叔青的早期小說很「自然」地走上奇幻文學（Fantasy）和女性怪誕文體（Female Gothic），這些被解釋為本質上在攻擊父權的—現代文化的符號秩序的寫作策略。在這情況下，被艷稱為保存著濃郁中原文化的鹿港斜陽，無疑提供給她豐富的寫作資料，因為就像一切沒落的沙文主義一樣，它的早已式微的、徒具形式的傳統，反而更加虛張聲勢，恐怖駭人，因此像〈泥像們的祭典〉、〈凌遲的抑束〉等作品所呈現的介乎陰陽的世界，就不是單單能靠想像產生出來的。此外，一九六〇年代中期的臺灣現代主義風潮，同樣給她創作上的助力，因為在她的小說世界中，分明可以看到存在主義和心理分析的符碼，如〈倒放的天梯〉中虛懸於社會關係之上的荒謬英雄潘地霖；〈約伯的末裔〉中，被佛洛伊德—榮格式的恐怖之母宰制、侵蝕掉生命的小男人江榮和老吉；〈擺盪的人〉和〈安崎坑〉中，失落、孤絕的現代人 R 和李元琴。不過正如前面討論過的，施叔青的這類小說在敘事結構和文字肌理間的衝突，以及她的小說世界的細節、情境之喧賓奪主，因此在解讀時，似乎不能由這些大名詞——也即前引劉登翰所說的現代病態感的觀念——入手，而應該由那最早時用以構成她的獨白世界，稍後則以內在文本（inner text）的性質介入小說之中的幻想、夢魘進行分析。

　　作為幻想文學，施叔青的早期小說確是不缺乏她要的夢及驚詫色彩，無怪乎王德威由男性批評的角度，會認為那是把活生生的生命寫「死」的女作家的「鬼話」[10]。就說現實世界及人吧，浮現在她小說中的情形是：

　　　　似乎極近似哈代某些小說裡的人物；翻過荒涼的紅色
　　　草原後，僻遠的村野裡所住的那些畸零人。安靜的時候
　　　──多半的時候他們很安靜──是一張張前傾的，狩候著
　　　什麼的臉。（〈那些不毛的日子〉）

　　　他們的工作和行業是巫婆、童乩、神龕雕刻師、棺材鋪、冰
冷的瓷器店、有著像墳穴似火坑的小鐵鋪。在多數時候，這些畸
零人在形體上以兔唇、癡肥、多趾、膿瘡、脫皮症，在精神上則
以白癡、瘋狂、自殺、羊癲瘋、性倒錯、亂倫的慾望出現在她的
小說世界。種類繁多的昆蟲動物，在她小說中出沒的偏偏是壁
虎、蜘蛛、蜈蚣、蝙蝠、蛇、以至於鬼氣的紅蜻蜓等等五毒橫行
的狀況。就是尋常的石榴、扶桑、楊桃，在她筆下開出來的竟然
是帶著妖異的深紅色的花朵，而老榕樹的攀結根藤，會變成鱔魚
一般的食人樹。
　　　這些以夢魘性質出現的人物和情境，它們的存在，自有現實
上的依據，如記敘童年經驗的〈那些不毛的日子〉，描寫「吐血
似的吐出一口口檳榔汁」的土娼寮老鴇；她的多趾症的、先天性
白癡的女兒，「整個的樣子像是個未成形的嬰孩屍」；還有表演
吞劍來推銷草藥的基督徒；迎著陽光，一層層撕掉自己身上皮膚
的鄰居女孩，等等。但有時候是來自作者的敏感或神經質，如同
一篇裡，她記敘讀了〈磨蕎麥的老妖婆〉，這則把人變成驢子的
故事，使她「第一次感到由文字產生的恐怖力量」，而在「看到
異像的恐怖」之餘：

　　　　好長的一段時間，我特別愛照鏡子。上床以前，必須
　　　先在鏡子中把自己的眼睛、鼻子確認一番，才能安心睡
　　　覺。然而燈一熄，黑暗湧來，全身的皮膚仍不由得要感到
　　　一陣縮緊，彷彿面臨蛻變的前兆。……

　　由人變的那群小驢子，常常浮現在我眼前：千百萬個亂竄的小小驢頭，由於推擠而引起的喧嘩……由這我聯想到另一個景象——我自己編的——一堆血肉模糊的嬰兒的頭，掙扎著探出圓圓的血池，他們渴望被生。

　　相似的現實與幻想的結合，還出現在同篇中的幾段描寫，如到鬧鬼的同學家「探險」的過程，參加死去的同學的葬禮後，夢到「背著自己的墓碑在荒山中找埋葬自己的地方」，以及篇末由現實的園子到想像中的「失樂園」的描寫。

　　這類被施叔青自己承認的現實經驗的加工及想像上的編造，使她那「堆積木似的」早期小說充滿變形的、夢魘的底調，它首先以瘋狂和異象的形式存在於較早的幾篇作品裡。如〈壁虎〉中，因肺癆輟學在家的敘述者，「夜夜夢著塗擦顏色，油亮亮的僵化面具」圍著石桌跳舞，後來當她不意闖入被情慾敗壞的兄嫂臥房時，竟然看到「兩隻懷孕的蜘蛛穿行於女人垂散床沿的髮茨」。〈瓷觀音〉中，曾經「憂鬱地瘋了起來」的李潔，她的白癡弟弟「永遠躲在門後，把彎曲的肢體摺疊在一起」，構成她的世界的是母親的「經年詛咒」和絕情毒打，被機器軋斷一隻手的「多毛如猩猩，肥壯如獸」的未婚夫，還有她家瓷器店中，「一尊尊閃射出陰冰冰的白光，且漠然著臉容的觀音瓷像」。〈凌遲的抑束〉裡，敘述者的母親瘋了之後，整天細心地縫做小布人，並給布人的臉「用黑墨畫上一隻大蝙蝠」，這形象後來疊合於外祖母「極端肥白圓大的臉」。而後，當敘述者看到「正對著斑漬累累且破裂多處的圓鏡擦洗著」身體的外祖母時，在昏熱中感覺到的是一頭「壯威得有若慾性很強的男人的雄貓，懶懶地蹲伏在矮凳上，一對淡綠的眼珠緊凝著伊反映於鏡中赤著的上體」。

　　上述這些異樣的、違反常識的景象，在〈泥像們的祭典〉裡，有更森人的、更恣意的表現，這篇徘徊於陰陽之間的作品，

從內容到表現方式，都可作為施叔青早期小說的想像世界的寫照。這個任憑她呼風喚雨、五鬼搬運的恐怖世界，可以說是現實的鹿港斜陽折射出的心靈上的地誌（topography），是它代表的傳統和價值觀念的變形，因為按幻想文學的社會意義層面而言，作品中所表現的物體及肢體的殘缺相當於理性的破裂；人物性格的解體，暗示的是對於社會和文化秩序的強烈排斥[11]。而這應該是男性中心的社會裡，被撕扯於自己究竟是什麼、應該是什麼之間的女性特有的破裂感的不合法的合情出路。在女性文學中，如英國夏綠蒂・伯朗特（Charlotte Bronte）、瑪麗・雪萊（Mary Shelley）、伊麗莉白・加斯克爾（Elizabeth Gaskell）等的幻想文學作品，就都曾以哥特式的迫害和魅影重重的地理環境，來表示與父權社會所代表的理性和邏輯思考的離異、斷絕的願望[12]。

伴隨著上述的狂想世界，施叔青早期小說中的人物和情節，自不可能具有一般意義的「正常」，它們普遍都以誇誕的線條和詭異激情的面目出現。在人物方面，可以明顯看出兩性力量的懸殊，而在那數量眾多，威勢懾人的女性角色中，除了像天使一樣的舞蹈老師吉米（〈那些不毛的日子〉），以及帶有一般的「正面」意義的少數幾個角色，如地母型的產婆愛姐（〈安崎坑〉），情婦麗花（〈紀念碑〉），還有與知識文化有關的侯瑾（〈曲線之內〉）、俊珠（〈紀念碑〉），其他都是被情慾、瘋狂、癡呆、疾病、詭異和不安控制了的女性。比較起來，施叔青小說中的男性角色是更不堪入目的，除了〈壁虎〉中的神學院學生的么哥，〈倒放的天梯〉中的無關緊要的精神科醫生，具有人性的光彩，其他一概被截然地劃入動物似的，以及怯懦早衰的兩個範疇。相應於這「不正常」的人物造形，在情節方面，除了帶有記事性質的〈那些不毛的日子〉和〈拾掇那些日子〉，探討社會及文化歸屬問題的〈曲線之內〉、〈擺盪的人〉，其他的作品，幾乎沒有例外地架設在一個緊張的，甚至於是仇恨的家庭關

係之上，而且經常是以不可解決的兩性衝突，或出沒於人物記憶中的有關情慾的不潔感覺和經驗，引發出以瘋狂或自毀為終結的生活戲劇。上述的一切，集中表現在〈約伯的末裔〉這篇小說裡。

　　〈約伯的末裔〉的篇題雖然來自聖經的人名，但從小說的表現上看，它事實上只套用了人在塵世遭受患難試煉的表面意義，而且災難的根源，並非像聖經中的神的絕對意志，而是來自法力無邊的謎樣的女人。這篇小說從藝術設計到文字表現，幾乎包羅了施叔青早期創作的一切奇幻的、怪誕的質素。首先，除了刻意營造的詭異意象，作為它的象徵中心的、陪伴整個故事的發生和發展的，是一座被蛀蟲從內部蛀蝕了的粉屑飄飛的酒廠工寮，以及一個曾被敘述者想像為包含無限秘密，而事實上不過雜草叢生的廢園。人物方面，在男性的一邊，主角之一的老吉，他的行業是掘墓人，敘述者江榮則是個只有躲在木桶裡才覺得安全的木匠。女性方面，除了老吉那個有遺傳性瘋狂傾向的、額頭上爬著蜈蚣疤痕的妻子，另外就是活躍在江榮四周的一群血色鮮麗的，然而惡戲的女人。這篇瀰漫著女性旺盛的生命力和精神威脅的小說，從施叔青的象徵企圖來看，雖然表現了在女性面前，男主角的生活從母親開始就遭遇到一連串不幸的、鎩羽的經驗，但是從作為女性敘述特徵之一的「口是心非（duplicitous）」來看，這個表層意義無寧是整個被顛覆了的。因為根據珊德拉・吉伯特和蘇珊・古柏（Sandra Gilbert & Susan Gubar）合著的《閣樓裡的瘋女人（The Madwoman in the Attic）》的分析，女性作品中反覆出現的幽禁／逃逸，病弱／健全，破碎／完整的描寫，是一種反男性——父權的寫作策略，而小說中的瘋女人經常是作者的另一個自我，是她的焦慮的、憤怒的形象的投影，因此瘋女人的出現是對男性沙文主義的一種老謀深算的顛覆 13。如果這樣的理論，不致陷於其他女性主義批評家詬病的作者—人物同一謬論，那麼存在於施叔青早期小說中的激情的、瘋狂的女性群像，及與之相對的

萎縮的、影子似的男性角色，或許正是對日薄西山的中原傳統父
權文化的深沉的、漂亮的一擊。

　　同樣可能的是，根據女性文學的「陽奉陰違（palimpses-
tic）」的寫作策略，呈現在施叔青幻象重重的小說世界中的異常
情境，它的解決不了的衝突，它的總是戛然而止的、無政府主義
式的終局，除了是經常被女性主義批評奉為圭臬的：「以歪斜的
方式說出全部真理（Tell all the Truth but tell it slant）」，或許只
是對於已經失去生命力的布爾喬亞社會的形式上的顛倒，而顛之
倒之之餘，它的實際意義也不過是對她感覺中的「不毛的」布爾
喬亞人文主義及其生活的妥協與順服罷！

（1993）

1　　白先勇：《約伯的末裔・序》，仙人掌出版社，台北，1969 年。頁 1-8。以下凡
　　　引用此文，不另加注。

2　　如王德威：〈「女」作家的現代「鬼」話〉，論施叔青部分，見《眾聲喧嘩》，
　　　遠流出版公司，台北，1988 年。頁 229-231。李子雲：〈施叔青與張愛玲〉，收
　　　於施叔青小說集《顛倒的世界》，中國文聯出版公司，北京，1986 年。劉登翰：
　　　〈在兩種文化的衝撞之中〉，收於施叔青小說集《臺灣玉》，海峽文藝出版社，
　　　福州，1987 年。

3　　李子雲文，同注 2，頁 2、4。

4　　劉登翰，同注 2，頁 353、356 。

5　　以上引述見〈那些不毛的日子〉，「宮口──小社會」一節，原收於《拾掇那些
　　　日子》，志文出版社，台北，1970 年。現收於《那些不毛的日子》，洪範書店，
　　　台北，1988 年。頁 174-187。

6　　以上引文見《拾掇那些日子》，同上注，洪範版，頁 31、44。

7　　Toril Moi: "Sexual / Textual Politics: Feminist Literary Theory", Methuen, London, 1986, pp.
　　　55-56.

8　　Ibid., pp.144~146. 108~109。

9　　Ibid., pp.136~137。

10　　同注 2，王德威文。

11　　Rosemary Jackson. "Fantasy: The Literature of Subversion", Methuen, London, 1981, pp. 86~7。

12　　Ibid., p.127。

13　　Ibid., Moi. pp. 60~1。

嘆世界

——施叔青《愫細怨》序

　　隨著生活的變化，施叔青在過去的十幾年裡陸續寫出一些風格極不相同的小說。十幾年裡，她由現代主義的〈壁虎〉、〈瓷觀音〉、〈泥像們的祭典〉，到她認為應該給文學一點使命感的〈安崎坑〉、〈擺盪的人〉，以至於鄉愁的長篇〈牛鈴聲響〉，風格的變化，正如同它們的內容一樣，經常給人騷動不安的感覺。這表現於創作上的不安，在她剛開始寫作的階段，似乎只是起於被誇張了的青年期的夢魘和沒有緣由的反叛，而後則大半決定於使她措手不及的新的生活經驗。但到了一九七〇年代初，她從紐約回來的那段日子，存在於她小說世界的騷動不安逐漸有了根本的、也即屬於想像的結構和性質本身的變化，這首先出現在〈「完美」的丈夫〉、〈常滿姨的一日〉等小說，而後持續地表現在她突然停筆數年，又突然熱心地寫作起來的〈臺灣玉〉及系列小說〈香港的故事〉等近作裡。

　　建立在女性的經驗和視野之上，施叔青的小說藝術不免於帶上被女性一向的社會角色所決定了的手工的性質，這個與日常事物和日常生活有著較直接和親密關係的藝術勞動，一方面使作品像日記一樣隱密地、熱切地追逐著個人的生活，一方面產生了絮聒的、然而獨斷的全知敘述觀點。在這樣的創作意識下，當她還不確知究竟想說些什麼、表現什麼的時候，經常可以因一時的情緒，在想像力所能容許的限度內，把現實經驗恣意地、戲劇地膨

脹或矯飾到面目全非的地步，她最早的兩個小說集《約伯的末裔》、《拾掇那些日子》，大半就是這類的作品。在那裡，每個意象和敘述經常不安定地浮沉在一個意向未明的感覺的大海裡，因而整個小說世界幾乎只成了形容詞似的華麗的暗示，而在那暗示的大海下的是連她自己也弄不清的有關生命和生活的疑惑，或者一個小小的挫折。

　　這個以自我和自我的生活為對象，因而怎麼也安定不了的創作活動，它的出路只有透過本身的再生產，另一方面，由於它與生活仍舊維持較密切的關係，基本上仍直接參與和佔有生活，新的事物、新的刺激都足以成為一個創作的觸發點或一種併吞的力量來佔有新的材料，使之成為另一個生活劇場。這就決定了施叔青的小說在形式上越來越走向一種分歧的結構，她的小說，在過完了青年期的夢魘階段後，經常是由一個可能的關注或激情的中心破裂性地分歧出來。在這種敘述結構下，意念的發展或答案不是小說的重點，它的重點在熱熱鬧鬧的分歧本身，在它們之間的戲劇關係，以及由之呈現的問題，而這形成了她的小說在內容上的故事性的豐富和風格的多樣性，同時使她的創作從根本上排斥一定的概念和主義，因此一九六○年代末，她雖然也湊熱鬧地趕上臺灣現代主義文藝的潮流，但她的那類作品，除了是對於生命疑惑的形容詞式的暗示，畢竟總讀不出什麼「荒謬」的意義來。她的小說中，凡屬有意識或有目的的加入什麼深刻的意義、概念或使命的，幾乎都避免不了造成人物心理的濫情、突兀的轉折，或者一截多餘的光明的尾巴。她的早期小說像〈紀念碑〉、〈封閉的曲線〉、〈安崎坑〉、〈倒放的天梯〉，這些企圖替人物製造生活的理由，人道主義的解釋，為他們給出正面意義的作品，以至於把鄉愁當作一種救贖、一個美麗的姿勢的〈牛鈴聲響〉，都犯了這個毛病。

　　在這來自生活現實而又按照自我要求的規律發展的藝術勞動

下，創作的意義基本上仍停留在屬於作者個人的，也即只具有使用價值而非交換價值的藝術創造的層面上。這使得作品的藝術表現，如不是把女性例行家務的勞動分工美學化了的瑣碎描述，就是總要使自己的手工有點特色的強烈欲望。這些傾向造成施叔青小說的誇誕的、濃鬱的、綿密的色調，她從不寫商業成品一樣的規格化的、平均值的人，她的人物和事件總是經過誇大、強化的手續，喧鬧地、衝突地出現在一個特別處理過了的舞臺。同樣由於手工藝術的性質，那女性敘述慣有的隱藏事實，粉飾事實，總之，只愛自己的訴求方式，使她的作品總是由一個女主人似的發號施令的絮聒而又獨斷的全知敘述觀點控制全局。這個因義無反顧而不免於片面性的陳述，可以透過本身的分歧，也即新材料的不斷加入和佔有，使作品像個追逐事實真相的豐盛的人性饗宴，但處理不好的時候，也就是恣意地玩弄寫作對象的時候，那精力旺盛的小說便避免不了浮世繪式的惡戲、粗野，甚至於庸俗的感覺。〈常滿姨的一日〉及部分〈香港的故事〉，就存在著這個缺陷。

　　作為大英帝國的最後殖民地的浮世繪，已經寫出來的四篇〈香港的故事〉，它們的人物和事件都相當準確地掌握了這歷史矛盾的會聚點，也即被殖民加上現代資本主義社會的精神和現實發展。如：因為被殖民，香港是沒有自己的傳統和歷史的，所以精神生活上出現了盆景化的京戲票房和古董買賣（〈票房〉、〈窯變〉）；因為高度商業化，香港仕女的人格被物化，所以世界名牌、高級餐廳成了可以被消費的物化的人格（〈愫細怨〉、〈窯變〉）；因為行政現代資本官僚化，香港人的生命是千絲萬縷的決策過程中的一個秘密，所以婦人吳雪只有以人類生命的最大秘密的瘋狂昭雪她丈夫的死亡秘密（〈冤〉）。這是一個從生到死整個被顛倒了的世界，在這個現代的生死場中，施叔青仍舊以她事必躬親的專注心情，以及香港人所謂「嘆世界」的歡樂態

度，進行那還沒有從生活現實完全分化出來的藝術勞動，因而直接地給出不少細節豐富的香港生活的故事，特別是作為現實發展矛盾的折射的精神狀態的特寫：

・洪俊興，從大陸到香港，白手成家的一個印刷廠老闆，「紙」是使他發跡的生產資料，是擁有他的姓名的身份化了的財產，「難怪看他的手指在光滑的紙上巡迴，眼睛中有著無比的深情」。因為他的致富是靠辛辛苦苦的原始積累，所以他跟愫細的愛情交易格外精打細算，有一次在討不到愫細的歡心後，「突然想到了什麼」，跑過去從衣袋掏出一付耳環送到愫細面前，說：「喏，剛才忘了先給妳，妳要的耳環，賠妳。」──〈愫細怨〉

・陳安妮，父親早逝，與寡母住在香港政府的廉租屋，「在小小年紀就對自己的將來有了精密的全盤打算」，到英國學藝術行政，因為「她早就看出香港的表演藝術，在現任港督的贊助下，必然大有可為」。為了躋身上流社會，除夕狂歡化裝舞會，她靠一身咧頭、貼片子、上珠翠、勾臉、畫眉、鳳冠霞帔的古典美人扮相，一夜之間擊敗披掛現代名牌服飾的香港名媛淑女，因為在以刺激完成銷售目的的商品消費活動中，她打的是出奇制勝的古典美女牌。　　　　　　　　　　　　　　　　　──〈票房〉

・姚茫，香港的名牌律師，「年過半百，依然浪漫唯美」，對名家設計的絲巾有特殊偏好，平時愛穿瑞士麻質服飾，「看似不著意修飾，其實是用心搭配的服飾，穿在他身上，永遠服貼舒適」。他「順手」送給女朋友方月的「小禮物」，「往往是一條狄奧的絲巾、古奇的鱷魚皮帶、甚至以鑲工聞名的卡蒂亞真金耳環。」這個整個被名牌標籤裝點起來的生命，就像他那一雙「多肉的、綿綿的」手，他的「無懈可擊」的餐桌舉止，他的「熨平人心」的話，以至於他的古董收集，已經是完完全全沒有個性、

没有發展的人性裝配廠生產出來的拼裝的人。　　——〈窑變〉

　　·納爾遜太太，隨丈夫的工作調到香港，每天翻閱日曆，一年四季，從不漏過任何一個可資慶祝的中外節日。聖誕夜，她從天主教中學，「請來白衣銀冠的唱詩班，群集花園，站在星空下大唱彌賽亞」。她連中國新年也熱烈慶祝，「除夕夜，只見她通身一片紅，拖地紅綢旗袍，髮際之間還插上一朵朵小紅絨花，她把家裡也佈置得像新房一般，古董店買來的八仙臺帳高懸門樑，也不知從那兒弄來鄉下人做被面的土紅大花布，用在圓桌上當檯布，喜氣洋洋一片。每位客人前面水晶杯下還壓了個紅包」。失去了傳統和歷史，在殖民地上，莊嚴的、有一定意義的節日只能是精神錯亂的化裝狂歡舞會。　　——〈窑變〉

　　納爾遜太太，這個富裕的殖民地的洋女士，她的宴會總是有「那份荒誕神話般的色彩。」神話本來是經過人的想像力不自覺地加了工的自然力和社會形式本身，但現在，給這現代社會生活加工成荒誕神話的不是人的想像力，而是錢，那流通在資本主義社會生活裡的血液，那矗立在資本主義社會神廟裡的唯一物靈。是錢，這個把人的力量轉換成它本身的力量，而後以自己的形式存在於人之外的非人的力量，使富裕的納爾遜太太可以把她的一年四季都變成中西文化的嘉年華會。也是透過錢的法力，她可以把中西宗教節日，像陳安妮「脫胎換骨」的古典美人扮相一樣，來個內容與形式的顛倒，使它們充滿純粹消費性的荒誕神話的色彩。同樣是透過錢，這個可感覺而又超感覺的抽象了的社會的物，可以把人本身的藝術屬性盆景化為魚翅席上的「凝趣雅集」，可以把人類的藝術遺產物化為印在拍賣目錄上的，除了標價的意義再也沒有別的意義的：雍正柳蓮水草盃，或者裝殮在表示它的高價的錦盒裡的：成化波濤捲雲紋雙耳壺，甚至於可以在拍賣會上使人「失去理智哄抬價錢，自相殘殺」。同樣由於錢，

這個以它的虛幻形式凌駕人本身的人的力量，可以使人的生活和
生命徹底博物館化，姚茫的住家：「裡面完全改修過，黑白強烈
的對比，完全是現代的冷硬線條，特別設計的燈光打在一屋子的
瓷器古物，使（女主角）方月有如置身現代化的小型博物館。為
了節省空間，幾面牆全被挖成空心，鑲入一層層玻璃櫃，由上而
下，像神龕一樣供奉著主人的精心藏品」。同樣被那異己的自己
的力量挖空了心，香港名流雲集的，以信用卡證明購買力也即身
份的高級餐廳「La Renaissance」，它的相貌，是把文藝復興精神
整個顛倒過來的「四不像的抄襲」。

　　這個顛倒的世界，香港的故事之四〈冤〉，對它有深刻的披
露。小說的女主角吳雪，當她丈夫是有錢的于家大少爺，注定要
因他可能的腦瘤，被栽上一條吸乾他生命的財源滾滾的管子；當
他只是婦人吳雪的丈夫，他的死亡證書，注定只能用最虛幻的瘋
狂方式開具說明。這個由貨幣貴族壟斷一切，包辦一切的現代神
話世界，使一向熱心地介入生活的施叔青，她那來自現實生活節
奏的小說藝術節奏有了變化，它變得像生活在死亡陰謀裡的婦人
吳雪一樣「疑疑惑惑」，一向存在於她敘述結構中的首席女高音
似的全知觀點，在這篇小說中變得瘖啞，曾經反映在她小說人物
心理和事件發展上的大權在握的敘述意識，也失去了原有的自
信。這個瘖啞的、失去自信的小說敘述，它的想像的結構和性
質，正是那把人掏空了一切的疑疑惑惑的客觀現實的折射，而整
個小說世界，特別是它的後半部，就是透過那疑疑惑惑的事件及
人物心理反應的互相折射來完成。它沒有答案，因為它本身就是
問題。

　　從她出生的小鎮到臺北，從臺北到紐約，從紐約回臺北而後
到香港，走了這麼些人生長路的施叔青，當她面對的現實節奏和
肌理是她熟識的，她是個忘情的、善於說故事的小說寫作者，她
的小說創作的想像結構也循著她能控制的方向進行和發展，雖然

偶爾出於一時的不快樂，她曾經以女性比較上大驚小怪的個性，
也即是被她們社會分工決定了的認識上的經驗性和片面性，把她
年輕的、不更事的對生命的驚嘆，誇張成符咒似的〈凌遲的抑
束〉或簡簡單單地給出像〈安崎坑〉式的被一般認可了的正面
的、光明的解決。在這樣的情況下，她小說裡的喧鬧、分歧和衝
突是有內在的統一性的。但從〈常滿姨的一日〉等作品開始，使
小說人物招架乏力的事件發生，逐漸成了小說的主體。這以後，
她剛到香港的那段日子，她寫了形式與內容和諧地組織起來，也
即是客觀存在和人物意志相安無事的〈臺灣玉〉。那裡頭，退休
的外交官太太李梅，雖然因她殘餘的自尊，也即是殘餘在封建官
僚意識中的那因超經濟剝削而產生的特權和面子問題，不願把她
的外交禮服賣給剛出道的、「跑到臺北打天下」的鄉下女孩，把
一雙合她的腳也合她的意的鞋子，試了試後，「生怕熟人看到的
趕快擺回地攤」，但這心理障礙無礙於她女性地把愛情和做生意
混同為一，雖然她經營的第一筆交易幾乎使她一家全軍覆沒。

　　可是生活在殖民地香港，當人的尊嚴、人的意義眼看就要徹
頭徹尾的「沒面子」的時候，作為一個作家，施叔青的創作者的
意識起了作用：那無政府的物與物的生死場必須理出一個頭緒，
被顛倒了的世界必須再顛倒回來。於是她小說中一向站在她的敘
述意識的一邊，被她的敘述意識認同的女主角，轉達了她的訊
息。〈愫細怨〉結束於愫細一個人跑到海邊，「跪到沙灘上……
用盡平生之力大嘔，嘔到幾乎把五臟六腑牽了出來」。〈窰變〉
的方月，在納爾遜太太荒誕神話般的宴會中途，突然胃痛，一個
人走到空蕩蕩的香港會所的大廳，在老式水晶燈的黯淡輝煌中，
憑弔那「象徵殖民地的階級、特權」的建築物，終於要被拆除的
命運。最後，當她受了畫家何寒天震盪，好不容易走出姚茫現代
博物館似的家，她坐在車上，望著寬敞的大馬路，「筆直地朝前
看」。但這嘔吐能嘔吐掉使她嘔吐的世界嗎？這朝前看能看出限

制她的視野的世界之外嗎？問題的解答似乎更近於方月終於要埋
身在名牌與古董堆中，而愫細不能不亦步亦趨地隨著流行「大熱
天談秋裝」，更近於充滿特權意識的愫細與市儈的洪俊興掙扎了
半天後，香港的四月天「突然」出現大雷雨、大冰雹，使她無可
奈何地躲進那被異常的天象敉平了反抗意志的愛情交易的港灣。
正是在這裡，在這一陣突然垂憐於這密不透風的鋼筋水泥的小說
世界的異常天象，我們看到了曾經在雨果的《悲慘世界》出現的
茫茫大海，曾經為勞倫斯的《少女與吉布賽》解決了靈肉之爭的
暴風雨，等等。但這資本主義社會作家帶著歉意和辯解的醫療社
會痼疾的唯一處方，真的能夠讓我們從觀光的、消閒的大海游回
人的岸邊嗎？我們真能夠把一個生態破壞的地球還給宇宙，讓它
重新適應那新的秩序，好使我們一無缺憾地接受那新的及時雨
嗎？或者，我們只有等待這溫度、成分都經過嚴密控制和設計的
資本主義社會生活的大窰，突然奇蹟似地冒出一個如同〈窰變〉
中的藝術家，而後燒出一隻奇蹟似的「窰變」？

　　已經不記得在什麼地方讀到這樣一個故事了：

　　一九〇八年前後，逃出荒寒的俄羅斯天空，到意大利開普利
島曬太陽，治療憂鬱症的高爾基，在一次聚會中聽到一個故事，
說是東歐某處農村的一個孩子，由於什麼機會，去到了城市，在
城市裡他很快就迷失了道路，他在街上彷徨了很久，但還是不能
走到他看慣了的廣漠的原野，終於他覺得是城市不願意把他放
走，於是跪下來祈禱，但還是得不到幫助，最後他從城市的一個
橋跳到河裡，因為他相信河會把他送到他渴望的原野，然而他並
沒有被流去，反而身體碎爛地浮在城市的橋下了。

　　讀罷施叔青的小說集《愫細怨》，這故事又淒然地爬上心頭
了。

（1984）

鹽屋
——李昂《混聲合唱》序

　　一九六〇年代末，當臺灣的知識青年喜歡以存在主義和心理分析的觀點作為思索問題的基礎時，李昂開始寫她的小說。那個時候，她毫不遲疑地相信自己是在一個困境裡頭，除了必須忍受成長的艱辛，她覺得遭遇到了一個最「無趣」的、然而重要的選擇：大專聯考。對她來說，這選擇意味著或者必須以無比的寬容繼續忍受小鎮瑣碎冗悶的生活，或者加入台北，那個她當時確信著的充滿「異鄉人」的世界。被想像和傳聞組織起來的生活總是容易叫人酩酊的，何況當時的台北確實有一群熱熱鬧鬧的現代文學藝術的吹鼓手，他們的成績，不需太多時間就可被李昂讀到，像巫術一樣地蠱惑她。就這樣，隨著聯考的逼近，在大學指南與現代靈魂宗師的語錄之間，為了那被形容作「自由」的抉擇，李昂著著實實打了一場硬仗。那段經歷，據她事後回想說幾乎是「背水一戰」的感覺，那時她經常掛在口頭的一句箴言是卡繆為薛西弗斯神話所下的總結：「荒謬的人一旦首肯，他的努力將永無窮盡。」也許李昂樂於相信她了解那則神話，因此便認為她的一切努力只不過是對於一個相似的處境的詮釋。不同的是卡繆堅信苦刑中的西希弗斯是衷心愉悅幸福的，而李昂從那場戰鬥中得到的卻只是一種「莫名」的生活上的遊戲，它的存在足以令人嘲笑，但卻找不出足夠的理由反駁它要那樣發生、進行的權利。這經驗經她娓娓道來，便是從〈花季〉到〈長跑者〉為止的那七篇

小說。

　　〈花季〉這篇小說所表現的，也許可以説是在無事發生的日日生活中，一場自擬的，然而卻把生命的真相暴露出來的戲劇。以一個十六歲女孩所可能有的生活做基礎，透過一個殘餘著公主和白馬王子的童話世界，還有剛萌芽的對於性的恐懼，這篇小說帶給我們的信息是：在一個被確認為不會有一件新鮮事出現的世界裡，由於一時的反抗慾望，那有一定秩序的生活格式被解體了，就在這能夠實際參與生活設計的過程，生存的情境才開始變得清晰，那便是面對含有多種組合可能的事象，以及將要由它們構成的另一生活圖樣所產生的驚悸和狼狽，還有隨著原有秩序的恢復而恢復的沮喪和倦怠。這篇小說在李昂的創作活動中扮演著序幕一樣的作用，從同時期陸續寫出的作品，不難看出她在敘述意識（narrative consciousness）上，一直是以表現於〈花季〉中的戒懼不安的態度，尋繹一些基本上與它相似的懸宕處境和無法自主的經歷。這個傾向，隨著作品對於不同問題的探討和思索，自然地發展成一套以心理真實為軸心的生活的迷幻戲劇。就個別作品來看，它們可能是一些不相干的夢魘，一些乖張的內心生活斷片，各有起點和收場，可是從它們的中心意念和情節發展的結構上看，卻讓人感覺到這些小說是在表現一個相同的心理境況的循環故事（story cycle）。可以説李昂在這階段內的作品一直是徘徊於僵局之中，而那正是她在聯考的陰影下急於擺脫的心理上的困境。

　　就小說的技巧來説，〈花季〉這篇作品已顯示出李昂在創作上的才華。它所表現的冷淡清新的文字風格，對於事件的描述能力，以及更重要的，在整個情境的處理上憑藉著對事象關係所作的多面展示而達成的思辯性，都使這篇小說極具說服力。這些品質，加上她從兩次大戰後的西方小說感染到的精神狀態，以及陸續讀到的存在主義和心理分析的論述，都指向著、同時也限制著她走入象徵小說這個類型的創作，這情形可以直接從小說的標題

看出跡象。一般說來，李昂的小說世界是光怪陸離的，它經常是通過小說人物與一些荒誕不快的處境的關係，來表現她對生命或生活現象的經驗和認識，如〈婚禮〉、〈零點的回顧〉、〈有曲線的娃娃〉等。除此之外，有時還加上她自己的詮釋或給予一個合理化的解決，〈混聲合唱〉和〈海之旅〉就是這種例子。在這方式下寫出來的小說，它的主題大都是現代文學中屢見不鮮的自我與外界的衝突、懷疑、焦灼、恐懼、被支配等等，這些意念在此無需加以分析，我們要討論的是她的小說如何將這些不快的經驗和關係表現出來的問題。

〈婚禮〉是李昂作品中比較被人注意的一篇，這篇小說的主角在他一次不愉快的行程裡，從太陽、人類、蓄水池、樓梯等等一路詛咒下來，似乎整個世界都與他作對。在他比較平靜的時候曾說：

> 我不能明白，我為什麼到這裡，我被迫一層層地向上，可是卻不知道為了什麼，最初我認為也許是某種叫責任或什麼一類的東西，可是現在我知道並不……我也沒有所謂的好奇心，那是一個早已死了不知有幾億年的傢伙。那麼，我為什麼到了這裡？我不知道，我嘗試著給它一個解釋，我想，我只能叫它是某些足以令人嘲笑的經驗吧！

這段話可以用來說明李昂的小說人物與外在發生的關係，以及他們在其中所處的地位，它也是構成這個集子裡的作品的基礎意識，這情形直到〈逐月〉那刻意回歸傳統中國智慧的作品，才稍見改變。在這不是自己的意志能左右的處境中，小說人物面對的是一股君臨一切的力量，它的意義曖昧，但對他們有切身的關係，它帶動了他們的意識活動並迫使他們就範。在〈婚禮〉中，這一切是由「菜姑」這符號性的女人及她所代表的世界來表現，

用來維繫主角與「菜姑」的世界是一籃像「魔鬼」一樣重的「素
食」，帶著這信物，主角經過許多挫折才找到他被指定的入口。
從這裡開始，他像進入一個詛咒的中心一樣，逐步通過一棟陰暗
的、由重複的廳堂、甬道、微光的天井等組成的建築物，最後在
腐朽的樓梯盡頭，抵達那垂死的、清規戒律的世界，完成一項必
須的生活儀式：婚禮。在這整個過程中，主角唯一能用來與那荒
誕的齋戒世界對抗的是女孩「J」，她「充滿慾望」然而已不再是
他所擁有，這篇小說便是藉著這尷尬的衝突情勢及不由自主的順
從的過程，正面地給所謂「婚禮」下一嘲諷的解釋，同時也表現
了自我與外在力量間一場無望的爭執，而這正是李昂作品中不斷
探觸到的一個問題。

　　〈婚禮〉之後，李昂寫了〈零點的回顧〉，這篇作品充滿了
少女文學的味道，作態而且平庸，除了故事開頭那暗淡酸楚的童
年記憶，以及「喔，玫瑰」那一小節中，對成熟疲倦的女人及徒
勞的愛情生活所作的揶揄，還保存了她一貫的冷漠思索的風格，
此外可以說乏善可陳。這之後，她寫了〈混聲合唱〉，在這篇由
懷疑和幻覺組成的小說裡，透過主角對於她曾以尊崇的心情唱過
的合唱曲的感覺，對既有權威與自我的關係做了一次細膩而深刻
的處理。首先是整個曲子給主角的印象：

　　　　這真是一個神秘和恍惚的曲子，在心中，我能夠很自
　　然順暢地哼唱著，彷彿它就屬於我身體的一部分，或許我
　　甚至可以說它是屬於我精神的一部分，好似我一生出來就
　　與我俱存一樣。

　　雖然這樣，不依靠牧師太太的帶領主角卻唱不成調，因此她
接著說：

　　要我從嘴裡唱出來，我就覺得彆腳和難過，我抓不住任何一個正確的音符，有時候，我自覺抓住它了，但它馬上就散逝了……在我不愉快的時候，我甚至要懷疑那些音符是否真正地存在，是否真的可以構成一個曲子。

　　相同的情形發生在那不知用「什麼文字」寫成的歌詞，它給主角的感覺是：

　　　　它的發音非常古怪，但又如同我們喉嚨就該發這種聲音的有一種曾學過的感覺。

　　唯一知道這神秘文字的是牧師太太，主角曾問過，但她笑而不答。就這樣這謎樣的合唱曲終於在主角等待牧師太太的焦灼裡，幾經身邊那帶有「花香」的青年的襲擊，還有市長太太不成功地領唱之後，再也「聚集不成任何調子」，而本來被主角認為是因神聖目的而來的合唱團員也成了襤褸的、潰散的一些肢體。從上述的情形，可以明顯看出這篇小說的意識狀態是〈婚禮〉的延續，不同的是〈婚禮〉的主角以「荒謬英雄」的姿勢，不加抗議地承擔了一切，而這篇小說裡的女孩卻開始懷疑一向支配她的東西，對她習慣於接受的秩序進行必要的思索和追究，因此當〈婚禮〉的主角只有聳聳肩結束那荒誕的歷程時，〈混聲合唱〉的主角卻在離開教堂時想到：

　　　　有一點我確知的是我必須考慮在以往練習合唱的這一段時間裡我該做些什麼。

　　在小說的內涵上〈婚禮〉不如〈混聲合唱〉複雜，它的原因便在於後者對遭遇到的處境做了進一步的探討，從一個已經無法

溝通但仍支配著自我的既成制度，和那新生的、未知的力量間的
糾葛與對峙，有機地表現了一個麻煩的心理或生存的境況。

　　拋開了菜姑的齋戒世界，再把牧師太太的神聖合唱還原到互
不相干的音符，李昂暫時是把那「莫名」的權威給予想像的清
除，在合唱比賽被宣布取消時，獨自唱了一小段並不代表勝利的
解放之歌。但緊接著，那曾以「邪惡」的笑容和「花香」之吻征
服了一切的青年的影子卻乘虛而入，橫暴地佔領了整個舞台，
〈有曲線的娃娃〉和〈海之旅〉就是這新生的力量凌遲下的產
物。這兩篇小說的出現，除了把李昂一直掙扎於將生未死的兩股
力量下的意識狀態表現得更清楚外，還顯示了她那被聯考搞出來
的心理困境，經過存在主義與心理分析的修飾及膨脹後，會形成
多麼離奇乖戾的夢魘世界。在〈花季〉和〈婚禮〉中，我們發現
不論那情境如何「荒謬」，一般的事實和想像的界限大致還存
在，因此小說人物對外在發生及其意義一直保持著懸疑的態度，
但是到了〈有曲線的娃娃〉和〈海之旅〉，這狀態就被打破了。
這時帶動小說的發展的，幾乎全是幻覺和和心象（vision），而取
代原有的疑慮思辨的，是一種「受蠱者不在乎一切，向目標拚命
的神情」（〈海之旅〉）。對這變化起著過渡作用的是〈混聲合
唱〉，這篇橋樑性的作品雖使李昂的小說人物暫時逃離莫名的生
活現實，但卻決定了他們必須在「性」的迷宮裡絕望地找尋出
口，以迄今日。

　　〈混聲合唱〉發表後，李昂曾就引起討論的「性」在這小說
中的作用加以解釋，據她說，她是在表現舊的制度（即社會）的
變形、崩潰和一種新的合理的誕生。在這過程裡，她安排了男孩
以吻來征服女孩及她相信的一切，男孩代表存在於女孩心中的朦
朧的理性，因此「性」在這裡的作用只是「造成一條更向內探索
的線索，作為一種假借」，「並不單指社會中的對它的某一定的
觀點。」此外，她認為：性是「與自身最有關的一個要素」，因

此是「衝破那約定了的社會」的「最深刻的方法」！我們無法確知李昂究竟了解多少佛洛伊德心理學，不過有一點可以確定的是，一些一知半解的心理學大名詞很可以用來做人性「挖掘」的工具，必要時可以因它的名加重那挖掘的氣氛，甚至於產生出上述的玄學來。〈混聲合唱〉中，這套玄學得到初步的實驗證明，〈有曲線的娃娃〉則是在它的催眠下的一篇發掘報告。在這小說裡，我們看到主角被不斷蛻型的「娃娃」召喚，進行一齣又一齣的現代人心靈祭典，通過它們，她獲得生命的洗禮，重建她在人的社會裡萎縮了的自我歷史。就藝術上言，這是一篇相當出色的作品，它的整個表現使我們得到一種屬於生命的負面（或底層）的感覺，泥濘、黑暗、跳躍著盲目的血和力，然而卻無法否認它的豐饒的性質。由於這篇小說是建築在「現代的」氛圍和意識上，這一切性質自然地要被蒙上「病」的色彩。如果我們相信現代人真有遺傳自原始人的心靈沉澱物，那麼這篇作品便因它之發生於末世感的現代而成了「沉滓的再泛」，它所提供的視景或意義因此也只會被放在真實的對蹠面（antithesis）的位置。

　　從意識上言，〈有曲線的娃娃〉雖然也在表現人的無法自主的經歷，一種非此即彼的尷尬處境，但在被解放的狀態下，它的調子卻是李昂作品中少見的平寧。這異樣的平寧並未維持太久，在緊接著的〈海之旅〉李昂立刻又回到對峙和衝突的主題。就整個表現上看，〈海之旅〉是這集子裡最具張力的一篇作品，同時也是李昂的困境心理動態的、詩化地呈現出來的一個戲劇。與〈有曲線的娃娃〉相反，這小說主角不再是某一未知力量的馴順祭品，而是一個硬生生的「闖入者」，在「異教區」中，眼看做為闖入代價的繩索痕跡在腕上由輕淡至於牢固，直到那神秘的「海」出現才告消失。這篇帶著濃厚的神秘色彩和背理性質的小說，可以說是心理分析和荒謬哲學的教條的實踐。在裡頭，性的魅惑仍佔著主導的地位，曾經在〈混聲合唱〉裡忽隱忽現的「花

香」，這一次又充滿了那受了蠱的、向未知急馳而去的車廂，引導主角在「極端的美滿」的感覺中沉沉睡去。但這引導的代價是詛咒，束手就縛是唯一的結果，任何屬於人的努力都無法改變，只有增加它的惡化。我們從故事中那魔法般的繩索痕跡、暴力、血祭下的狂歡、逡巡不已的死亡影子等等，可以看出那心理上的緊張已到非決裂不可的地步，因此最後只有乞靈於神秘主義，讓海──那未被人力破壞的自然──的波濤舐去血跡，撫平一切掙扎和衝突，在虛幻的慰安裡得到虛幻的解決。

　　〈長跑者〉雖發表於〈逐月〉之後，但它實際寫於一九七○年大專聯考緊鑼密鼓的那段時候。這篇小說不論就它本身表現的成就或作者而言，都是李昂做「荒謬的現代人」的完結篇，因此它的內容可以說是她在那階段內所患的現代病的總併發。這篇意識上陷於極度混亂的小說裡，主角連喘息的餘地或最小的幫助都沒有，因為他面臨的「已不是判決而是處刑」，他能做的是不斷奔跑，在一座實際上已成了陷阱的黑森林裡，靠著注定失敗的逃亡絕望的反抗他被追蹤、獵捕的命運。這一切只因他觸犯了「他們的一條律例」，而追根究底這又是夏娃惹的禍，整篇小說就是環繞著這問題而發的一場非道德的（amoral）雄辯，一番徒勞的自我告解。在或者是那「約定了的社會」的一條律例，或者是對自己仍具實效的一個禁忌之間，我們看到的是一篇由誤解和真相糾纏起來的傳記，一個只能生存於人的社會的自我，在企圖「衝破」這個限度時必然遭遇到的悲劇。在這篇全力描述自我與外界的衝突並以「自我肯定」為標幟的困境小說裡，李昂似未「肯定」任何自我，也未曾為自我的「存在」提出有效的證明，但她確實肯定和證明了一個把自我陷入困境的時代的存在。藉著小說中環伺主角的獵犬、大鳥、古代裝束、她、他們、還有那紅外光手槍和像物質一樣分裂膨脹的囚房等等，形象地表現了她所處的一個集科學、冷戰、間諜、暴力、性、神秘主義於一爐的尷尬的

時代，以及她對它的感覺和理解。

　　前面曾說過〈花季〉到〈長跑者〉這幾篇小說，是在表現同一心理境況的循環故事。從上面的討論，我們看到這些小說的中心意念都是指向一個曖昧的、然而與主角切身的處境的解決，這處境的發生並非他們所能預料，它的消失也不是由他們的意志來決定。從李昂對於這個意念的執著——也即是她的小說人物一再宣稱的「命定的必須」——可以看出這是她在聯考支配下的心理的反映。這心理加上無可避免的成長的不安和不快，本來已足夠造成噩夢，何況又經過「現代的」精神意識的指點和渲染，自然更一發不可收拾了。這樣，我們看到了一組以逃學為始，以狂奔於人類道德的叢林為終的長跑者故事，在其間有時是對生活成規的嘲諷，有時是在福音或異教之下掙扎，甚至於還曾到人性的深淵做了一次可怕的探訪。不論如何，它們總是環繞在現狀的解除這個問題上，而它們的主角則是在逐漸加深的敵意和陌生感中，陷入越來越錯綜緊張的情況。這樣，我們看到的是一些在心理的長跑下，逐步從生活現實游離出來的小說世界，開始時我們還能看到常識中的冬日鄉野、花匠、沒有紅綠燈的十字路口等等，後來則完全是由心理真實排列組合成的秘教似的世界。就是在這些背離了現實律則和秩序的世界裡，這位改變過不少姿勢的長跑者，平衡了他實際上由生活現實的壓力而形成的痙攣的精神狀態，得到了必須的心理治療。於是，在那世界的盡頭，他發現自己跑回起點，他的故鄉，就在這裡，一管想入非非的紅外光手槍為這想入非非的心理歷程寫下它應有的結論。

　　心理的壓力造成上述疲於奔命的長跑意識，在小說的形式上也起著一定的作用，那便是表現於這些作品的迷宮似的結構。除了〈長跑者〉運用回溯的方式外，這幾篇小說都由一般的生活事件開始，故事開場部分的描述也平常和能令人置信，但這情形很快就被緊接而來的違反常識的情景取代，猶疑和暗示開始潛入敘

述之中，破壞原有的肯定氣息。從這裡起，小說的敘述完全在等待什麼發生的懸宕狀態下進行，在一切都「無法阻止和避免」的心理下，由主角的思索和試探所構成的第一人稱敘述，事實上已成了懷疑和推測的活動，或一座文字的迷宮（ēcriture labyrinthine），在預期和阻撓間不斷改變方向和尋找出口，直到小說終了。這種敘述結構，就像貫串在這些作品中的奔跑和追求的意識，同樣是李昂在這創作階段內的心理實況的反映，因此它也只能以夢魘的形式發展起來，根據心理的條件來決定它的複雜程度。不過一般說來它有兩個特徵，那便是時間和方向感的喪失以及情境的重複和變化的出現，而這一切經常是在一個封鎖的狀況下進行，如〈婚禮〉中的樓房、〈混聲合唱〉的合唱廳、〈有曲線的娃娃〉的臥房和地下室、〈長跑者〉的黑森林，相對於那變調似地不斷出現的菜姑、合唱曲、娃娃、懲罰等主題。在所有作品中最足以表現這敘述特色的應該是〈海之旅〉，這篇小說除了由進行中的車子、方向不辨的山區、神秘的停車和環繞「像墳塋似的茅草屋」等重複活動，正面給出一個陰謀重重的「異教區」的感覺，又由囚犯及押解者的介入，以及他們在那本來已像祭壇的車廂裡引起的一連串事件，把主角心中的「闖入」的意念外表化和形象化，精確地表現了它的內涵和節奏。這些過程加起來，為故事後半部那作為象徵中心的繩索痕跡和主角掙扎逃跑的動作，提供了必要的發展條件和理由。最後，當一切可能發生的大概都發生過了，所有的條件也大概都作用完了，期待中的「海」出現，噩夢隱遁，大自然的浪濤如舊，只有安靜地伏在方向盤上的司機和插在他背上「雕飾著一個魔鬼頭顱」的短刀，為這經他引領的迷幻世界和它的秘密留下了戳記，而據說那「彷彿只是一種形式或在電影上出現的鏡頭。」

當緊張解除，一切都成過去，這些迷宮似的世界也許只剩下形式的意義，可是在小說人物還未找到出口，它們卻是一些可怕

的「鹽屋」。〈長跑者〉中有一段鹽屋的描述，那是主角被囚禁過的許多處所中最使他「難過和恐懼」的。據他說，那是個多邊形，由細白的鹽膠黏組合成的東西：

　　裡面並不很寬敞，也是個多邊形的空間，卻比我想像的更為明亮，有陽光從各個平面交接處的細縫中透進來，穿插成一束光網，光線照在亮白的鹽壁上，再反射回來，十分耀亮，直刺痛我的眼睛。

　　……在透光的細縫裡，我看不清外面，每天我面對的只是白巴巴的鹽，顆粒不大卻堅硬殘酷，它們貪婪地吸食我體內的水份，膨脹自己的軀體再縮小空間來壓縮我，每天我醒過來後，總覺它們是在一寸寸地迫近我，我能活動的空間越來越小，多邊形的各個角尖銳的碰觸我、割傷我，無論我以怎樣的姿勢，坐著、站著、躺著，它們都觸著我，插入我的皮膚，當血液流出後它們又溶入其中化成無數的小鑽來鑽打我每個細胞，留下劇烈的疼痛。在這當中，我也曾想到逃跑，我用手去挖鹽粒，想挖出個缺口，可是它們似乎是無窮盡的，永遠也挖不通……。

　　這樣的一所鹽屋，這樣的一種囚禁，可以作為李昂這一階段的小說世界的象徵，它同時也是她當時的內心世界的一個模型，而它的結構和運動方式也正是二者在發展和構成上的規律。

　　歷史和社會總是有足夠的力量決定一切，當它剝奪了這一代青年把生命譜成進行曲的機會，作為一種回償，他們得到了所謂自我追尋的神話。這是一種沒有終局的遊戲，寂寞而且需要耐性。上述那無路可通的鹽屋，概括了李昂在將近兩年的時間裡對這方面所作的努力。在裡頭，我們看到自我與現實條件間的矛盾，經過自我掏空後，或者以所謂的無可避免的顛倒意識出現，

或者以沒有原因的渙然瓦解的喜劇方式收場。這樣一來，作為這一段自我追尋的結果的這些作品，就只有顛倒過來為那矛盾的存在，也即是想像中那「帶著可笑的美和驕傲君臨著一切」的鹽屋，獻上了一些使它膨脹的水分，一份使它合法化的膏禮。這種精神上的危機，絕不是她後來在〈逐月〉裡所追求的清風明月的天人合一姿勢可以解決的，因為那只不過是把悲劇的意識加上不必要的喜劇的彩排和收場。還好，她就此打住，這樣我們或者有機會看到她終於從那囚禁她的時代的鹽屋裡闖出一條活路來。

（1975）

蘇偉貞《魔術時刻》的認知測繪

　　臺灣的眷村文學中，蘇偉貞的《離開同方》是較全面呈現眷村生活的一部作品。這部發表於一九九○年的長篇，一方面因一九八七年臺灣解嚴後浮顯及激化的族群政治，一方面因經濟發展而來的遷建眷村的需要，使它從根本上帶有身份認同和往事追憶的紀念的性質。小說由第一人稱視角和童年往事的敘寫形式，記述一個叫「同方新村」的眷村人故事。故事由三個快速切換的畫面開始，它們都與敘事者奉磊有關：象徵眷村家庭生活中心的母親，在活著的最後幾年，沒事就把一切會響的音響設備打開，好像她仍活在熱鬧的同方新村，並且唸切：「回家最好趕在天黑以前。」接下來的畫面是，因父親調職，奉磊一家搬離眷村，當車子開到眷村大門時，母親跟孩子們吆喝：「別回頭看，一回頭看就再回不了同方新村。」再接下來是，多少年過去，奉磊抱著母親的骨灰罈，一路告訴她回同方新村行經的地標和景物，完成她終於「回家了」的遺願。（1990：1-8）[1]

　　在上述畫面的帶領下，蘇偉貞以一九八○年代末臺灣流行的魔幻現實主義手法，展現一個敘述者意識中時而是桃花源，但更多時候是「生命力旺盛而備受詛咒的同方新村」（5）。它座落在嘉南平原某處，一個被眷村裡的人稱為「么么拐高地」的地方，村子外是大片水稻田和甘蔗園。就像所有的眷村一樣，村子裡說著來自大陸大江南北的方言，每戶人家有著各自的現實苦難和身

世傳奇。儘管如此，他們共同感覺是一條船來的，而且「總以為
么么拐高地的人才是中國人，其他地方都是外國」（198）。就型
塑人們對外界的感知形式的空間實踐（spatial practice）來看，這
個毗鄰象徵著臺灣鄉土的水稻田和甘蔗園的村子，它那帶有戰備
氣息而又失去具體的方位座標的「么么拐高地」的命名，在臺灣
傳統的空間想像和地域符號中，無疑是個異質的存在。在這之上，
這個五方雜處而又被冠上「同方」標幟的村子，對生活在其中的
人們隱含著的是社會實踐和意識形態的強制意味，這樣的生活場
景，成了構築同方新村居民的生活經驗、文化歷史意識和歸屬感
的具象空間（representational space）。它同時也是臺灣一般眷村
的生活和空間場景，眷村人體驗生活和構想世界的具體空間[2]。

　　作為構築生命經驗和文化歸屬的具象空間，同方新村的人，
特別是來台後誕生的孩童，可以藉由孤立於么么拐高地的「中國
人」想像，過著自成秩序的非歷史性的（ahistorical）桃花源生
活，但當他們在「其他地方都是外國」的認知下，以異質存在和
異質身份介入臺灣的社會生活脈絡時，流離、變異和斷裂的感覺
不可避免地會成為潛在於心理上的威脅。其中，最直接的威脅來
自戰火餘生的政治餘悸，小說裡敘事者奉磊的媽媽，聽到通告甘
蔗園大火的鐘聲，立即驚叫：「是不是要反攻大陸了？」（16）
雨天裡，奉磊的弟弟把聽到的口哨聲音和窗外的鳥串聯起來，懷
疑：「搞不好有匪諜！……他們在傳信，專揀這麼個雨天！」
（227～228）更多時候，流離和異常來自現實生活，它們經常帶
著災難不祥的性質。首先，么么拐高地本身就是自然災異的所
在，除了颱風連連大雨不斷，它還是地震的震央，它「頂上的天
空彷彿特別的脆弱，一受刺激，什麼反應沒有先變天再說。」
（213）相似的不祥氣息以不同的形式存在於同方新村：村子裡的
金童玉女袁寶和方景心都瘋了，前者因為突發的一場大病，後者
因為被囚禁的愛情而像「標本」地活著。袁寶的父親袁忍中酗酒

之外，總有不清不楚的外遇，對象包括到村子演戲的臺灣脫衣舞
孃。神智不清的李媽媽，總是在村子裡和村外的甘蔗園來去無
蹤，她不斷懷孕，生下一對父不詳的子女加上多個死嬰。有潔癖
的段叔叔，沒日沒夜沖洗地板，小心防衛他不孕的妻子和家庭。
此外，敘事者奉磊有個隨時會陷入沉睡的二弟狗蛋，袁寶的繼母
袁媽媽生下通體發亮，既白又艷的小白妹，她地震後生病發燒，
溫度越高反而越乖巧，「她眼神始終很清醒，沒有露出一點嬰兒
的疲態，好像她感應到什麼事將發生，她要在人生的一開始便記
憶下來。」（282）等等。

　　以上情節固然透露著魔幻現實主義的機巧，但倘若沒有二戰
後突然魔幻地降臨臺灣大地的眷村，聚居著不安的、離散的人
們，蘇偉貞筆下這個「生命力旺盛而備受詛咒」的異次元生存空
間，恐怕也無由存在，無法以它的另類的想像族群、想像世界的
方式，與其他眷村小說一同豐富了臺灣文學的內容。當小說裡言
行得體的席阿姨以「我們這一生碰到的全會是不正常的發生」
（345），為飽嚐亂離人生的村子居民的命運作一總結，經歷著這
樣的童年往事的敘事者奉磊感覺「我們村子全瘋了」之餘，依舊
認定經過南南北北幾次遷移，「同方新村便更像我們的故鄉」
（404）。這個浮游於臺灣地表的臺灣新故鄉，隨著臺灣都會化生
活、本土意識及族群政治等多重因素的作用下，持續在蘇偉貞創
作裡發展著它的新的認知測繪（cognitive mapping）[3]。

　　《魔術時刻》（2002）和《時光隊伍》（2006）是蘇偉貞最
近出版的兩部作品，前者收集她寫作於世紀之交的八個短篇系
列，後者書寫她病逝的丈夫張德模的生命史。不同於《離開同
方》之著重眷村孤立空間裡的生活傳奇，兩部作品都傾向於從時
間中搶救過去，搶救和辨識在現代社會生活中瀰漫了的個人生命
和歷史。《魔術時刻》的序裡，蘇偉貞以「岩書紀事」來形容這
系列小說和她寫作時的心境：

　　回想起來這幾年，我開始走到生命最陌生的階段，親睹自己逐漸隱身朝俗世生活更遠處退去，那種背向人間的姿態，總是讓我聯想到年代久遠且在失傳許久後被發現的岩洞，壁上岩畫描繪著難以解讀的故事（彷彿被時間鎖住），野牛、山羊、鹿……完全沒有屋舍、帳篷或者營火生活的記錄，玄秘赭紅顏料、黑色線條原始樸拙，被野牛撞倒在地的人及獨眼人，是少數的人物形象。（2002：5）

　　接著，她描述那段對生命陌生的時光裡，她「失去解讀周圍真實事件的能力」，宛如迷失在史前岩洞，看到岩畫消失在時間裡的史前紀事，被時間鎖住的神秘無解的岩畫裡的故事。面對這「不知道如何定位人與人之間向度與生命情境」的生活和寫作的困頓，她於是以類同電影「魔術時刻」之捕捉銜接白晝與黑夜間的「狼狗時光」的技法，書寫著生活中的狼狗時光，捕捉生命中難以定位的「曖昧不明、幽微難測的灰黑地帶」，完成這個短篇系列。

　　根據小說的內容來看，《魔術時刻》可說是兩岸分裂後來台的大陸人士及出生在臺灣的所謂「外省第二代」的故事。故事中這些被稱為外省族群的人物，在生活形式和生命情調上大致都保持著被時間鎖住的、史前岩畫似的中國印記，意識上則延續著未必全然是眷村式的、迷離斷裂的生活在他方的感覺。這現象普遍存在於這集子裡的幾篇小說中，即使是小說敘事者或被描繪的對象走出眷村，生活在臺灣都會區，成為都市的奴隸，過著中產階級的精英的、條碼化的現代生活，或因一九九〇年代初開放大陸探親，得以返回故土，會晤親人，這迷離斷裂的生存狀態和自我面目，在小說中始終如影隨形。

　　〈倒影小維〉、〈候鳥顧同〉、〈老爸關雲短〉這幾篇發表時間較早（1997～1998）的小說裡，中國的印記和中國認同大致

上以較具體的人事呈現，對小說人物也較具說服力和正當性。它有時依託在眷村生活經驗，如〈候鳥顧同〉裡的眷村巷道、生命共同體的人際關係，與《離開同方》的瘋大哥袁寶相似的精神療養院裡的小說主角顧同。〈老爸關雲短〉裡，老爸口中的三國演義，讓孩子們「非常迷戀那種歷史真實性」，一點也不懷疑那才是他們的真實故事，「我們一直以為世界是個平行世代，現在和古代時間上沒有差距，空間上也沒有」，「而我們家，就像穿了時裝的古人，生活內容根本沒什麼改變」（92）。〈倒影小維〉中，掛在牆上的全家福舊照片是中國的符碼，它是家中女主人「最喜歡的存在狀態」（63），儘管照片中「男男女女都那麼驚人地無邪、漂亮、反時代」，但不管怎麼說都是「一張『合格』的家族譜系血統書，純正，可以上溯出身」（44），正如同講一口抑揚頓挫的北京話的一家人，「離開了北京，換了個地方，還是北京」（43）。

離開〈倒影小維〉十足張愛玲式的荒涼、反諷的中國倒影，蘇偉貞這系列小說中稍後發表的幾篇，現實的中國大陸對小說敘事者來說，大都失去了它的精神家園和心靈座標的意義，它有時成了習慣於由一個空間到另一個空間，「從來都有可能愛上希臘、法國、英國、美國、日本、以色列……男人」（39）的現代臺灣都會女子，發生短暫的情愛傳奇的一個所在。〈魔術時刻〉的言靜，從台北到大連，遇到文化大革命中的共產黨員紅衛兵成群，兩個文化意識和生活方式上「根本就是不同國家民族」的人（10），捕捉到被鎖在彼此生命中的「狼狗時光」裡的愛情。相同的生活在他方的感覺以不同的形式、不同的情節發生在〈使者〉。

〈使者〉的敘事者安南，在一次前往大陸南方的探親旅遊中，走著與父母當年由貴州來台相同的路線，「回去她名字的母土」——一個原本名叫「安南」的貴州山城晴隆。當她走入來自

父母口中，經過他們的記憶變更了的故鄉土地，感覺上，原本是鄉音的貴州腔「聽在耳裡是飄忽的山歌回聲」，貴州人的臉孔、貴州的食物、建築物，使她「彷彿置身電影拍攝現場，激化她的感受竟至脫離一切經驗」。意識中，她「身如洪荒」，「她所在地方突然成為第五季，擁有另個時序」，「跟台北迷宮世界完全不同」。尾隨著母親的記憶，鄉親指點給安南的刻寫著家族和父母生命印記的地方，成了「歷史景點」，發現自己「失落注視事情位置」的安南，於是認定「她該假裝在觀賞紀錄片，保持距離，無需投射太多情感」（168-169）。由於如此，可以上溯出身，接續家族譜系血統的到外祖父墓地上墳，「安南疏離兀自站老遠，既跪不下去，又哭不出來」（172）。接下來，藉以重建父親在國共內戰間的流亡歷史，「使她成為他們其中一份子」的廣東老家尋根之旅，也成了「預告片」似的陌地景物，而且安南好像早已看過。到了最後，「她父母親的老家多像一個蠢蠢欲動的火山夢界，無論她醒或者睡，不得不提防。」（173-174）

　　類同於對觀念中的母土，對現實的中國風土人情的抗拒和疏離，中國的歷史也經常成為抽象的空洞的存在。〈候鳥顧同〉的敘事者在行經雲貴高原和麗江的路上，看到錯置山腳下的村落屋頂，感覺它們像「被鎮住的古代」，帶領她進入時光隧道。當她看到安置在鐘樓上的石鼓，對鼓面上刻著漢、回二族交兵戰功的碑文，只感覺到「歷史的簡單往往具有一種樸素，一切都過去了，在時間前面沒有悲喜。不像人生。」（72-73）

　　從中國的歷史與現實出走，蘇偉貞《魔術時刻》裡，殘留著中國文化傳統印記的戰後來台家族，需要面對的是虛幻的、無從定位的人生。〈候鳥顧同〉裡的顧同，因為追求大學裡一個男同學，受辱後發瘋，被送進療養院，當他與童女時代的小說敘事者浮潛於閉鎖的愛情世界，每次做愛後總是問：「那些不見的東西都到哪裡去了呢？」成長後不斷被往事追逐的敘事者，覺得她活

在「夢的監獄」，她的世界是「一個靈魂的鳥瞰圖，視域廣闊如開放的集體催眠中心，她自己卻無法著地。」（70-71）〈孤島之夜〉的 Vivian，大台北生活圈中泡小酒館、研究星象、吃有機食物、不斷旅行一類的時尚女性。「政治立場對她是流行」（125），覺得自己是自由主義的新黨的她，在一九九六年台北市長選舉之夜，一連趕了國民黨、新黨、民進黨三個競選總部，但畢竟政治「信仰是那麼累人」（127），她的「政治」因此是走進小酒館，在民進黨歡呼勝利聲中，像小說裡以諧仿（parody）形式呈現的《特洛埃戰紀》，製造了一場跟國民黨、新黨淪陷無關，也與古希臘美女海倫的傾城之戀不同調的情愛遊戲。

繼〈孤島之夜〉後，一九九九年發表的〈以上情節……〉，失去了生活座標和目的的一對母女，生命對於她們來說是發生在不屬於自己時空的戲劇，它可以被任意編碼和鋪敘，像小說和電影的虛構情節一樣。故事中沉迷於電影的一對母女，母親是「一個無趣的女性主義服膺者，注定一輩子找尋位置」，因為只要小孩，不要婚姻，經過「一場硬來的主義實驗」，女兒寶聖失去了父親（149）。回不了婚姻生活的她，「輕易就用電影代替了她不會做母親這個弱點」（157），女兒則讓自己寫小說，同時步母親後塵躲到電影院去，「解決了她不會過日子的窘境」（157），因為電影裡的「別人的生活永遠比較容易」（156），而且她覺得電影裡的人生才叫人生，「永遠有開始和結束。多麼完整。最重要的是，有她最需要的真實性。」（158）

以上從現實生活游離，反過來在純屬虛構的電影裡找尋需要的人生真實性的小說人物，就蘇偉貞這樣的台北都會區女性作家來說，二十世紀末臺灣物質和精神的後現代情境，特別是一九九〇年代風行的女性主義和女性文學理論，無疑都是造成她們發生和存在的重要因素。〈以上情節……〉裡，寶聖的母親「終生信仰失去錯置文本」的女性作家西克蘇（Helene Cixous）和吉伯

特（Sandra Gilbert）（149）。〈孤島之夜〉中，Vivian 對早年留美的母親參加柏克萊學生運動，相信一九六○年代的他們一手結束核試爆、廢除死刑、反越戰等英雄歷史，嗤之以鼻，但對鮑伯·狄倫的反戰歌曲〈隨風而逝〉卻非常喜歡，「沒什麼道理？就是官能上聽著像呻吟」（124）。〈使者〉裡，回不了大陸故土的安南，視覺習慣上覺得貴州山城晴隆「沒有天線、商招的天空，怎麼看都像未完成的畫」（170）。到了父親的故鄉廣州，「只要能坐在麥當勞靠街道窗邊，她感激隔音並且情緒穩定」，因為在「粵語盈耳的他鄉」，麥當勞可以讓她在聽不懂也看不真切的異地裡找到回台北的路（175）。這些描繪，都可看出蘇偉貞創作過程中，後現代情境、次文化和女性主義的影響、焦慮與回應。

　　除了臺灣文化情境和女性寫作的特質，促使蘇偉貞像《魔術時刻》序言裡表白的執意以「背向人間」的姿勢，書寫陌生異化的生活，呈現像史前岩畫般難解的生命情境，解嚴後族群政治操弄下的所謂外省第二代的社會地位和政治身份，無疑起著決定性作用。生為所謂外省第二代，像蘇偉貞這樣曾經有過眷村記憶和中國認同的作家，在二十世紀末臺灣政權改組、政黨輪替後的新的國族想像和主體建構過程中，不可避免地要遭遇到 A. R. JanMo-hamed 指出的發生在社會中的少數族群的「社會性死亡」（social death）的命運，體驗著主流勢力威脅下，同時扮演社會的不存在者和社會的內在敵人的生存困境 [4]。普遍表現於《魔術時刻》小說人物的鄉關何處，或像〈候鳥顧同〉的敘事者鳥瞰自己的靈魂卻「無法著地」的焦灼，特別是〈以上情節……〉沉迷於電影院的寶聖，斬截地以「我們連這個世界也沒有」，回答影片中深諳世事者的教訓：「我們只有這個世界，現在的這個」（148），可以說都是走出眷村魔幻的、異化的中國認同和中國想像而又回不了現實的故土的二戰後大陸籍移民，在臺灣本土化運動的權力網絡和激情論述裡，意識到自己的社會性死亡及由之而來的道德絕

望的告白。但正是在這裡，蘇偉貞的小說出現了防衛和抵制的正當形式，以時空異常的敘事，展開它的創世紀工程。

　　〈日曆日曆掛在牆壁〉是蘇偉貞這系列捕捉「人與人之間難以定位的生命情境」，捕捉關於生命的「曖昧不明、幽微難測的灰黑地帶」的最後一個短編。這篇小說除了像被時間鎖住的張愛玲的傳奇，更是中國傳統文化的主題公園。故事中心的馮家，主宰者是戰後來台的亦官亦學的知識人，平日讀書練字，與古人神接。第二代的排名依序是「魏晉南北朝」，第三代是「漢滿蒙回藏」，這深含歷史興亡，足可比美把中國版圖烙印在台北街道的命名方式，複製並且封存馮家行為舉止到思想意識的中國作風、中國氣派。它的時空下限為民國初年到國府來台的歲月。

　　按照日曆上的歲月遷移，勤練宋徽宗瘦金體字的馮老爺與廳堂壁上感時憂國的書法條幅及文物收藏，共同守衛中國文化的大傳統。習慣而且喜愛在每天日曆紙上寫日記，記載家庭生活流程，供家族成員傳閱的馮老太太，儼然是來台後家族編年史的撰述者。因為老爺的外遇、離家，日記裡事件的發生和發展逐漸與日曆上的自然的、物理的時間偏離、落差、甚至背反，混淆和喪失了驗證家族記憶的編年史功能，「默默進入陌生領土」（194），宛若第三空間及另一完整故事。在這部寫在日曆紙上而又棄絕日曆的時間座標的日記裡，生活在沒有時間的廣洋裡的馮老太太，「獨自下決定成為造物主」（198），「隻手創造一段不存在的歷史」（200），內容包括老爺重返家居生活，一場為不在場的他舉辦的大排場壽宴，一個憑空多出來又神秘消失的女兒馮馮。這些逸出日曆頁碼，讓家人覺得詭異的生活記事和行為，就像老太太突然開始大量畫圖，圖畫中影影綽綽盡是歷經的山水人物，節氣春夏秋冬，區域大陸到臺灣，林林總總浮現著「可疑的洗掉坐標後的地圖」，帶領家族成員在實際的臺灣地表迷路（193-194）。

　　在失去時間和空間座標的日記與圖畫旁邊，小說裡以互文的形式大量出現的沈從文的《邊城》和西蒙・波娃寫給她的美國情人的《越洋情書》，這些發生在另外的敘寫空間而又滲入小說文本的段落，成了丈量馮老太太內在生命的尺碼，也是她認知世界的浮標，它們與日記和圖畫共同構成馮老太太的本命書寫，她的生命的狼狗時光。在這多維的、時空異常的敘事間，「渾不察覺書寫歲月已然迷津失渡」的馮老太太（194），一方面在她破碎的書寫裡，浮現使她迷津失渡的現實世界的權力結構，複製了老爺離家前「屋內全是他的氣息」的美好時光，以及象徵家族生活節日的上館子、壽宴。另一方面就在這大團圓的喜劇中間，繼來去無蹤的女兒馮馮之後，創造了一個「孫女阿童」——老爺的非婚生女兒。這個存活在虛擬和真實之中的孫女阿童，拜馮老太太的命名和身份定位之賜，僭越和否定了馮家的血緣譜系，瓦解了這血緣譜系亟欲捍衛的魏晉南北朝漢滿蒙回藏的堂皇的國家民族大敘事，以及它所折射出來的一切以政治正確的堂皇名目出現和存在的壓迫形式和壓迫性權力的正當性。這玉石俱焚的意識，連同通篇小說在修辭上處處可見的反諷、調侃姿態，或許就是世紀之交，在臺灣本土化運動中，被推擠到社會邊緣的所謂外省第二代的蘇偉貞，對擾嚷不已的族群政治和國家論述的絕望思考及回應。

　　在上述的意識下，繼《魔術時刻》之後，蘇偉貞會在長篇《時光隊伍》，透過丈夫張德模的死亡，把時間歸零，以背向時光，面向終極的態度，在小說裡大量運用中國現代文史資料，百科全書似地羅列人文和科學論述的斷片，以及《哈札爾辭典》等描述種族滅絕和流浪者心靈的文學作品，而後以處理抽象化了的、沒有人生悲喜的歷史事件的方式，介入並重寫二戰後來台大陸人士的離散經驗（diaspora）和精神流亡，應該是她的絕望性思考的必然延續和發展，同時也是對所謂外省第二代那如同史前岩畫般迷離斷裂的生存情境的防衛性表述。　　　　　　（2010）

1　本文所討論的蘇偉貞小説:《離開同方》,聯經出版社,台北,1990 出版。《魔術時刻》,印刻出版社,台北,2002 出版。引文後各注明名頁次,不另作注。

2　法國哲學家 Heni Lefebvre 認為人的空間生產或空間觀念的形成有三個向度:空間實踐 (spatial practice)、空間表徵 (representation of space)、具象空間 (representational space),它們各由不同因素構成但又彼此關聯。空間實踐屬於人的感知 (perceived) 層面,形成空間的使用原則;空間表徵屬於概念 (conceived) 層面,它透過科學知識及意識型態的塑造而形成;具象空間來自生活經驗 (life experience),經由宗教、倫理、藝術等文化論述而變化。空間生產和人對空間的定義因而顯示出不同時代、不同社會建構的演變,它們與文化生產及物質條件有密切關係,因此可以説是社會建構的轉譯。見 The Production of Space, trans. by Donald Nicholson-Smith, Blackwell Publishers, Oxford, 2000, pp.38-39。

3　這觀念來自 F. R. Jameson 關於人認知和構想世界的方式,及藝術創作與生存關係的想像的再現等問題的討論。詳見〈認知的測繪〉,《詹姆遜文集》第 1 卷《新馬克思主義》,中國人民大學出版社,北京,2004,頁 293-307。

4　Abdul R. JanMohamed 討論少數族裔文學問題時引用社會學家 Orlando Patterson "Slavery and Social Death(奴役與社會性死亡)" 一書的觀點,認為在社會生活中,現代少數族裔的處境與 Patterson 研究中指出的古代奴隸的社會性死亡相同。所謂社會性死亡指的是:因奴隸不是自由的主體,無法享有法律、道德、文化等權力,也無法融入奴隸主的社會,因此就社會組織而言,他同時是社會的內在敵人和社會的不存在者,精神與現實生活都處於負面、否定的情境。見 "Negating the Negation as a Form of Affirmation in Minority Discourse: The construction of Richard Wright as Subject", in The Nature and Context of Minority Discourse, ed. by Abdul R. JanMohamed and David Lloyd, Oxford University Press, 1990, pp.105-106。

文字城市
——閱讀西西

　　在香港作家中，西西是臺灣讀者最熟悉的一位。提起香港，一般的反應大概都會跟殖民地、物質文化、電影企業、九七大限等聯想在一起。提起香港文學，除了空泛地認定它是中國文學的一個支流，再不然就是以為它不外乎是上述香港印象的直接反映，如同在香港「無厘頭」電影所見的那樣。這些想當然耳的觀念和印象，在西西的小說中似乎一一被瓦解掉，因為她提供給我們的是發現香港、認知香港的一個新方式，是關於一座二十世紀城市的寓言，而這首先表現在特殊的地域感情和人文認同之上。

　　長篇《我城》是香港的畫卷，在裡頭西西表達了只擁有「城籍」的香港人的自我認同。小說裡有一段描寫敘述者「我」，有次到海邊度假，划船時突然想到傳統裡的龍，想到世界歷史人物，想到如果生在更早的年代，他或者可以看到黃帝，因為他喜歡黃帝，高興做黃帝的子孫。但這個歷史認同，在他轉念到自己沒有國籍，沒有護照，出外旅行全靠一紙香港身份證證明自己的歸屬，這個「我」於是告訴自己：「你原來是一個只有城籍的人」。小說的另一節寫一個喜歡流浪的船工阿游，他熟記地理課本上海棠葉形狀的中國，相信不管是講國語還是廣東話，「我們的國家在地圖上是一片形狀如海棠的葉子」。可是相對於這地圖上的認知，他從天涯海角寄給香港朋友的信上，叮問的是：「我城怎麼了呢」。相似的情形發生在另一個角色阿傻身上，他到廟

裡抽籤，所求的是：「天佑我城」。

這個「我城」意識，是解讀西西的要件。從她的小說可以看到，正是在這「我城」的歸屬感下，她和她的小說人物，在不排除中國，也不排除世界的情況下，擺脫了外加於香港人身上的有關殖民地的道德裁斷，有關曾經是、不久又將是中國的一部分的意識糾纏，使香港以它自己的地理人文面貌，香港人以現代都市居民的歷史條件，活躍在她的文字世界。

在這以「城籍」的意識為基礎，以都市為主要敘寫對象的小說世界中，都市生活的多元化、流動性，香港本身的國際化和資訊發達，在西西的小說裡都有著反應。這些條件加上她個人的廣泛閱讀（如讀書筆記《像我這樣的一個讀者》所示），造成了她的創作與世界文學潮流同步的現象，這可以由她六〇年代的現代主義作品，如中篇〈草圖〉、〈東城故事〉），到最近收在《母魚》、《手卷》、《鬍子有臉》等集子裡的後設小說這一系列表現看出來。在這林林總總的都市生活的敘寫中，對於現實問題的發掘和批判自然是少不了的。以短篇為例，與香港現況直接有關的如〈虎地〉、〈手卷〉、〈陳大文的秋天〉，所表現的難民營、偷渡、身份證等政治社會問題。關於一般的工商業文化現象的，如〈抽屜〉討論人的生命被消減為抽屜裡的證件、鞋樣；〈阿莎〉中，站在蒙古包前供遊客拍照，展示民俗趣味的哈薩克女孩；〈櫥窗〉裡為都市人建設夢想，把戰爭、飢餓、疾病與死亡關在商店櫥窗外的設計師，等等。但這類具體的現實問題的探討，似乎不是西西用意所在，她的寫作大都著力於以形形色色的文字敘述，翻譯都市的意象，記錄現代都市人的命運和傳奇。《我城》之外，幾個有關「肥土鎮」和「浮城」的短篇，集中處理了這個主題。

〈肥土鎮的故事〉是西西的文字城市的原型，就像馬奎斯《百年孤寂》裡的馬康多一樣，這座誕生於傳說，最後消失於暴

風雨的想像的城市，包含著西西對於人類歷史和都市文明的思考及解釋。因此這個無法確定是從空中飛來或從海上冒出的「肥土鎮」的形象，它的因肥土而興旺，也因肥土而毀滅的歷史，它的符號似地存在的人物及其詭異的人際關係，在在透露著只有生活在充滿變數和偶然性的大都會，生活在形體上接近、心靈上遙遠的人群中的現代都市人，才可能有的陰鬱、虛脫和焦灼。這個都市的寓言，以更虛幻，因而是更精確的形式，呈現在〈浮城誌異〉和〈宇宙奇趣補遺〉裡，前者以童話、軼聞的形式出現，後者則是卡爾維諾《宇宙奇趣》的諧擬。在這兩篇失去了時間和空間座標的幻想作品裡，嘉年華式的文字敘述和插圖卻嗅不出歡樂輕快的氣息，讀者不難從中找到香港以至於一般現代都市的投影。如果說歐洲早期的有著廣場的都市，它的熙來攘往的人群，產生了都市文學的喜劇氣質（Ian Watt），那麼迷失在時間和空間裡的現代都市人，他們的夢想和希望，大約只有附託在充滿一切可能的志怪、科幻和童話。西西曾在訪談中多次提到她喜歡童話，她的作品也不乏童話人物出場（如灰姑娘、白雪公主、王爾德童話的麥快樂），或者就是這種心理補償。

　　在討論西西的小說時，經常被注意到的一點是她的小說的形式上的多變化，這與當代文學的影響固然有關，但香港的生活可能起著更根本的作用。因為跟著都市的節奏，走在不定形的人群和隨時可能發生什麼的街上，人的感覺只有逐一羅列不同的事物，把一切異質的東西拼貼在一起。此外，在都市中，過著被資訊包圍的日子，生活本身將會是個永不終結的大故事。這專屬於現代都市的強制性的自由、開放，形成了一種擴散性的、大都會式的知覺結構，產生了藝術家、作者對於創作媒體本身的自覺和強調，因為面對著複雜變動的外界現象，這是他們唯一共同擁有的東西（R. Williams）。這一切，或許可以解釋西西小說的形式實驗傾向的由來。她在自述〈認知的過程〉及其他訪談裡，都表示過語言

是作家生存的方式，是作家真正的家鄉，她一直在探求講故事的方式，而寫作是她的認知過程。這些話，更可證明她在這方面的自覺。正因為如此，她的小說的形式實驗，不能簡單地以影響、模仿來解釋，而應該看成是她的文字城市的有機的構成部分。

　　早在一九六〇年代，西西就開始以電影分鏡、觀點轉換等手法來說她的故事，如中篇〈東城故事〉由七個不同的人物（包括作者西西），根據他們的視角，以第一人稱「我」，分別在八個小節中敘述一個叫馬利亞的女孩的故事（包括馬利亞說馬利亞），敘述中不時插入電影分鏡的術語。到了七〇年代的《我城》，電影分鏡改成元曲科白，一些敘述段落後出現了「指手劃足介」、「嘆介」一類的動作指示，此外，這個長篇還附了大量插圖。在〈阿髮的店〉裡，觀點轉換變成敘事人稱的分裂，小說角色不斷以阿髮、我、她的人稱變換出現。在〈星期日的早晨〉，小說情節根本化約成一道又一道的選擇題，等待讀者排列組合。八〇年代以後，使用引文，加括弧的注釋，成了她的小說的組成部分，如〈感冒〉，從詩經、楚辭、漢魏樂府、唐詩，到瘂弦的〈一般之歌〉，以至於漫畫「大力水手」的口頭禪，都派上了用場。而後，現代西方經典小說的諧擬，中國話本小說的改寫，以至於埃及古神話的編纂，童話改寫，以符號替代部分的文字敘述，真的是眾聲喧嘩，洋洋灑灑，不一而足。這些表現形式上的「大膽」嘗試，效果如何，端賴閱讀者是否對得上話。但不管如何，這品類繁雜的敘述形式，倒真的營造出了一座現代的文字城市的形體，傳達出到現在為止，在中文寫作中，可能首次如此充分表述的大都會式的知覺結構。

　　面對西西這樣的一個作者，面對她寫作出來的這樣的一個世界，能夠知覺文字敘述的創造性，能夠知覺文字的不可知的力量的人，在被活躍於她的小說世界的童話式的麥快樂、鬍子有臉感動之餘，被存活於她的小說世界的殯儀館化妝師、趕屍人、木乃

伊製作者驚嚇之餘，尤其悚懼，尤其不願正面以向的應該是她不
斷轉換、不斷分裂的敘事人稱之後，呈現出來的人與人與物的模
糊界限（如〈方格子襯衫〉、〈奧林帕斯〉、〈櫥窗〉、〈母
魚〉裡的人與襯衫與照相機與塑膠模特兒與魚），是靜物畫似的
生命與死亡的拼貼（如〈這是畢羅索〉裡，兒子與死去的足球教
練父親的相片共看球賽）。以及這之外的，那不斷擴散，不斷輪
迴，不斷增殖的文字符號間的時空穿越和開放在那裡的永不終止
的故事。

（1994）

憂鬱的寓言者
——論知青小說《沉雪》的政治倒錯

> 莫斯科，落滿了厚厚的白雪，
> 紅場上，刮起了刺骨的寒風。
> 風啊雪啊，黯淡了克里姆林宮的紅星。
> 小卡嘉小卡嘉小卡嘉——
> 你在風雪裡走路，路這樣黑，天這樣冷……
> ——蘇聯歌謠

一

　　一九九七年天津作家李晶、李盈合著的《沉雪》得了聯合報長篇小說獎，隨即引起大陸文壇的注意和討論。就寫作和發表時間來看，這部以文革時期知識青年上山下鄉經驗為主題的作品，可說具有階段性總結的意義，因為一九九八年是毛澤東頒布「知識青年到農村去，接受貧下中農的再教育」的最高指示，造成總計約一千五百萬知青上山下鄉的三十週年紀念，距知青離開山林野地，重返城市就學就業也大約二十年。但這部小說之引發大陸批評界的注目，並不在它所含帶的歷史座標的意義，而是它的敘述方式和敘述意識。幾乎所有評論者都著重提出，這是一部站在民間立場的、「個人化敘述」的小說，性質上有別於一般知青作品以集體意識或國家話語為表現方式的「宏大敘述」[1]。

　　從八十年代中期知青文學問世到《沉雪》發表為止，十餘年間，知青小說雖因社會生活和思潮變化而有不同的面貌，但自傳性、政治批判、群體代言人及群體言說等傾向，一直是這個文類的主要表徵。較早的代表性作品如〈這是一片神奇的土地〉、〈今夜有暴風雪〉（梁曉聲）、〈蹉跎歲月〉（葉辛）、〈大莽林〉（孔捷生）、〈本次列車終點〉（王安憶）、〈北方的河〉（張承志）、《血色黃昏》（老鬼）等等，雖然各自由青春無悔或蹉跎歲月的角度，記述和反思上山下鄉經驗，探索知青的存在和價值，以及他們與農牧民的關係，但意識上，這些帶有濃厚自傳性質的小說，卻總有揮之不去的「我們」的、「一代人」的故事的意味。其間雖有《血色黃昏》裡的個人主義的反抗與掙扎，但這一切只不過為朝向集體的認可與接納，因此自我與歷史現實的矛盾對立，仍需在理想主義與英雄主義的高亢情緒裡，取得文革受難者的普遍價值與意義。

　　八十年代末到九十年代初，在商品大潮與一九九三年因毛澤東百年誕辰而來的「毛澤東熱」之間，出現了所謂「知青文化熱」，不同於前述的理想主義和英雄主義式的高亢或幻滅，知青文學成了大陸消費文化的文化消費項目之一。當毛澤東熱使一度被人們視為愚昧與極權產物的毛主席像章、紅寶書（《毛主席語錄》）、袖珍本《毛選》四卷合訂本，成了有價值的個人收藏品，並且重新製作、銷售，文革中發行的「文革票」，也在集郵界一炒再炒，成為價值連城的珍品，文革時的各類油印小報更是奇貨可居[2]。一九八七到八八年，為紀念知青返城十年，以北京知青為首發起知青集會活動，徵集知青文物，在中國歷史博物館舉辦「黑土地回顧展」，出版《黑土地影集》。這個以北大荒下放生活為主題的展覽，帶動了一些以地域色彩為標榜的紀實作品的生產，如《北大荒風雲錄》（黑龍江），《草原啟示錄》（內蒙），《知青檔案》（四川），以及匯集大江南北上山下鄉經歷

的《知青小說》。一九九五年春節，北京工人體育場舉辦「老三屆文藝匯演」，這場由北京「北大荒知青聯誼會」等舉辦的大型活動，發售門票，並由電視實況轉播，一時之間，「知青時尚」成了尖端的社會時尚。就在這個時段，著名的知青作家梁曉聲的〈這是一片神奇的土地〉、〈今夜有暴風雪〉、〈雪城〉、〈年輪〉等小說被拍成電視劇，北京的繁華地段出現了名為「黑土地」、「向陽屯」、「老插酒家」等酒店、飯莊，成為文革知青與後知青懷舊、尋夢、復現青春記憶的去處。就像透過機械生產大量生產的新毛裝、草綠色軍大衣引領青年的服裝時尚，上述以地域色彩標榜，並不一定出自知青作家的回憶性文章，也以「原生態紀實文本」的身份，管領風騷，不斷複製「原畫重現」的文革知青經驗與記憶[3]。

以上知青文學的發展背景，使得由李晶、李盈這對孿生姐妹以她們的共同記憶編織而成的《沉雪》，有著別開生面的意義。

根據小說實際執筆者李晶的自述，她會在知青上山下鄉運動三十週年前夕，懷著絕大的「疼痛感」重述她下放黑龍江生產建設兵團七年的歲月，是因為：

> 我想到時間、對抗，我想到我能通過這次創作來對抗時間。我想，我們都在老下去，每一分鐘都不會再來。但是，在整個生命流程當中，最關鍵的那幾年應該最具有文學性的。短短的七年，在人生中，是刺激性最大的。作為弱者，作為絕對的弱者，在那種巨大的、昏暗的、高壓的天地當中，內在的牴觸，必定是最強烈的。[4]

她又提到，小說寫到一半，她拒絕朋友為電視記錄片重返北大荒的邀約，因為她覺得恐懼，她「只能在記憶中去回想它，絕對不能親眼看它還剩下什麼」：

　　我是要非常純淨的自我空間，才能夠寫下去。……就
是因為覺得攝影機非常像坦克，它要把你的記憶全部打
碎。我不要那種紀實的分明，我就是要真正創作的境地。
……我覺得就是這種挑戰性的寫作，我才能找到興奮點，
我才能消解今天我在這個物質社會中感到的那種困倦。[5]

　　這些表白，讓人依稀看到普魯斯特《往事追憶》的影子，而
小說扉頁的題詞正是普魯斯特的一段話：「我們冷靜地在生活中
進行這種對照，恰恰就是因為，我們目前的現狀就是冷漠和遺
忘」。這個為抗拒冷漠遺忘的現在，為消解在物質社會中的困倦
而存在的寫作，根本上是帶有自我救贖的性質的，帶有從時間中
搶救不可復返的生命情境的慾望。但不同於普魯斯特之以柏格森
式的「非意願記憶（memoire involontaire）」重現逝水年華，《沉
雪》是以創傷的形態來回溯記憶，因為對作者來說，下放七年的
經驗是最刺激、最強烈的記憶，而「最強烈的記憶，像一種創
傷」。這種純屬個人的創傷經驗，自然對立於記錄片、紀實報
導，抗拒被主流意識或國家話語操縱的宏大敘述，它是私秘性的
「看不見的收藏」。在一篇題為〈看不見的收藏〉的短文中，作
者提到九十年代初北大荒回顧展時，有人建議她把「自己的那份
歷史」貢獻進去，她拒絕，因為「我不知道該怎樣當眾講述那段
風雪歷史。它們已屬於歷史了，沉在我個人的腦中。所以，便有
一種強烈的內在性。似乎這只該是我個人的一份財產。」[6]

　　從這份帶著私有財產印記的創傷性記憶出發，《沉雪》以弱
小而耽於落後的敘述者孫小嬰的視角，道出與一般知青小說大致
相同的一些內容：苦重、重複的體力勞役，殘酷的大自然，來自
大江南北的知青間的愛恨情仇，會說故事的善良的貧下中農，生
產建設兵團的鐵血紀律及領導，還有少不了的毛語錄、血統論、
思想匯報、自我檢討等等。在這中間，把整個敘事結構貫串起來

的是被作者細緻處理著的孫小嬰和隊友舒迪之間的同性戀情節。
對於小說中出現的這同性戀問題，聯合報文學獎評審會議時曾引
起頗多討論[7]。大陸方面，有的評論者就因這個與一般知青小說
異質性的主題的存在，把《沉雪》歸入情色小說的行列[8]。然而
從整個小說的意義構成來看，應該正是這表面上看來異質性的、
糾結的同性戀慾，使這部呈現文革十年間被毛澤東思想封鎖起
來的所謂「廣闊天地，大有作為」的知青歷史小說，取得了深刻
的政治寓言的意義。

二

在階級血統決定一切的文革極左路線時代，《沉雪》的敘述
者孫小嬰從插隊北大荒生產建設兵團之前，就注定是個難以翻身
的異類，首先她必得背負否定家世，拒絕自己的歷史的罪惡。在
報名插隊時，孫小嬰利用自挾家庭檔案到報名站聽候政治審查的
機會，把一大卷子父親生前的親筆反省，「很難懂的文字，很嚇
人的紅章，一系列令人可怖的東西」，全數投入家裡「那隻燒過
不知多少本書的爐子」：

> 就這樣，我對父親的歷史，永遠拒絕了，是用我自己
> 的手。（《沉雪》，頁38）

而她心中拒絕不了的文革前去世的父親的歷史是：年輕時留
日，曾擔任過偽政權的駐日領事，曾想方設法投奔解放區，解放
後捐獻家產，退入書齋。她私秘收藏的父親的形象是：

> 父親一生博學清高，不愛錢財，不迷仕途，努力忠於
> 個人志向，但因政治頭腦淺薄輕易上到賊船，使得個人歷

史難以澄清，導致滿腹才學無從施展。雖然解放後被派任大學教授，實際精力多用於無盡無休地做檢省，最終因為精神上無法擺脫頻繁的政治審查而鬱鬱離世。（頁37）

孫小嬰的隊友舒迪方面則是：「出身不好，算小業主，公私合營以後她家吃社會主義利息，到文革揪牛鬼蛇神的時候，父親遭了挨鬥，挨鬥的第二天人就頂不住，自殺了，喝的車間裡現成的電鍍液。人搭到醫院時，因為沒有革命群眾證明，醫生遲遲不過來管。她眼看著父親一口口噴血，直噴到他的手上，臉上。後來不噴了，頭一歪，死在他懷裡」。（頁71）

在極左路線下，兩個不同父親的共同缺少正當性的死亡，是孫小嬰和舒迪訂交的秘密信物，也是她們必得分擔的罪惡。忘卻父親，否定她們的歷史，雖使孫小嬰覺得「這是一個特別可恥的行為」，但排除這創傷的記憶，解消這個在極權主義的公共空間裡「不可說」的父親的形象，對她們來説卻有創世紀式的合理性和正當性，因為插隊北大荒，「就是想叫自己清清爽爽，走一條生存的新路，像毛主席説的，放下包袱，輕裝前進。」（頁38）

遵照毛主席的指示，無父的孫小嬰和舒迪踏上了應許之地的北大荒，在那裡，重新做人的她們，在進入新人類的烏托邦，獲得她們的自我存在意義之前，必須通過烏托邦幻想的守護神的毛澤東思想的驗證，試煉和驗證的方式除了是作為新生命的受洗儀式的政治學習，思想匯報，就是作為毛語錄的物質化存在的體力勞動。小説以絕大的篇幅描述孫小嬰、舒迪和她們的伙伴，在磚瓦廠，在石灰窯，在馬號，在生長蘆葦的如海的沼澤地，在堅硬殘酷的岩壁，在冰天雪地的凍土，周而復始，無休無止地進行各樣的勞動。二十年過去的現在，當毛澤東神話消失，這些重複的勞動，這些失去意義的苦難，可能轉變成黑色幽默的效果[9]，但對於小説中的孫小嬰、舒迪以及文革中整整的一代人，這西希弗

斯式的勞動，對他們來説，卻是班雅明（Walter Benjamin）所説的事件與意義，精神與對象分離的衰敗破碎的寓言世界。

在《德國悲悼劇的起源》（The Origin of German Tragic Drama）中，班雅明指出十七世紀的德國巴洛克悲悼劇（Trauer-spiel）作品，總是把人的歷史看做編年，看做機運之輪的無盡的轉動，把人生視為世界舞臺上循環往復的來來去去。在巴洛克作家的筆下，信仰或信念與作品已經分裂開來，傳統的悲劇衝突在此成為一系列空洞的、絕少意義的行為，世界於是成為一個没有靈魂的軀體，一個過度外化卻失去任何效用的外殼。班雅明認為，這個失去整體性的衰敗空洞的世界，就是寓言的情境，在那裡，事件本身不再具有自己的意義，但也正因為如此，它可以置換、衍異出多重的意義。因為作為一種藝術方法，寓言這種文類總是使作品的主題或寓意關涉到某種或某些外在於作品的、彼此獨立的、互不依賴的對象，從而產生出多重的含義。上述的觀念，班雅明在論波特萊爾的一些著作裡，又加以闡釋和運用，在這些著作中，寓言的概念被確立為某一特定時代的感知形式和它的內在經驗的基本準則，也就是説它是特定的歷史條件下的人的表達和感知的規範。根據他的看法，十七世紀德國巴洛克悲悼劇的時代，十九世紀末波特萊爾生活的大巴黎，或處於機械複製的現代社會，面對的就這樣一個形式與內容、意義與事物分離的寓言世界 10。

班雅明的寓言理論，近來有研究者運用於有關法西斯主義與同性戀情慾的探討。在較早的研究中，因德國威瑪政權和納粹特務組織風暴縱隊（SA, Sturmabteilung）內部層出不窮的醜聞，法西斯與同性戀經常被等同視之。一般的看法大都把同性戀視為法西斯的罪魁禍首，而非它的犧牲者。之所以如此，有的由心理學的角度切入，認為原因在人的自戀本質，男性崇拜，施虐受虐狂（sadomasochism）等等，有的由社會條件入手，認為是父權制的

憎惡女人的意識形態使然，另外有學者則認為是資本主義父權意識形態的潛在危機，因為它逸越了異性戀的規範。

對於以上的看法，赫威特（Andrew Hewitt）提出不同的見解，在《政治的倒錯（Political Inversions）》一書中，他認為要探討同性戀與法西斯的關係，應該由二者的結構上的因素入手。他根據佛洛伊德對於哀悼與憂鬱的心理分析，指出「哀悼（mourning）」起於人失去所愛的事物，一旦事過境遷，哀悼之情自然而止，「憂鬱（melancholia）」則是一種「失去了失去（a loss of loss）」的狀態，它只是潛意識地感覺到失去了什麼，但並不確知失去的是什麼。佛洛伊德認為，哀悼之時，世界會變得貧乏空虛，憂鬱中，貧乏空虛的則是自我本身 [11]。根據這觀點，赫威特分析說，這種失去了失去的憂鬱情境，本質上是「無可名狀的（unrepresentable）」，也是超越語言表達的「不可言說（unspeakable）」，而這正是法西斯與同性戀的結構上的特徵，阿多諾、賴希（Wilhelm Reich）等人的相關研究著作，即曾以無可名狀和不可言說的現象來指稱法西斯主義的特質。其次，赫威特根據班雅明〈德國法西斯主義理論（Theories of German Fascism）〉中提出的法西斯是「政治的美學化（the aestheticization of politics）」，加以分析說，所謂政治的美學化，意謂著法西斯是一種修辭形式，是一套表現系統，而它的核心即是寓言式的轉換，因為如前文所述，寓言的功能和運作方式，是使作品的主題或寓意關涉到某種或某些外在於作品的對象，從而產生多重的含義。赫威特認為這正是法西斯主義的表現機制，因為只有透過這樣的修辭，處於失去了失去的憂鬱心靈才可以藉著自我否定找到自己存在的意義，才可以使那無可名狀、不可言說的法西斯狂熱找到必要的表現形式，在這種情況下，同性戀情慾於是成了法西斯的最適當的修辭模式，甚至是除此而外，不做他想的表演工具，因為在異性戀的歷史情境下，因同性恐懼（homophobia）和自我憎惡

而產生的同性戀，也只能通過自我否定來取得意義。在這個意義下，赫威特指出，如果說納粹法西斯是神話的神話，那麼同性戀就是寓言的寓言，而這也是為什麼二者一直有著糾纏不清的關係的原因所在 12。

以上所論，應可幫助我們了解《沉雪》這部小說的同性戀現象，了解它之以同性戀情慾貫串知青下放的這一重大歷史主題的深刻的思想意義。透過在強制性的勞動和性別認同中掙扎著的舒迪和孫小嬰，我們看到在那高舉「三忠於」、「四無限」13之類的領袖崇拜的歷史時刻，在所謂「抬頭望見北斗星，心中想念毛主席」的情感戒嚴狀態下，特別是在血統一階級決定論的政治恐怖裡，以「我們學會的第一首歌是東方紅，我們學會的第一句話是毛主席萬歲」為通行令，來斬斷和否定自己的歷史，證明自己的政治正確的下放知青們，在號稱革命和自我改造，而事實上是生命的內容與形式、生活的意義與事象分離的寓言處境下，他們的性別、價值認同危機，他們的倒錯的身份政治，以及失去了主體意識的無政府主義式的性革命。這一切，在小說的人物描寫和情景的處理上都有相應的表現。

三

因為出身紅五類，父親是大軍區政委的林沂蒙，「生來就體會到優越，連身體都長得矯健」，在校時是文宣隊隊員，到北大荒後，政治學習，唱毛澤東詩詞歌曲、樣板戲、長征組歌是她全部的文化活動。「她沒有憂愁的時候，片刻也沒有，她對憂愁毫無概念」，平素和人談心的口頭禪是：「你要學會吃苦，學會樂於吃苦！」（頁56）而且果真以身作則。就是這個正面，因此只能是片面的人物，為了「向毛主席保證」創造奇蹟，冬至日，不接受當地人的經驗和警告，堅持出工，暴風雪中差點讓隊友們送

命。

　　林沂蒙的對立面的葉丹嬈，似乎只因為是反動資本家後代的緣故，「美得不合時代，美得有些淒茫」。（頁53）

> 　　她是那麼好看，卻好似完全不把這好看當回事兒，反而有一種因此上對不住人的歉意。永遠是強笑，抱歉的強笑。似乎，來到這世界上，她早早就對不起了所有的人。在宿舍裡，她從不照鏡子，不抹香脂，兩條小辮閃電一般編得飛快，省下時間，默不吱聲地為大家打水洗衣裳。（頁39）

> 　　她是那麼鄙視自己。那麼執著地「忘我改進」，簡直使勞動成為一種懲罰，一種暴力，勞動被可怕地推向極至，變得殘忍——一種絕對的精神上的虐待，是通過肉體的受苦。……她所有的表現都在昭示著身心的破損。（頁40）

　　至於舒迪，這個有甚於因正面而片面的林沂蒙，或因忘我改造而身心破損的葉丹嬈的舊社會小業主的女兒，就像解放後她那「吃社會主義利息」的父親之為經濟的贅瘤，她整個人，裡裡外外，已經破產成一個「假小子」。她用男人那種大格子手絹，嗓音粗粗的，像是被砂輪打磨過，喜歡跟人掰手腕子比力氣，笑起來摻著男人才有的一種嘯音。她說她「膀大腰圓，想落後也不行」，她說她「真想是個男生」，她說她「是抓革命促生產的主力軍」，於是從一個連隊被調到另一個連隊，從一種苦役更換到另一種苦役，永遠是「和善寬厚的樣子好像一個萬家奴」。就是這個想落後也不行的假小子舒迪，當她用她的磨盤樣的後背，步履蹣跚地扛重活，使孫小嬰想起高爾基《童年》裡那個替人做幫工，扛一隻巨大的十字架上墓地，被活活砸死的伊凡的影子。（頁96）

　　一八四八年巴黎無產階級的二月革命時，受聖西門的烏托邦社會主義思想影響的巴黎知識女性，曾組織一支婦女大軍，它的公告上說：「我們把自己稱為維蘇威（Vesuviennes），以之標示革命的火山在每一個屬於我們這組織的婦女身上噴發著。」[14] 一百五十年前的巴黎革命女性，仍堅持以法文陰性的維蘇威火山「Vesuviennes」作為身份認同的標幟，而舒迪，這個極權主義之下的「假小子」，這個感覺「世界越黑，世界越美」的法西斯同性戀者，在小說接近終了，面對她的寓言式的幻影世界，終於得出一個肯定的結論：「什麼是真實？什麼是造假？」（頁216）

　　與舒迪同樣承擔那寓言式的幻影世界的孫小嬰，這個被作者的敘事意識（narrative consciousness）認同了的小說敘述者，是舒迪的黑暗感覺的分享者，也是《沉雪》的創傷記憶的見證者。因為自覺「天生的碎亂，天生的慢」，這個相信自己無可救藥的弱小者，不只一次表白，可能的話，她要永遠做個弱者，因為這是她的真實，她的本性。雖然在集體、在勞動的命令下，她曾討厭自己皮膚的白，希望自己一身皮變得又黑又厚，最好像穿山甲，但是到了小說終了時，她的告白仍是：

　　　　畏懼艱苦，畏懼勞動，這仍是屬於我這個人的永遠的
　　　　真實，是本性，或者說，「烙印」。（頁264）

　　帶著這個她無力、也拒絕解釋的生命烙印，當自稱「要落後也不行」的舒迪，逐步走上她的無力哀悼之後的憂鬱世界，自覺或不自覺地以否定自己的性別，拒絕自己的歷史，來取得文革知青上山下鄉的歷史寓言的認可時，也曾經在爐火裡燒掉自己的家史的孫小嬰，正是因為這樣的烙印，在她與舒迪共同試探的迷離的性別疆域裡，不時走著她的「多餘的人」的道路。小說寫道：

　　精神有些混亂，感覺著現實的反面，竟至於從黑沉沉
的夜中嗅得一種氣息，這是我本來的氣息，我是如此熟悉
它。熟悉它柔軟、脆弱的內質，這內質，其實多麼親切、
溫馨，多麼好……（頁252）

　　真實的我，已經分離，分離成一條卑微的小人魚，待
天完全亮起來時，它便迅速遁形，化作一隻冰涼的鹹水泡
沫……（頁253）

　　像一個乘船的遇難者，我覺得四面翻滾著深黑的漩
渦。我精神惶亂、錯亂，切齒地發恨，恨那些壓迫我、殘
害我的難與苦；我看清自己永遠也不能夠征服它們，我相
信，這個正在改變著我的世界，從根本上，是要消滅我。
（頁252）

　　這些比較頻繁而集中地出現在小說的後半部的，從粗礪的勞
動縫隙間發出的聲音，無疑是一種反叛，反叛那重複的體力勞動
下，生命與意義的背離。馬克思曾說機器生產中，「不是工人使
用勞動工具，是勞動工具使用工人」，在機器旁邊，工人學會調
整自己的活動，「以便與那自動化的統一性與不停息的運動保持
一致」。班雅明引述這些話來說明賭桌旁的賭徒，說明被生產帶
的生產節奏決定了的人的生命節奏的荒謬性，因為它只是單調
的、毫不相關的重複，沒有過去，沒有未來，「像柏格森所想像
的那種人一樣，他們徹底消滅了自己的記憶。」[15]生產帶上的生
產勞動與毛語錄的物質化存在的上山下鄉，何其相似。

　　三十年前，在北大荒，在那消滅了個人記憶和歷史的勞動改
造中，孫小嬰慨嘆：「生命，那絕對的，僅有一次的生命，就將
這樣一天一天白白地過去了……漫漫雪路延長著惆悵，彷彿看清
了辛勞而又貧乏的一生的盡頭，我感到可怕。」（頁164）三十
年後，當同樣的，像日曆般往復來回的同質性的、空洞的時間，

再度佔領中國的商品社會，在與它同步存在的同質性的、空洞的生活裡，帶著創傷記憶的作者李晶，經驗到了另一形式的冷漠和遺忘。就像她在小說序言裡引昆德拉說的：「回憶，不是對遺忘的否定。回憶是遺忘的一種形式。」她的這部小說，或許也該是對於「不可言說」的文革，對於知青上山下鄉的寓言世界的，魯迅式的「為了忘卻的紀念」。

（1999）

1　牛玉秋〈《沉雪》與個人化敘述〉，《小說評論》1999 年第 1 期，陝西省作家協會發行。〈疼痛的激情——《沉雪》研討會發言紀要〉，中國作家協會《小說選刊・長篇小說增刊》，1998.12，北京。

2　戴錦華：〈救贖與消費——從毛澤東熱到九十年代文化描述〉，見《身份認同與公共文化》，頁 249-264，牛津大學出版社，香港，1997。

3　詳見《北京文學》1998 年第 6 期「中國知青專號」，梁曉聲：〈我看知青〉，徐友漁：〈知青經歷和下鄉運動〉等文。

4　見〈疼痛的激情——《沉雪》研討會發言紀要〉李晶的發言，同注 1，《小說選刊・長篇小說增刊》，頁 206-207。這篇記錄又發表於 1998 年天津作家協會《創作通訊》，文字略有出入。以下凡引用此文，不另加注。

5　李晶：〈遺忘的一種形式——關於《沉雪》〉，見《沉雪》，頁 ii，聯經出版公司，臺北，1998。《沉雪》有兩個版本，一個是為參加聯合報徵文獎，受字數限制的修改本，由臺北聯經出版。另一個是北京作家出版社 1998 年出版的未修改本。本文以下引用的小說文本，皆屬聯經版，只標明頁次，不另加注。

6　李晶：〈看不見的收藏〉，《太原日報・文藝副刊》，1996.4.8，山西，太原。

7　評審之一的袁瓊瓊認為：《沉雪》中的同性戀情節太美好，主角孫小嬰是是一個和自己所處環境完全沒有辦法相融、需要保護、但又沒有辦法接受太強悍的東西的女同性戀，她只能接受帶點英氣的、男性化的女性。舒迪比較像一個在環境左右下被迫採取接受同性戀以解決自己生理需求的角色，舒迪是被孫小嬰誘惑的，因為孫小嬰實在太柔弱，使得她心理的男性部分不由自主的出現。張大春認為：

主人翁孫小嬰有一個很一貫的主題是她一直離開群體很遠，甚至也脫離了異性戀
霸權文化這個東西，但連這個部分她都很搖擺，因為她也並不就是一個同性戀
者，有點像是我們說的那種囚禁之後的同性戀者。陳映真認為：《沉雪》似乎不
適合用臺灣一般同性戀的題材來看。參見聯合報文學獎決審記錄，《向時間下戰
帖》，頁 160-163，聯經出版社，臺北，1998。

8   黃集偉：〈告別，蒼涼的大唱〉，《作家文摘》第 303 期，1998.11.11，北京。

9   同注 7，評審之一吳潛誠的發言。

10   Andrew Hewitt: Political Inversions: Homosexuality, Fascism, and the Moden Imaginary, pp.
      6-17, 274-278, Stanford University Press, Stanford, 1996。張旭東：〈寓言批評——
      本雅明《論波特萊爾》中的主題與形式〉，見《幻想的秩序》，頁 76-78，牛津
      大學出版社，香港，1997。

11   Sigmund Freud: Mourning and Melancholia, The Standard Edition of the Completed Psy-
      chological Works of Sigmund Freud. V. 14, pp. 243-258, The Hogarth Press, condon, 1991.

12   同注 10，以上所論見該書「The Construction of Homo-Fascism」, pp.1-37

13   三忠於：忠於毛主席，忠於毛澤東思想，忠於毛主席的革命路線。四無限：無限
      熱愛毛主席，無限信仰毛主席，無限崇拜毛主席，無限忠於毛主席。

14   轉引自 Walter Benjamin, Charles Baudelaire: A Lyric Poet in the Era of High Capitalism, p.
      94, Verso Edition, N. Y., 1989。

15   同上注 Some Motifs in Baudelaire，第 8、9 節，pp.131-135。

為了明天的歌唱

——讀林華洲詩集《澳南悲歌》

　　一個與三十年來的臺灣新文藝一道成長起來的人，只要覺得生活裡應該有詩，大約總不免於分享到這樣的經驗：首先，在東西陣營冷戰的年代裡，在異邦風情的《藍星》、《創世紀》的指引下，走向生命的深淵，過著充滿敲打樂並接受一切美麗的錯誤、以至於任何形式的死亡的日子。而後，當釣魚台的漁火在國際性的低盪中亮起呼救的訊號，促使部分詩人走出孤獨國，加工廠、色情、迫害、污染、牙刷主義等等第三世界的隱疾，於是比文學上的任何主義成了更切身、更有說服力的夢魘與真實。林華洲的詩歌，就是在這社會歷史發展的定點上，不願迴避眼前赤裸裸的現實的清醒聲音之一。

　　打開林華洲的詩集，優雅的藝術品味者或不免於感到文字粗糙、節奏零亂、風格不統一這些缺憾。屬於技巧上的粗糙、零亂或不統一是有的，因為這是詩人的第一個集子，更因為他生活在一個劇變中的全然不是美麗的小世界。但如果把這簡單地看做是詩人的自我面目模糊，因而這些詩不過是現實的零亂的反映，那無疑是忽視了流串在這些詩篇中，時而嘲諷、時而非難、而更多時候是溫暖的擁抱之後的那參與的、思索的、批判的聲音。正是在這裡，林華洲除了個人的侷限，在多樣的風格和題材裡，表現出中國詩歌優良傳統中的，像黃土一樣壯闊的現實主義氣息，也是在這裡，我們看到劇變中的臺灣精神諸貌。

　　長詩〈澳南悲歌〉可以說是臺灣三十年來社會變遷的縮影。
在這篇描寫台東泰雅族的生活悲歌裡，一些詩節和它的標題，都
像特寫般地精確傳達出社會變遷的痕跡和促使變化的因子，如
〈澳南〉一節對大自然的深情歌頌，〈陽光〉、〈美蘭〉對於被
大自然養育的年輕無憂的生命的描繪，都在牧歌的調子中，表現
了與它相應的農業生活的節奏。但變化來了，它隱藏在一張張商
標後面，打扮成提供一切需要的「小店」，在原住民的村口出
現。就這樣，曾被人類視為恩賜，只在年節祭典或冬天取暖驅寒
用的酒，一旦貼上代表一定價錢的商標，一旦有小店做經紀人，
它的意義整個改變了：

> 如今，紅標米酒的供應不斷，
> 有錢固然可以現買，
> 沒錢照樣可以賒欠——

　　這賒欠是為了什麼？「為了遺忘／忘掉家裡沒米下鍋／忘掉
欠下小店一大筆酒帳」。為了遺忘而來的賒欠，最終只能完成冰
冷的賒欠本身，因為一旦賒欠滲入那為排除生活的不幸而來的必
須的遺忘，人的生命就只能按它的規律而運動，這個算式當然不
是只懂得要怎麼收穫就怎麼栽的農業人民算得來的。於是一向生
活簡樸，按照自己勞動所得過日子的原住民：

> 如今，卻把山上的鳥歌，
> 和明年的收穫拿來預支；
> 無憂無慮的泰雅族人呀！
> 從此揹上了沉重的債負。

　　這個把未來都抵押出去的債負，使百合花樣的泰雅族姑娘美

蘭，開始她生命的流轉，一個由工廠、餐廳、迷幻藥、到預支了
她本來應該有陽光的生命的毀滅歷程。詩人告訴我們的這個真實
故事，這個企圖透過消費和沉醉來遺忘社會病態所造成的不幸，
透過根本上就是賒欠的生命來追求屬於自己的美好生活，終至使
生命變成無法解決的龐大債負，也即死亡的歷程，「文明的」平
地人恐怕一樣要得到相同的真實教訓，只不過更細緻、更「高品
質」罷了，看看每天的傳播媒體可不是充斥著那誘人的、以消費
行動來保證自我的價值，而事實上是自我否定、自我掏空到無底
洞的商業廣告！

　　走出泰雅族人的悲歌世界，林華洲的筆伸向那些被迫在都市
中流轉的遠離鄉土的生命。〈他的汁液〉告訴我們一位早年參加
軍隊，抗過日，也剿過「匪」，讓砲聲震壞了耳朵，被「上面」
批准「提前榮退」的老兵，從熱血軍人成為靠出賣自己血液維生
的商品化「血人」的整個歷程。透過迫促、悽傷的調子，詩人低
訴，因為提前榮退，沒能領到退伍金的的老兵，到一家工廠做
工，被機器軋斷了腿，因為這是發生在他「不眠不休」、「半醒
半睡」的工作中，保險公司斷然拒絕「理賠」。

> 壞了耳朵，又丟了條腿，
> 雖然他已成了殘廢，
> 可還有副無底深坑般
> 永遠也填不滿的腸胃。
> ……
> 他走進了醫院的血人堆。

　　但賣血的錢扣除掉規費，只勉強夠他吃飯穿衣，打打造血需
要的葡萄糖和食鹽水，而後，這個商品一樣的生命因透支而喪失
價值了，「護士們都不敢向他下針／血牛也不再貪圖他的血稅」：

> 如今，只剩下了沒人要的
> 屎尿、鼻涕和口水，以及
> 在他回到破陋的窩棚裡
> 就嘩嘩掉落的眼淚。

　　相似於這除了流淚再也沒有別的生活，除了生命再也沒有什麼可以損失的情況，又見於〈誰來晚餐〉，詩中的「婆婆」，生養了五男三女，但晚餐時面對的卻是像她的老境一樣空虛的幾隻不能吃的空碗。

　　如果說〈他的汁液〉裡的老兵，是在人的意義只成了交換價值的工商社會中，被人最根本的活下去的願望壓迫，別無選擇地出賣自己僅有的生命來活，終至被榨乾生命的汁液。那麼老兵李師科，這個淒艷的「落日」，就是想在這不是能以他的意志來轉移的出賣過程中，行使一點自己的權力，表現一下自己的意見，因而預支了他的毀滅的一則現代神話。這個被傳播媒體冠上「臺灣歷來最大搶案」的主角，在台北大街上，在電視記者的追蹤採訪裡，在電視螢幕上，面向我們高喊他搶劫的動機：「錢，錢，錢——」。是的，他是喊出了唯一能解答現代人命運之謎的秘密符咒，所以他直接了當地衝進了隱藏這秘密的銀行。有了錢，這位山東老鄉可以甩掉他那計程車司機周而復始的「下了乘客之後／便失去了方向／只能兜著圈子／大街小巷團團亂轉」的現代薛西弗斯懲罰。有了錢，他可以把生命來個改頭換面，那就是：「以君臨的姿態／意氣風發地叫那麼一桌／最最豐盛的晚餐」，這是他沒啥盼望，沒啥理想的卑微生活中的唯一夢想：

> 為了這個夢想的實現，
> 那怕把一生都透支光。
> 我也不在乎是否吃得完，

　　　　反正，我要的是

　　　　那份氣勢，那種排場。好讓

　　　　一向平淡索漠的自己，

　　　　興奮緊張，口水直嚥。也讓

　　　　挨挨擠擠的這些食客，以及

　　　　那些諂富欺貧的跑堂，

　　　　瞠目結舌，騷動嘩然！

　　這個大量使用跨句的詩節，就像它的內容一樣，如實地呈現了建立在虛幻的消費形式之上的社會關係，以及為這關係決定了的人的意義的虛幻性。而老兵李師科，這個現代的夸父，他可能幸運地逃過了舊中國因生產落後而來的生之匱乏，卻只能在這樣的富足形式下，經驗了本質上相同的生之貧困。在這一段對現代城市居民的精神狀態的描繪，對那鄉關如夢，於今只有像地鼠般奔竄於都市迷宮的老兵—計程車司機的心理刻劃，我們看到由現實主義出發的林華洲的詩歌藝術的批判性格。相同的情形表現在李師科做了案後，「卸下了偽裝／忍不住我還是要回去看看／擠在人群中冷眼旁觀」，像這類絲毫不肯避忌現實真相的寫作態度，不獨遠離了不敢正視問題的泛人性論者的濫情粉飾，更生動地否定了不顧社會歷史條件，把人的理想和希望毫無保留地投向像觀念般存在的勞苦大眾的那種浪漫。正是在這裡，林華洲除了寫出在社會的夾縫中，被漠視、被傷害者的悲憤和報復情緒，更深刻地掌握到了把一切都物化了的工商社會中，人間種種幾乎背離了應有的意義，而被當作純消費性的節目一樣來看待的意識傾向，對現代人性的麻痺腐蝕。想想這臺灣歷年來的最大搶案，不是與其他任何不同性質的歷史性大案一樣，被大眾傳播、被我們不著痕跡地消費掉了嗎？

　　然而李師科，這個寂寞的老兵，並不是完全被消費意識消費

掉了的現代荒謬英雄，曾經「在山東老家種過地／抗戰時打過游擊／為國家效過死、賣過力」的他，仍確信「人活著，就圖個心安／錢，要花在有意義的事情上」，他所以闖入現代神山的銀行盜寶，只是「覺得有點看不慣，為什麼／有的人那麼奢靡浪費／……／有的人日子卻過得那麼難」，只是想不透「一個什麼樣的年頭／什麼樣的世代？為什麼／人要這樣心懷嫌猜？」就在這充滿問號的淒艷的落日面前，林華洲以同樣的現實主義態度，顯示臺灣社會的其他精神病痛。

〈東京的來信〉這首並不很成功的小詩，藉著日本觀光客粗鄙猥褻的口吻，諧謔而痛苦地表達了詩人對氾濫的色情行業的憎惡。在〈少棒〉一詩，針對那精神腫瘤一樣的少棒狂熱，那以現代形式出現的年深日久的中國結，詩人的嘲諷更是辛辣、更不留情了：

　　　　少棒！少棒！
　　　　民族的小救星。
　　　　國家的新希望。
　　　　少棒！少棒！
　　　　現代的成吉思汗，
　　　　年輕的義和團。

　　　　自從有了你，少棒！
　　　　我們可以不用努力向上，
　　　　我們可以不用奮發圖強。

　　　　……
　　　　多少國恥要靠你洗雪，
　　　　多少國難要靠你挽回。

……

……
少棒！少棒！
你是我們的白日夢，
你是我們的鴉片煙！

　　這首小詩，整個以這快速的節奏，像攝影機一樣冷酷而有效
率地記錄了把運動當作政治挫折和民族情緒的洩洪口，把大家弄
得顛三倒四如痴如狂的少棒景觀。更像快刀一樣犀利地斬開了政
治外交屈辱之餘，以優秀文化的傳人自居，而事實上只會迷信偏
方，只會躺在歷史紀念碑前做夢的那個年深日久的、一時之間難
以解開的中國結。面對這些精神的異變，詩人顯然是失去耐性
了，因而在這痛心的、唾棄的聲音的另一邊，我們聽到了向一切
謊言、驕慢和黑暗挑戰的〈鐵路工人之歌〉，帶著強大的悲哀、
憤怒和控訴的〈釣魚台〉，還有像劃空而過的銳嘯一樣的〈子
彈〉，這首內容和形式完美地結合的詩篇，本身就像一顆蓄勢待
發的、而且絕不落空的子彈。在這一切之上，詩人更禁不住地揮
起諷刺的鞭子，鞭打他那同時代的退化的現代人了，在〈向蘇慕
薩致敬〉一詩裡，我們看到他越過了狹隘的民族侷限，站在世界
歷史發展的寬廣的視野裡，對於那些在陰謀重重的國際性政治低
盪的縱容下，利用政治迫害，利用物質麻醉，利用白色恐怖，使
多數第三世界國家長期陷於落後不幸的死亡掮客，所發的凌厲的
攻擊。從這首出色的諷刺詩，我們不難看到詩人如何以「聲音響
動山岳／言詞精彩萬端」的子彈似的詩句，掃射那滋生在歷史逆
流裡的法西斯統治者。
　　相對於上面對惡的憎厭，對黑暗的不遺餘力的攻擊，長詩
〈遠方〉則是一首面對「積聚著風暴與鬱雷」的現代，像怒生在

岩石上的花草一樣,不屈地歌唱著光明、正義、自由和愛,同時
對人類、對未來充滿了美好的祝願的詩篇。這首揉和著個人的歷
史和世界風雷的長詩,雖然在意念的發展和結構上表現得不平
衡,但節奏上卻恢復了臺灣現代詩興起以後少見的歌謠的自然親
切,以及敘事詩的樸實雄渾的魅力。透過它基本上鬱雷似的調
子,使人真切地感覺到詩人渴望光明、正義、自由與愛的苦惱,
更感覺到由它內裡流出來的一個生活在現代歷史的痛苦當中,分
擔遠方及眼前的苦難的心靈的巨大的、真實的苦悶。

> 遠方是激昂的高歌,
> 遠方是哀慟的哭泣。
> 遠方是無邊的記憶喲,
> 吊掛著一串串沉重的嘆息;
> 遠方是騷動與吶喊喲,
> 常在我心中喧嘯迴響。
> 遠方是崎嶇的長路喲,
> 滿佈著驚嚇與試煉;
> 我既熱切地憧憬著遠方喲,
> 我更深愛著自己的鄉土家園。

　　回首三十年間臺灣現代詩中出現的遠方的召喚,不論高蹈的
巴那斯神山也罷,不論遙遠的宇宙某處的星系,或傳說中有著見
首不見尾的神龍的故鄉也罷,能夠像林華洲一樣把自己生活的土
地當作透視點,按它應得的地位放到風雲變化的世界圖景裡,按
它應有的意義組織到歷史運動之中的,恐怕是很少的吧!而這響
應著遠方的風雷的歌聲,這坦然地唱出個人和世紀的不幸的詩
篇,正和這集子裡刺激著,折磨著詩人的痛苦聲音一樣,都是為
了人類的未來,為了更美好的明天的歌唱!
                                                    （1983）

土匪和馬賊的背後

──楊逵‧一九三七

　　日本友人橫地剛先生新近發現的〈對「新日本主義」的一些質問〉和〈期待於綜合雜誌的地方〉，是楊逵於一九三七年六月重訪日本，發表於東京《星座》雜誌的文章[1]，這兩篇未及收入中央研究院文哲所編輯的《楊逵全集》的隨筆，不論就楊逵的文藝思想或就他的創作歷程來看，都有不可忽視的意義。

　　首先，由兩篇文章發表時的背景來看，一九三七年正是日本發動蘆溝橋事變，開啟中日戰爭的關鍵時刻，為了因應侵略戰爭的需要，日本近衛內閣於事變後迅速擬定「對北支事變的根本方針」，全方位促成日本國民在經濟、政治、社會及思想領域的「舉國一致」宣誓，並於是年八月二十四日頒布「國民精神總動員運動要點」作為戰爭的思想整備的總指標。與此相應，日本言論機關把進攻中國塑造成「國民全體意見」，而侵華戰爭的目的是為「保全國體精髓歸一」及「確立東亞永久和平」，部分文化人於是成立鼓吹「新日本主義」的「新日本文化會」[2]。臺灣方面，除了附和相同的精神動員指令，總督府更於蘆溝橋事變前率先下令廢止島內報章雜誌使用漢文，試圖從根本上斷絕臺灣與中國大陸的文化臍帶。前述楊逵於一九三七年九月發表在東京《星座》上的兩篇文章，就是在這樣的文化思想氣壓下，對整個時局的反彈和回應。

　　〈對「新日本主義」的一些質問〉，楊逵把當日大力提倡的

新日本主義及未說清楚宗旨而在成立後才開始找綱領的新日本文
化會，不客氣地形容為：「真是深奧又玄虛的東西」，接著指出
這個由日本知識精英組成的團體，給人的印象，「與其說是文學
或文化的，倒不如說是相當政治的東西」，而主張「用日本人的
感覺、日本人的心情看日本看世界，並以此教導國民」的新日本
主義，是很難令人心服的。以上這些在調侃語氣中透露著一針見
血的見解，顯示楊逵對教導日本國民走向法西斯道路的新日本主
義的警覺和清醒的認識，這樣的認識並不是因一九三七年日本進
軍華北才產生的，而是作為社會主義者的他必然具有的思想視野。

　　根據現存資料，楊逵早在一九二八年寫的〈當面的國際情
勢〉[3] 一文即關注日本帝國主義的發展問題。文中指出當時世界
情勢的主要特點是資本主義列強與蘇俄勞、農聯邦關係的緊張，
日本、英國等帝國主義對中國革命運動的干涉、彈壓和戰爭的狂
暴化。在中日關係方面，他著重分析日本因資本主義的急激發
展，中國成了它的主要市場和投資地，而中國的革命必然對這造
成直接影響，所以日本會以狡獪的外交手段，或公然用武力干涉
來壓抑中國的解放，這會牽涉到英、美在中國和太平洋地區的利
害矛盾，進而造成日本和英、美帝國主義對中國和蘇聯的包圍攻
擊。在這篇因思想檢查而打上許多××的文章末了，楊逵以國際
主義精神熱切呼籲：「全世界的無產階級是要動員全勢力、集中
全勢力來守衛中國××和無產階級的××××勞農聯邦。對於帝
國主義戰爭的危機要徹底鬥爭。這是今日的國際情勢所給於全世
界無產階級的急務。」

　　在階級革命和國際主義精神的帶領下，一九三〇年代，當楊
逵由社會運動轉入文藝工作，他的論述一直在「藝術是大眾的」
的前提下，強調文藝創作的實踐性、前瞻性和作家的積極意志。
因此他一方面摒棄封閉在象牙塔的「高級藝術觀」，批判高唱純
文學的作家作品已遁入「桌上文字」，另一方面，面向人類解放

的前景，提倡世界性的進步作家的共同戰線，以之克服種族主義和民族主義的狹隘侷限及法西斯思想的毒害。這些信念集中表現在他一九三五年創辦《臺灣新文學》雜誌後，極力排除「臺灣文藝聯盟」內部的宗派主義傾向，呼籲建立臺灣文化藝術運動的統一戰線，積極推動臺灣和日本文藝工作者的交流，響應日本左翼雜誌《文學案內》推出的臺灣、朝鮮、中國作家特輯，編集「全島作家徵文觀摩號」推介給日本、中國文壇等等具體行動上 4。相同的思想意識，使他關注包括電影、美術在內的文藝動向，如一九三五年他先後寫了兩篇文章論述由法國作家紀德及馬爾侯（Andre Malraux）等人發起而在日本文壇引起熱烈討論的「行動主義」，檢討它所涉及的文藝創作的能動性、社會性與無產階級文學發展方向的問題 5。此外，他又討論中國電影《人道》及蘇聯電影《五年計畫》，指出一九三二年由上海聯華電影公司拍攝，卜萬蒼導演的《人道》，是一部傑出的寫實主義作品，裡頭探討的中國農村旱災和買辦階級問題，可以激起觀眾對既有世界的憎惡，並察覺到必須對這不合理的社會做一些改革。由此，他希望《人道》下片後能繼續上演《五年計畫》，這部描繪蘇聯改天換地、創造新社會的電影 6。

　　相較於上述開闊的精神和思想視野，一九三七年日本文化人提出的新日本主義及其所謂「用日本人的感覺、日本人的心情看日本看世界」的日本中心觀念，對楊逵來說，無疑是背道而馳無法叫他信服的。而這就牽涉到新日本主義的政治傾向的核心問題。

　　從日本現代思想史來看，日本主義是甲午戰爭後由亞細亞主義蛻變出來的思想流派，它標榜「日本精神」，以大和魂、大和心、國體論和日本特殊論為主導思想，它是二十世紀二十年代日本右翼團體的思想根源和理論基礎。有關這對立於明治維新的文明開化和西洋觀念的日本主義的日本精神，研究者曾指出要具體表達它如同「水中撈月」，不過它的思想基調之為國粹主義、復

古、排外，國家主義的擴張、侵略，倒是不爭的事實[7]。楊逵一
九三七年旅日所見的新日本文化會的新日本主義，應即這一脈思
想的重新包裝，它與同年九月成立的「日本主義文化同盟」，或
一九四〇年十月響應近衛內閣建立「國防國家新體制」的號召而
成立的「純正日本主義派」，名目雖異，思想及政治要求則一。
此外，由日本現代文學史來看，一九三〇年代中期成為文壇主流
之一的「日本浪漫派」，即以「古典近衛隊」為己任，以回歸
「故鄉的歷史和風景」等感性語言鼓吹國粹和民族主義情緒，最
後與當時的「國民文學論」主張的文學「必須是為了認識作為民
族的、日本人的自己」，文學「不是世界的、個性的、階級的，
而是國民的東西」等論調靠攏[8]，而提倡新日本主義的新日本文
化會的領導者林房雄正是日本浪漫派的要角。熟悉日本文學思
潮，曾與該派理論大師龜井勝一郎就浪漫問題交鋒過的楊逵[9]，
會把新日本文化會判斷為與其說是文學或文化團體，倒不如說是
「相當政治的東西」，可謂一語中的，深得其實。這與同年九
月，《送報伕》的中譯者胡風因為提防「鼓吹日本的東西」，不
敢貿然與訪問上海的《星座》編輯矢崎彈交往[10]，同樣是洞察了
隱藏在這日本的政治東西背後的危害亞洲人民和世界和平的法西
斯精神真象。

　　要求真象，是新發現的楊逵另一篇文章〈期待於綜合雜誌的
地方〉的主題。針對中日戰爭爆發後，在「舉國一致」宣誓效忠
和「言論統一」政策下，日本國民對新聞媒體和言論機關的不信
任，楊逵指出：「最好的辦法，還是以報導真象去解消。」他以
一九三七年八月號日本各雜誌清一色塞滿有關蘇聯與「滿洲國」
國界問題、日本進軍華北事件的報導，都只在炒作事件的表象為
例，提出：「作為正確判斷的材料，也要讓我們看看在事件內面
的東西」，並希望雜誌報導政治、社會、國際的事件時，不能只
當成「偶然突發」的現象處理，必須讓人知道它們的「過程」，

也就是「事前預警的部分和事後的狀態。因為,這是在瞭解事實
的真相上所不可或缺的要素。」根據這動態地、辯證地觀看事物
的觀念,文章末了,楊逵要求雜誌增加報導文學的篇幅,並期盼
有關蘇、滿國界和華北戰爭的報導文學作品。

　　楊逵對報導文學的重視,雖非來自對上述現象的直接反應,
但卻極有可能是他對中日戰爭爆發前後,日本軍國主義政府加緊
言論控制的意識上的反制。因為他在一九三七年上半年重訪日本
前即發表了〈談「報導文學」〉、〈何謂報導文學〉、〈報導文
學問答〉等三篇文章,詳細論述報導文學的重要意義,並認為它
是開拓臺灣新文學的「一個基本領域」。在一九三七年五月到年
底又陸續發表了一些帶有報導文學性質的隨筆,如〈小鬼的入學
考試──臺灣風景(一)〉、〈飲水農夫〉、〈攤販〉、〈臺灣
舊聞新聞集〉[11]。這思考和寫作上的新動向,除了顯示楊逵受當
日左翼作家熱切從事報導文學影響,試圖尋找直接有效地傳達現
實的藝術形式,在這之上,這思考和寫作的新動向之所以會在一
九三七年發生和密集出現,應該還包含有揭露「隱藏在事件內面
的東西」,也即是被宣傳機器塗改消音的戰爭罪惡和殖民暴行的
深刻考慮。這一切集中反映在他一九三七年九月發表於東京《文
藝首都》的隨筆〈《第三代》及其他〉[12]。

　　〈《第三代》及其他〉,風格上雖不如雜文式的匕首與投槍
的凌厲,但卻處處顯現散文和隨筆帶有的輕騎兵的游擊鋒芒。文
章由日本傀儡政權「滿洲國」成立後,流亡關內的中國東北作家
蕭軍及其表現東北人民反壓迫,反侵略的長篇小說《第三代》為
引信,一一突襲日本帝國主義的要害及日本文化人的精神危機,
如:日本據台製造出來的臺灣與中國的空間的、文化的「疆界」
障礙;臺灣總督府廢止報刊漢文欄,剝奪臺灣人的主體意識及文
化權力,與日本宣傳機器口口聲聲念誦的「東洋」(亞洲一體)
的信念上的反差;新日本主義者的冥頑偏執,擴大和強化了藝術

的國界，阻止不同國家民族的精神溝通，使自己陷入「閉鎖」的
絕境，墮落成政府當局文化政策的馬前卒。由於如上種種原因，
他是到東京後才能讀到蕭軍的《第三代》，因為「在臺灣，不但
不能去大陸，而且書籍雜誌和報紙也都進不來，幾乎都買不到，
所以比起在東京更不容易了解那邊的情況」。接著，楊逵以中、
日進步作家間友愛交流的實例及其建設性意義，對照生活在黑暗
的時局中，失去鬥志，只會發牢騷的日本作家和日本文學的貧血
現象，並且引述胡風在七七事變後發表於《星座》雜誌的文章
中，以「泥腳」和「紳士的客廳」比喻二十世紀中、日文學，諷
刺日本文壇不肯承認中國現代文學，漠視中國文學的受難、奮起
和犧牲。據此，楊逵指出這樣的情況，同樣發生在殖民地臺灣甚
至日本本土不懂得紳士的「高尚意識」，只知道生活鬥爭的作家
的身上。

　　就是在這裡，楊逵把胡風文章中用來象徵苦難的中國文學的
「泥腳」，踏入蕭軍《第三代》裡的「馬賊」的世界，指出這本
描寫被欺壓的中國東北人民不斷加入馬賊的故事的小說，雖看不
到紳士的高尚意識，但也看不到「欺騙或諂媚的庸俗性」。而後
以這些文字總結這篇隨筆：

　　　　所謂的「馬賊」，並不是我們常常聽到的可怕的強
　　盜，而是相對於壓迫者而成長起來的一股對抗勢力。日本
　　也有「勝者為王，敗者為寇」的說法，依這句話的含意，
　　我們天天被灌輸的「土匪」、「共匪」，什麼什麼
　　「匪」，什麼什麼「匪」，其實是……。

　　這神來之筆，讓人想起楊逵少年時候讀了日本人寫的剿匪記
而知道被屠殺的所謂土匪原來就是臺灣人的故事。還讓人想到太
平洋戰爭末期，為回應臺灣總督府增產建設的宣傳，他以描寫礦

區生活的小説〈增產的背後〉，揭發所謂增產戰士的真象。據此，他這充滿暗示性的「土匪」和「馬賊」的背後，連同文章末了意味深長的刪節號，隱藏著的二十世紀兩岸人民共同走過的歷史真象，也就不言而喻了。

（2007）

1　兩篇文章由曾健民先生中譯，刊載於台北，人間出版社：《人間思想與創作叢刊》2007 年夏季號，本文凡有引述皆根據曾先生譯文，謹此致謝。

2　以上情況的分析詳見橫地剛著，陸平舟譯：〈談《第三代》及其他──楊逵，一九三七年的再次訪日〉第 4 節〈官民一致的美德〉，見《人間思想與創作叢刊》2007 年夏季號。

3　《楊逵全集》第九卷，頁80-82，國立文化資產保存研究中心籌備處出版，2001，台南。

4　相關論述見《臺灣新文學》1936 年 6 月號卷首社論〈談「促進臺灣藝術運動之統一」〉及〈進步作家與共同戰線──對《文學案內》的期待〉，〈迎接文聯總會的到來──提倡進步作家同心團結〉，〈請投寄可代表臺灣的作品〉，〈發布「全島作家徵文觀摩號」計畫之際〉等文，見注 3《楊逵全集》。

5　〈擁護行動主義〉，原發表於東京《行動》雜誌，1935 年 3 月。〈檢討行動主義〉，1935 年 3 月。同注 3《楊逵全集》。

6　〈推薦中國的傑出電影──《人道》〉，原發表於《臺灣新聞》（1935.9.5）。同注 3《楊逵全集》。

7　王屏：《近代日本的亞細亞主義》，頁 144-148，商務印書館，北京，2004。

8　葉渭渠、唐月梅：《二十世紀日本文學史》，頁 207，215-222，青島出版社，青島，1998。

9　〈新文學管見〉，「批評新浪漫派」一節，同注 3《楊逵全集》第九卷，頁312-315。

10　胡風：〈憶矢崎彈〉，詳細分析見近藤龍哉：〈胡風與矢崎彈──以中日戰爭爆發前夕的雜誌《星座》的嘗試為主〉，同注 1《人間思想與創作叢刊》。

11   以上各文詳見《楊逵全集》第 9 卷。

12   同注 3，頁 557-561。

復現的文學星圖

——讀歐坦生新出土的小說

因為兩岸政治及歷史的悲劇性分裂，二次大戰後成長起來的臺灣讀者，不可避免地要面對一個悲劇地分裂了的中國現代文學世界。在光復後白色恐怖的歲月裡，在所謂「自由」、「民主」和「匪區」、「鐵幕」對立的冷戰思維下，五四新文學傳統中，凡屬對社會現實反思的、異議的、批判的、及至革命性的文學視野，幾乎都與大陸一道「淪陷」，與魯迅等一系列具前瞻意義的作家及作品，成了文學版圖中的禁忌和空缺。這個主要以人道主義和現實主義為精神導向的文學禁區，直到一九七〇年代末鄉土文學論戰及繼而發展起來的日據時代臺灣文學研究，特別是對光復初期文學史料和白色恐怖歷史的探索及清理，才次第挖出歷史的恐怖岩層，重返創作和評論的視野之中。

去年以來，人間出版社為找尋白色恐怖殉難者藍明谷的文學踪跡而不意「出土」了的歐坦生先生的小說，不論就小說本身的表現，或就其中曲折的、令人悲痛不已的「發現」過程，應該足夠作為一九四九年以後悲劇地分裂了的中國現代文學史的歷史見證，足夠作為對那被橫暴地消音了的文學禁區的一個力強的控訴——在這裡，只需想想：因為包括我自己在內的查證上的疏失，誤以為這些小說出自白色恐怖殉難者藍明谷之手，致使海峽彼岸，長期關懷臺灣文學發展的范泉先生，直到臨終，還以人們無法想像的痛苦和力量，在絕筆的心境下，寫出他因被誤導而深信

的，有關這些出土小說作者藍明谷的最後的悼念……。

　　閱讀歐坦生一九四六到一九四八短短兩年間發表的六篇小說，首先而且直接地打動人的是文字描述和藝術處理上的出色表現。面對這些作品，我們不無驚詫地發現，印象中，一向顯得貧瘠荒歉的光復初期臺灣文學，竟而有過這樣成熟的、即便與同一時期的大陸優秀作品相比也不遑多讓的小說創作。同樣的，面對這些在人物和場景上，逐漸由不知名的大陸某地，明確清晰地轉換到光復後臺灣市鎮生活的作品，我們也不免驚詫地感受到，它們與五四以後及日據時代臺灣的現實主義文學精神的內在一致性。正是透過這失而復現的小說世界，透過這幾乎被湮滅的文學星圖，我們得以重新目睹被白色恐怖噤聲了的、光復初的恐怖的歷史現實，重新體驗一九四〇年代中後期存在於臺灣和大陸的痛楚的社會心理。

　　〈泥坑〉是歐坦生這一系列小說的第一篇，是一個有關知識份子思想幻滅的故事。小說一開始，主角已是個病弱的、深陷生活泥坑的小公務員。在抗戰勝利後，社會慌亂，物質匱乏的情境下，包圍這個精神耗弱、惱怒不安的小說主角的，是沒有愛情的婚姻生活、小孩飢餓的哭鬧、周而復始的機械的上下班日子。透過這個人物，作者以嚴肅而不失溫暖的筆調，頗具典型意義地呈現了國共內戰時，帶有進步思想意識的知識青年，由努力閱讀「哲學社會科學名著」，熱心參加校內外的小組討論、學術研究座談、演講、編壁報、談戀愛等等的青春激越，一旦迫於不能自主的封建傳統婚姻，一旦跌入戰後殘敗困窘的現實生活「泥坑」，所可能發生的麻木的、但偶而也會意識到自己竟而沉淪到「沒有想到反抗」的矛盾、陰鬱的心理歷程。

　　同樣也是處理知識份子問題，繼〈泥坑〉之後的〈訓導主任〉和〈婚事〉，則是由時代青年的戀愛故事，檢討二十世紀中國新知識份子藉新時代和新思想之名，走上另一形式、另一性質

的道德沉淪和精神困境。不同於〈泥坑〉的抑鬱的、熬苦的、告白意味的第一人稱敘述，這兩篇小說都由作者全知觀點，以謔畫似的輕快調子，盡情披露戰後慌亂蕭條的大環境下，在相對安定遲鈍的校園生活中，一個拿工學士學位而在中學教國文的訓導主任，為了籌措約會資本，如何以勒令退學的手段，勒索學生交出同樣具勒索性質的「慶祝蔣主席壽辰募款建校」捐款，來滿足他自以為「魯迅與許廣平」式的師生戀愛遊戲。〈婚事〉的主角則是一位苦學出身的中學女校長，在盲目的、功利性的宗教信仰下，她一方面以清規誡律壓抑自己的感情，一方面以窺伺者的心理，檢查學生情書，偵探男女校工的隱私，但最後還是違反她「報答」天主恩典、獻身教育事業的初衷，不自禁地投入留美博士的表哥懷抱，投入小市民安逸的、沒有夢想的愛慾人生。

　　從上面以知識份子問題為主題的三篇小說，我們看到歐坦生小說藝術的現實主義特色。不論是〈泥坑〉中對幻滅了的知識份子的日常生活，對好事、吵鬧的小市民天地的嚴肅而不失溫暖的刻劃；不論是〈訓導主任〉、〈婚事〉這兩個不無老套的戀愛故事中，對學校教育及時代青年生活悲歡的批判和嘲諷，他的小說，大致上總是在情境處理或人物心理轉折上，以綿密豐富的細節描述、傳達和呈現著恰如現實生活本身的複雜、豐富和生動的感覺。相關的例證如〈泥坑〉一開場對小公務員困頓雜亂的家居環境的描寫，〈婚事〉中以情、景往復迭加（superimpose）的手法，剖析和展示努力於清心寡欲，努力朝向獨身主義理想的中學女校長，檢查學生情書時的陶醉、介入，及至看到男女校工可能的偷情行為時的轉移性的、蠻不講理的暴怒。另外如〈訓導主任〉中，對那個號稱「情場英雄」的校花的刻劃，特別是對於她把訓導主任口中的魯迅作品和魯迅、許廣平的關係，視同張資平筆下的戀愛情節的一段對話和描寫，這些全都是二十世紀中國畸型的資本主義文化下的，帶著小市民性格的中國新知識份子的生

活和心理內容的現形。

　　應該正是由於現實主義藝術的實踐和追求，引導歐坦生的創作，一方面能夠逐步排除個人主觀，逼近事物真相，使他的小說世界具普遍性和代表性，而且使他得以走入發展中的社會歷史現象，掌握現實內容的縱深，這表現在他稍後發表的〈沉醉〉、〈鵝仔〉這兩篇描寫二‧二八事件前後的臺灣的作品裡。另一方面，因為現實主義的創作實踐，使得歐坦生不免於或多或少地朝向批判者和社會嘲諷者的路上走去，因為身為知識份子作家，即使不曾具有〈泥坑〉主角的社會主義意識，五四文化的人道主義的、啟蒙的思想要求，也會使他不能自外於他寫作的對象，不能在痛苦面前閉上眼睛。這個現實主義的不能妥協的藝術態度，形成歐坦生小說的諷刺文學特色，〈訓導主任〉、〈婚事〉就是具體的例證。在這兩篇小說裡，刻意誇張的、卡通化的人物處理，承擔著小說主題和意念發展的作用。如兩篇小說裡的兩個表哥，〈婚事〉裡女校長的女友，〈訓導主任〉中戰無不勝的「情場英雄」的校花等，這些摩登的、西化派的扁平人物的出場，相當成功地把作者的嘲諷力度具象化和真實化，從而傳遞了他的社會批判的訊息。這一切，到了〈十八響〉裡有著進一步的發展。

　　〈十八響〉無疑是一篇諷刺文類的傑作。這個辛辣而悲哀的故事，讓人想起了魯迅、老舍、沈從文、張天翼等的諷刺文學的傳統。只不過這篇由第一人稱的視角看待自己的同類的不幸歷史的作品，比較起〈婚事〉、〈訓導主任〉的作者全知觀點的調侃語調，似乎多了一點人間的溫暖。透過一個年輕工友的眼睛，我們看到一個公家機關裡，一群職員盡情戲弄、凌辱一個叫「十八響」的小雇員的始末。小說的主角「十八響」，他這個名號的由來，只因他犯了放響屁的毛病，而根據機關裡會計、出納的精心的、專業性統計及機關裡的和事佬的仲裁，他一夜應該總共放了十八個響屁。於是乎，「十八響」成了他的不幸的代名詞。這個

不脛而走的封號，不僅使他的真實姓名湮沒無聞，連他做人的意義也蕩然不存，而追根究底，一切只因他是機關底層的小雇員。有一天，受盡侮辱，受盡摧殘的他，像發現新的真理似地當著機關職員面前宣告：「放屁有什麼稀奇？這真是——局長他老人家也放屁的哩！」但這為他招來捲鋪蓋走路的致命的一擊，儘管他憤懣地護衛這經得起事實檢驗的真理：「這不是豈有此理嗎？局長可以放屁我就放不得！局長是人，我就不是嗎？」在局長和職員眼中，他當然不是，因為「誰教你是一個小雇員呢？」而且只要有階級存在，這世界就是這麼「豈有此理」！

就像〈婚事〉、〈訓導主任〉把小說場景和人物活動，放在亂象叢生的抗戰勝利後大致維持安定秩序的校園生活，從中細細呈現二十世紀畸型的中國資本主義文化下，一些追隨時代風尚的時代兒女，他們的不知今夕何夕，他們的扭曲了的、異化的愛情。〈十八響〉的場域也是鎖定在戰後餘生的中國某地，一個閉鎖安靜的小鎮裡的一個公家小機關和它封閉的、階級嚴明的官僚結構，由之展示在這小社會的權力運作下，人和人際關係的異化。

透過故事的目擊者，一個被叫做「坦哥」的工友的樸素單純的敘說，這篇小說讓我們看到：為了活命，為了起碼的生存，而在小雇員的身份限制下自我矮化、自我否定的「十八響」；看到理直氣壯的，以凌辱十八響為生活樂事、為構成他們的地位的必然表徵的職員群；看到有樣學樣，參與到凌辱戲弄十八響的殘酷行列的無知的孩子們。就是從這個以素樸單純的語言構築起來的小說世界，就是從這篇感覺不出主題掛帥、意念先行的現實主義作品，我們認識到，因為人的階級分化，凌辱人的人把凌辱本身正當化和正常化，被凌辱的人把人的凌辱合理化地概括承受。歐坦生筆下這異化了的人際關係，這顛倒的世界，這個被目擊者坦哥感覺到對十八響、「對他這樣的人是顯得太狹窄了」的人的階級社會，給予我們的是人的道德意識和人道主義的要求。而歐坦

生，這個不曾在他的創作中大聲疾呼他的思想信仰的作家，渡海來台之後，就是從存在於他的現實主義藝術實踐中的不能妥協的人的道德意識和道德實踐，走入光復後臺灣，那個同樣有著坦哥、有著十八響的這樣的人的這樣的世界。

渡海來台之後，歐坦生於一九四七年十一月和一九四八年十月，先後發表了〈沉醉〉和〈鵝仔〉。這兩篇寫作於腥風血雨的二‧二八事件之際，而且直指臺灣社會生活最敏感的部位，也就是省籍矛盾、階級壓迫、貧富對立、思想監禁、政治偵防、國民黨官僚的蠻橫腐敗、及至二‧二八事件本身的作品，在白色恐怖橫行的當時，格外顯得突出、珍貴，勇敢動人。除此之外，這兩篇就我們所知的歐坦生四〇年代小說的殿後之作，不論就思想高度或藝術成就，可能也是他這一階段作品的壓軸之作。

〈沉醉〉寫的是二‧二八事件後，健康溫馴、「天生的柔慈心腸」的臺灣少女阿錦，盡心看護幾乎命喪二‧二八事件的大陸青年楊先生，因之墜入愛河，不意卻被這個大陸來台的「品貌平凡」，「具有多數都會青年所特有的那份輕佻的氣質」的楊先生玩弄感情，惡意遺棄，被他那個也是大陸來台，也同樣品貌平凡輕佻的朋友朱先生，同樣惡意戲弄，害她徒然由台北直奔基隆碼頭，尋找她相信到廈門請求父親同意來跟她結婚的情人楊先生。〈鵝仔〉寫的是臺灣男孩阿通，投注全部感情餵養一隻鵝仔，不意這隻他視同友伴，親如自己生命的大白鵝，卻因他一時疏忽，被大陸人的工廠處長太太無理扣押，甚至宰殺宴客，最後還把阿通打得遍體鱗傷，把他們一家逼上生活的絕境。

先就小說的敘述意識來看，我們不難發現，這兩篇外省人作家寫本省人問題的作品，有著不同於歐坦生前此小說的敘事語調。它們不同於〈泥坑〉那個幻滅了的社會主義青年的不無自我中心的悲憤的告白，也不同於〈婚事〉、〈訓導主任〉中，憤世者和諷世者的歐坦生，有時因為藝術處理上的生澀，有時因為批

判的熱度（如小說中為提醒讀者注意的「我們不妨想像」、「我們疑心」、「我們聽來」如何如何之類的，加著重點似的注解性敘述）所造成的、類同於這兩個不無老套的故事之時而僵硬、單向的敘述。在〈沉醉〉和〈鵝仔〉中，他基本上是像〈十八響〉一樣，以細節豐富的描述和生動的對話，現實主義地呈現國民黨政權接收臺灣後，滋生著新的和舊的罪惡的臺灣社會生活的種種。但在這個類同〈十八響〉而又多出來全新的、尖銳的省籍問題的現實面前，我們看到，外省人作家的歐坦生始終把他的情感、他的判斷、他的價值認同放在被背叛、被迫害的臺灣人阿錦、阿通以及他們的家人以及與他們一樣被迫害、被獵捕的、省籍不明的「所謂奸黨之流」的一邊。因此，這兩篇由作者的視角出發的小說，隨著故事的發展，它的視野，它的敘述意識竟然逐漸地、而且絕大程度地與這些小說人物結合為一。

上述這個顯然不只是因為單純的同情，也未著眼於省籍畛域，而是來自現實主義藝術的不能妥協的看事物的方法，以及與之俱存的不能妥協的人的道德視覺，首先使歐坦生和他的小說能夠在光復初階級分化、省籍矛盾等等的苦難的現實面前，由權力結構和權力運作的經緯，審視和思考在壓迫與被壓迫、宰制與被宰制的關係網絡中，人的意義應該擺在哪個位置，人應該何去何從，而不是在排除性的省籍畛域觀念中，劃地自限或自我迷失。

其次，也是由於這樣的敘事意識，這兩篇小說從根本上挑戰這樣一種看法：弱小的、被迫害者的文學，它的被迫害的故事，僅僅是壓迫的罪證，而故事中的弱小者僅僅是被動的、失去了自我的壓迫的客體，他們的意義只在彰顯受難者的隱忍的歷史和隱忍的力量，以及等待中必將到來的正義。如我們所見，正是隨著沉醉於愛情的阿錦的想像，正是隨著她的酩酊的視角，在因語言隔閡而來的對楊先生來信的「解讀」之後，農村女孩的她開始她的印證之旅。正是它，使都市化的大陸人的楊先生、朱先生（楊

朱？多麼奇妙的巧合！）之類的背叛者和欺罔者，因僱傭關係而
存在的大陸主人對臺灣下女的始亂終棄，及其經濟的、人身的剝
削，一一被提上了小說的議程。也正是這趟徒然的信念之旅，使
什麼是愛和浪漫，什麼是市儈和墮落，被擺上了價值的、道德的
天平。

　　〈鵝仔〉中的阿通，這個不時口出三字經，還未馴服於成人
社會的「野孩子」，他抗拒以金錢來償還他的無心之過，不接受
處長太太以金錢來論生命、感情的斤兩。後來當他為救鵝仔，把
痛苦弄來的贖金砸向瞠目結舌的處長太太，我們目睹了吃掉鵝仔
連帶也吃掉被她扣押下來的作為權力的保證金的處長太太的自我
破產。因為在金錢，這個資本主義社會最激進的平等主義者（盧
卡契語）面前，失去交換能力的她，已經失去了價值。於是接下
來，我們看到阿通「得理不饒人」地大鬧，直到他把處長家「恍
惚而又甜美」的「溫馨的夢境」，搞個天翻地覆。於是再接下來
的是，惱羞成怒的處長咆哮地指控阿通和他的爸爸是「土匪、共
產黨」，之所以如此，因為栽贓永遠是統治者權力運作的信用卡
和護身符。只不過，他這一次卻道出了任誰也栽贓不了的他的權
力的夢魘，因為他從阿通和他的爸爸，從徘徊在他身邊的十八
響，阿錦，還有省籍不明的「所謂奸黨之流」身上，看到了即將
使他的信用瓦解、使他的權力崩盤的，那屬於人的真實生命，因
而可以打破社會現狀，可以從根本上變革人的世界的力量。

　　就是像這樣的，來自被壓迫者的反應和反抗而引爆的小說敘
述的進展，使〈沉醉〉和〈鵝仔〉這兩篇天下大亂的小說，得以
吸納一個又一個關於人、關於生命的尖銳的問題，得以顯現和清
理發展中的社會歷史動向和衝突。而這天下大亂的小說世界，連
同歐坦生新出土的其他幾篇作品，讓我們重睹了兩岸悲劇性地分
裂後，空缺處處的現代文學史的一角耀眼的星圖。從這復現的文
學星圖，我們止不住希望，會有更多負載著歷史的、階級的重軛

的十八響，會有更多浪漫的、英雄的阿錦和阿通即將出土，與我們共商依舊荊棘遍地的人類生命的、希望的版圖。

（2000）

後記

　　自從走進文學天地，我就遭遇到一個分裂的世界。開始的時候，似懂非懂地讀著的詩詞小説，是一個遠離光復後臺灣慘淡匱乏的小鎮生活的奇妙所在。一九六〇年代到台北念大學，現代主義文藝的熱潮首先使我沒頭沒腦地沉浸在艱澀的理論和翻譯作品間，覺得那就是生命的真象，人類命運的終極思考。它拒斥並獨立於黨國教育的愚昧黑暗，煩囂的、精神貧困的小市民社會，以及這之上的白色恐怖。

　　就在同一個時候，我發現了隱沒在白色恐怖裡的戰後臺灣思想的後街——台北牯嶺街舊書攤。從舊書攤倖存的、零星的五四以後，特別是三、四十年代的大陸作品，我戰悚地看到了文學史的禁區，一個左翼作家群活動著的藝術和思想的彼岸。在那裡，有我未曾想像到的人間的苦難，呼吸灼人的生命氣息，以及理想主義的召喚。

　　這禁忌的召喚，連同現代主義宣示的荒謬虛無、「沒有理由的反叛」等等信條，於是在那政治肅殺的時日裡，在我不知道國共內戰的歷史意義，更不知有世界性的冷戰思維結構的情況下，在我的理解中，文學於是除了是藝術形式的創新實驗，還成了從權威、從社會現狀裂解出去的異議的、前衛的、甚至是危險的存在，一個穿越生活的此岸和彼岸，滿佈著新生和毀滅的場域。這信念支持我朝向時代的異端，朝向彼岸思想的深處走去。

　　離開臺灣，到加拿大念書，終於可以在北美的東亞圖書館裡看到臺灣的禁書，走進中國現代文學史的斷層。在急切的搜尋和閱讀中，最先打動我的是東北作家群。除了因為同屬被日本帝國主義殖民的緣故，還因為童年時從家中長輩遊歷「滿洲國」的照片，看到山海關、殘破的古蹟，聽過康德、新京、奉天之類感覺上不像中國歷史地理的年號和都市，使我對那傳說中的冰雪大地充滿好奇。一九七二年我於是無師自通地寫下了平生第一篇現代文學評論，寫下我對端木蕻良及其小說中的土地、人民和歷史血淚的禮敬和感動。接下來在眾多的作家作品中，胡風、路翎這兩個文學巨靈，激起我對久懸心中的理想主義者精神現象以及相關的左翼文學思潮的追蹤考掘。就是在胡風的著作裡，我找到他翻譯的楊逵的〈送報伕〉，呂赫若的〈牛車〉，他的翻譯和簡短的引言，讓我第一次讀到日據時代臺灣左翼作家和作品，深刻驚喜地認識和感受到社會主義文藝運動的寬濶巨大的國際主義精神。

　　當文革神話急遽消散，顛倒的歷史不知又將顛躓到何方，七十年代末，帶著困頓的心情我回到政治高壓依舊的臺灣。天翻地覆之後，再度站在歷史的十字路口，我自知因為資料的限制，已不可能繼續才剛起步的大陸現代文學研究。面對當時熾烈展開的鄉土文學論戰和黨外反對運動，我不禁茫然地思索著長久以來在新、老帝國主義的宰制播弄下，現實上已然分斷的兩岸的過去與未來，思索著經由胡風翻譯，藝術上、思想上曾深深震憾我的楊逵、呂赫若的兩篇小說可能蘊含的臺灣文學史的又一斷層。於是在教學之餘，我試著從歷史的荒煙蔓草找尋日據時代臺灣文學的踪跡，找尋殖民統治掩埋不了的社會主義的、因而是追求人的自由解放的文學的聲音。但因為懶散荒廢，因為能力的限制，至今只能交出貧乏單薄的成績。

　　應陳映真先生之邀，我答應給人間出版社出個集子，他一去大陸數年，我也就把出書的事拖延下來。如今重編這兩個集子才

發現裡頭的文章竟已跨越兩個世紀。若不是老友呂正惠教授一再
催促，還有人間出版社編輯李志仁先生、淡江大學博士班林淑瑩
同學費心校對，這兩個集子真不知什麼時候才能面世。在此謹致
感激和謝意。

施　淑

2012 年 8 月 9 日

【附錄】

卡夫卡的再審判

我懇求社會主義世界：把卡夫卡的作品從它非自願的
流亡中迎接回來，給它一個永久有效的簽證！
　　　　　　　　　　　　　——Ernst Fischer

　　二十世紀的西方作家中，卡夫卡可能是在社會主義陣營裡引
起最多爭論，造成最深的觀念分歧的一個，雖然喬艾思，普魯斯
特也曾被當作現代主義和頹廢文學的代表，加以批判，但就作品
之引起注意的程度，以及評論者所表現的意識形態上的分裂而
言，他們都遠不如卡夫卡評論的熱烈。這現象是有它的歷史因素
的，首先，一九三四年「社會主義的現實主義」被蘇聯定為美學
和文藝創作的唯一標準後，卡夫卡的迷人而費解的作品，很容易
被社會主義國家引用做文藝問題的樣板，而且當時重要的社會主
義文藝理論家如盧卡契、布萊希特都以德文寫作，因為文字的關
係，在引證時卡夫卡的作品自不免首當其衝。其次，更重要的
是，一般社會主義的文藝評論者都認為，卡夫卡比起其他作家更
多而且更直接地探討了資本主義社會的體制性的異化現象，以及
官僚結構的異化問題，因此他的作品具有兩面意義：第一，可以
用來剖解資本主義的罪惡；第二，可以揭除仍舊存在於社會主義

國家的異化跡象。這思想方面的分析與有關卡夫卡作品的藝術形式的探討，構成論辯的重點。加入討論的除了蘇聯官方的文藝理論家，另一邊是被劃入修正主義行列的東歐國家及法國、奧地利的作家和學者。整個論辯的發展以一九六三年在捷克首都布拉格舉行的卡夫卡會議為分水嶺。

「我們必須燒掉卡夫卡嗎？」

　　一九二四年八月十七日，距卡夫卡逝世一個月，捷克共產黨機關報發布一則短短的悼詞，裡頭稱讚卡夫卡為「一個纖美的、純潔的心靈」，又説：他對社會的僵化和機械現象具有特殊的洞視力，他憎惡這個世界，並以犀利的理性之刀剖解它，以嘲諷的手法攻擊那些大權在握的人。隨著史大林時代的來臨，這悼念在共產國家整整噤息了二十年，直到一九四五年，捷克作家衛斯科普夫（F. Weiskopf）才提出應該具體地、歷史地研究卡夫卡的要求，這引起次年捷克雜誌《行動》上的「我們必須燒掉卡夫卡嗎？」的討論。接著，一九四八年，當代德國女思想家阿蘭特（Hannah Arendt），在一篇題為〈法蘭兹・卡夫卡〉的論文裡，深入討論表現在卡夫卡作品裡的官僚結構的組織性罪惡、人對既成秩序的屈服、謊言之為必須等問題。她認為卡夫卡透過辛辣的、誇張的手法，把現代社會的可怕形象呈現出來，企圖以之摧毀因組織性的罪惡而產生的說謊的必須和必須的說謊，以及由之裝點起來的「神聖」的既成秩序。據此，她不同意有些研究者由猶太教神秘哲學的角度，去看卡夫卡作品普遍表現的「罪」的感覺，她認為事實上這不過是人被迫把既成秩序視為命定、賜福和必須，使得反對或懷疑它的不自覺地起了「原罪」似的恐懼。一九五〇年，《赤裸的上帝（The Naked God）》一書的作者，美國社會主義作家法斯特（Haward Fast），在一篇談〈蛻變〉的短文

中則完全否定卡夫卡的藝術和思想價值，他説那篇小説把人變成
蟑螂，是對常識的污蔑，對客觀現實的混淆和扭曲。從這以後到
一九五六年聯共第二十次大會，赫魯雪夫公開批判史大林，一九
五九年美蘇大衛營協定，冷戰結束，文學解凍，有關卡夫卡的評
論和研究才陸續出現在蘇聯的報刊雜誌，但態度上大都相當粗
暴，如一九五九年札東斯基（Dmitri Zatonsky）的文章中説，卡
夫卡的作品充滿偶然性、表面化和形式主義的質素，根本是反現
實主義的頹廢藝術，他並斥責一切企圖從中尋找意義的批評家，
是墮落的「帝國主義的哲學的淘金客」（the philosophical argo-
nauts of imperialism）。這類指控，在一九六三年為紀念卡夫卡誕
生八十週年而舉行的布拉格會議，得到了反應，會期雖然只有五
月廿七和廿八日兩天，但爭論的餘波一直延續到整個七〇年代。

　　布拉格會議引起的幾個主要論題是：

　　1.卡夫卡是否屬於現實主義的作家？

　　2.他的作品是否忽略了內容而僅只是空虛的形式主義藝術的
展示？

　　3.他是否可以稱為揭發資本主義社會異化現象的「異化詩
人」？

　　4.他是否在小説中塑造了不具任何「典型」意義的存在主義
式的「一般人」？

　　有關這些問題，參與討論的並未從馬克思主義的觀點脱離出
來，他們的分歧主要發生在批評的角度，關鍵性術語的詮釋，以
及對社會問題和藝術表現的不同看法。

現實與頹廢

　　關於卡夫卡是否為現實主義作家，東歐國家與奧地利、法國
的社會主義者，大都取肯定或附條件的肯定態度。如東德的賀姆

司多夫（Klaus Hermsdorf）論卡夫卡的第一部長篇小説《亞美利加》（原名「消失無蹤」Lost Without a Trace，出版時改為 America）時説，卡夫卡掌握了現代社會的主要衝突，這小説的視野超出後期資本主義的文學，因為除了資本家，它還描寫工人，它是一部偉大的社會小説，一部現代的史詩，即使它的失敗的地方都具有深遠的意義。又説，卡夫卡的藝術的黨性評估可以從小説人物行為的醜惡或美好看出來，在這部小説中，他的同情都在低階層：主廚、伙伕、女工、開電梯的小孩、受高等教育的絕望的學生，這些人物雖然軟弱，但正直善良，卡夫卡使我們感覺與這些人物一道受苦而同情他們。另一邊，以負面和否定的面貌出現的都是剝削和壓迫下層人的有力之士，他們都是主角羅司曼（Karl Rossmann）的敵人，是使他在美國這個新興的資本主義社會遭到敗北的阻力。在藝術技巧上，他指出這小説呈現卡夫卡的兩種表現方法，其一是他的現實主義的設計，使人物可以有三度空間和完整的性格，也就是説，他們的性格發展與社會條件有關連。其二是人物的片斷性、個性描寫的簡約，使他們的存在成為一個隱喻和寓言，而這正是頹廢藝術的特徵。據此，他認為《亞美利加》裡的人物，只是有限意義的典型人物，小説中不適當的客觀描繪，窄化了多數人物的藝術意義，只有對小資產階級和官僚的描寫掌握了他們的客觀本質。

比起賀姆司多夫，捷克作家庫沙克（Alexej Kusak）給卡夫卡更全面的肯定，他認為卡夫卡是二十世紀的偉大的現實主義作家，他比許多所謂現實主義者更能把人物、環境、人際關係、這世界的罪惡及非人性，加以掌握和典型化。他説，多數馬克思主義批評家認為卡夫卡用寓言的方式寫小説，是對現實主義的違犯，但他卻以為卡夫卡用這形式只是想掌握更多的真實，因為這是把事物典型化、集中、和解除神秘面目的一種方法。他引捷克理論家科施克（Kaerl Kosik）的觀點説：我們每天面對的世界，

已經不是那原來曾為我們知道和理解的世界，為了真實地認識
它，必須袪除我們對它的物靈崇拜式的熟悉性（intimately fetishiz-
ed familiarity），與它保持距離，對它施暴（do violence），這樣
才可以瓦解我們習以為常的假象的真實，使它以它那異化的殘暴
面目呈現出來。庫沙克以為卡夫卡的隱喻和寓言正是具有這種破
壞力的強暴手法，一如布萊希特在他的劇作中，以疏離方法做為
對社會異化現象的一個攻擊性的回答。據此，他指責法斯特對
〈蛻變〉的看法是庸俗的社會學的批評，他不從科學的社會學觀
點來看問題，不從分析作品的形式著手，也不把卡夫卡小說置於
資本主義的文化傾向來探討，純粹只以作用和影響的角度來衡
量，而這類在社會主義國家方興未艾的文學批評，只能陷入主觀
主義和觀念論的流沙之中。除此之外，他還反駁盧卡契以批判的
現實主義的標尺來批判卡夫卡，他說盧卡契認為卡夫卡越是與批
判的現實主義手法靠近，就越能表現真實，反之則走入虛無的深
淵，這完全是盧卡契不瞭解卡夫卡的作品是一個偉大的文學模式，
它比批判的現實主義更能深刻有效地掌握現代社會的真實。這情
形正如現代物理和化學必須藉助公式和模式來達致感官無法觸及
的真實；同樣的，現代文學和藝術被迫運用某些模式來呈現真
實，這並非作家耍花樣，也不是單純為標新立異，而是為表現那
被隱藏了的真實的一種必要手段。在這個意義上，庫沙克贊揚卡
夫卡是現代工業社會中，寫出了人的荒謬、異化處境的偉大作家。

　　同樣是由現實發展的具體內容和特殊性質，探討現實主義在
不同歷史階段的藝術性格和創作方法，而不是由作品的影響和作
用，或由一定的意識形態和世界觀，先驗地規定現實主義的美學
方法，法國學者加候地（Roger Garaudy）提出他的看法。他說，
倘若以現實主義之名要求作品必須全面地反映現實，必須描繪某
一時代或某一個人的歷史進程，並表現它的基本傾向和未來發
展，這是哲學的而非美學的要求。他認為藝術作品有時只能提供

某一階段中的人與世界關係的不完全的,甚至於極主觀的證言,但它卻是嚴肅和真實的。又說,一個現代作家可能不了解社會異化的因果關係和克服它的方法,但卻能覺察和表現異化的這個或那個層面,而這仍無損於他是個偉大的作家。他舉例說,在波特萊爾和韓波的詩裡,我們看不到當代現實的整個發展規律,但他們可不都屬於發現新的現實領域的藝術巨靈?對於那些希望作家對未來發展有清楚的概念,使他的作品能提供武器的作用的現實主義理論家,加候地深不以為然,他說如果把創作限制在這個範疇裡,將遭遇到波特萊爾提出的問題:一個高尚正直的作家是否一定能喚起人們對道德的摯愛?對此,他認為真的藝術作品的道德質素並非來自某種處方,而是來自它能喚醒人的道德感覺。此外,他又根據歷史唯物論的觀點說,是人的生活決定人的意識,一切藝術創作都分享現實,因而一切藝術都是現實主義的,卡夫卡的作品自不能例外。他這規避問題的提法,很快招來蘇聯學者的攻擊,因為這無異於使任何人可以按照自己的意圖任意為現實主義下定義,從而失去它應有的具體意義。

那麼,什麼是現實主義?應該如何對待卡夫卡作品與現實的關係?奧地利的費協爾(Ernst Fischer),是所謂修正主義者中較全面地探討這些問題的人。這位曾寫過《藝術之必須(The Necessity of Art)》的理論著作的學者,在他一九六五年發表的〈卡夫卡會議〉一文中,首先不耐煩地說,許多馬克思主義批評家認定卡夫卡不是現實主義作家,因而長久以來都把他讓渡給資本主義世界,但上帝創造事物,魔鬼製造範疇,範疇只適用於平庸的作家,並不能以之規範突出的創作者。於是他從根本上解釋什麼是現實主義,什麼是藝術的真實等問題。他說現實主義的定義如果只侷限在十九世紀資本主義社會文藝中,佔主流地位的表現現實生活的那種描述方法,則卡夫卡是不適合、或只部分適合於這範疇。但現實主義如意味著一切力求描繪和掌握現實的文學藝

術，像荷馬、莎士比亞、塞萬提斯、史威夫特等偉大作家所表現
的，那麼把卡夫卡排除於這行列之外將是荒謬的。

　　為了澄清問題，費協爾認為應先避免有關術語的歧義。針對
蘇聯官方理論規定現實主義在思想上必須有一個正確的世界觀，
在表現上必須反映現實發展的主要方面，必須達到客觀的細節的
真實（truth of detail）和內容的豐富（richness of content）等要
求，他一連串質問說：

　　當我們說到真實時，是否僅僅意味作家像鏡子一樣毫不扭曲
地把外在世界反映出來？或者它同時意味著那鏡子本身是有生命
的、活動的東西，它經常可能改變它的觀點？現實只應限於人的
作為和它之作用於人嗎？或者它同時包括被人們的夢想、猜測、
感覺預見了的那些尚未存在或以看不見的方式存在著的東西？經
過作家衡量後建立起來的現實的秩序，也即把他們認為不重要的
加以忽略，把重要的給予強調，真的是不可置疑的嗎？或者它可
能已經改變了被描述的社會和個人的情況？……。

　　關於上述問題，費協爾指出作為關鍵的「現實」並非一個固
定情況，而是永不終止的、不完全的一個過程，在這生生不已的
過程中，不斷有新的事物在形成，發現它是一般水平之上的詩人
和作家的工作。即使在高度發展的工業社會中，在它謎樣的、混
亂的現實裡，在它快速發展的科技和社會變遷中，這類詩人和作
家仍擁有預言者的能力，他們能把不為人注意的現象聯繫起來，
成為尚未成形的新的現實的記號。他認為卡夫卡正是這樣的一個
作家，透過他異乎尋常的感性，他精確地把工業社會的發展中的
特殊性格指示出來，把它們像釋讀象形文字般地加以解釋。

　　所謂「象形文字」指的是：在一個商品生產的社會中，人的
勞動產品變成賦有生命的、彼此發生關係並同人類發生關係的獨
立存在的東西，成了可感覺而又超感覺的物（the sensory-extrasen-
sory-things），這就產生了人對商品的物靈崇拜，而人的勞動產品

也成了社會的象形文字似的神秘的存在，然後人們試圖去釋讀它，去解開那本來是人的創造物的背後的秘密。費協爾認為卡夫卡就是知道這社會的象形文字的秘密意義的人。更重要的，身為一個作家，他實實在在地經驗了那鬼魅似的「物」的真實，它的巨大夢魘。據此，他反駁蘇聯理論家指責卡夫卡在反映現實時的片面性、主觀和把現實變形，特別是他使現實成為不可解，把現實非真實化（the derealization of reality），也即是說，他的小說是由現實細節組織起來的一個非真實的情境。費協爾認為正因為卡夫卡深入後期資本主義世界的黑暗面，正因為他經驗了那異化了的「物」的鬼魅似的真實，所以他的藝術方法是以寓言式的簡潔、緊湊、抽象為目的，以直指問題要害的細節累積為主要關注點。他不像以前的小說以細節描繪來喚起人們對某一時代的環境和習俗的認識，而是透過眼前的瑣碎事件來預示那可感覺而又超感覺的「物」的夢魘，那恐懼、焦慮和全面異化的未來地獄。此外，他又指出，在某些社會條件下，作家無法全面掌握發展中的新的現實，即使能做到，那現實的全面圖景也將消失在作者乍然面對新的現實的驚懼緊張之中，就像詩中常見的情形一樣。他認為卡夫卡帶著極大張力的小說世界正反映了這情況，他的小說所呈現的豐饒的否定性質、片面和主觀都與這有密切關係，因而他被嚴厲指責為缺陷的這些品質，正是構成他的小說具有詩的力量的地方。

根據上述看法，費協爾強調，當某些作家只能亦步亦趨地跟在生活後面看到現代社會的「物」的鬼影的到來，卡夫卡已經以可驚的細節預先表現在他那時候還沒有成熟的現代生活夢魘，而展開在他小說中的具體細節與細節之間的是可以辨識、可以觸及的我們這一時代的社會真相，它絕不是蘇聯理論家所謂的永恆的、沒有歷史性的存在，更不是所謂現實的非真實化。對此，他特別指出《審判》開始時逮捕主角約瑟夫‧K 的兩個人，以及小

說結束時把他帶到採石場行刑的兩個人，這看似瑣碎不堪的事件，正是現代啟示錄中的人類命運的雙騎士，因為這成雙作對出現的警察形象，不獨出現在資本主義國家，更遍布世界各個角落，而且它同時還顯示了正在發展中的今日世界的相互依存的國際權力結構。

　　面對上述所謂修正主義者的呼喊，蘇聯文藝理論家很快有了回響，但態度上已經不像史大林時代那麼粗暴，這多少受了蘇聯學術思想界「非史大林化」的影響。如一九六一到一九六三年，蘇聯哲學界檢討史大林時代對現代西方哲學流派濫加標籤，動不動就給扣上反動沒落、思想腐朽的帽子，而對它們的整個哲學體系和新的論據只加以機械化、簡單化的批判的作風，展開一系列的討論，其中最突出的是，他們提出了現代西方哲學中是否含有「合理的內核」的問題，他們主張在評價某一哲學觀念的社會作用時，可以不顧它的基本性質，而確立它的客觀的認識意義，以及它在人類精神的整個運動中的變化發展的地位。在這影響下，卡夫卡及其作品也得到比較「合理」的對待。

　　對於卡夫卡之無法通過現實主義這塊馬克思主義藝術論的試金石的測定，蘇聯文藝理論家的態度雖然一樣堅決，但對於他作品是否有合理的成分，一般都給予較客觀的分析和評價。在討論中，他們對如何評定現實主義，仍舊堅持世界觀、意識形態、典型化、細節的真實、內容的豐富等幾個標準。所謂細節的真實指的是：現實主義的特點是在作家集中注意於人在他所屬的社會情況的忠實和正確的描寫，在透過人與社會的相互關係把二者一併加以考察。所謂豐富的內容指的是：現實主義的作品必須具有一個根本的內容和特徵，必須呈現生活中的人和社會的發展傾向，透過它們我們可以鑑別構成社會現實的重要成分。在這些標準下，卡夫卡當然不是現實主義者，如札東斯基以為卡夫卡對人的極端悲觀的看法，使他無法理解到對於未來的樂觀和信仰，而這

客觀上是現實的重要的一部分。又說，卡夫卡把事物誇張到荒謬的這個創作傾向，根本是使現實成為不可理解的一種作法。克尼波維奇（E. Knipovich）、巴拉巴許（Y. Barabash）、德尼波洛夫（V. Dneprov）等人，也持有相同的看法，克尼波維奇說卡夫卡的形上的荒謬思想導致他集中注意於現實的不重要層面，而陷身於這觀念的泥淖的卡夫卡本人，則是反人類文化的資本主義罪行的一個物證（material witness）。在有關這些問題的討論中，蘇支可夫（Boris Suchkov）的看法最具代表性。

　　在他一九六九年發表的〈法蘭茲・卡夫卡〉的長文中，蘇支可夫相當全面地探討了卡夫卡的作品與思想。首先他指出，卡夫卡作品深刻地反映了資本主義沒落期的精神危機，它是一種劃地自限的心態，把思考限制在自我的限度內，只想由自我本身尋找和解決歷史的難題，不信任現實、蔑視理性、強調本能、靈感、直覺等在創作中的作用。其次，他指出卡夫卡的小說藝術所顯現的心靈的社會框架（social frame of mind），基本上與表現主義相同。他說，表現主義強調人是無法了解的形上之惡的犧牲者，鼓吹世界應該以人為起點，把人的幻想當作生命的最重要意義。其次，表現主義認為藝術並非反映生活，而是沉思生活，使人認識人性的永恆面貌，達到更高層次的生命。這些主張，他認為事實上是在機械文明的壓迫下，人對生活衝突的純粹情緒的反應，一種反資本主義的激情，一種對社會的虛無態度，對抽象的善的一廂情願的信仰。由於這緣故，心智亢奮（ecstasy）成了表現主義藝術的支配性格，它促使表現主義者追求獨特的、異常的情境，對生活的具體細節和特殊性持否定態度，這就產生了人物塑造的片面性，人物心理和人物關係的單向性，以及運用象徵把事物抽象化，而卡夫卡的小說就包含了這些特徵。此外，他又指出，卡夫卡在日記曾提到：「一切事物都以結構體（constitution）的樣子出現在我面前」，這話意味著他與表現主義者一樣，把人看做

是被剝奪掉一切關係、力量，以至於人的內在性質的一個「結構體」，而這與本世紀初崛起的頹廢意識有關，因為頹廢派的世界觀的主要特徵就在於認為人是不自由的，是生而從屬於某一外在於人的非理性的力量，這力量的性質是不可知的，或極其模糊的，因而他們渴望把人看做與社會對立的一個個體，一個超社會的存在。這消極頹廢的意識，蘇支可夫認為是反映了人在資本主義社會中的真實處境，也即人的異化，而卡夫卡的小說藝術正是以這意識為起點。

　　按照蘇聯官方的文藝理論，「頹廢」一詞是用來做現實主義的反義語，那麼上述卡夫卡的反現實主義傾向，究竟以什麼藝術方法具體呈現？根據細節的真實這個標準，蘇支可夫指出卡夫卡的小說雖由現實生活細節組織起來，但到最後整個情境卻是不真的，不能理解的，這也即卡夫卡被批判的重點之一：現實的非真實化。之所以如此，蘇支可夫認為是因為卡夫卡從不考慮事件的因果性，把不合邏輯的給出邏輯，把沒有秩序的弄出秩序，在他的小說中，因果律被一個拒斥一切說明和解決而又控制一切事物的宿命所取代。由於如此，他的許多作品，先天地帶有一種與現實生活脫離以至於與之完全決裂的非理性的情境。他舉《審判》做例子說，那裡頭描寫的法庭，現實中絕沒有那種東西，小說的整個過程也找不到真實合理的發展，因為卡夫卡把抽象的隱喻、象徵性的寓言和一切幻想的成分，交織到日常生活的具體事件之中，它們彼此各以互不相干的「結構體」的形式存在，於是整個敘述變成一種不真的、搖擺不定的、帶有多重意義的性質。

　　根據內容的豐富這個標準，蘇支可夫指出抽象化和圖解化（schimatization），使卡夫卡的小說遠離了因生活鬥爭而豐富起來的世界和人生。他說，就像表現主義一樣，現實世界在卡夫卡的作品裡是與實際和具體意義分離的一個由結構體和結構體組織起來的架構（a scheme consisting of constructions）。他對人物只

做最低限度的資料性說明，他們只是被抽去社會內容和被略去行為動機的圖表性存在，所以抽象而老套。他們不是一定環境下的典型人物，而像普遍的人性，像從現實抽象出來的人的本質。此外，他的人物活動的社會背景是被變形和條件化了的，情境雷同是它的最大特徵，其中，對於那被變形了的和條件化了的情境的描寫，取代了有關社會背景的真實的分析和考察。這一切使得人物性格貧困化，人物關係及人物與外界的關係圖解化，到最後，他的小說呈現出來的只能是一個極端片面的世界圖景。

在這裡就觸及了卡夫卡小說的內容和思想的問題。

過客的獨白

非史大林化的思想空氣，雖然給蘇聯的卡夫卡研究解凍一些僵化的思想習慣，但正如古俄羅斯諺語說的：「一燕不成春」，冰漸乍解的時候，被定性為反現實主義的卡夫卡作品的思想意義，終究難逃被否定的命運。布拉格卡夫卡會議的同一年，列寧格勒舉行「歐洲作家聯盟會議」，與會的法國反小說健將侯布—格里葉在會上為卡夫卡請命，他說卡夫卡是個被誤解的現實主義作家，是現代小說之父，沒有他和喬艾思，現代文學的傳統將不可能存在。根據他一向的看法，卡夫卡作品中的隱喻，不過恰如其實地描述物件、姿勢、言語，它們引申不出深的、神秘的內容，因為它們含有本身具足的意義。雖然馬克思主義者應該都記得馬克思曾說過的經典教訓：「凡屬人的，我們都不陌生（Nothing human is foreign to us）」，但像侯布—格里葉一類反小說家這樣高舉所謂卡夫卡的「壯麗的混亂」、「原則性的不可詮釋」，把他的作品還原成本身即目的的「物自體」的作法，對蘇聯文藝理論家來說，畢竟是太陌生的、恰如其分的不可詮釋的混亂。他們能接受的限度大約保留在札東斯基所說的：卡夫卡真的受苦，

他認識資本主義社會的異化的罪惡，可是無能為力，因為他沒有人道主義的信念，不懷任何勝利的希望。總之，一切只是否定。對於這否定的辯證的分析，上引蘇支可夫的論文有著相當細緻的處理。

　　根據作品的整個表現，蘇支可夫指出卡夫卡的藝術具有一種特性，那便是表現方式和所敘述的內容一直存在著內在的對立和衝突。他的文字赤裸、準確、乾燥、有條不紊到例行公事的地步，他的敘述也經常直接把事件可信地傳導出來，把人物內心情況清晰、簡要地描寫出來，但隨著小説的進行，一些奇幻詭異的景象及抽象的隱喻、象徵不斷加入，它們與同時出現在小説中的日常生活的描述，無法發生聯繫，無法有機地組織在一起，於是整個小説變得非邏輯、光怪陸離、畸型。蘇支可夫認為這個藝術特性在卡夫卡的創作生涯中，從始到終，貫徹如一，他早晚期作品的不同，只在於藝術風格的精純度的差別而已。這就決定了卡夫卡作品只能一再重複這樣的形式：不論是小説或是寓言，它的前提都是日常生活現實，但當它發展下來，透過氛圍和細節的經營，一切就改變了，開始時並不顯著，但卻一步一步固執地把開始的合理的前提變成不僅與常識而且與理性背反、與客觀世界的法則矛盾的東西。這個以弔詭的方式發展起來的小説形式，一般蘇聯批評家都簡單地斥責為形式主義，是卡夫卡故弄玄虛地把現實編造成一套密碼，成為象形文字（encoding into chiffres or hieroglyphs），讓讀者猜測他那本質上貧乏的小説內涵。但蘇支可夫認為這弔詭的本質，是卡夫卡有意用來強調資本主義世界的非邏輯性，人的存在的不穩定性，人被未知力量奴役和決定其命運等感覺，因而客觀上是含有認識的意義的。只不過這表現手法，不可避免地使卡夫卡的小説藝術成為一個建立在多種條件不足的假設之上的純粹形式邏輯結構，由於作為假設的隱喻、象徵和詭異情境，本身就是缺乏足夠成立條件的幻想，因而他的小説經常是

內容空虛、意義曖昧的徒具外表的作品。這種藝術特質，蘇支可夫以為卡夫卡的短篇小說〈中國的長城〉，是最好的說明。（按這篇小說由白先勇翻譯，收於晨鐘版《絕食的藝術家》。）

根據蘇支可夫的解釋，〈中國的長城〉表現了卡夫卡對於個人和集體力量之為徒勞的看法：像長城一樣，這個看似偉大的、可以團結和鼓舞人民的工程，竟是一個荒謬的存在，並不因為它未被建成，而是因為任何想團結人民的計畫都無法被了解，這正如建造長城的工人只知道遵照命令，各不相干地分段而築，而對它的整個設計一無所知，甚至於直到後代都是個揭不開的謎。這個意念，蘇支可夫認為可以由小說中有關皇帝的使者的那段寓言清楚地看出來。小說描寫使者接受皇帝遺詔，要把一個重要諭令傳給帝國邊區的人民，可是他永遠抵達不了人民面前，因為他走不出不知其數的宮殿、院落和長廊，就算他走出了，他也會在龐大的帝國之中迷失。由於這緣故，在那廣大的帝國中，被保留在傳說中的好幾個世紀以前的事情，突然會以新消息的姿態出現在人面前，而某處剛發生的變故，卻會因為巨大空間所形成的不同方言，成為在另一個地方聽來「有點古音古義」的古老故事。蘇支可夫把上述寓言與這篇小說的敘述者的處境做一個類比：敘述者所說的一切，包括他對長城建造過程的推測，對中國歷史和政治組織的解說等等，都沒有任何實質意義。而這正是卡夫卡小說藝術的秘密：不論小說說了什麼，都會閃避掉應有的意義。因為對卡夫卡來說，人的一切努力既屬虛妄，小說敘述的可信與否，所敘述情境的可能存在與否，都無關緊要，要緊的只是那作為創作的意念（artistic idea）的本身的自我發展，它的形式質素方面的自我運動，而不是產生或引發那意念的客觀生活現象。

對於上述現象的形成，除了前面提到的頹廢意識和表現主義等因素，蘇支可夫更由卡夫卡的生平探討它的社會根源。他說，作為奧匈帝國的保險公司的小職員，官僚機構的紙上作業作風，

無疑會使卡夫卡認識到公文的力量壓過人，使案牘勞形的他感覺到那面目模糊的力量一直在併吞人的能力和權利，這就產生了卡夫卡的「過客」的心態，使他成為生活的旁觀者，社會問題的冥想者。他的寓言〈過客（The Passers-by）〉寫道：在月光如水的夜的都市，人們像遊牧民族一樣走過一條又一條長街，注視人來人往，注視人的沉重呼吸和被緊張扭曲的臉，注視被謀殺者奔向死亡，站在一旁沉吟會有什麼隱藏在那些奇怪的事情背後，但沒有一件是清楚的、可了解的、可說明的，因而只有按兵不動，冥想一切，張大眼睛注視沒頭沒腦的事物的發生。蘇支可夫以為這個過客心態是解開卡夫卡世界觀的鑰匙，它使卡夫卡的個人觀察與現實鬧分裂，於是寫小說成為紓解他與現實衝突的避風港，成為一種拒絕的方法，小說則不僅成了他的生活的延續，而且還是營造現實和內心夢魘的場所。在這情形下，藝術變得比可經驗的事實更真，可經驗的事實只不過被他用來作為自己的想法和感覺的證明，於是現實不再是檢驗幻想的標準，他的幻想成為一個高高在上的獨立世界。就這樣，他找到了一個適合於它的藝術形式；寓言。

　　萎縮在辦公桌後面的生涯，除了使卡夫卡成為按照自己的幻想冥思生活意義的過客，更使他成為一個日與恐懼為伍的罪人。蘇支可夫認為瀰漫在他的作品裡的深刻不安，正記錄著小職員的卡夫卡在單調如沙漠，活得如植物的資本主義社會中的無助和絕望。那決定一切而又面目模糊的外力，在人的主觀感覺中成為無所不在的惡，它使人們失去聯繫，失去聯繫產生人與人的不信任，不信任產生懷疑，懷疑產生對於人之可能有罪的確信，也即相信人的心靈可能隱藏了什麼錯誤。在這基礎上，即使沒犯過錯也應受指責、處罰，所以小說〈流刑地〉的軍官說：「罪是無可懷疑的」，按照資本主義社會能有的解決辦法，唯一可能深入人的內在思想和顯示真相的是法律和法庭，但這只不過把命題顛倒

過來，此所以《審判》的主角約瑟夫·K，命定在連自己都搞不清是否有罪的情況下被處決。在這裡，蘇支可夫指出約瑟夫·K「看來有罪」這件事，與任何宗教信念無關，因為卡夫卡的傳記資料顯示他對宗教問題一向保持中立態度。他這對於人之有罪的觀念，同樣不是對於人的社會疏離現象的扭曲、顛倒、變形和不實的反映，而是他根本無從了解這現象的本質，於是他就按人對無法了解的現象的思維方式，把它加以神秘化，把它變成抽象的、普遍的、永恆的存在。這就是為什麼小說裡一再強調，不是普通的法庭在審判約瑟夫·K，是某種無以名之的力量。同樣的，法庭的描寫在小說裡佔相當多篇幅，但對於它究竟代表誰的權力，維護誰的秩序，並無一語道及，這是因為他筆下的這個神秘法庭，正是使他無所逃於天地之間的，那反映了資本主義社會關係的法律制度的神秘化表現。這也是《審判》的背景之所以如許抽象的原因所在。

　　透過上述的分析，蘇支可夫進一步指出，神秘化的思維方式不獨使卡夫卡的小說普遍表現抽象的面貌，還使他的藝術創造離棄豐沃的現實土壤，使他的象徵和寓言產生多價的（polyvalent）性格，也即它們在內容和意義上的含混、不穩定，他認為這是卡夫卡小說藝術違反現實主義精神的癥結所在。他說，卡夫卡擅長使用的象徵和寓言的創作方式，雖然適合於與他感覺到的非邏輯的、不近情理的、恐怖的生存情境打交道，幫助他把感覺和意念有效地表現出來，但這主要建立在個人幻想之上的創作方式，一旦從客觀現實游離出來，即使能憑藉它的抽象性，使整個作品看來像是個廣闊的、繁複的象徵，使沒有現實根據的事件或意念，表現出似乎比生活真實更具真實性和可能性的存在，它們本質上仍缺乏完整的內容，缺乏反映和評估具體的、一定的社會歷史真實的能力。他指出，作為藝術創造的最主要因素之一的幻想，是一種特殊的分析現實的方法，它能提供給藝術思維深入事物的內

在關係及其發展的能力，從而使作品具有認識客觀現實的可能，它是直覺的理性力量，它不能加以邏輯化、抽象化和形式化，否則必將導致一種把異類情境按邏輯形式運轉而成的組合藝術（combinatory art），而他認為卡夫卡由抽象的，遠離了生活現實的幻想構成的小說，正走上這個致命的缺陷。

那麼，卡夫卡的創作究竟有什麼意義呢？蘇支可夫認為卡夫卡為二十世紀的小說和藝術帶來的是：對資本主義社會生活的悲劇，對資本主義社會制度的不安定及其敵對於人的現象的一個極端痛苦的感覺。這個悲劇視覺雖然造成他對生活的盲目的恐懼，使他只能描寫生活和生命的陰暗面，但他的作品之不與他的死亡相偕而逝，主要即在於他那具有巨大感染力的幻象（vision），那是來自他真誠的、深受其苦的悲劇的世界觀的夢魘。他不是個冷眼旁觀的過客，更不是無動於中的犬儒，他的藝術風格如實地呈現了資本主義社會生活的晦暗、鈍重、荒蕪不毛，從那裡，我們感覺到像《蛻變》的可怕情境，正埋伏和出沒在日常生活當中，伺機突襲人們。最後，蘇支可夫引阿多諾（Theodor Adorno）的一句話來結束他的長文。阿多諾說：卡夫卡、喬艾思、貝克特發現「他們的獨白裡迴響著時代的鐘聲，他們因此激動不已，以至於無暇顧及以可溝通的方式來描繪這個世界。」

物化的天使

同樣由生活背景出發，東歐評論者分別就卡夫卡的社會立場和思想性質提出他們的看法。布拉格會議的前兩年，東德的賀姆司多夫由社會和家庭兩個層面分析說，資本主義社會在進入帝國主義階段時，因知識分工的精密化，使知識份子不能實際參與社會、政治的決策。較早的時代，身為法學家的哥德可以同時是作家、政府官員、律師，以及文化和經濟問題的設計者，他可以把

所有知識和經驗表現在作品裡。同樣是法學家的卡夫卡，卻只能做個勞工保險協會的職員，他頂多只有成為一個過得去的專業人才，這除了使他不能像哥德一樣普遍地表現生活經驗，更使他對改變那根本上不容許他較全面地介入的社會現況，無能為力。於是他只有像資本主義社會的藝術家一樣，被迫或多或少地遠離一般生活，以至於政治、經濟和社會發展的主要領域，這使得現實經驗被化約到僅屬個人的層面，創作上想表現生活整體的先決條件也被摧殘無遺。這藝術與生活分離的現象，卡夫卡無法不感覺到，為了克服生存的片面性，他曾對自然健康醫療、園藝、體力勞動發生興趣，他與朋友約拿希（Gustav Janouch）的談話裡也曾提到：「知識生活把人從人群割裂，體力勞動則使人成為人」。這生活的碎裂感覺，成了卡夫卡小說的主要內容，〈絕食的藝術家〉、〈歌者約瑟芬〉，就是其中的代表作品。

接著，賀姆司多夫又指出，帝國主義時期日漸加劇的國際化資本壟斷，工商業由幕後支配者獨佔，貌分實合的政治和經濟活動，這些因素，在在使社會發展顯得撲朔迷離，那千絲萬縷的社會關係，絕非人能依憑自己的經驗做直接的、理性的判斷，這無力感使人傾向於接受非理性的觀點，同時還反轉過來引發人們急切需要一個對那些無法測知的情況的明確清楚的解釋。現代西方哲學的發展清楚地反映了這「需要一個世界觀」的心態，而這又明顯地表現為把自我的認識加以腫脹和物靈崇拜化，把個別現象普遍化和提升到原則和本質的層次。這現象在資產階級知識份子心中產生了一種對立於他們曾有過的發展和肯定的危機感，在這心理下，卡夫卡那些對現狀不做任何判斷，也不肯與非人性的社會條件妥協的小說，正意味著對帝國主義的社會危機的內在承認，對危機處境的終身忍耐，它的必然結果是否定一切，因為對一個既無法改變現狀又不願做它的辯護士的藝術家來說，極端的懷疑和虛無是他的誠實的反應。

　　在個人和家庭生活方面，賀姆司多夫指出，卡夫卡的童年是在哈布斯王朝穩健保守的 Taaffe 內閣（一八七九－一八九三）下渡過，那時，優雅的封建傳統和中產階級的財富結合，發展成一種文化的、馴順的情感，對沒落和失落的憂鬱的接受，這表現在當時維也納新浪漫主義的文學裡。但到了卡夫卡成年後，社會矛盾尖銳起來，其中特別影響到他的是一九一一年世界性的經濟危機，它使平靜落後的布拉格發生了史無前例的大工潮，使卡夫卡也加入抗議通貨膨脹和要求加薪的行列。這一年是他構想長篇《亞美利加》的時候，小說裡表現的社會批判傾向與當時的情況不能說沒有關聯。此外，賀姆司多夫又著重地提出卡夫卡的家庭及他與父親的關係，他認為屬於猶太小資產階級的卡夫卡，他的世界觀和生活矛盾大都由之決定。從卡夫卡對他父親的描述可以發現，他反對和憎惡的是他父親的小有產者的習性，也即那來自階級性的扭曲的、不自然的人性，因而他與父親的爭執事實上是潛意識中對「人」的觀念的追求。雖然卡夫卡所受的教育超過他父親，但他的認識並未突破小有產者的世界觀的限制，不能成功地升入另一階級，而只成為一個非生產性的官僚知識份子。面對他的父親，他處於劣勢，因為他父親仍是個生產性的小資產者，精力旺盛，生活規律，屬於還知道如何運用資產階級的傳統美德和力量的人，這類眼光短淺的生產性小資產者，在二十世紀初奧匈帝國落後而相對安定的半封建情況下，自以為可以穩活千年，但發現自己除了停靠在官僚辦公桌外別無他途的卡夫卡，卻已看到自己階級的末路，因而覺得無助。在這裡，賀姆司多夫以為卡夫卡與他父親的爭執，正反映了資本帝國主義興起時，客觀上存在的產業資本家（bourgeois-capitalist）與帝國主義者間的勢力衝突，它構成當代文學的中心問題，特別是在表現主義的作品裡，在那裡，被模糊地意識到的對立的歷史發展力量，集中而變型地表現為父子間的衝突，卡夫卡的〈判決〉就是代表性的例證之一。

　　與上述看法相近，捷克評論家高德史都克（Eduard Goldstu-
cker）進一步由哈布斯王朝末期的德語文學的發展解釋説，當十
九世紀下半葉資本主義朝向帝國主義發展時，大部分知識份子和
藝術家面對帝國主義的可怕行為，情感上不願、也不能放棄原來
的人道主義信仰，於是他們或者驚慌絕望地把自己交給命運未卜
的未來，或者逃回代表資本主義自由競爭期的法國大革命時代的
自由、人道思想，特別是由之產生的德國古典哲學和文學遺產。
在這情況下，奧匈帝國的維也納和布拉格兩個主要城市的文學空
氣，普遍表現著焦慮的性質，這也即黑格爾所説的：一個越來越
不真實的世界導致越來越非理性的精神狀態，而這情形對生活在
布拉格一角的德語猶太人影響尤為深刻，因為他們除了面臨資產
階級自由主義的終結，更預感到德國帝國主義者的不祥的反猶太
氣息。高德史都克以為上述條件，決定了一次大戰前布拉格德語
文學的特殊性質，它是後期資產階級的人文主義的文學，是歐洲
作家首次經驗到這歷史轉型期的精神危機的記錄，而卡夫卡的作
品正是這危機經驗的歷史證件之一。除此之外，高德史都克又指
出，意識到這歷史劇變的卡夫卡，曾試圖由勞工階級尋求解決生
命難題的方法，他是第一個做這種嘗試的東歐資產階級作家。早
在一九一二年，他的日記就透露了這消息，一九一八年，他的記
事簿更記載一段有關「無產工人階級」問題的計畫，從他的早期
作品《亞美利加》的第一章〈火伕〉，以至於最後的長篇《城
堡》的主角 K，都表現著與勞工接近的意向。但他的悲劇在於無
法衝破自己和工人間的階級藩籬，認為他們屬於不同的世界，因
此他的思想僅能停留在把勞工看成最受苦的階級而同情之，也就
是共產主義宣言中所稱的「空想的社會主義」。

　　關於社會因素對卡夫卡所引起的作用，東歐評論者並無異
議，但對於如何衡定它的具體意義，解釋上則相當分歧。如捷克
的庫沙克即就高德史都克一類的觀點批評説，把卡夫卡作品中的

布拉格社會條件絕對化，正相當於把他的作品化約到環境本身的層次，這將陷入法國藝術史家泰納的實證論，頂多能讓人瞭解布拉格的文化史，而無法回答今天的讀者為何對卡夫卡作品反映的二十世紀初的布拉格那麼感興趣，而他們對當時的布拉格可能一無所知，甚至毫無興趣。這裡牽涉到馬克思主義藝術論的一個根本問題：為何產生於已經消失的社會—歷史條件的作品，仍舊能感動後代的讀者？基於這個看法，他反對由粗糙的發生學的角度去探討環境與卡夫卡的作品的關係，同時反對以盧卡契為首的一些馬克思主義批評家的解釋，按他們的說法，奧匈帝國的官僚政治的末日噩夢，是決定卡夫卡作品的焦慮（angst）因素的物質條件，並以為這如影隨形的巨大焦慮，使卡夫卡預見了希特勒及法西斯主義的到來。他認為這些都是不正確的判斷，按他的看法，所謂法西斯恐怖，本質上不過是平靜的資產階級社會的日常生活恐怖的集中表現，只不過法西斯以赤裸的暴力顯現，而資本官僚社會對人的傷害則是隱藏的，它的要害在於把真實生活變成影子似的異化的存在，不容易為人揭穿，如果容易，對資本主義的鬥爭將不過是歷史教科書裡的一章。因此卡夫卡的貢獻不在於「預示」未來的恐怖，而在於他敏感地意識到資本主義本身潛藏著的暴力，在於具體地「看到」存在於他的時代的異化的恐怖，也即「真實的失落」。由於如此，他相信卡夫卡作品的重心，是在把那異化了的現實的諸多情況和人的存在的荒謬感，給予典型化的表現，而這並非著眼於環境因素的社會決定論能周全的解釋的。

　　除了庫沙克，多數評論者也摒棄直接的社會分析，轉而從藝術創造的特殊性和異化問題進行探討。法國的加候地就藝術創作方面指出，一件藝術品並非只是諸多社會—歷史力量的總和，因為每一時代的作品都是憑藉著實物和神話（work and myth）而產生的。所謂實物，指的是權力、科技、知識、社會結構等一切已完成或正在建立的事物。所謂神話，指的是藝術家對社會和自然

界中那些尚未為人克服的領域的具體的、個人的意識，這帶著個人色彩的意識，是使作品達到「藝術的真實」的最重要因素。根據這看法，加候地認為卡夫卡除了反映社會現況，喚醒人們對於異化現象的關注，他的偉大之處就在於他在那無法克服的異化現象中，運用他獨有的方式，以這世界為磚石創造出一個奇幻的、完整的神話世界，正如他同時代的立體派畫家透過有意的重組去發現最平常不過的事物中的內在詩情一樣。他雖然只是個負面的米賽亞，不能把人們帶到聖地，但他指出了這世界的內在混亂，使人們產生對真的律法、真的生命的嚮往。

與上述看法相近，捷克作家海耶克（Jiri Hajek）指出，卡夫卡的作品並非像一般所說的荒謬和虛無，相反的，他要指控的是一個私有權確立，社會分工細密，人際關係異化，生命價值被貶抑的世界中，折磨人的孤絕無用之苦。他以《審判》做例子說，一般天真的社會學的解釋，會把小說裡的法庭和審判過程，視為對官僚結構和司法機器的嘲諷及批判，但事實不僅如此，它有更深一層的含意，那便是這個由未詳的罪名起訴的審判，事實上是主角約瑟夫‧K一手導演的自我審判。理由是：就表面上看，約瑟夫‧K所犯的罪，在資本主義社會的法律條文中找不到任何根據，有之，不過是那隱藏在他整個冷淡適度的人際關係之後的對生命的麻木不仁，活著的全然累贅。但這小心的、無懈可擊的冷淡可不正是小資產階級的心理的最佳寫照？它可不正是一切道德中立的、安於現狀的小資產階級的社會行為的大憲章？就這個意義上說，這是一場約瑟夫‧K的自我審判，也是針對把人變成一份官方檔案，一個麻木不仁的物件的異化現象的指控。因此小說中以奇形怪狀的方式出現的法庭，正是對那原本可以使人的存在賦有深刻意義，然而在約瑟夫‧K的感覺中早已蕩然無存的人的道德律的不敬的嘲諷。小說結束於約瑟夫‧K在判決沒下來之前承認自己有罪，他之所以有罪，只因他覺得必須順從一切，只因

他「相信」自己逃不出那命定的、不可測知的異化的天羅地網。

　　在所有參加討論的非蘇俄理論家中，奧地利的費協爾是對問題有較全面的檢討的一個，在他的論文中，除了前面提到的關於現實主義的問題，在思想方面，他指出卡夫卡作品的最重要意義在於對他的時代的否定，而這集中表現在他對異化問題的思考。他分析説，卡夫卡從開始就注意到人與勞動分離的痛苦，《亞美利加》有一段寫道，開電梯的男孩對於他只需按鍵就能讓電梯升降感到失望，因為他從未親眼目睹電梯的機器。在一次與他的朋友約拿希的談話裡，卡夫卡談到一種叫泰洛制（Taylorism）的精密生產分工説：「精密的分工制不僅使創造活動蒙污受辱，更可怕的是使人也如此。分工化的生活是個惡毒的詛咒，它帶給生命的是飢餓和不幸，而不是希望中的富有和利潤。」接著，他又説：「那生命的生產帶把人帶到某處，那人所不知道的地方。人僅僅成了一個物件，一個客體，而不是活生生的存在。」其次，費協爾指出，隨著資本主義的發展，產品以超越人需要的限度被大量生產出來，人的世界被轉化為物的世界，早在資本主義的生產方式大獲全勝的浪漫主義的美學裡，要求突破物的軀殼，直接與真實結合的渴望，就已成為浪漫主義者的夢想，他們對回歸自然和希望另一種秩序，一個未被制約的樂土的夢幻，到了卡夫卡的夢裡終於破滅成為一個「物化的天使」。卡夫卡如是寫道：在他做過的一個夢中，他看到天花板紛紛碎落，在那中間，有一個腰纏金帶手執長劍的天使，乘著亮白如絲的巨大翅膀徐徐下降。毫無疑問，這是一個奇蹟，一個解救。他垂下眼睛，摒息以待，當他再度張眼，他看到天使吊在已經合攏的天花板上，但那不是活的天使，是一尊木雕上漆的船頭裝飾用的天使，而他手握的長劍不過是個燭台。這個夢，費協爾解釋説，是一幅強有力的異化的圖景：一個期望中的真實直接的生命變成了無生無息的工具，變成一個物體。這顫慄，浪漫主義者曾感覺到，他們是在自動機

器、傀儡，以及一切狀如活物的東西中捕捉到這感覺，而卡夫卡卻是在日常生活中覺察到這物化的、非人的現象的第一個人。

天使變成物，物卻反轉過來變成活的東西，這是卡夫卡的寓言「Odradek」——一個物靈——的故事，而後這無害的物靈在《亞美利加》中終於成了謀害人命的存在。小說裡描寫一個精疲力竭的婦女勞工，從建築物的鷹架摔下，一根巨大的木頭壓住她那不再跳動的胸口，在她的上方，是無視一切的、高聳入雲的鷹架。這木頭，這鷹架，可不正表徵著那殺機重重的社會制度中的死亡力量？由這裡，我們知道卡夫卡知道這就是資本主義制度，而且他還知道這制度的發展已經凌駕他的主人：它以物的力量征服了他。關於這點，卡夫卡的女友米列娜的一段回憶可以做為證詞，她說，對卡夫卡而言，「錢、股票市場、證券交易，甚至一台打字機，都是完全神秘的東西」。

在這象形文似的神秘的「物」的包圍下，費協爾指出，卡夫卡焦慮而恐懼地經驗到一個棄他而去的外在世界和對立於它的高張的自我，這迫使他進行永無終止的自我省察，但他再也找不回自己，因為他已在自我裡迷失。這自我迷失，使他在給米列娜的信裡署名「你的」，而後括弧說明：「現在我連名字都失去了；它一直不斷縮減，現在就只剩下：你的。」同時也使他的小說人物的名字由《亞美利加》裡的 Karl Rossmann，到《審判》裡的 Joseph K.而後結束於《城堡》的可以是任何人也可能查無此人的「K」。

根據上面的分析，費協爾進一步說沒有一個現代作家像卡夫卡這樣強烈地經驗到這人的全然疏離，這支離破碎的物的世界，這異化的恐怖本身。這極端的疏離和破碎，使他那現代史詩似的小說世界，無法像荷馬史詩的井然有序，無法像荷馬史詩般成為一個由行動發展起來的廣闊的、外延的整體（extensive tota-lity），它是一個減縮、封閉和獨立的密集的、內斂的整體（intensive totality）。在這世界中，外在的一切全被吸收到內心世界去，外在的一切成為自我的鏡子裡的投影，於是，「我」再現了那個對立於他自己的世界。這使卡夫卡的創作表現出一種把對立面統一起來的藝術形式，那便是極端抒情的主觀結合著冷靜嚴肅的報導，激越的自以為是混雜著冷酷、知性的風格。這封閉密集的小說世界不排斥客觀存在，也不會朝向唯我的還元（solipsistic re-duction），透過那奇幻的嘲諷姿勢，我們可以不斷看到他是在影射那向毀滅走去的哈布斯獨裁政權，透過像譴畫一樣的《審判》和《城堡》，我們很難說它們不是夢魘一樣的資本主義世界的現形。這情形正如封閉、獨立的《格列佛遊記》之於當代英國一樣。是故存在於他藝術表現上的矛盾，也即精確明晰的事件描述對立於事件與事件之間的曖昧關係，正指涉著生活在異化了的、碎裂了的物的世界之中的卡夫卡的真實處境。透過他誇張、荒誕、幻異的嘲諷，讀者會驚顫地發現他生活著的世界，原來是這樣的奇形怪狀，它不像《格列佛遊記》只讓人驚異地「面對」一個奇幻世界，而是惶悚地感覺自己被它「感染」，覺得是它的罪惡的一部分。他的小說不能給人滌清的快樂，因為嘲諷者卡夫卡並未從這災難重重的世界升起，他仍深深介入其中，是故他從不繪出完美的結局，從不暗示復活的到來，只讓他的小說人物顛躓向前，不知何日是了。

在結束他的論文時，費協爾沉痛地指出：魯莽自信的實用主義者，喜歡把文學的功能規定為鞭策人們工作，以之引發那笑容滿面的樂觀主義。然而作家不一定非給出答案不可，他的問題，經常比那隨處以勇敢姿態出現的驚嘆號有著更豐富的內涵。漢姆雷特還欠我們一個答案，偉大的浪漫主義作家史丹達爾又給了我們什麼解決？透過卡夫卡那些被災難的現實壓倒的作品，透過他那被凍結於永劫不復的痛苦的經驗，他的小說，就像他夢中的物化了的天使，凝止在那裡向我們挑戰：我們該如何走向這否定的

否定？

（1984）

　　本文取材自：

Franz Kafka：An Anthology of Marxist Criticism, edited and translated by Kenneth Hughes, University Press of New England, Hanover and London, 1981.

　　主要引用論文為：

Hannah Arendt：Franz Kafka

Klaus Hermsdorf：Kafka's America

Eduard Goldstucker：Franz Kafka in the Prague Perspective：
　　1963

Ernst Fischer：Kafka Conference

Alexej Kusak：Comments on the Marxist Interpretation of Franz
　　Kafka

Roger Garaudy：Kafka and Modern Art

Jiri Hajek：Kafka and the Socialist World

Boris Suchkov：Franz Kafka

Dmitri Zatonsky：Kafka Unretouched

形象塑造的知性風貌

——盧卡契文藝理論札記

　　盧卡契（Georg Lukács, 1885-1971）是現代匈牙利傑出的哲學家和文藝理論家，平生著作極多，數十年來他的思想和觀點不斷引起爭議。年輕時他曾受新康德學派薰陶，後來又受到韋伯的社會學和黑格爾哲學的影響，成了被矚目的黑格爾學者。一九一七年的蘇聯革命和一九一九年短命的匈牙利蘇維埃共和國，使他轉向馬克思主義，改變了他的政治和知識生活。從三〇年代到六〇年代，他在蘇聯集團國家中曾一再受到批判，其中規模較大的有兩次，第一次發生在三〇年代末他流亡莫斯科的時候，爭論和批判的中心是他的《論現實主義》一書，關鍵問題在他提出的文學中的「新人民性」及創作方法與世界觀的關係。論爭中他提出到現在仍聚訟紛紜的一個觀點：「反動的世界觀不僅可以與藝術創作和平共存，而且是它發展的良好基礎」。相似的問題在稍早的時候曾在納粹德國引起激烈論辯，引火點是盧卡契對德國表現主義的攻擊，後來蔓延到文藝的現代性與古典遺產、典型、整體性與人民性等現實主義創作的重要問題，參與討論的有布洛赫（Ernst Bloch）、布萊希特、班雅明（Walter Benjamin）、阿多諾，成了文藝史上有名的「德國論爭」。（有關這次論爭，請參考鄭樹森〈歐洲三〇年代的現代主義論辯〉，收於他的《文學理論與比較文學》一書，時報出版公司出版）。對盧卡契的第二次大規模批判，發生在一九五六年匈牙利反俄事件後到一九六〇年間，這

次他遭到更嚴厲、更全面的批判，從他的政治觀點、政治表現到
他的美學理論和文藝思想，都被加上了反馬克思主義的標籤，而
他本人則成了國際修正主義文藝思潮的最大代理人。

　　六○年代以後，盧卡契逐漸被東西方學術界重視，他的著作
大量被東歐和西方國家翻譯出版，對他的評價也發生相當大的變
化，一般都稱他為現代傑出的馬克思主義文藝理論家，連蘇聯也
一反故態，承認他們前此對盧卡契的批判過於粗暴和教條化。現
在，當我們閱讀盧卡契有關美學和文藝問題的論述，自不難發現
潛藏於他理論中的因政治意念而來的認識上的偏執（bias）。特
別是在雷根－柯爾－柴契爾這鐵三角形成的新保守主義蔚為潮流
的今天，以美國為中心，連同德、法知識界對後現代主義展開熱
烈討論的時候，曾被盧卡契視為資本主義社會頹廢文藝的馬前卒
的一切前衛藝術運動，都被賦以激進的、革命的意義，被包羅到
哈伯馬斯所說的未完成的宏圖的「現代性」之中（見 J. Haber-
mas：Modernity－An Incomplete Project），而大致得到肯定，他
對現代主義的論斷，更不免給人「古典」的感覺。但放眼今日，
當我們的文藝隨著所謂經濟起飛和現代化，逐漸與消費品的形式
與內容同步化，斤斤以異色、異味、異態的經營相標榜，以至於
只能名之為包裝－風格決定論的商品美學的時候，回過頭去看看
異端的、「老掉大牙」的盧卡契文藝理論，除了認識他的歷史性
錯誤，或者不無其他意義。

　　〈形象塑造的知性風貌〉（The Intellectual Physiognomy in
Characterization），是盧卡契在一九三六年寫的一篇論文，探討
的問題雖集中在小說角色的創造，但牽涉到的幾乎是盧卡契對十
九世紀以後西方文藝發展的重要觀點，因此可以以這篇論文為中
心，參照他的其他論述，談談他對資本主義社會文藝的一般看法。

　　有關知性風貌，盧卡契認為是文藝創作的最關鍵問題。首先
他說：「世界文學巨著中，人物形象的知性風貌一直是被小心仔

細地刻劃出來,而文學的衰落,則一直表現在人物知性風貌的模糊,表現在作家在創作上有意忽略或無力於透過想像提出並探討問題。」又説:人物之是否能表現出他們的意識形態,關係著作品是否能創造性地呈現真實。不包含意識形態的人物塑造是不完全的,因為人物對世界的觀念代表著深刻的個人經驗,是他的內心生活的最具特色的表現,同時還提供了對他的時代的一般問題的可貴的反映。接著,他解釋知性風貌這術語可能引起的誤解:

第一,「知性風貌並非以正確的世界觀為先決條件,因為個人的意識形態不一定正確無誤地映照客觀真實。」他舉例説,托爾斯泰無疑是創造知性風貌的大師,但《安娜‧卡列尼娜》中,他著重塑造出來的列文的知性風貌卻一貫不正確,托爾斯泰把他心愛的這個角色一路錯到底的判斷毫不仁慈地鋒利地描繪出來,在列文與他哥哥或奧布隆斯基的對話中,托爾斯泰技巧地寫出列文不斷轉換他的觀點,他的錯誤思考,他紛亂地從一個極端到另一個極端地改變意見。然而這不斷的、突兀的動搖,這對於相反意見的隨時準備接受,正好提供了列文的知性風貌的統一性,這個「列文式」思考和經驗的特殊性,並非只是一個特殊性格的反應,在它的個人化和錯誤的本身,是帶有一定的普遍性的。

第二,「抽象理念並非表現人物知性風貌的關鍵因素。」對此,他引馬克思對席勒的批評説:人物應避免成為席勒式的「時代精神的傳聲筒」,而應透過人物與人物、人物與外界的交互關係來表現他們的知性風貌。他以紀德評拉辛的歷史劇《Mithridate》做例子説,紀德特別推崇劇中老國王Mithridate與他的兒子們爭辯究竟要挺身反抗羅馬或被俘的一幕,他認為「天下沒有父親或兒子以這種方式對話,然而所有父親和兒子都會在這一幕中認識自己。」事實上,拉辛用的是抽象的推理,把人物的意念放到三大段演講裡,以高昂的風格、華貴的修辭和智慧的姿態出現,但人物的個人經驗是模糊的,他們的性格的複雜性也是浮

面、鬆散地表現。反觀莎士比亞的《凱撒大帝》中的布魯特斯和卡西歐，就大不相同，兩者一自制，一享樂，他們的這兩種性格劇本中只簡單的正面帶過，但透過他們與不同人物的關係和反應，兩種思想分別滲透到二人的整個生命裡，羅馬人的自制和享樂的思想及感覺因而躍然紙上，這與拉辛人工的、造作的直接把抽象思考和性格連接在一起，大異其趣。

　　經過上面的解釋，盧卡契開始討論人物知性風貌的塑造途徑。他說，生命的豐富和深刻來自激烈而變化多端的人類激情的交互作用，現實世界中，人與人並非相安無事，而是充滿敵對和彼此利用，人的性格只有透過這掙扎發展起來，因而作品中，作為表現於實際行動上的人物內在關係的綜合的情節，以及作為矛盾活動的基本呈現方式的衝突，只有循著平行和對立這兩種方式，因為它們反映了人類存在的基本模式，但這不僅是抽象的形式問題，正因為它們是反映客觀真實的模式，它們能達到表現人物知性風貌的詩樣的強化效果，而由於普遍的、典型的現象都從個別人物的行動和激情中浮現，作家必須按上述原則創造一些情境，使原屬個人的感受得到超越個人之上的意義。但為了表現客觀真實，作家只能把真正存在於人物身上的潛能顯現出來，越是好的作家，越能創造細節豐富的、具體的情境把人物的潛能完全顯現出來，這樣，作品的組織和情節與人物的知性風貌就存在著辯證的關係。在這裡，他提出對作品結構的看法，他說，成功的作者在作品中對角色都會有組織性的層級安排（compositional hierachy），這安排不僅可以顯現作品的社會內容、作者的意識形態，而且可以確立角色在整個組織中的地位和意義，使讀者直覺地認識他們代表的社會問題和歷史矛盾所在。根據這看法，他指責十九世紀中葉以後小說情節的瓦解，特別是左拉的「生命切片」的寫作法。他說，自然主義傾全力於對普通、平均（average）、平庸（mean）的描寫，這是閃避關鍵性社會問題的極致表

現，因為「平均」是社會發展進程的死的綜合體，強調「平庸」，只有把文學從動態地呈現生活轉化為靜態情境的描繪，情節於是瓦解，取而代之的是一系列的靜態圖景。在趨向「一般」的情況下，原屬情節的功能，也即喚起潛在於人物和事件中的客觀和主觀社會因素，變得表面化，成了一些直接的描繪、展示和說明，而不是在犬牙交錯的人物和事件關係中，呈現癥結性的社會歷史問題，因而也就連帶失去形象的知性的意義。

根據上述看法，盧卡契提出「典型」與知性風貌的關係。他認為：「知性風貌的塑造有賴於對典型這一觀念的深刻了解」，「一個明晰的、動態的知性風貌的塑造與典型的呈現有決定性關係」，又說：「缺乏知性風貌，沒有一個角色可以從日常生活了無生氣的偶然性中提昇為生機蓬勃的獨立個性，這提昇可以使他成為一個真正的典型」。所謂典型，按馬克思主義美學的定義是一定社會條件下的一定性格，對此，盧卡契以舊俄作家岡察洛夫一部以主角為名的小說《奧勃洛摩夫》（Oblomov），與善於描寫一般人物生活的法國作家龔古爾兄弟的作品做比較說，乍看之下，《奧勃洛摩夫》的缺乏情節和生命的荒廢感與龔古爾兄弟作品無異，那生命的荒廢甚至猶有過之，但龔古爾兄弟只能像其他自然主義作家一樣，表現見不到任何社會力的孤立的、靜態的生活場景和一般性的行為反應，而奧勃洛摩夫的懶惰，除了躺在床上什麼也不幹，卻不只是偶然的、表面的、性格上的特點，他是經過岡察洛夫誇大地表現出來的舊俄知識份子的典型特點，因此在他的懶惰遲鈍上，岡察洛夫把整個時代的最重要、最普遍的特點總結起來，使奧勃洛摩夫有一個十分顯著的知性風貌，他所說的話，他跟別人的交談，都指向和嵌入那造就出他的千絲萬縷的社會力的脈絡之中。作為一個典型，奧勃洛摩夫反映的正是沙皇制度重軛下的俄羅斯知識份子的悲劇。與此有關，盧卡契指出：「並非僅只偉大作家（按：指古典的現實主義作家）才偏愛極端

的性格和情境。在反對資本主義社會生活的平庸荒蕪時，浪漫主
義者同樣運用誇張的手法於創作。不過對純粹的浪漫主義者而
言，性格和情境的誇張本身就是目的，它是一種抒情的、異鄉情
調的叛逆。然而古典的現實主義作家之運用極端強化的手段於人
物、情境的塑造，是以此為手段來達到最高層次的典型性。」

前面曾提到，盧卡契認為人物知性風貌的模糊是文學衰落的
徵兆，結構的瓦解和典型的消失，即其主要表現，以此為線索，
他探討表現於資本主義的成熟——也即沒落——階段的文藝發展
傾向。它以兩個特徵出現，其一是極端主觀，其二是集中於平常
事物的描寫，它們形成超人和乖異角色的出場，同時使文學墮落
成庸人（Philistine）的世界，兩者相輔相成，是相倚而生的對立
存在，它們的共同意義是形象的瓦解，人物性格的分崩離析。關
於這現象，他由資本主義的發展探討它的根源，這問題留待以後
與他的其他論述一併討論，這裡僅說明他對兩類人物行為表現的
論斷。他說，在一個隨著資本主義的發展而越來越非理性的世界
裡，自然主義及反對它的資產階級文藝運動，都建立在一個相同
的哲學基礎上，那便是唯我論觀念下的一個孤立的個人，絕望地
被孤立在一個非人性的社會裡。其次，現代資本主義思想把客觀
的真實化解為一個由瞬即知覺造成的組合體，並透過把「我」變
成這知覺的單純的組合點，使人的性格消解於無形。上述觀念，
在十九世紀以後資本帝國主義期的文學中形成一種特質，那便是
布爾喬亞現實主義的特殊感傷（lyricism）：作為一個自足的心體
（a self-contained psychic system）的孤單的人，面對一個被某些
神秘力量控制了的貌真實假的、物化了的世界。面對這樣的情
況，盧卡契寫道：「那只活在他自己之中的個人於是斷絕於文藝
創作中必不可少的普遍性，個人與抽象的一般概念正面對立，個
人被當作個案、實例來處理。既而這個案、這實例是以恣意武斷
的面貌從屬於一般概念，這樣一來，一般概念或者會因它的被武

斷規定而表現為抽象的科學數據，或者正因它的存在的恣意性而被強調為某種『詩意』。」如是，標榜客觀的自然主義會以心理學為科學根據，絕非偶然，左拉之自以為科學，在他影響下產生的狂幻的、神秘的浪漫主義（按：這指的是頹廢派、象徵主義等流派），也都屬意料中事。

　　根據上述論斷，人物的知性風貌在現代文學中自是蕩然無存，在這文學世界中，不論性格極端乖異的角色或一般的人，同樣都遠離重要的社會衝突，缺乏歷史內容，他們是蒼白的、片面的幽靈，在實際行動上同樣貧乏，同樣缺少個性。他們之間如果有什麼差別，那便是乖異的角色只會機械地做與一般人相反的事，把一般人的陳腔濫調改頭換面成含混的、形式的弔詭，來表示他們對平庸腐敗的資本主義社會現實的「抗議」，所以他們不過是戴了面具的庸人。為了給他們一些「意義」，作家只有把他們塑造成表現某種神秘力量的工具，這也即是他們的「個性」何以總是裝模作樣出來的「深刻」的緣故。在這情況下，文學中的角色事實上只成了抽象的、機械的、圖解式的性格的統一，成了一個知覺的組合體，那帶有反映客觀真實意義的性格的動態的統一性，於是溶化成混亂的知覺的渦漩，或者成了一個沒有內在運動的虛幻的整體。

　　在作為成熟的資本主義階段的文藝傾向的第二方面，也即集中於平常事物的描寫，盧卡契指出，日常生活並非不能寫，現實主義的偉大作家也從他們經驗中的生活片斷入手。但問題是，經過對事件的重組、集中和修飾，他們可以使人物、事件微妙地關連，彼此作用，使人物生活在充分創造性的豐富裡，而一八四八年以後，經過路易拿破崙愁雲慘霧的霧月十八日，作家完全把自己限制在日常生活現象的描繪，限制在黑格爾所說的「此時此地」（here and now）的掌握，以此為嚴格意義的現實主義，事實上這正好摒棄了社會矛盾的全面、集中的表現，只留下一些平常

庸俗的生活畫面，它反映的是作家沒有能力把現實理解為一個運動中的整體。

按盧卡契的解釋，在現代資本主義的觀念中，「此時此地」是與現實等同的，超過它，就被視為抽象和把現實扭曲。福樓拜、左拉等作家之專注於日常生活的一般細節，除了造成越來越精緻的技巧，還使作者有意地把自己侷限在生活表面的經驗的、偶發的性質上，而且把散漫和偶然視為生命的本然模式，以為一經修飾便會使真實虛假化。這樣一來，作家的藝術想像力於是貫注於臨即的、「此時此地」的短暫面影的捕捉，力竭於對變動不居的事件和人物的獨特性的追求。但正如黑格爾所說，由於「此時此地」之為根本的、終極的獨一無二的存在（uniqueness），它是絕對抽象的，因此以追求凡事凡物的獨特性為職志的二十世紀文藝，根本上是抽象的（按：「抽象」一詞在盧卡契美學中具有貶義，請參考前引鄭樹森文），影響所及是藝術技巧的精緻化，及由之決定的藝術貧困化，一種虛構的具體性和裝模做樣的「深刻」。這藝術技巧上的精緻化雖不能全盤否定，但就像上述人物性格的瓦解，同樣使現代主義文學無法產生那尋求生命的莊嚴及人的潛在高貴性的里程碑式作品。於是，失卻組織力量和無能於清醒準確地表達的作家，不只使他的創作活動朝向抄錄日常生活表面的瑣碎事件，使他的人物因禁在一個沒有溝通的唯我論的世界，更使他在那無所逃於天地之間的布爾喬亞的特殊感傷下，「詩化」地表現那一無所知的因果關係的「深刻性」，因而消極地隱退到「永恆的」個人的孤寂裡。

如果容許我們把盧卡契的上述論斷做一總結，那麼自從左拉高唱「把巴爾札克式的英雄從作品裡流放出去」，存在於現代文藝中的人物，也就從黑格爾筆下那象徵時代精神的「這一個」，轉變成在未知和不可知的感覺的渦漩中不斷改變姿勢的「這樣的一個人」。而在並非弔詭的意義上，它應該有認識上的作用。

（1985）

附注：本文討論的 "The Intellectual Physiognomy in Characteriza-
tion" 收於 Georg Lukács：Writer and Critic and Other Essays,
ed. and trans. by Arthur D. Kahn, Grosset Dunlap, N. Y.,
1971。

創傷的病歷

——鄉土與德國左派

　　一九八四年夏天，德國導演愛德加・立慈（Edgar Reitz）拍了一部探討一九一九到一九八○年間的德國歷史的影片《家園（Heimat）》。同年秋天，這部長達九百二十四分鐘的影片，分十一集在西德第一電視台播放，立刻引起了熱烈的反應，據統計，超過九百萬西德人看過，占全部電視觀眾的百分之二十六。隨後，它參加了威尼斯和倫敦影展，並於一九八五年春天到美國上演。

　　這部引起廣泛注意並受到正面肯定的影集，曾被電影界的作者論者視為德國新電影的又一經典之作，但它對德國歷史的處理態度，卻在德國左派陣營裡引起論辯，一九八五年秋季號的《新德國評論》（New German Critique），即為此出了討論專輯。在討論中，一般都認為這部影集可以由多個角度去了解。例如它延續了七○年代末期德國人對歷史和人民記憶的論辯，它把一般對歷史的封閉性敘述，分解為各式各樣的日常生活故事，讓觀眾可以通過事實及別人的遭遇校正和認識自己的經驗。又如在綠色運動風起雲湧，而美國的潘興飛彈卻遍布德國鄉野的情況下，立慈拍了這個探討鄉土問題的片子，而且把片名原定為「德國製（Made in German）」，正暗示著他對歷史的反霸權主義的態度，暗示著他企圖把德國歷史從舉世公認的二次大戰的集體罪行，以及美國電視中卡通化的大屠殺形象之下，給予重估。

　　正是在納粹問題的處理上，立慈遭到德國左派的激烈抨擊。有的評論指出，他把人民的記憶給浪漫化了，因為整個影集可看出七○年代中期崛起的懷舊風尚（la mode retro）的色調，也就是像路易・馬盧的「Lacombe Lucien」或英國片「The Nightporter」所表現的，對於納粹時代的修正主義的迷戀和蠱惑。此外，影集中對納粹大屠殺和政治暴力的閃爍其辭，顯現了立慈逃避對歷史真相和過去的了解，也就是阿多諾所說的「彌縫過去的時代（Au-farbeitung der Vergangen heit）」：藉著所謂「總結」過去的方式，以消極否定的論述，有意識地排除形成國家民族認同的關鍵性事件，從而重建了有害的集體性的自戀心理。

　　在歷史和人民的記憶之外，影集所表現的鄉土的觀念，也引起爭議。《家園》的情節相當簡單鬆散，它是以德國西部渾司呂克（Hunsruck）地區一個叫薩巴哈（Schabbach）的村莊為背景，這個有自己的方言的貧窮農業地區，今天可能只有少數德國人知道，它在十八世紀時曾出過羅賓漢式的綠林好漢。故事環繞一個叫馬麗亞・魏干德的女人的一生而發展。馬麗亞的父親是村子裡的首富，也是村子裡第一個納粹。馬麗亞的丈夫保羅・西蒙，曾被徵調到蘇聯戰場，回到村子後，成了一個收音機和電訊專家，他在影片第一集結束時就到美國，因此村子裡的人都叫他「美國人」。然後是馬麗亞的三個兒子，長子安東，二次大戰後從蘇俄戰俘營回來，他千里迢迢地回到故鄉，為的是利用鄉間潔淨的空氣開光學儀器工廠。次子厄恩斯特是個黑市古董販子，靠二次大戰後的懷舊熱，賣民俗古物發財，生意遍及整個德國。最小的兒子赫曼，一個作曲家，從小就離家，但在作品裡常利用鄉下方言來造成異鄉情調。在馬麗亞一家之外，影集中較重要的人物，還有馬麗亞的情人奧圖，以及一個被謠傳是吉布賽的女人，他們都與村子格格不入，被摒棄於家園之外。另外是一個叫露西的女人，她來自柏林的妓院，誤以為釣到薩巴哈的鄉紳之子而來到村

子，抵達後，面對貧窮落後的鄉下風情，她的反應是像一切觀光客一樣大叫：「我愛鄉土！」

由上述的人物和情節的設計，可以感覺到這部名為「家園」的影集，透露出來的對鄉土的回憶與哀悼，它的主題似乎是常見的無法回歸的哀歌，如影片中保羅從戰場回來，變成一個眼神空茫，魂不守舍的人，他的遠去美國，意味著想回歸而回歸不了。安東和厄恩斯特雖然回到故鄉，但他們的所作所為卻帶來鄉土的毀滅。就是把方言和鄉土樂調寫進歌曲裡的赫曼，他的行為也不過是對鄉土文化的一種剝削。這無法回歸的哀歌之中隱藏著影集的另一主題，那便是大眾傳播和工業生產的發展與鄉土的毀滅間的辯證關係。影集以紀錄片的方式不著痕跡地交代，保羅由一個鐵匠的兒子變成電訊專家，薩巴哈有了電力後，收音機、電話、電視取代了傳統的接觸方式，大眾傳播雖然打破鄉村的孤立狀態，但同時也剝掉它最後一層保護，使它袒露在支配性的文化影響之下，取代了本來存在於鄉村廣場上的人與人的實際社會接觸，而代之以被動的、消極的、孤立的媒體文化的參與。面對渾司呂克自然潔淨的空氣，安東不覺得是一種享受，而是製造精密光學儀器的好環境，他的工廠雇用鄉村青年，摧毀了鄉村的基礎，使整個村子的未來依賴他的工廠。厄恩斯特喪心病狂地把鄉下的粗糙木門、百葉窗當古董去賣，露西的「我愛鄉土」，把耕地變成觀光區，使農人接受土地可以成為商品的這樣一個事實，而薩巴哈一個由鄉村旅館改建的休閒度假中心，它的「村野式」設計，竟然是從一本郵購目錄中抄來的。這些都清楚不過地表現導演立慈想傳達的訊息：鄉土以死亡為代價而躋身商品之林。

作為一個左派知識份子，立慈為什麼會拍出這麼一部充滿鄉愁的片子？為什麼影集中對影響人類深遠的納粹歷史的痛腳輕描淡寫，語焉不詳，卻以考古學式的熱忱挖掘和重建德國鄉野的氛圍？更重要的，為什麼這部片子居然贏得德國左翼陣營的普遍肯

定和喝采？在德國左派中，有些評論者認為這應該與八○年代左派知識份子本身的思想發展，也就是從綠色運動、新地域主義、反美等問題聯繫起來討論，而它的關鍵之一是德國知識份子傳統中的「鄉土」觀念。

在一篇題為：〈「家園」與德國左派：一個創傷的病歷（"Heimat" and German Left：The Anamnesis of a Trauma）〉的論文中，蓋斯勒（Michael E. Geisler）檢討立慈在電影中表現的鄉土觀念與德國左派思想的關係。他指出，德國左派知識份子思想上一直存在著把德國（Deutschland）和鄉土（Heimat）對立看待的傳統，這個二分的觀念，源自於十九世紀以來他們不斷被放逐的歷史，首先是一八三○到一八四八年之間的大流亡潮，海涅、馬克思、恩格斯、青年日耳曼派等，都在其列，然後是一九三三到一九四五年之間的納粹肆虐，以至於最近幾年，社會主義作家Wolf Biermann 和 Jurgen Fuchs 之被東德共產政權放逐。這漫長的放逐者歷史，形成德國左派知識份子內在的和外在的流亡經驗，使他們把「德國」和「鄉土」對立起來，前者象徵政權、壓迫和一切罪惡的、黑暗的歷史事實，以至於官話（國語）和文化遺產，後者則是他們理想中的另一個德國的烏托邦式的投射。這分裂成了左派的心靈創傷，使每個德國左派作家因此而受苦。詩人賀德齡曾說，德國作家在德國「就像住在自己屋子裡的陌生人」，他說的是藝術上的孤絕和政治上的被剝奪權利。這雙重的游離經驗，使他們自外於主流的政治問題討論，當他們討論問題時，不是從現狀出發，而是以一種倒錯的民族主義情緒，把當前現象與一個非歷史化的「德國」聯繫起來，這非歷史化的德國，飄蕩著普魯士軍國主義和魏瑪共和國反民主的、獨裁的幽靈，而左派知識份子則是「沒有祖國的人」，是一群面對著模糊的法西斯威脅的被迫害的「我們」。

二次大戰留給德國左派知識份子一個難題，要界定納粹夢

魘，意味著必須經由他們自己的生命去追溯魏瑪共和國到第三國際這一長段的歷史，但這歷史的連續性卻橫亙著罪惡感：除了把父母一代必須為屠殺六百萬猶太人負責這一事實加以排除，他們還能怎麼做？他們於是只有讓歷史留下巨大的裂口或者讓它沉入遺忘。但這排除的策略，除了在心理上造成一種假的免疫感，還使德國人斷絕了他們與自己的歷史、傳統和文化的認同。面對這個問題，立慈在《家園》中，企圖以敘述上的轉移手法避開這個心理障礙。在電影中，他把探討的重點從歷史的中心轉移到它在邊陲地區的回響，如第二集中有一場關於納粹突擊隊夜間集合的描寫，觀眾看到的只是火把及群眾從窗口探望突擊隊行進時的臉部反應。此外，他又透過純粹以個人看待歷史的途徑，把有關屠殺責任的痛苦問題，懸而不論，因此大屠殺的場面只出現於很少的、短暫的畫面。

　　對於這樣的處理方式，蓋斯勒認為它顯示了德國左派知識份子，在八○年代興起的反霸權的新地域主義運動下，企圖以傳統的鄉土／德國的二分觀念，重估他們自己在歷史中的地位，因此它可以說是「傳統的變數」。

　　六○年代，在經濟奇蹟裡成長起來的德國左派，仍舊沿襲著「沒有祖國的人」的自外意識，藉著這意識，他們得以逃脫納粹的瘋狂及大屠殺的責任，把自己歸為被害者。他們把西德總理阿諾德以經濟奇蹟掩飾二次大戰罪行的努力，盡量加以矮化，但卻拼命找藉口來證明自己的無辜。這個階段，德國左派對德國民族性的探討，甚至於常捨棄歷史的分析，而漫遊於存在主義式的解釋，認為它是生物的、種族的因素。這倒錯的民族主義，使許多德國左派認為既生而為德國人，他們或多或少帶有這民族性，唯一能逃出既是大屠殺的共犯又是受害者的雙重身份，是盡可能讓自己和「德國」拉開距離。

　　到了布蘭德時代，政府當局對貝德－曼霍夫集團（Baader-

Meinhof group）及公務人員中的激進派的歇斯底里的政治迫害，
以及後來貝德和幾個激進份子在獄中的可疑自殺，使德國左派對
國家事務的參與，由貢獻意見轉而為合作。在電影方面，法斯賓
德一九七八年拍的《德國之秋》，本來的用意是想建立一個對立
的看法，來遏止大眾傳播媒體對一群異議份子之死的掩飾，但結
果這電影只是一部有關失望和偏執狂的記錄，以及電影製作者的
孤絕的感覺。這電影拼裝了左派所有的失落感的行頭，如妄想症
的絕望、放逐的暗示，以及人們熟悉的有關神秘的「德國」的隱
喻，也即從海涅的作品就出現的腐敗、寒冷、凍原之類的意象。
在文化界，相同的心結存在於一些左派知識份子的言論裡，如：

> ──德國人在自己的國家裡流放。即使他們住在他們
> 的父祖居住過的地方，但那父親之土卻在他們之間消失。
> ──聯邦德國從來就不是我的鄉土，也不是一個我能
> 愛的國家。……沒有一個人可以把德國想像成母親的土
> 地，它是一個父祖之國。
> ──是德國──不是什麼希特勒──把我的母親和哥
> 哥送進毒氣室（我父親死於被遞解的途中）……。是德
> 國，不是秘密警察，把我打上德國工奴的烙印和奧斯維茲
> 集中營 69912 的番號。
> ──與其討論一個已經死去的德國，那流產了的德
> 國，不如把注意力集中在活生生的德語、方言和存在於現
> 實中的東西。

這種把「德國」看成一個代表罪惡的密碼，而對「鄉土」有
著個人的、情緒性的息息相關的感情，它的非政治的、自外的性
質是很明顯的。但隨著七〇年代中期德國廣大群眾的抗議核能廠
的建立、放射性廢料處理問題，還有反中央集權的示威活動，卻

使由之而產生的綠色運動和地域主義有了政治的、社會的基礎。這結合了社會主義者、共產主義者、自由主義者、社會民主主義者等的抗議活動，形成了新的環境意識及相應而生的地域和民俗傳統的再發現。伴隨著方言詩和幾乎被遺忘了的鄉土歌曲的復活，德國左派開始審慎地重估他們一向拒絕的文化傳統，連同那被納粹法西斯濫用了的民族感情，他們了解，在它的瓦礫堆下可以挖掘出帶有進步意義的遺產。就在這個轉捩點上，左派找到了它的歸屬感，鄉土於是不再是非政治性的烏托邦，地方傳統則是可以抵制那企圖夷平一切的支配性文化的精神寶藏。立慈的電影《家園》，正是這鬥爭的一部分。

　　在一九八三年的一次訪問裡，立慈談到電影《家園》的政治含義，他強調地域主義的政治意義絕不在於地域的特殊性，相反的，它是超越了個別地域的界限的。他舉了個實例說，當電影拍攝時，現場附近有兩個村莊鄰近幽靈噴射機基地，那噪音使村民根本無法生活，波恩政府只好把所有的村民移置到別處去，他說，這就是鄉土被毀滅的一個活生生的例子。在同一個訪問中，他還堅定地把自己與地域性取向的和平運動聯繫在一起，他說：

　　　　在那些充滿浪漫情調的樹林裡，到處都可碰到飛彈基地。你聽到的總是：中程飛彈、潘興火箭，等等。當你出去採蘑菇，你永遠不知道你腳底下是否有核子武器掩護設施，因為到處都是軍火庫和空軍基地。

　　立慈的這些話，與電影拍攝現場的渾司呂克地區，在影片上演後發起的反軍事部署的抗議活動，都可證明，這部名為《家園》的影集，遠非單純的鄉愁作品，而是對西德政策的檢討。
　　但這部與綠色運動和反中央集權的地域主義並肩作戰的影集，果真癒合了德國左派傳統的鄉土／德國二分的傷痕了嗎？立

慈果真找到了建設性的立足點了嗎？蓋斯勒不這麼以為，他說根本上這電影仍未脫烏托邦的色彩，因為就像綠色運動的成員拒絕承認「父祖之國」，而寧願使用「母親的土地」和地方傳統，立慈曾明白表示過：「鄉土與國家是相互矛盾的詞彙」，又說：

> 一般人都說「鄉土」是現實的一部分，是在我們內裡的某種東西，它對立於烏托邦。但我們如把這觀念與實際情況做個比較，「鄉土」將變成烏托邦式的存在，變成我們希望著的東西。然後我們會問自己：「什麼樣的社會條件才可以把我們的烏托邦夢想變成真實？」

據此，蓋斯勒指出，立慈心目中的鄉土，事實上既非坐落於地理上的渾司呂克村莊，也不存在於觀眾的鄉愁的想像裡。相反地，它是個以未來式出現的過去，是一個在遺失或被掠奪了的財產的偽裝下，力圖佔有它的實際存在的想像中的地方。因此就這個意義上說，這部影集不過是德國左派知識份子傳統的心靈創傷的大規模的轉換產物，它是個表裡不一的言此意彼（palimpsest）之作，在它的表面敘述下，掩蓋著另一層文辭，掩蓋著德國左派企圖運用被中央集權壓制的地域經驗來開脫自己，也就是企圖假特殊性之名閃避掉國家的責任。是故，這影集依舊沒有從德國左派傳統的自外的、防衛性的意識形態解放出來。對此，蓋斯勒指出了影集中的幾個相關表現：

一、放逐：這表現於影集中經常出現的窗戶形象。落地窗和大片玻璃意味著人物的被收容或排除，這是立慈對於鄉土的居留者和離去者的二分的表現，它象徵著左派在德國之內／之外的放逐。

二、父親：有的影評家把這影集歸之為「道德上的無父狀態」，認為這是德國新電影的一個普遍現象。影集中唯一比較清

晰的父親形象是魏干德‧馬麗亞的父親，而他是個瘋狂的納粹，他們父女間幾乎沒什麼關聯。其他的父親形象都很模糊，如保羅的父親早死，而保羅在兒子們都還很小的時候就離開前往美國。這情況顯示著德國戰後「無父的一代」，特別是左派。這是一種精神上的兩難處境：一方面是天生自然應該孝敬的對象，一方面又代表充滿罪惡的大屠殺的執行者，以及德國的永恆的權威結構的代理人。這形成一種奇怪的壓抑：父親不願子女追究他在第三國際的角色，子女的一邊也不願追問。影集中父親形象的闕如，正是這私秘的壓抑和共犯的紀錄。

　　三、母親：有的影評家認為影集裡的馬麗亞是定型了的母親形象，她的意義只在於提供食物和保護。但事實上馬麗亞以扮演孤單的母親為賭注，來換取她做為妻子永遠無法得到的獨立，早在她的公婆去世之前，她儼然已是一家之主。她不僅違反村子的規矩，以自己的方式教育小孩，還不惜因此觸犯她那個蓋世太保的哥哥。馬麗亞的婆婆卡特林娜，表面上屬於保守的母親形象，但同時也代表著村子的反抗之聲。她罵馬麗亞的哥哥是個一文不值的懦夫，甚至當希特勒被歌頌為「一個新的哥倫布」時，她曾諷刺地問說：他是不是要到美國去？這些表現，都是德國左派賦予母親的傳統形象，是鄉土的象徵。但正如傳統的左派，這象徵鄉土的強韌的母親，注定要孤獨地死去，一如片中馬麗亞之死一樣。

　　四、美國：立慈在一份有關影集的主要角色的注解中說，馬麗亞的丈夫保羅，那個從美國回來探親後，決定把自己的家捐出來做「民俗博物館」的「美國人」，是個真正的美國人，一個沒有家，沒有根的感傷的世界漫遊者。在有關影集的札記中，他寫道：美國的美學是真正恐怖的東西，好萊塢式的演藝業規則之侵入德國電影界，意味著德國電影工作者的最徹底的失落。他同時語帶雙關地說：《家園》這下真要給賣掉了，當它被翻譯成具國

際競爭力的美式英語，就已意味著它被標價，被推入市場。這些話回響著德國左派電影工作者對美國文化帝國主義的根深柢固的恐懼。此外，立慈在一九七九年發表的〈大屠殺後的獨立電影〉中說：藉著大屠殺，美國人沒收了德國歷史，德國電影工作者唯一能做的有意義的自衛行動是，拍出「大量來自我們自己的歷史的影片，用真真實實的屬於我們自己的聲音」。這是立慈拍《家園》的主要藝術目的之一，而這清楚地寫在這部影集的原題：「德國製」。

上述意念包含耐人尋思的一面：以文化領域中的地域性抵抗，來攻擊好萊塢電影所代表的文化帝國主義的壓迫和支配。由這一點來看，立慈在《家園》中採用渾司呂克方言，並把口傳的地方歷史交織到電影中的技巧，看來就像是以文化上的游擊戰術，來反抗他們從自己的傳統表現方式疏離出來的這樣的一個事實。

另一方面，這反美情緒還反映了德國左派的新策略，也就是說，當《家園》使德國左派與自己的國家和解——起碼在地域性的層次，「美國」似乎取代了「德國」一詞在左派知識份子心中的原有地位。就像多數德國左派，立慈對美國的各式各樣矛盾，一向興趣缺缺，他只樂於描繪一個神秘的「美國」，一個永遠沒有根的國家，一塊孤單的、競爭激烈的土地。這情形使人禁不住要猜測：當德國左派試著調整他們對鄉土的原有態度時，美國會不會成為他們心理上的自外的防衛機制的一個新目標？

以上是蓋斯勒對新老德國左派知識份子的心靈創傷的診斷，然而這病歷，連同它的診斷者，是否正迴響著一九八一年吉布哈特（Heinar Kipphardt）那首凝結著德國左派一切病痛的小詩中說的：

國土靜止。
一個槍聲可能是打我的朋友。

我關上百葉窗
把護照丟進河裡
宣稱自己失蹤。

（梁景峰譯）

而或者，這是一份放諸四海而皆準的全世界左派程度不一的、共同的思想病歷？

（1990）

國家圖書館出版品預行編目資料

文學星圖：兩岸文學論集. 一／施淑著. --
　　初版. -- 臺北市：人間，2012. 05
　　　　面；　　公分
　　ISBN 978-986-6777-51-6（平裝）

　　1. 臺灣文學　2. 現代文學　3. 文學評論　4.
文集

863.07　　　　　　　　　　101008168

兩岸文學論集　1

文學星圖

出　版　者／人間出版社
作　　　者／施　淑
發　行　人／呂正惠
社　　　長／林怡君
地　　　址／台北市長泰街五九巷七號
電　　　話／02-23370566
郵 撥 帳 號／11746473　人間出版社
排　　　版／龍虎電腦排版股份有限公司
印　　　刷／龍虎電腦排版股份有限公司
登　記　證／局版台業字第三六八五號
初 版 一 刷／2012 年 7 月
定　　　價／320 元